CUORCODE

Acacia Black

My Missing Piece

Fino alla luna
Andata e ritorno
Per l'eternità

Volume Tre
Traduzione di *Rachele Salerno*

CAIRO

Titolo originale
My Missing Piece

ISBN 978-88-309-0436-1
Prima edizione: ottobre 2024

MY MISSING PIECE

Alle mie Piccole Lune,
non permettete a nessuno di offuscare la vostra luce.
Non lasciate che nessuno vi dica che non potete fare grandi cose.
Le critiche riflettono soltanto le insicurezze degli altri.
Splendete con tutte le vostre forze!

I still haven't figured out how to sit across from you
and not be madly in love with everything you do.

William C. Hannan

Playlist

La musica ha un ruolo importante nella mia vita, quindi ho voluto integrarla nel romanzo.

♪ Per una migliore esperienza di lettura, quando vedete la nota musicale accanto a un paragrafo, vi consiglio di leggere la scena con la canzone indicata all'inizio del capitolo in sottofondo.

La playlist è disponibile anche su Spotify con il nome *My Missing Piece, Playlist Officielle.*

Dangerous Games – Klergy, Beginners

Lune – Tony Anderson

A Hidden Life – James Newton Howard

Heal – Tom Odell

Yours – Ella Henderson

Piano In The Sky – Winona Oak

Sensitive Subject – Grey Zeigler

Walked Through Hell – Anson Seabra

Hail Mary – Skott

Holding On To You – Adam French

Locksmith – Sadie Jean

Wrong Direction – Hailee Steinfeld

If You Want Love – NF

Maybe It Was Me – Sody

Half A Man – Dean Lewis

Like That – Bea Miller

What Do You Want – Ex Habit

Ghost Of You – 5 Seconds Of Summer

You Are A Memory – Message To Bears

Love Like This – Lauren Daigle

To Build A Home – Patrick Watson

Dancing In The Sky – Samantha Harvey

Prologo

Quel giorno.

È stata la tua luce ad attirarmi.
Anche quando facevi di tutto per non brillare.
Sei sempre stata più forte di quanto pensassero.
E io la vedevo. La rabbia che avevi dentro.
Quella che ti ha impedito di impugnare la lama
che ti supplicava di affondare nella tua pelle.
Ma il tuo amore era più forte del richiamo
della morte.
Avevo bisogno di te.
Volevo essere speciale per te.
Se solo mi avessi lasciato spiegare.
Stavo soffocando prima di incontrarti.
Ho indossato due maschere per così tanto tempo che
non so più dire quale uomo stia di fronte al tuo corpo
pietrificato.
Ma come posso convincerti del mio amore quando
muoio dalla voglia di macchiarmi le labbra
con il sangue che ti cola dalla fronte?
Ho sbagliato.
Il respiro presto lascerà i tuoi polmoni.
Il tuo ultimo respiro sarà destinato a me.
Cedo al mio desiderio malsano e ti sfioro la fronte con
le labbra.
Poi le mie mani ti coprono il naso e la bocca.
I tuoi occhi passano dal terrore all'abbandono.

Ci leggo tutte le domande che le tue labbra non possono più farmi.
Vorrei gridarti che era vero. Noi eravamo veri.
Ma non dico niente.
Non mi fermerò, finché loro sorridono.
Lotti contro il mio peso, cercando di aggrapparti
a una vita che ti ha maltrattata così tanto.
Se solo mi avessi lasciato spiegare.
Se solo avessi capito perché l'ho fatto.
Ma ti amavo.
Con la mia mente folle,
con ogni battito del mio cuore distrutto da loro.
Dagli stessi che si struggeranno per te.
Stringo più forte.
La scintilla di vita che mi faceva impazzire muore.
Mi riprenderò ciò che mi hanno rubato.
Ci rivedremo, amore mio.
Perché voglio un'eternità con te, da morti.
Ma prima voglio controllare le loro vite.
Come loro hanno manipolato la mia.

1
Liam

♪ *Dangerous Game* – Klergy, Beginners

♪ Chi ha detto che l'anima non può morire non ha sentito quella di Luna andare in pezzi davanti ai miei occhi.

Avrei dovuto sapere che il suo amore per me era troppo puro perché infrangesse una promessa. Avrei dovuto capire che dietro ai suoi occhi tristi si nascondeva un dolore lancinante. Ero così accecato dai miei demoni che ho dimenticato le mie certezze. Fin da bambini, quella ragazza dai capelli d'argento non mi aveva mai voltato le spalle. Calmava i miei incubi e credeva nei miei sogni. Volevo restare al suo fianco e aspettare che iniziasse la nostra vita insieme, ma lei ha sempre voluto di più per noi. Sapeva che il nostro amore sarebbe sopravvissuto quando sarei partito per l'università. Sapeva che millecinquecento chilometri non avrebbero impedito al suo cuore di battere per me. Eppure, alla prima occasione, l'ho trattata come se ogni battito del mio non fosse destinato a lei. Come se non possedesse ogni singola parte di me, ogni mio sorriso.

Come se non fosse la mia unica speranza di essere finalmente felice.

Non sono stato all'altezza del nostro amore. Ho dubitato di lei. Di noi.

Con gli occhi velati di lacrime, la guardo uscire dalla mia stanza. Ogni respiro che mi trafigge il petto mi fa sprofondare in un'angoscia sempre più devastante.

Tutti i miei errori si fondono in gola in un nodo di rimpianti. Se mi lascio cadere, se lascio che i miei palmi tocchino il suolo, stavolta non mi alzerò. Mi rifiuto di ripetere gli errori del passato. Quelli che mi sono costati sette anni della mia vita. Ho perso tempo, ho vagato senza una meta, ho combinato un casino. Non ho lottato. Per codardia. Per disfattismo. Mi alzo e le corro dietro.

Al piano di sotto c'è agitazione. Ignoro le facce serie dei miei amici e mi dirigo verso l'ascensore. All'improvviso, il mio corpo viene spinto all'indietro con una forza incredibile. Ho appena il tempo di elaborare quello che sta succedendo prima che il pugno del mio migliore amico d'infanzia si schianti contro il mio zigomo. Ha gli occhi sgranati e il respiro corto. Vuole fare a botte.

«Eri lì!» ruggisce, dandomi un altro pugno. «E non hai fatto niente!»

Io e Travis siamo della stessa stazza. Potrei alzarmi facilmente, ma non lo faccio. Lascio che mi colpisca, finché non sento il sapore del sangue in bocca e un male lancinante mi intorpidisce il viso. Me lo merito. Merito ogni fitta di dolore. Merito di soffrire.

Non so quanto sono rimasto a terra. Mi sembra di sentire urlare o piangere, ma il ronzio nelle mie orecchie mi taglia fuori dal mondo. Matt si precipita verso Travis per fermarlo. Devono mettersi in due per riuscire a staccarlo da me. Camille piange, Travis è furibondo e Matteo in qualche modo si trattiene dal torcergli il collo. Mi sollevo su un gomito, faccio una smorfia e giro la testa di lato per sputare. Poi provo ad alzarmi e quasi mi cedono le ginocchia. Con il dorso della mano mi asciugo il sangue che mi cola dalla bocca, sotto lo sguardo furioso dell'uomo che una volta era il mio migliore amico. I suoi occhi castano scuro e le narici dilatate mi trasmettono tutta la rabbia che cova da anni. È irriconoscibile. Cerca di avvicinarsi di nuovo a me, ma Matt alza un muro di muscoli tra noi.

«Perché? Perché non sei entrato in quel cazzo di spogliatoio, Liam?»

Perché mi hanno distrutto, Tee. Mio padre, quel bastardo di Mike. Tutti quelli che mi hanno inculcato in testa che non sarei mai stato abbastanza bravo o importante da essere scelto. Che amare è un invito a farsi spezzare il cuore. E quando li ho visti, il dolore è stato così violento che l'unica risposta possibile è stata la fuga.

«Come hai osato pensare che ti stesse tradendo? Stiamo parlando di Luna, dannazione!»

Mi sferra un pugno in faccia, ma stavolta lo schivo.

«Per rispetto alla nostra amicizia» sibilo «non ho intenzione di vendicarmi. Ma se mi colpisci di nuovo ti conviene uccidermi, perché credimi, sono già abbastanza incazzato con me stesso. Pensi che non sappia che tutto quello che Luna ha fatto è stato per proteggere la mia famiglia, il mio futuro? Che tutti i soldi che marciscono sul mio conto in banca e la vista da questo maledetto appartamento sono merito suo? L'ho abbandonata senza nemmeno ascoltare la sua versione della storia. Avevo diciotto anni, cazzo! La testa piena di traumi e il cuore pieno di cicatrici. Ferite che lei era riuscita a riparare. Ma... quando cresci pensando che le promesse non valgono nulla, che è facile voltare le spalle a qualcuno che ha giurato di amarti, ti posso garantire che ti segna come un ferro rovente.»

Sono senza fiato. Le mie parole lo hanno colpito. Gli occhi gli si riempiono di lacrime mentre io combatto contro le mie.

«Quindi» continuo, «imparerò dai miei errori e andrò a cercarla, così potremo parlarne. Stavolta non mi arrenderò.»

Senza aspettare la sua risposta, mi rivolgo a Camille.

«Conosce qualcuno qui intorno, un posto dove potrebbe rifugiarsi?»

«No» risponde lei, secca.

«Chiamala, amico» suggerisce Matteo.

«Non ha preso il cellulare.»

«Cazzo.»

«Camille, c'è un posto dove potrebbe... il tetto!» mi ricordo.

«No, Liam» obietta lei. «Lasciala in pace.»

I suoi occhi pieni di disprezzo mi trafiggono. Poi prende il cellulare dall'isola della cucina e gira i tacchi per dirigersi verso la terrazza.

«Chiedo a Jax di farmi sapere se la vede» dice da sopra la spalla.

La guardo allontanarsi e sposto lo sguardo sul mio vecchio amico, seduto su uno dei divani del soggiorno, con le spalle curve e le mani sepolte tra i capelli. Vorrei dirgli tante cose, ma le parole arrancano nella nebbia del mio cervello. Sì, avrei dovuto cercarlo. Ma ritrovare lui significava guardare negli occhi i miei errori. Avevo paura.

Questo ragazzo era mio fratello, la mia seconda ancora di salvezza. Andando via senza salutarlo non ho onorato la nostra amicizia e la mano che mi ha teso quando sono arrivato a Carolina Beach. Me ne sono andato come se non mi importasse. Mi merito la sua rabbia.

Apro la bocca più volte, ma poi mi arrendo. Niente può alleviare il suo dolore. Vado in cucina, prendo uno straccio e lo metto sotto l'acqua per pulirmi la ferita. Il mio gesto viene interrotto da Matteo.

«Rapunzel è piena di risorse, amico» dice, cercando di rassicurarmi. «Sono sicuro che sta tornando a casa. Dalle il tempo di digerire questa storia.»

Mi preme il panno bagnato sul labbro e annuisco, perché lo conosco. Queste parole di incoraggiamento sono per lui. È il suo modo di calmarsi. Ma i suoi occhi rossi e l'espressione triste mi fanno stringere ancora di più lo stomaco. Luna è entrata anche nella sua vita. Ha fatto breccia nel suo cuore e lui l'ha accolta a braccia aperte. E le mie azioni gliel'hanno portata via. Sono simili, a modo loro. Sognatori, con un cuore grande.

«Ha preso la borsa?»

Scuoto la testa. Dopo un silenzio pesante, Matt si allontana per dare da mangiare a Hendrix. Approfitto di questo momento di calma per avvicinarmi a Travis. Restiamo immobili uno davanti all'altro. Non ho bisogno di chiedergli a cosa sta pensando. La risposta è scritta in ogni muscolo teso del suo corpo. *Sei un codardo, non la meriti.* Non posso contraddirlo sulla seconda parte. Ma farò di tutto per essere degno di lei, un giorno. Sempre che me lo permetta.

Il silenzio teso si prolunga finché non decido di romperlo.

«Tee, mi dispiace non averti cercato quando sono tornato a New York. Davvero.»

Lui agita una mano, visibilmente infastidito dalle mie scuse.

«È tipico di te» dichiara, in tono irritato. «Pensi che tutto giri intorno a te. Sei così egocentrico da pensare che il motivo per cui sono in questo stato pietoso sia perché non mi hai chiamato? Vaffanculo, Liam. La *mia* migliore amica è là fuori da qualche parte, tutta sola, con il cuore spezzato, e ancora una volta è colpa tua. Non mi interessano le tue chiamate, non mi interessa essere tuo amico, perché come al solito tutti devono esserci per te, ma quando la situazione si ribalta tu non ci sei. Quindi mettiamo in chiaro le cose. Sono qui per Luna, non per te.»

«Che cosa vuoi dire?»

«Ti sono stato accanto quando Charlie è scomparsa» sibila, stringendo i pugni nelle cosce. «Sono rimasto per giorni a casa tua per assicurarmi che non ti soffocassi con il vomito e, alla prima occasione, mi hai dimenticato. Ci hai scacciati come se fossimo un ostacolo nella tua vita. È nella tua natura, Liam. E comunque c'eravate sempre voi due da una parte e Camille e io dall'altra. Siamo sempre stati la tua seconda scelta.»

Le sue parole mi feriscono come una lama conficcata nella carne. Ma è la convinzione che leggo nei suoi occhi a farmi più male. È davvero così che ha vissuto la nostra amicizia?

Lascio il mio posto per avvicinarmi a lui.

«Non è vero, e lo sai.» Sono indignato, mio malgrado. «Non ho mai fatto nessuna distinzione tra voi. Eravamo in quattro e pensavo che saremmo rimasti così per sempre. Mi avete accolto nel vostro gruppo e ve ne ero grato. Non avevo mai fatto parte di nulla prima di incontrarvi. Sì, mi sono innamorato di Luna, ma non ti ho mai voltato le spalle quando avevi bisogno di me. Ti ho sempre ascoltato e lo sai.»

Capisce a cosa mi riferisco perché, per un secondo, il suo sguardo mi evita.

L'ho ascoltato per pomeriggi interi. L'ho consolato. Non l'ho giudicato. Ho capito i suoi dubbi e mantenuto i suoi segreti. Cose che nemmeno Luna e Camille sanno.

«Va tutto bene ragazzi, fermatevi» dice la voce profonda di Matt alle mie spalle. «Avrete tutto il tempo per discutere del passato. La cosa più importante è trovare Rapunzel e assicurarsi che arrivi sana e salva all'appartamento.»

Camille entra nel soggiorno e allenta un po' la tensione.

«Jax ha detto che mi chiama se la vede. Ho anche chiesto al nostro vicino, il signor Emerson, di tenere gli occhi aperti. È la sua specialità, comunque.»

Il tono doveva essere leggero, ma la rigidità del corpo e il pallore del viso trasmettono la sua preoccupazione.

«È fuori senza telefono, al freddo.»

«E in calzini» aggiunge Travis.

Le loro parole mi schiacciano. Ci guardiamo negli occhi, con così tante domande senza risposta che l'aria diventa pesante.

«Travis, Camille, fate un giro dei bar e dei ristoranti della strada. Potrebbe essere entrata per usare un telefono. Matt, vedi se...»

La frase mi muore sulle labbra al tintinnio dell'ascensore.

Le teste si girano. La tensione aumenta.

Fai che sia tu, Luna. Per favore, torna da me.

Dei passi si avvicinano.

Ancora.

Più vicini.

Prometto di sistemare tutto.

Ma è la figura imponente di Morgan ad apparire sulla soglia.

Dietro di me risuonano i sospiri delusi dei miei amici.

«Andiamo, Tee» dice Camille. «Ti terremo aggiornato.»

Li guardo allontanarsi, entrare nell'ascensore, e in quel momento la mia tasca posteriore inizia a vibrare.

Si dice che l'intuito vede meglio degli occhi e non sbaglia mai.

Non ho avuto bisogno di guardare il numero.

Mi è bastato avvertire quel brivido sgradevole sulla schiena perché mi si gelasse il sangue.

2
Liam

> **Numero sconosciuto**
> Controlla le tue e-mail.

Nonostante il retrogusto amaro in bocca, corro al computer di Matt aperto sul tavolo in sala da pranzo. Ignoro il suo sguardo perplesso, così come quello di Morgan. Ignoro anche le mie mani tremanti. E il mio cuore che sta quasi per cedere.

Una e-mail mi invita a cliccare su un link.

«No» mi avverte Matt, posando la mano sulla mia. «Potrebbe essere un virus.»

Allontano la mano e clicco. La tensione nella stanza diventa soffocante. Mi si stringe la gola.

Matt e Morgan stanno accanto a me, come statue di cera.

La connessione è stabilita.

E il mio cuore si ferma.

No, implode.

Un ringhio sfugge dal petto di Morgan, o forse da quello di Matt, mentre la sua mano preme contro la mia spalla.

Li sento a malapena. Sono insensibile. Svuotato.

Prima arriva la paura, poi la rabbia, poi la confusione. Niente di quello che si svolge davanti ai miei occhi ha senso, eppure il video che guardo fino a bruciarmi le retine mi strappa una parte dell'anima.

Luna, la parte migliore di me, seduta su una sedia, con i piedi legati e le mani bloccate dietro la schiena. Sotto le maniche della mia maglietta e sulle cosce nude sopra i calzini, vedo dei graffi che non aveva quando se n'è andata. I capelli sporchi le scendono sul viso chino in avanti. Se non avesse le mani legate crollerebbe a terra. Mi sento come se stessi guardando un film horror, come se fossi fuori dal mio corpo. Mi sveglierò presto. Ho bisogno di svegliarmi.

Svegliati.

«Piccola Luna» piango. «Apri gli occhi, per favore.»

Non importa quanto la imploro e scuoto lo schermo, la mia voce non ottiene nessuna reazione.

Come ha fatto ad arrivare lì in così poco tempo? Chi vuole farle del male al punto di rapirla?

«Rapunzel» chiama Matt, con la voce rotta dai singhiozzi.

Niente.

«Non vi sente» interviene Morgan. «Dalla sua parte l'audio sembra staccato.»

Metodico e imperturbabile, Morgan prende il computer dalle mani di Matt e lo posa sul bancone della cucina. Senza una parola, con le braccia incrociate sul petto, la mia guardia del corpo fissa lo schermo, concentrata, con le sopracciglia aggrottate. Non so cosa stia cercando, ma la sua calma mi devasta.

In questo momento, mi odio per non essere stato in grado di aiutarla. Mi sento impotente. Inutile.

Poi una sagoma attraversa lo schermo, e tutti ci immobilizziamo. L'uomo seduto su una sedia, con una pistola in mano e un sorriso freddo sulle labbra, aggiunge un'altra domanda all'infinità di quesiti che mi brulicano nel cranio.

Poi la luce della webcam si accende e ci lascia di stucco.

«Te l'avevo detto che ci saremmo rivisti» cantilena Calvin. «Se avessi saputo che mi aspettava un comitato di accoglienza, mi sarei vestito meglio.»

Il bastardo si passa una mano tra i capelli per domare la chioma castana, poi si liscia la felpa nera come se fosse un completo tre pezzi. È uno psicopatico. Un pezzo di merda che ha appena firmato la sua condanna a morte.

Avrei dovuto dare ascolto alla strana sensazione che mi stringeva la gola ogni volta che lo incontravo.

Spingo Morgan da parte e mi infilo tra lui e lo schermo. Avvicino il viso alla webcam, e articolo con calma, con una voce rauca e quasi irriconoscibile: «Se la tocchi, giuro che non uscirai vivo dal buco in cui ti nascondi. Fosse l'ultima cosa che faccio, ti ucciderò, Calvin»

«Non avere tanta fretta, amico. Ci vedremo presto.»

«Spero per il tuo bene che sia viva» ruggisce Matt.

Alzo lo sguardo sui miei amici. Le loro espressioni preoccupate mi fanno rivoltare lo stomaco. Non so perché ce l'abbia con Lu, ma il mio nodo in gola grida che c'entro qualcosa.

La mancanza di emozione negli occhi di Calvin mi fa rizzare i peli sulla nuca. È come se fosse disconnesso dalla realtà, eppure molto concentrato. Morgan, per parte sua, rimane placido, con i pugni serrati nelle tasche dei pantaloni.

Questa storia deve finire stasera.

«Farò quello che vuoi» dico, nonostante le parole mi brucino la lingua. «Ma devo sapere se è viva.»

«Dato che me lo chiedi così gentilmente, diamo un'occhiata.»

Si alza dalla sedia e si avvicina a Luna, rigido come un robot. Le mette due dita sotto l'orecchio per sentirle il battito. Restiamo in attesa. Il suo sorriso malvagio non si spegne mentre scosta i capelli di Luna dal suo viso. E nemmeno quando un lampo di dubbio gli attraversa lo sguardo.

Respira, Lu. Il tuo cuore è sempre in sintonia con il mio. Se il mio batte, batte anche il tuo. Per favore.

«Ammetto che a lezione di chimica non ero il migliore. Potrei aver dosato male la sostanza che le ho dato da bere.»

Si tocca il mento con l'indice, come se fosse perso in una profonda riflessione, mentre con l'altra mano stringe saldamente i capelli di Luna. Poi le dà uno schiaffo con il dorso della mano. Il rumore risuona nelle mie orecchie e mi scuote nel profondo dell'anima. Morgan non si muove, Matteo distoglie lo sguardo, e io tengo gli occhi incollati sulla mia migliore amica.

«Figlio di puttana» ringhio.

«Almeno avete la vostra risposta.»

Un gemito di dolore attraversa le labbra bluastre di Luna, le sue palpebre sbattono, faticando ad aprirsi. La mia furia esplode, perdo il controllo del mio respiro. E lui ride, orgoglioso di averci messi in questo stato.

«Scommetto che vuoi prendermi di nuovo a pugni.»

Avvicina il viso allo schermo, mostrandomi lo zigomo.

«Avanti, signor amministratore delegato, colpiscimi… ah, è vero, non puoi farlo.»

«Dimmi dove sei, dammi l'indirizzo.» Di nuovo quel ghigno.

«Per picchiarmi o offrirmi dei soldi per liberarla? Sappi che nemmeno tutti i tuoi soldi la salveranno.»

Le sue parole mi paralizzano. Se non vuole soldi, allora cosa vuole? È una specie di vendetta patetica perché Luna lo ha lasciato? Una questione di ego ferito?

Dietro di lui, Luna sviene di nuovo. E io ingoio il nodo che ho in gola per non crollare davanti a lui.

«Aspettiamo, quando ci saranno tutti possiamo finalmente iniziare la nostra tanto attesa discussione.»

Dà un'occhiata all'orologio, sembra soddisfatto, poi annuisce e si rannicchia davanti allo schermo. Con un sorriso perverso sulle labbra, dichiara: «Giusto in tempo».

Sentiamo il tintinnio che annuncia l'arrivo dell'ascensore. Mia madre entra in soggiorno, strappandomi un sospiro di sollievo. Ma dura poco, poiché le successive parole di Calvin mi fanno vacillare.

«Saluta tua madre da parte mia. Ti richiamo più tardi.»

«No!» protesto, ma è troppo tardi. La connessione si è interrotta, portandosi via una parte di me.

«Che succede, tesoro? Sembri sul punto di svenire.»

La bile acida mi risale in gola.

«Cosa ci fai qui, mamma? Sei in combutta con lui?»

Il mio tono è aspro, quasi crudele. Ma lei non si scompone.

«Liam, mi hai mandato un biglietto aereo una settimana fa» mi dice senza batter ciglio. «Sembrava che tu avessi qualcosa di importante da dirmi, quindi eccomi qui.»

«No...»

Mio Dio, aveva pianificato tutto? E cosa c'entra mia madre? La mancanza di controllo mi fa impazzire.

«Hai una sua foto?» chiedo a Matt.

«Sono riuscito a fare uno screenshot dal computer.»

Allo stremo dei nervi, afferro saldamente l'avambraccio di mia madre e la trascino davanti allo schermo. Se questa storia ha qualcosa a che fare con un debito di gioco o con qualche sua altra sciocchezza, non la perdonerò mai.

«Lo conosci?»

Mia madre strilla di dolore, ma si china per guardare oltre la spalla di Matt. Esamino la sua reazione, cerco il minimo indizio sul suo viso che mi dimostri che sta per dirmi una bugia.

«Ingrandisci il viso» chiede, con voce febbrile.

Matt obbedisce. Una brutta sensazione si insinua dentro di me, il mio battito accelera. Mia madre impallidisce. Le dita cominciano a tremare intorno all'isola della cucina.

«Penso che sia Kole... il figlio del tuo patrigno.»

3
Liam

Quando le fiamme incendiano tutto il tuo mondo, devastando le tue convinzioni, lasciandoti impotente ad arginare l'incendio, cosa fai? Calpesti il mucchio di cenere sul pavimento e ti versi un bicchiere di qualcosa di forte. Corri al frigo, cerchi dell'alcol, e poi, realizzando che quella quantità non basterà ad anestetizzare il dolore, cambi idea. Ti porti la bottiglia alle labbra e ingoi tre sorsi del tuo liquore più costoso, finché la tua lingua non diventa insensibile. Per pochi secondi la tua ansia si attenua. Ma non scompare, perché niente potrà mai tappare il buco che ti squarcia il cuore.

«Charlie vedeva un tizio di nome Kole» dico, con voce spenta. «Può mai essere una coincidenza che lui e questo pezzo di merda abbiano lo stesso nome?»

La mia domanda è retorica, ma nel profondo del mio cuore prego che mia madre mi rassicuri. Darei qualsiasi cosa per sentirle dire che ha incontrato il ragazzo di mia sorella, e non era la stessa persona.

Ma quando gli ingranaggi del suo cervello mettono

insieme i pezzi, un grido di paura le sfugge dalla gola e riecheggia tra le pareti, confermando le mie paure.

Kole, figlio del mio caro patrigno Mike, era davvero il fidanzato della mia sorellina.

«Mamma, quando hai scoperto che Mike aveva un figlio?» le chiedo quando torna in sé.

A pochi passi da me, Sarah si gira verso Morgan e Matt.

«Potete lasciarci da soli?»

«No, sono stanco di tutti questi segreti» obietto, al limite della pazienza. «E poi ho bisogno che elaborino un piano per riportare qui Luna.»

Non trattiene una smorfia di disprezzo quando mi sente fare il suo nome. Dopo tanti anni, la incolpa ancora per il suicidio di Charlie.

La guardo sbalordito, in attesa della sua risposta, ma il suo silenzio ostinato mi fa impazzire di rabbia. Quindi esplodo.

«Parla» le ordino.

Lei sussulta e si stringe le braccia intorno alla vita, come per proteggersi dalla mia rabbia, ma oggi non le permetterò di intrappolarmi nella rete delle sue manipolazioni. Ecco perché le do le spalle quando vedo una lacrima solitaria rigarle la guancia. Premo i palmi delle mani sul frigo e inizio a canticchiare una canzone per non crollare. Non mi sorprende che la prima che mi viene in mente sia quella che Luna cantava seduta sul davanzale della finestra. Ancora non sa che mi nascondevo per ascoltarla. Se usciamo indenni da questa storia, lo giuro, farò di tutto per farci guarire insieme dai nostri traumi. Io alla chitarra, lei con la sua voce magica. Una vita semplice, risate, felicità, nient'altro. Da amici o amanti, non mi importa. Voglio soltanto veder fremere le sue lentiggini mentre ride. E il suo naso che si arriccia prima di darmi una rispostaccia. Il modo in cui i suoi occhi si chiudono quando le sfioro la pelle. Come se fosse troppo doloroso. Troppo bello. Non abbastanza.

Ricaccio in gola i singhiozzi prima di voltarmi. Con la coda dell'occhio, vedo Morgan lasciare la stanza e andare in corridoio. Matt si siede sullo sgabello, muovendo freneticamente la gamba. Mia madre, dal canto suo, cammina avanti e indietro. Con il cuore pesante, crollo sul divano. Affondo i gomiti nelle cosce e mi prendo la testa tra le mani, incapace di guardarla.

«Ti ascolto» dico. «E non tralasciare nessun dettaglio.»

«Giuro che non sono una persona cattiva» esordisce lei, con la voce rauca.

Sono troppo amareggiato, quindi evito di rispondere. Dopo alcuni interminabili secondi di silenzio, mia madre inizia la sua storia.

«Al liceo, con Odie e Tristan, tuo padre, eravamo inseparabili. Avevamo deciso che dopo il diploma saremmo venuti negli Stati Uniti. Lui voleva studiare legge per poter fare carriera nelle forze di polizia e io… pensavo di voler diventare medico. Il giorno prima della consegna dei diplomi, però, ho scoperto di essere incinta di te. I miei genitori si rifiutarono di lasciarmi partire, così Tristan decise di restare con noi. Odie fu l'unica a venire in America. Tuo padre si iscrisse all'università in Inghilterra e io non proseguii gli studi.»

Tace per un momento, poi trae un lungo respiro febbrile.

«Non mi ha mai incolpata per avergli fatto rinunciare al suo grande sogno, a differenza dei suoi genitori, che mi odiavano. Tuo padre ti adorava e mi ha incoraggiata a tornare a studiare. Invece di godersi la vita studentesca, tornava a casa e mi dava il turno per lasciarmi mettere sui libri. Ero pazza di lui, devi credermi. Era un uomo gentile, paziente e divertente. Charlie non era prevista, ma eravamo felici di espandere la famiglia. Soprattutto perché il parto sarebbe avvenuto ben dopo la fine dei miei studi.»

Nuovo silenzio.

«Abbiamo ottenuto il nostro primo lavoro. Lui in polizia, io come segretaria in un piccolo studio medico. All'inizio facevamo fatica con gli orari, ma poi abbiamo trovato una tata fantastica e abbiamo iniziato a cavarcela meglio. Con il passare del tempo, però, lui ha cominciato ad assumersi sempre più responsabilità nel suo lavoro e il nostro rapporto si è deteriorato. Non era quasi mai a casa, così a un certo punto l'ho accusato di tradirmi con una collega. Si è limitato a rispondermi che non l'avrebbe mai fatto. Nient'altro. Non mi ha mai rassicurata, eppure era tutto ciò che desideravo. Che mi dimostrasse che era un'idea assurda, che fosse più affettuoso, non che me lo dicesse in modo tanto distaccato. Ancora oggi non so se avevo ragione, ma mi sentivo depressa. Sola. E ho commesso un errore.»

Mia madre trattiene un singhiozzo mentre io mi conficco le unghie nel cuoio capelluto.

«Ho incontrato Mike all'ospedale, aveva accompagnato un amico a cui avevano sparato. Ora so di essere stata stupida, ma mi ha fatta sentire desiderata. Un uomo misterioso e un po' pericoloso voleva me. Stare con lui era esaltante. In seguito, ho capito che quello che pensavo fosse amore era soltanto possesso. Ero sotto la sua influenza. Tanto che quando ho scoperto che era sposato e padre di un figlio della tua età, non mi è importato. Ero diventata dipendente dalle emozioni che provavo con lui. Da quella sensazione di vivere sulle montagne russe. È durata due mesi… poi tuo padre ha scoperto la verità guardando il mio cellulare.»

Non ho ancora trovato il coraggio di guardarla. Non posso. Voglio mantenere intatta nella mia mente l'immagine che avevo di lei.

«Quel pomeriggio abbiamo litigato e lui se n'è andato. Ero distrutta, un disastro. Non volevo vedere nessuno, soprattutto Mike. Era colpa sua se il mio matrimonio era finito.»

«Per tutti questi anni ci hai lasciato credere che se ne fosse andato perché non voleva più una famiglia, quando voleva scappare da te.»

«Tesoro…»

«No, continua» sibilo.

Ho la sfortunata idea di alzare la testa. Le sue guance sono rigate di lacrime, le sue spalle sono curve. Il mio cuore non riesce a decidere quale emozione provare nei suoi confronti. Rabbia e delusione si stanno dando battaglia dentro di me.

Non guardo Matt quando mi alzo per versarmi un altro drink.

«Sto aspettando» sbotto, invitandola a proseguire.

Si avvicina timidamente a me, i suoi occhi tristi fissi nei miei. La sua mano si posa sul mio avambraccio prima di continuare.

«Ho rincontrato Mike alcuni mesi dopo. Mi disse che aveva lasciato la moglie perché non sopportava più di stare lontano da me. Ero ancora fragile e devastata dalla partenza di tuo padre. Così la nostra storia è ricominciata, e lui è venuto a vivere con noi. Non sapevo in quanti affari pericolosi fosse coinvolto. Quindi, quando ha scoperto i dettagli sull'uomo che viveva con noi, tuo padre...»

Il mio cuore manca un battito. Le allontano la mano.

«Mio padre? Che cosa significa?»

Altre lacrime scendono sulle sue ciglia, senza colare sulle guance.

«Mike era noto alla polizia. Giocava d'azzardo e non riusciva più pagare i suoi creditori, quindi aveva cominciato a vendere droga. La sua attività gli aveva procurato molti nemici. Tuo padre era furioso che l'avessi lasciato avvicinare a voi. Quindi è tornato.»

«Non capisco...»

«Liam, tuo padre era molto arrabbiato con me, ma non è mai andato lontano. Abitava a quindici chilometri da casa nostra.»

Mi si mozza il fiato. Sconvolto, faccio un passo indietro.

«Voleva portarmi via i miei figli» geme lei, tra le lacrime.

«Cos'è successo dopo?»

Silenzio.

«Voglio la verità!» abbaio.

«L'ho minacciato di denunciarlo per percosse se avesse chiesto l'affido esclusivo. Sapevo che presto avrebbe dovuto sostenere l'esame per diventare capitano di polizia. Era il suo sogno e, per questo, la sua fedina penale doveva essere pulita. Mi dispiace» aggiunge, fra i singhiozzi. «Non volevo restare sola.»

Scaglio il bicchiere che ho in mano contro il muro della cucina.

«E poi le tue bugie ti si sono ritorte contro. Il karma ti ha fregata.»

Lo schiaffo non mi sorprende. Ciò che mi sorprende è l'abissale assenza di emozioni che provo di fronte all'angoscia di mia madre. La mia testa scatta di lato, ma incasso stringendo i denti. Morgan, che nel frattempo è tornato, la afferra per le spalle e la allontana da me. Mia madre si dimena, implora il mio perdono. Ma non ho intenzione di concederglielo. La vita mia e di Char sarebbe stata molto diversa se non fossimo cresciuti pensando che nostro padre non ci voleva. Ci ha tolto anche questo per egoismo.

«Dov'è adesso?»

«Non lo so» risponde, in un sussurro che suona falso.

«Dove si trova?» ripeto, in tono più duro.

«Da qualche parte negli Stati Uniti» confessa, gli occhi fissi a terra.

Non ho più la forza di reagire.

«Con il suo lavoro avrebbe potuto trovarci in due secondi, ma non ha fatto nulla. Quindi non metterti in testa che sia migliore di me. Tesoro» sussurra, posandomi le mani sulle guance «so di non essere perfetta, ma finché Mike non vi toccava, potevo sopportare tutto».

«Quella sera ha dato uno schiaffo a Charlie» urlo, la gola in fiamme.

«E ne ha subito pagato il prezzo» dice lei freddamente.

Comincio a muovermi avanti e indietro per rilassare le gambe.

«Cos'è successo quella sera?» chiede Matt. «La sera dell'omicidio.»

«Sono andata nel panico. Avevo due figli da proteggere, quindi ho chiamato Odie. Mi ha detto cosa fare, ho seguito i suoi ordini, ho raccolto le nostre cose e ho preso una camera d'albergo. Ho lasciato lì il corpo tutta la notte, pregando che nessuno venisse a bussare alla nostra porta. Il giorno dopo, un uomo inviato da Odie si è presentato lì e mi ha chiesto di seguirlo.»

Mi ricordo. Era stata via tutto il giorno, lasciandoci da soli, spaventati, con venti sterline da spendere per mangiare. Ero così terrorizzato all'idea che arrivassero i poliziotti che ci ho chiusi in un vecchio armadio pieno di muffa.

Mi basta abbassare le palpebre per sentire quell'odore pungente. Ho passato la serata a rassicurare mia sorella, raccontandole storie per distrarre la sua attenzione dai miei singhiozzi. Mia madre tornò a tarda notte e mi fece promettere di mantenere il segreto. Charlie dormiva ancora sulle mie cosce. Poi ci abbracciò stretti, come se potesse servire a cancellare tutto.

«Abbiamo pulito la casa da cima a fondo dopo esserci sbarazzati del corpo» ammette, prima di fermarsi.

Troppo a lungo. Il resto della sua storia getta nuova luce su tutte le sue bugie. La mia vita non è stata altro che una serie di segreti.

«Anche se l'ho pregata di non farlo, la tua madrina ha avvertito tuo padre. È stata sua l'idea di far passare la scomparsa di Mike come una fuga causata dai suoi imbrogli.»

«No...»

«Ho seguito il suo piano alla lettera. Sono andata alla polizia per denunciare la scomparsa di Mike e ho interpretato il ruolo della compagna in lutto. Poi lui è riuscito a far archiviare il caso.»

Lo choc mi paralizza per un momento, il tempo necessario perché una lacrima sfugga ai miei occhi e coli sulla mia guancia.

«Quindi non hai mai temuto per la tua libertà? Mi stai dicendo che il macabro segreto che ci perseguitava non è mai stato davvero in pericolo? Ci hai fatti vivere in un clima di paura per tutta l'infanzia! Perché? Per tenerci al tuo fianco? Luna si è sacrificata...»

Il mio cuore non riesce a terminare la frase. Corro in terrazza. Ho bisogno di aria, mi sento soffocare. Mi affondo le dita fra i capelli e il vento fresco asciuga le lacrime amare sulla mia pelle.

«Respira» mi sussurra il mio migliore amico. Matt mi ha raggiunto e mi fa un sorriso che immagino sia forzato.

«La troveremo» aggiunge. «E poi, è così rompiscatole che non escludo che possa riportarla indietro lui stesso.»

«Grazie» dico, guardandolo negli occhi.

Grazie di aver provato ad alleggerire la situazione. Grazie di essere un po' come lei. Grazie di essere qui per noi.

Mia madre emerge in terrazza come una furia, interrompendo il nostro momento.

«Certo che è un segreto, Liam! Ho ucciso Mike quel giorno. La polizia ha creduto che fosse scappato per sfuggire ai suoi problemi, ma non tutti hanno accettato questa versione. Soprattutto la moglie di Mike. Lui non l'aveva mai lasciata, quindi mi ha accusata di mentire. Mi telefonava a tarda notte, mi pedinava per le strade. Restava per ore fuori dal mio ufficio. Non ne potevo più. Avevo paura che convincesse un detective a riaprire le indagini, così ho chiamato Odie, e il resto lo conosci.»

«Perché non mi hai detto la verità quando sono diventato abbastanza grande da capire?» la aggredisco. «Sai cosa ha fatto Luna? Ha ceduto a un terribile ricatto per proteggere il tuo segreto, così tu non saresti marcita in prigione e Charlie e io non saremmo rimasti soli.»

Alla menzione del nome di Luna, si irrigidisce e fa una smorfia.

«Le hai raccontato il nostro segreto?»

«Certo che sì. Era la mia migliore amica. Mi fidavo di lei.»

«E non ti rendi conto di quanto sia brava a ingannarti? Addirittura inventare uno stupro per giustificare quello che hai visto quel giorno!» esclama, tirando su col naso con disgusto. «Ti stava tradendo mentre tua sorella veniva aggredita. Charlotte è morta a causa sua.»

Il corpo di Matt si tende, ma riesce a trattenersi per non fare nulla di cui potrebbe pentirsi. Peccato che io non abbia la sua forza di carattere. Esplodo, sputando fuori tutto il mio dolore e il mio risentimento. Sono verità che mi pesano sul petto da troppo tempo.

«No, è morta per colpa tua! Perché ti rifiutavi di raccontare la verità alla tua principessa, perché ti rifiutavi di mandarla da uno psicologo. L'hai lasciata in un equilibrio instabile, nonostante la vedessimo entrambi soffrire. Luna le è stata vicina molto più di noi due, quindi ti proibisco di mancarle di rispetto. Ora andiamo a riprenderla e passerò il resto della mia vita a fare ammenda. E tu le chiederai scusa.»

«No.»

«E invece sì» ringhia Matt.

Mia madre tace. Ed è così che vedo il suo vero volto. Risentito. Egocentrico. Narcisista. E non lo sopporto.

L'improvviso arrivo di un messaggio fa aumentare ulteriormente la tensione nella stanza. Prima di correre al computer, chiedo: «Per caso hai altro da confessare?».

«No» sussurra mia madre.

Matt e Morgan sono già di fronte allo schermo. Respiro meglio quando vedo che i bellissimi occhi grigi di Luna sono aperti. E mi accorgo che riesce a vedermi quando noto che li ha spalancati. Accarezzo lo schermo con la punta delle dita, come se potessi sentire il calore della sua pelle.

«Vengo a prenderti, d'accordo?»

Con il bavaglio intorno alla bocca, Luna annuisce.

«Ti ho vista più in forma, Rapunzel» cerca di scherzare Matt.

Luna ride con gli occhi, poi li chiude, e qualche lacrima scorre lungo le sue guance. Il mio cuore sprofonda, schiantandosi al suolo. *Resisti, cuore mio.*

«Ma che carini» commenta Calvin, piazzandosi di fronte a lei. Mi rendo conto soltanto ora che il suo accento americano è scomparso. «Immagino che abbiate avuto il tempo di fare una chiacchierata. Fra pochi minuti riceverete un indirizzo. Avete un'ora per arrivare.»

Pronuncia le ultime parole come se le avesse provate più volte.

«Abbiamo?»

«Tu e Sarah.»

Scuoto la testa, mentre mia madre soffoca un grido di panico mettendosi una mano sulla bocca.

«No, vengo da solo.»

Il bastardo fa schioccare la lingua sotto il palato.

«Non credo» replica, posizionandosi dietro Luna.

Per convincerci, fa scorrere la canna della pistola lungo la mascella di lei, strappandole un gemito di terrore.

«Porta anche Sarah, altrimenti non posso garantirti che la tua cara Luna sarà ancora viva al tuo arrivo. A proposito, ho anche delle informazioni che aspettavi da anni. Hai un'ora esatta, non un minuto di più.»

La connessione si interrompe. Ho appena il tempo di affogare nell'angoscia degli occhi di Luna prima che lo schermo diventi nero.

«Non puoi andare» interviene Matt. «È un suicidio. Abbiamo un'ora per trovare una soluzione.»

«È Luna» dico, semplicemente.

La frase vale più di mille parole, e mi riporta a una nostra conversazione di sei mesi fa, nello spogliatoio della palestra. *Luna è tornata. Voglio liberarmi di lei*, gli avevo detto. Una bugia patetica, perché quel giorno mi era bastato uno sguardo – tre brevi secondi in un corridoio affollato – perché il mio cuore capisse che apparteneva ancora a lei. Ed era la fine. Nella mia testa Luna Collins non sarebbe mai stata il passato. Ho cercato di lottare, nella certezza che la situazione fosse senza speranza. Eppure questa ragazza è il mio presente e il mio futuro. Il mio talismano più bello, la mia ancora di salvezza, la mia bussola.

«Sei pazzo se pensi che ci lascerà uscire vivi quando scoprirà cos'ho fatto a suo padre!» urla mia madre, in preda al panico. «Vuole vendicarsi, mi sembra ovvio.»

«La cosa più importante è che Luna esca sana e salva da questa storia. Lei è la vittima.»

Mia madre sussulta per la sorpresa.

«E io no?» protesta. «Dobbiamo chiamare le autorità.»

«La polizia? Vuoi davvero che Luna venga uccisa?»

«Signor Davis, potrei avere un'idea» interviene Morgan.

Lancio un'occhiata al mio migliore amico, poi riporto l'attenzione sulla mia guardia del corpo. Lo ascolto spiegarmi il suo piano con il cuore e i polmoni compressi. Mia madre impallidisce visibilmente. Matt lo fissa con aria seria. La sua proposta mi sembra assurda, irrealizzabile, eppure mi bevo le sue parole, me le imprimo nel cervello per non commettere alcun errore fatale.

«Prenda la sua pistola.»

«Ma lo perquisirà» strilla mia madre.

«Speriamo proprio di sì» dice lui, sicuro di sé.

Non gli chiedo come pensa di ottenere ciò che dovrebbe tirarci fuori da questo caos. Non sono sicuro di volerlo sapere. Lo ascolto e mi fido di lui, perché mi ha sempre protetto.

«Una volta posizionata l'arma, non deve toccarla» mi avverte, con aria seria. «Servono trenta minuti perché faccia effetto. Si sforzi di farlo parlare il più a lungo possibile.»

«Sono tanti, trenta minuti» si preoccupa Matt, turbato.

«Ha ragione, è un'eternità, ma è anche la nostra unica opzione. Non sappiamo se Kole abbia dei complici. Presentarsi lì e aspettarsi di poterlo affrontare da solo sarebbe da stupidi.»

Ritorno nella mia stanza, seguito da mia madre e Matt. Indosso in fretta una felpa e dei pantaloni della tuta neri.

«Non dimenticare quello che ha detto» mi ricorda il mio amico. «I calzini lunghi.»

Annuisco e lo guardo uscire dal mio armadio con un paio di calze. Me le porge con le mani tremanti. Nessuno di noi fa il gradasso. Stasera il nostro orgoglio non ha posto in questa stanza.

«Ci deve essere un'altra soluzione» pigola mia madre.

Mi infilo le scarpe da ginnastica e mi metto di fronte a lei, in modo che capisca bene quello che sto per dire.

«Ora andiamo, e tu seguirai il piano alla lettera in modo che tutti ne usciamo vivi.»

Lei afferra i leggings di riserva lasciati dalla sorella di Matteo e prende una delle mie magliette.

«Lasciami venire con te» mi implora Matt.

«Ho bisogno di te qui» sussurro per non dire quello che penso.

Almeno uno di noi deve sopravvivere, per Luna.

So che ha capito.

«E poi Satine ha bisogno di suo padre. Avvisa Tee e Camille, dì loro la verità. Se nessuno di noi torna, racconta tutto al padre di Lu. È meglio che sappia la verità e non viva il resto della sua vita nel dubbio. Se Luna dovesse tornare senza di me, fammi un favore.»

Recupero il mazzo di chiavi dal comodino e prendo quella più piccola.

«Un notaio ti spiegherà tutto, ma la chiave apre la mia cassaforte in banca. Dalla a Luna. All'inizio non la vorrà, ma devi convincerla, a tutti i costi. So che quando ti impegni nessuno può rifiutarti nulla.»

«Amico…» mi avverte, con voce tremante «non provare a fare il sentimentale con me, d'accordo?»

Mi fa ridere, ma insisto.

«Se non torno, per favore, fallo per me.»

Provo ad abbracciarlo, ma lui si scansa.

«No, non ho intenzione di dirti addio.»

Allunga il pugno verso di me. Le lacrime gli velano gli occhi.

«Tornerai, va bene?»

Annuisco febbrilmente. I nostri pugni si incontrano, i nostri sguardi dialogano in silenzio, poi la voce piena di odio di mia madre ci riporta alla realtà.

«L'hai messa nel tuo testamento? Si prenderà tutto.»

«È questo che ti interessa? I soldi?» sibilo, disgustato da tutto ciò che sto scoprendo di lei. «Non temere, mamma, non sono soldi. E anche se fosse, se anche avessi deciso di lasciare tutto a lei, Luna non ti farebbe mai rimanere a secco. È la persona più altruista che abbia mai conosciuto.»

«E allora cos'è?»

Per un attimo penso di non rispondere, ma alla fine non riesco a resistere: «Uno dei suoi sogni che avevo promesso di realizzare».

«Siete pronti?» chiede Morgan, che è appena tornato.

Viene accolto da un silenzio di piombo. Il mio cuore batte forte, mia madre è terrorizzata, Matt non respira più.

«Ho trovato quello di cui avevamo bisogno. Il Gps della sua pistola funziona ancora?»

Mi limito ad annuire.

«Trenta minuti, non lo dimentichi» insiste. «Poi arriverò il prima possibile.»

«Grazie, Morgan» rispondo, nonostante l'angoscia che mi serra il petto.

La sua mano si ferma sulla mia nuca.

«Un'altra cosa. Da quello che ho potuto osservare, questo tizio è un sociopatico. Una volta dentro, non cerchi di ragionare con lui, di fargli cambiare idea o di supplicarlo. I sentimenti e l'amore non funzionano con gente del genere. Gli importano soltanto il potere e il dominio. Anche se sa che Luna è il suo punto debole, si sforzi di non darlo a vedere. Non sappiamo cosa nasconde lì, ma di sicuro le legherà le mani o i piedi. Ancora una volta, lo lasci fare, le assicuro che il nostro piano funzionerà. Non gli menta, gli dica quello che vuole sapere. E mi raccomando, lo faccia parlare il più possibile. Eviti i lunghi silenzi e, soprattutto, cerchi di restare vivo.»

4
Luna

«Immagino che tu abbia molte domande.»

Con il mento orgogliosamente sollevato, mi costringo a sostenere il suo sguardo. Mi rifiuto di mostrare a questo psicopatico che sono paralizzata dalla paura e che il bavaglio che ho in bocca mi fa venire la nausea. Lo guardo negli occhi con aria di sfida, cercando di comunicargli tutto ciò che le mie labbra non possono dire.

Odio. Disgusto. Rabbia.

La distanza tra noi sta diminuendo. Quando non restano che pochi centimetri fra i nostri corpi, le sue dita disgustose cercano di accarezzarmi lo zigomo. Mi ritraggo. Ma il mio rifiuto non lo scuote, anzi, sembra quasi che la mia sfrontatezza lo diverta.

Di colpo le sue mani sporche mi afferrano la mascella. Poi, senza una parola, il suo sguardo malvagio scruta ogni angolo del mio viso. Come se non avesse mai avuto l'opportunità di osservarmi così da vicino, così vulnerabile ai suoi desideri. Per una frazione di secondo, i suoi occhi diventano nostalgici, quasi sognanti.

«Parlava spesso di te» esordisce, sottovoce. «Luna di qui, Luna di là. Ti voleva molto bene, era convinta che io e te saremmo andati d'accordo. Così, negli ultimi mesi, ho voluto farmi una mia opinione. Non mi hai reso le cose facili.»

Emetto un gemito soffocato.

«Vuoi dire qualcosa?»

Quando allunga la mano verso la mia bocca, indietreggio di nuovo. Per niente turbato dalla mia reazione, afferra la benda e me la fa scivolare sotto il mento. Ruoto i muscoli della mascella per rilassarli, ma l'umidità della stanza mi provoca un attacco di tosse.

«Qual è il tuo vero nome?»

Le sue iridi si illuminano, come se sapesse che sta per iniziare un gioco che lo divertirà molto.

«Piacere, sono Kole. Il figlio del patrigno del tuo amato.»

Ha un tono disinvolto, come se fossimo due sconosciuti che si sono incontrati per caso all'angolo di una strada.

«E il ragazzo di Charlie» aggiungo.

«In carne e ossa. Strana la vita, non trovi? È mancato poco che ci incontrassimo anni fa, e guardaci oggi.»

«Scommetto che non le hai detto che eri il figlio di Mike quando l'hai fatta innamorare di te» sibilo. «Hai manipolato una ragazza di quattordici anni. E per cosa? Tuo padre era...»

Non ho tempo di finire la frase. Mi salta addosso in un lampo e mi stringe forte il collo con una mano, soffocando il mio respiro già molto irregolare.

«Luna, sono stato gentile con te finora. La tua opinione sulle mie azioni non mi interessa. E ti consiglio di fare attenzione alle parole che escono da quella boccuccia graziosa» ringhia, minaccioso, a pochi centimetri dal mio viso.

Mi passa il suo pollice sulla bocca.

«La famiglia Davis merita tutto ciò che le sto facendo. Purtroppo per te, tu sei un danno collaterale. Un magnifico, delizioso, conturbante danno collaterale.»

«Hanno sofferto tanto quanto te.»

La sua mano callosa lascia finalmente la mia pelle. Stavolta Kole si accovaccia davanti alla mia sedia e scioglie i lacci che mi legano le caviglie. Poi il mio aguzzino si alza per liberarmi le braccia. Il mio istinto di sopravvivenza prende il sopravvento. Non voglio morire qui. Con le poche forze che mi restano, ancoro i piedi a terra e gli colpisco il naso con il gomito. La sua testa scatta all'indietro per lo choc. Ignoro il dolore che sento in ogni fibra del mio corpo, stringo i denti e corro via, fuori dalla stanza, lasciandolo a gemere alle mie spalle. Scappo al massimo della velocità consentitami dal mio corpo drogato. Sfreccio verso la grande porta di ferro semiaperta. Il debole raggio di luce che intravedo aumenta la mia speranza di trovare una via d'uscita. Non importa dove mi porta, basta che sia lontano da qui. Spingo i palmi contro il metallo arrugginito con tutta la mia forza. Ma le mie speranze vanno in pezzi quando mi ritrovo in un corridoio stretto e sporco. I miei piedi raschiano il terreno, affondando nella spazzatura. Imballaggi, foglie umide, vetri rotti, chiodi e materiali arrugginiti. L'aria è pesante, l'odore nauseabondo di carne marcia mi si insinua su per il naso. Con le dita strette sulle narici, accelero il passo, barcollando contro le pareti appiccicose. Poi qualcosa mi trafigge il piede. La mia carne si lacera. Soffoco un grido di dolore.

«LUNAAA!» grida Kole.

Non riesco più ad appoggiare il piede destro, quindi lo trascino. Avanzo mettendo tutto il peso sulla gamba sinistra. Senza fermarmi. Il corridoio mi sembra infinito, ma in fondo forse c'è la libertà. Mio padre, i miei amici, *Liam*.

«Se ti prendo, potrei irritarmi.»

Davanti a me ci sono due porte chiuse. Dietro di me, i suoi passi si stanno avvicinando. Dove vado? A sinistra? A destra?

All'improvviso, la mia testa viene tirata indietro con tale forza che temo che il mio collo si spezzi.

«Trovata!» grida, come un bambino felice di giocare a nascondino.

Con le dita strette attorno ai miei capelli e un movimento controllato, Kole mi fa cadere. Crollo a terra di schiena e per qualche secondo mi si mozza il fiato. Poi lui si mette a cavalcioni su di me, inchioda il mio corpo sotto il suo e mi fissa con i suoi occhi velenosi. Il sangue gli gocciola dalle narici al mento. Provo a lottare e a dimenarmi per costringerlo a muoversi, ma non serve a niente. Mi ferma i polsi sopra la testa.

«Presto farai meno la spavalda.»

I miei muscoli si congelano. Non è la sua minaccia a

paralizzarmi, ma l'erezione che sento puntata contro il basso ventre. Apro la bocca per urlare, ma non riesco a produrre alcun suono. Ho la gola troppo secca, ho troppa paura.

«Non violentarmi, ti prego» singhiozzo.

Preferirei morire piuttosto che rivivere un'esperienza simile.

Contro ogni mia aspettativa, Kole ridacchia.

«Per chi mi hai preso? Per quello schifoso di Jones? Che tu ci creda o meno, non violenterei mai una donna. Ho ancora dei principi.»

Daniel Jones.

«Diceva la verità… sei stato tu a costringerlo a molestarmi negli ultimi mesi. Perché?»

«Non avere fretta, Piccola Luna. La festa inizierà presto.»

«Non chiamarmi così» sibilo.

Il suono di una porta che cigola ci fa sussultare. Kole mi solleva bruscamente, chiude le dita attorno al mio bicipite e mi spinge verso la porta giusta. Ma io continuo a oppormi, a dimenarmi, a insultarlo.

«Ammetto che mi hai sorpreso molto, Luna. Andare ad affrontare Daniel da sola. Non sapevo che avessi così tanto coraggio.»

Il suo ghigno malvagio mi paralizza.

«Come fai a saperlo?»

Lui mi ignora e mi costringe a muovermi più velocemente.

«Perché proprio lui?»

Stavolta mi risponde.

«Volevo prendere due piccioni con una fava: torturare un bastardo stupratore e divertirmi un po' con te. Mi hai sempre incuriosito, fin dai tempi del liceo.»

La mia nuova prigione è enorme. E sempre buia e sporca.

Mi fa sedere contro un palo e mi lega le mani dietro la schiena con una corda che inizia subito a segarmi la pelle.

«So che quello schifoso ha cercato di ricattarti. La cosa divertente è che se l'avessi ascoltato non saresti qui.»

«Vai a farti fottere.»

Gli sputo in faccia e la mia saliva gli finisce nell'occhio destro. Si asciuga con il dorso della mano. Lo sguardo che mi lancia poco dopo mi fa stringere le gambe al petto. Se mi colpisce, sono pronta a spaccargli il naso a calci. Ma lui gira sui tacchi e mi lascia lì.

«L'ho vista! Vi ho sentiti litigare» dico, disperata.

Kole si gira lentamente verso di me.

«Charlie, so che è qui. Voglio parlarle.»

Di nuovo quel sorriso spaventoso che mi sconcerta.

«L'hai vista?» chiede, inclinando la testa di lato.

Il suo sguardo è spento, vacuo. Nemmeno i raggi della luna sembrano in grado di ravvivarlo.

«Sì, falla venire qui, ti prego. Ho bisogno di parlarle.»

«Non sarà possibile» risponde lui, con voce rauca.

No.

«Charlie mi ha detto che era innamorata di te, che la trattavi con rispetto, che eri una brava persona. Voglio soltanto sapere la verità sulla sua sparizione.»

Un passo. Due passi. Il mio rapitore si accovaccia davanti a me, con le gambe divaricate e i gomiti affondati nelle cosce.

«Charlotte è al sicuro» dice, in tono rassicurante. «Se tutto andrà come previsto, la raggiungerai presto.»

«Quindi è viva?»

«Pensi davvero che io sia una brava persona?» chiede, ignorando la mia domanda.

La sua voce è dolce, in netto contrasto con la tensione che emana da ogni suo poro.

«Credo che le nostre cattive azioni non ci definiscano» rispondo. Lo penso davvero. «A volte la vita ci costringe ad agire in modi che non sono coerenti con i nostri principi.»

«Quindi, secondo te, Sarah Davis è una brava persona, ma sono stati i capricci della vita a costringerla a mentire, distruggere la mia famiglia e causare il declino di mia madre? La mia vita era perfetta prima che arrivasse lei. Quella stronza sapeva che mio padre era sposato, ma non gliene è importato. La odio, Luna.»

«Capisco che da ragazzino potessi biasimarla, ma ormai avrai capito che le relazioni sono più complesse di quanto si possa pensare da piccoli. La maggior parte delle volte cediamo agli impulsi. Il cuore ha la precedenza sul cervello. Sarah non lo ha costretto. È stato tuo padre a scegliere di tradire tua madre. Erano entrambi colpevoli, e siete stati tu, Liam e Charlie a subirne le conseguenze. Siete vittime del loro egoismo, ma è ora di lasciarvi il passato alle spalle. La vendetta non te lo restituirà.»

«Sei davvero ingenua, Luna. Ma dimmi, è per questo che hai lasciato il loft di Liam in lacrime? Per lasciarti il passato alle spalle, nonostante lui non abbia mosso un dito quando avevi bisogno di aiuto? Stando al tuo ragionamento, questo non fa di lui una persona cattiva. Quel giorno, invece di intervenire, se n'è andato piangendo. Vuoi davvero un uomo così debole?»

«Kole, hai manipolato Charlie, hai mentito a tutti e ora mi stai tenendo prigioniera. Chi sarebbe la persona cattiva tra voi due? Mi fai schifo. Come riesci a dormire la notte?»

Lui si sporge verso di me e mi sfiora lo zigomo con il pollice.

«Di solito dormo sulla schiena» risponde con un sorriso, mentre inizia ad allontanarsi.

«Aspetta! Smettila di cercare vendetta, ti sta rovinando la vita. Non te ne accorgi? Deve esserci un altro modo di trovare pace. Anzi, voglio aiutarti. Ci tengo a te, Calvin. Sei mio amico.»

Si ferma, riflette. La sua indecisione mi sconvolge. Poi copre ancora una volta la distanza che ci separa e fissa le sue pupille disumane nelle mie.

«Stai zitta, la tua voce mi dà fastidio.»

Mi sbatte il calcio della pistola contro la tempia, e perdo conoscenza.

5
Luna

«...favore.»

Le mie palpebre pesano una tonnellata, il dolore mi martella nelle tempie, il mio cranio è sul punto di esplodere. Mi sfugge un gemito quando provo a sedermi.

«Guardami.»

Sussulto leggermente.

Ti prego, Dio, dimmi che ho le allucinazioni. Perché se così non fosse, se questa voce profonda e rassicurante è nella mia stessa stanza, tutte le mie speranze di uscirne viva sarebbero crollate.

«Piccola Luna, apri gli occhi.»

«Liam?»

«Sì, sono qui.»

Il mio sguardo lo trova nell'oscurità. Il mio petto si solleva, mi sento soffocare, voglio piangere, voglio morire di paura. Liam è qui, con le braccia legate a un palo, a due metri da me. L'adrenalina lascia le mie vene. E inizio a tremare.

«Respira, Lu.»

«Io... no...»

Ci provo, ma non ci riesco. E mi sento ancor più soffocare quando, nella penombra della stanza, qualcosa attira la mia attenzione. È sangue.

«Stai sanguinando» sussurro, in preda al panico.

«Sto bene, Lu» mi rassicura. «Guarda, non è niente.»

Osservo il taglio sul labbro, il sangue che gli cola dal naso, i segni dei colpi sul viso, eppure Liam si ostina a sorridere. Dovrebbe sapere che so distinguere i sorrisi veri da quelli finti. Il suo tentativo di rassicurarmi non funziona. Vorrei alzarmi per correre da lui, ma i lacci ai polsi mi riportano violentemente alla realtà. Alla macabra serata appena iniziata.

«Luna, dimmi se stai bene» chiede, con calma olimpica.

«Io... lui...»

Le parole si confondono nella mia testa.

«Dimmi dove ti fa male.»

Leggo nei suoi occhi verdi tutta la sua preoccupazione, la vera domanda che la sua bocca non osa pronunciare ad alta voce.

«Non mi ha toccata. Ho qualcosa al piede, sto sanguinando, ma per il resto sto bene.»

Liam sospira di sollievo.

«Lu, ascoltami, non abbiamo molto tempo. Ti porterò fuori di qui, va bene? Ma se ci fossero problemi, promettimi di scegliere te stessa per prima.»

Rimango in silenzio, incapace di rispondere.

«Promettimelo, Luna» insiste lui.

Il mio respiro accelera. Il cuore mi batte così forte che penso che potrei svenire. Come può chiedermelo?

«Lo prometto soltanto se lo fai anche tu.»

«Perché devi essere sempre così…»

«Così cosa, Liam?»

«Così te, dannazione! Così testarda.»

«Mi ami così.»

Il suo sguardo si addolcisce. Per un momento mi mancano le sue braccia, il suo calore. Darei qualsiasi cosa perché mi baciasse le lentiggini e mi avvolgesse nel suo profumo inebriante.

«Piccola Luna, non puoi chiedermelo. Lo sai che morirei per te.»

Scuoto la testa per sfuggire all'amore nei suoi occhi.

«È tutta colpa mia. Mi dispiace tanto, cuore mio.»

La risposta mi muore sulle labbra quando sentiamo dei passi avvicinarsi. Di colpo l'espressione di Liam si fa gelida. Il suo sguardo pieno d'amore ostenta un'improvvisa indifferenza. Kole entra con Sarah Davis, trascinandola dietro di sé come una bambola di pezza. Poi, senza indugio, la lega nella nostra stessa posizione. I suoi capelli castani dalle punte bionde sono incollati al viso, non è chiaro se per colpa del sudore o delle lacrime. È un incubo.

Il nostro rapitore, in piedi al centro della stanza, ci fissa con un sorriso soddisfatto, come se la sua fantasia stesse finalmente prendendo vita davanti ai suoi occhi. Afferra una sedia e si accomoda per contemplare le sue prede.

«Ti sei riposata?» grida, rivolto a me. «Davis, dille cosa si è persa.»

Liam non risponde. La sua espressione rimane sorprendentemente neutra, ma riconosco un barlume di furia omicida nelle sue pupille, nere come l'inferno in cui ci troviamo.

«E va bene, faccio io. Questo idiota ha pensato di fare il furbo e presentarsi con una pistola, carica, come se non bastasse.»

No, Liam.

Kole ridacchia, poi si infila una mano dietro la schiena. E riconosco l'arma che fa roteare attorno all'indice, rischiando di far partire un proiettile. È la pistola che ho rubato a Liam.

Quella con il Gps.

Sì!

«Credevi di potermi fregare oppure hai pensato che fossi così stupido da non perquisirti?»

«Detto tra noi, la seconda» lo prende in giro Liam.

Kole balza in piedi e, senza alcuna esitazione, punta la canna della pistola alla testa di Liam.

Il mio migliore amico non batte ciglio. E non abbassa lo sguardo, a differenza di Sarah. Il suo grido di orrore mi paralizza.

«Liam Davis, ucciso dalla sua stessa pistola. Ironico, no?»

«Per favore, non toccare mio figlio» lo implora Sarah. «È me che vuoi. Lui non c'entra niente con questa storia.»

Liam si gira verso sua madre. La guarda male. Se non lo conoscessi bene, direi che è arrabbiato con lei per essere intervenuta.

Il nostro rapitore sbotta in una risata sinistra, poi,

contro ogni previsione, abbassa l'arma. Tiro un sospiro di sollievo. Di breve durata.

«Non gli farò niente, ho ancora bisogno di lui. Ora che siete tutti qui, è giunto il momento di raccontarvi una storia.»

Fa una pausa drammatica, poi dice: «Mi sento quasi timido».

Un'ondata di nausea mi attanaglia la gola. La sua capacità di essere così ironico e distaccato mi disgusta. Siamo come marionette nel suo spettacolo. Non posso credere che l'uomo di fronte a me, con una pistola sulla coscia e l'altra alla cintola, sia Calvin. Il ragazzo premuroso e attento che ho conosciuto in questi mesi. Alcune persone riescono a nascondere il male dentro di sé, ma la verità è che la cattiveria le fa marcire dall'interno, per poi essere liberata in una mostruosa esplosione.

«È la storia di un ragazzino inglese che viveva una vita tranquilla e agiata con i suoi genitori» inizia Kole. «E poi un giorno, *puff*!» schiocca le dita. «Finisce tutto. Il padre si allontana sempre di più dalla madre, al punto che certe sere non rientra più a casa. Il bambino aveva sette anni, ma aveva già capito cosa stava succedendo. Poi suo padre lasciò sua madre per un'altra donna. E questo li distrusse.»

Senza nemmeno guardarla, sento il corpo di Sarah irrigidirsi. Liam mi lancia uno sguardo. Capisco cosa sta pensando. Anche i nostri genitori ci hanno lasciati, ma non siamo arrivati al punto di legare la gente ai pali. Ce l'abbiamo fatta, nonostante il dolore. Nonostante la solitudine e le ferite causate dalla loro partenza.

«Un giorno, sua madre venne a sapere della scomparsa del padre. E poco dopo l'altra donna lasciò il Paese per andare negli Stati Uniti. Una partenza che sembrava a dir poco affrettata. E fu lì che perse il controllo. Era convinta che fosse tutto un piano per abbandonarla e andare a vivere pacificamente la sua storia d'amore dall'altra parte dell'Oceano. La sua ricerca della verità si trasformò in una nevrosi ossessiva.»

Si alza dalla sedia, la pistola di Liam ancora in mano. Nessuno osa muoversi né respirare troppo forte.

«Ovviamente la seguì in America. A dodici anni, il ragazzo si ritrovò in un Paese che capì subito di odiare. La nuova casa era a soli trenta minuti da quella della donna e dei suoi due figli. Il figlio aveva un gruppo di amici, inclusa una migliore amica che gli stava sempre incollata. La sorella, invece, faticava a integrarsi. A volte il ragazzo aveva l'impressione di rivedersi in lei, di condividere la stessa solitudine, il bisogno di essere vista, ma anche quello di passare inosservata per avere pace. La madre del ragazzo lo costringeva a seguirla nelle sue malsane ossessioni. Passavano giornate intere in macchina a sorvegliare la casa e la famiglia, nella speranza di vedere arrivare suo marito, ma di lui non c'era traccia. Andò avanti per un anno. Un anno senza che andasse a scuola, senza che si facesse degli amici. La sua unica attività era assicurarsi che sua madre prendesse le medicine, e per il resto frequentava i forum online per mantenere una parvenza di vita sociale. Quando si rese conto che il marito non era lì, il cervello della madre andò in tilt. Completamente fuso. Niente più giri patetici, addio giorni passati a letto a fissare il soffitto come una pazza. Il ragazzo sapeva che avrebbe dovuto essere triste, ma la verità era che finalmente aveva la possibilità di respirare. Era felice di poter andare a scuola, ma rimase deluso. Quegli stupidi americani lo prendevano in giro per il suo accento e le sue abitudini. Più passavano i giorni, più la rabbia dentro di lui cresceva. Si sentiva sopraffatto dalla fatica di prendersi cura di sua madre e dalle difficoltà della nuova vita. Quindi, cosa fece?»

Kole ci fissa uno per uno, in attesa di una risposta.

«Non avete fantasia» si lamenta, quasi divertito, quando nessuno apre bocca. «Decise di continuare l'opera di sua madre, no?» esclama, allargando le braccia in un gesto teatrale. «Per lui qualcosa non quadrava. La donna per cui suo padre aveva lasciato la famiglia, non sembrava affatto turbata dalla scomparsa del suo amante. Viveva la sua vita con gioia, mentre sua madre deperiva a vista d'occhio. Sembrava invecchiata di trent'anni. Avere il cuore spezzato ti fa perdere la testa, giusto? E così il ragazzo si mise alla ricerca della verità su suo padre. La cosa più facile da fare era scegliere il bersaglio più ovvio. Charlotte Ava Davis» disse, con voce malinconica. «Diventò suo amico e poi il suo fidanzato. Il suo confidente. Anche se era traumatizzata e confusa, capì subito che la verità era nascosta da qualche parte. Nei suoi incubi.»

Pausa.

«Soltanto che» continua, con gli occhi bassi «il ragazzo non aveva previsto di affezionarsi a lei. In fondo, non sapeva cosa fosse l'amore. Eppure, era innegabile che erano uniti da un filo invisibile. Solitudine? La costante paura di essere abbandonati? Penso che si siano trovati. E sostenuti.»

«Aveva quattordici anni, pervertito» sibila Sarah, sottolineando l'ultima parola. «Era solo una ragazzina debole e traumatizzata.»

«Debole?» ruggisce lui. «E chi è che l'aveva voluta così? Debole e docile? Ti sei rifiutata di darle l'aiuto di cui aveva bisogno» sbotta, puntando un dito contro Sarah. «Luna l'ha tradita andando a minacciare quella stronza di Tallulah senza pensare nemmeno per un secondo alle conseguenze, e tu» aggiunge, fissando Liam con palpabile animosità «eri così ossessionato da riccioli d'argento, qui, da non renderti conto di come stava davvero tua sorella. Del fatto che era vittima di bullismo a scuola, che non riusciva a inserirsi. Che non sopportava più gli incubi notturni. Hai scelto di obbedire a tua madre invece che preoccuparti della salute mentale di tua sorella.»

«Non sai niente del nostro rapporto» ringhia Liam, strattonando le corde. «Ti proibisco di parlare di lei.»

Ha gli occhi pieni di lacrime e so che sta lottando per non lasciarle cadere. Le accuse di Kole hanno colpito un punto debole, rigirando la lama in una ferita aperta e alimentando il senso di colpa che prova ogni giorno per non aver saputo aiutare Charlie.

«È solo la verità che fa male, amico. L'hai trascurata, ma io ero lì. Si è potuta confidare con me, ha pianto sulla mia spalla. Alla fine, ho capito che i suoi incubi erano ricordi legati a mio padre. Mi mancava soltanto un piccolo chiarimento. In fondo poteva essere tutto frutto della sua immaginazione. Passavo le notti ad ascoltarla singhiozzare al telefono, e poi la spingevo a parlarne con sua madre, perché ci tenevo a lei. Ma ancora una volta, l'egoismo di Sarah Davis ha trionfato.»

«No» singhiozza lei. «Volevo proteggerla.»

Si gira verso Liam con sguardo implorante, come per convincerlo.

«Sei un parassita come tuo padre» urla contro Kole. «Era un vile che usava i pugni per farsi capire. Ho fatto quello che era necessario per proteggere i miei figli. E lo rifarei. Se me lo trovassi di fronte ora, lo ucciderei di nuovo.»

Sarah, cazzo.

Kole si alza così bruscamente che la sua sedia si ribalta all'indietro. La raggiunge in due passi, le afferra i capelli e le preme la pistola in mezzo agli occhi sgranati per la paura.

«Non ha mai alzato un dito contro me o mia madre. Forse meritavi di essere picchiata.»

«Allontanati da lei!» ordina Liam.

«Sei sicuro di volerla difendere?» dice lui, schiacciando più forte la pistola sulla sua fronte. «Gli hai raccontato tutta la storia? Ne sarei molto sorpreso, considerando che sei una troia bugiarda.»

Sarah emette un gemito. Poi, come se la domanda fosse l'ultima goccia, scoppia in lacrime. Con gli occhi arrossati, implora suo figlio con lo sguardo.

«Tesoro mio…»

«Mamma, cosa hai fatto?»

La voce del mio migliore amico è un sussurro di dolore.

«Avanti Sarah! È la serata della verità» insiste Kole.

Lei scuote forte la testa, in una specie di disperato tentativo di ritardare il destino che la attende.

«D'accordo» esclama felice Kole, facendo qualche passo indietro. «Facciamo un gioco per rendere il tutto più divertente, che ne dite? Vi sottopongo tre affermazioni. Due sono bugie, una è la verità. Allora: adoro gli americani, Taylor Swift ha un grande talento e quel giorno è stata Sarah a cacciare Charlotte di casa.»

«No! Non è così! Te lo giuro, tesoro.»

Le sue grida sono così forti da coprire il battito del mio cuore.

«Mi hai detto che non l'avevi vista il giorno in cui è scomparsa. Mamma, dimmi che sta mentendo» la implora Liam. «Ti prego. Dimmi che non è vero.»

Sarah si limita a piangere e singhiozzare sotto lo sguardo freddo del suo aguzzino, che sembra ben felice di distruggere il mondo intorno a lei.

«Ultimo giro: mi sono scopato la tua ragazza, amo il mio lavoro e Charlie non si è uccisa, ma l'ho uccisa io. Allora?»

Silenzio macabro. Mi si gela il sangue.

Il cuore mi si sbriciola nel petto.

«Sta mentendo» urlo. «Stai mentendo, stronzo, non l'hai uccisa. L'ho vista. Liam, guardami, ho visto Charlie, ho sentito la sua voce. Non so se siano complici o se lui la trattenga contro la sua volontà, ma è una bugia. L'ho vista.»

Liam smette di lottare e mi guarda con occhi iniettati di sangue, cercando la verità.

«L'ho vista» gli assicuro.

Ma Kole scoppia a ridere. Una risata lunga e lugubre, che sembra non finire mai.

«Perché non la chiamiamo, allora?»

Ed è quello che fa. Comincia a canticchiare il nome di Charlie, sempre più forte. I nostri occhi sono incollati a quella maledetta porta di ferro.

I secondi passano.

Forse anche i minuti. Invano.

Charlie non verrà.

Anche a diversi metri di distanza, sento le speranze del mio migliore amico andare in frantumi. Le speranze che sono stata io a far nascere in lui. Mi dispiace.

«Hai detto che la amavi» grido.

«Volevo che provassero il mio stesso dolore. Il dubbio, quella vocina che ti sussurra che qualcosa non quadra. Senza un corpo è impossibile piangere un morto. Impossibile conoscere tutta la verità. Com'è successo a me quando mi hanno portato via mio padre. E ci sono riuscito.»

6
Charlie

Charlie 14 anni
15 maggio 2014

♪ *Lune* – Tony Henderson

Quindici minuti. È la durata del tragitto a piedi tra scuola e casa mia. Quindici minuti interminabili in cui nessuno mi ha prestato attenzione. Forse avevano paura? Forse la gente ha paura di una ragazzina di quattordici anni che zoppica, con il viso gonfio e i vestiti strappati? Sì, il mondo ha paura di me, mi convinco, perché la realtà sarebbe troppo dura da digerire.

Charlotte Davis è invisibile.

E l'ironia della vicenda è che è stata proprio la mia invisibilità ad attrarre e alimentare l'aggressività della banda di Tallulah. Troppo silenziosa, troppo calma, troppo passiva, ma anche troppo sensuale. Trovano pietosi i miei quaderni pieni di appunti, come se fossero un modo per distinguermi dagli altri. In realtà vorrei soltanto che mi lasciassero vivere la mia vita in pace. Sono fatta così, traggo la mia energia dal silenzio, dalla mia immaginazione. Ne ho bisogno. Vivo nella mia testa, nelle parole che scarabocchio sui quaderni. Mi piacerebbe diventare una scrittrice. Ma anche questo le disturba. Ho l'arroganza di non aver scelto un lavoro normale. Per questo ho esitato a dirlo a Luna. Ho paura del giudizio, della derisione. Ma confidandomi con lei mi sono tolta dalle spalle un peso enorme. Lu non ha riso, e nemmeno *lui*. Non mi ha detto che era impossibile e di scegliere una strada più sicura. No, qualche giorno dopo è tornata e mi ha chiesto: «Hai pensato a uno pseudonimo? Perché non Pumpkin D?». Luna non mi ha mai dato l'impressione di non contare niente. Lei e mio fratello sono le persone più importanti della mia vita. Insieme a *lui*. Ecco perché quello che sto per fare mi sta divorando dall'interno. Ma non ne posso più. Le prese in giro e i sussurri contro di me devono finire. Non sopravvivrò al liceo in questa atmosfera pesante. In questa solitudine.

Tallulah è riuscita a mettermi contro la mia unica amica. Come si fa a cadere così in basso? A diventare carnefici invece di vittime, anche se questo significa voltare le spalle alle persone più importanti? Mentre Tallulah mi picchiava, non ho visto il minimo barlume di senso di colpa negli occhi della mia ex migliore amica. Ed è in questo che siamo diverse. Non le avrei mai fatto una cosa del genere.

Sì, ho il sedere e il seno più sviluppati delle altre ragazze della mia scuola, ma è un motivo per sminuirmi, insultarmi, farmi odiare il mio corpo e, peggio ancora, la mia personalità? Visto che me ne sto per conto mio, si sono convinte che mi senta superiore. Che sia altera, sgradevole, fredda. Le parole sono scritte con un pennarello rosso sulla mia pelle chiara. Non capiscono che è il mio modo di proteggermi? Mi rendo inaccessibile per evitare di soffrire, rifiuto prima di essere rifiutata. Come ha fatto mio padre quando ci ha abbandonati.

Quando un ragazzo fissa lo strappo nella mia maglietta con espressione lasciva, mi stringo lo zaino al petto per nasconderlo e allungo i passi zoppicanti. Avanzo a testa bassa, come ogni giorno della mia maledetta esistenza.

Sono stata trascinata nel vicolo dietro la scuola, insultata, filmata, e nessuno si è degnato di alzare un dito mentre mi facevano quello che volevano, finché un passante non le ha spaventate. Sento ancora le loro risate da iene. Finora gli attacchi erano stati soltanto verbali. Non mi spiegavo perché fossero passate al livello successivo. Poi ho capito. *Luna.* Tallulah me l'ha sussurrato mentre mi prendeva a calci nello stomaco. «La tua amica non è qui a difenderti, eh?» Cosa dovrei provare? Rabbia? Odio? So perché è intervenuta. Per difendermi. Proteggermi. Dovrei biasimarla? Non lo so. L'unica cosa che provo davvero è il dolore del suo tradimento. Fa male come un pugnale affondato nel petto. Oggi è una data da segnare sul mio calendario. È la prima volta che Luna mi ha fatto sentire come tutti gli altri. *Invisibile.* La mia voce non ha contato niente, come al solito. Quello che dico non ha importanza. Sono in giro seminuda ed è come se fossi già scomparsa dalla faccia della Terra. Odio questa città, questa scuola.

Sono vicina a casa mia, mi fanno male i muscoli e la testa, e tiro fuori il cellulare per chiamare Kole. La mia roccia, la mia boccata d'ossigeno. Una spalla su cui piangere da due anni. Risponde al quarto squillo e non riesco più a trattenere le lacrime. Il braccio appoggiato al muro di casa della signora Suarez cede e cado a terra.

«Charlotte?» sussurra lui.

È l'unico che mi chiama per nome. Mi sento sempre speciale ai suoi occhi.

«K» singhiozzo «Tallulah e le sue amiche mi hanno aggredita fuori da scuola».

Sento il suo sussulto di sorpresa. Rivivere la scena è troppo difficile, mi stringo le ginocchia al petto, affondo la testa nell'avambraccio.

«Cos'è successo?» chiede, in preda al panico.

Gli racconto tutto. Come mi hanno circondata mentre aspettavo Luna, che era in ritardo. I loro insulti, i calci, i pugni. La sensazione di non essere più nel mio corpo, il ritorno a casa mezza nuda.

«Se quella stupida avesse tenuto a freno la lingua, non sarebbe successo nulla.»

La virulenza del suo tono mi fa alzare la testa di scatto. Non è da lui. Non lo riconosco. Davanti a me K non ha mai detto una parola fuori posto. Confusa dalla sua reazione, farfuglio: «Non si sarebbe dovuta immischiare, ma so che l'ha fatto per difendermi, ok? Perché tiene a me.».

La mia bocca ha deciso per me, a quanto pare. Non ce l'ho con Luna. Non è stata lei a picchiarmi. Quelle ragazze avevano una scelta, e hanno scelto la violenza.

«E io no? Non sto al telefono con te per ore mentre piangi per i tuoi attacchi di ansia?»

Arrossisco. Ha ragione, mi aiuta tanto, quindi annuisco, anche se non può vedermi.

«Allora, è lei o sono io?» insiste.

«Sei tu, K» sussurro.

«Sì, sono io. E sono sempre io che ti consolo quando nessun altro è lì per te. Non si è nemmeno preoccupata di dirti che non sarebbe venuta a pranzo.»

«In effetti...»

Le parole mi muoiono sulla lingua. Nonostante il tradimento, conosco Luna abbastanza bene da sapere che c'è un motivo valido se non è venuta.

«Forse è successo qualcosa» dico a bassa voce, come se fosse una stupidaggine.

«Scommetto di sì.»

Il suo tono sprezzante mi sconcerta di nuovo. Una goccia di sangue mi scivola dal naso e finisce sui jeans. La guardo espandersi e inzuppare il tessuto. È quello che succederà anche a me se resto qui. Se non me ne vado, quelle ragazze mi infetteranno. Mi faranno diventare una persona che non voglio essere. Cattiva, vendicativa. Lo so, forse sto esagerando, ma non ne posso più. E perciò sussurro, piena di speranza: «Voglio andare via stasera. Possiamo vederci a casa mia fra mezz'ora?»

«Sono già in città, fragolina» mi dice.

«Che ci fai qui? Pensavo dovessi lavorare.»

K lavora nel piccolo supermercato all'angolo di casa sua per provvedere alla madre malata. È con il suo stipendio che mi ha regalato la collana. Una fragola dorata. La sua *Charlotte alle fragole*. Accarezzo il gioiello, felice che non me l'abbiano portato via.

«Ho preso in prestito la macchina di un vicino, non ne potevo più, volevo abbracciarti. Pensavo di farti una sorpresa. Sei sicura di voler partire oggi?»

La nostra partenza era fissata per un mese dopo la fine della scuola, ma non esito ad accettare.

«Vai a fare le valigie. Ti aspetto a due isolati da casa tua con un pick-up nero, ok? Ti amo, fragolina.»

«Ti amo anch'io, K.»

♪ Mi sollevo da terra come meglio posso e corro via. Nei pochi metri che mi separano da casa sorrido come non mai, grazie a lui. Il mio primo amore. Il ragazzo che ha stravolto tutto. Mi diverto a prenderlo in giro dicendogli che ho trovato il mio Liam. Non gli piace per niente, ma non ho intenzione di smettere. Nonostante la differenza di età, sono sicura che sarà l'unico uomo della mia vita.

Ci siamo incontrati per caso. È bastato un messaggio, una battuta, perché trovassi in lui un confidente. È entrato nella mia vita come se ne avesse sempre fatto parte, e non è un caso che abbia chiamato lui, in lacrime, il giorno in cui ho avuto una specie di strano flashback. Mi ero tagliata un dito con un coltello mentre preparavo un panino. Sangue rosso e denso. L'odore del ferro. Una sensazione di déjà-vu. Da tempo bloccavo i ricordi della nostra vita a Londra. Ero convinta che ci fossimo trasferiti perché mia madre volesse ricominciare da zero, dopo che mio padre se n'era andato e Mike era morto. Ma la mia memoria mi aveva appena rivelato il vero motivo. Non era la prima volta che stringevo tra le dita un coltello insanguinato. Quando il mio patrigno ha strangolato mio fratello, devo aver fatto qualcosa di irreparabile. Alla luce di questo, il comportamento di mia madre nei miei confronti è perfettamente logico. Il suo totale rifiuto di parlare di ciò che mi tormenta, il suo sguardo freddo che mi faceva sentire come se stessi impazzendo. Sapeva che ero cattiva. Mi sono chiesta spesso se i ricordi di Liam fossero confusi quanto i miei. Mi sono convinta di sì, preferendo credere che la persona che amo di più al mondo sarebbe incapace di guardarmi negli occhi e lasciarmi soffrire così. Liam è mio fratello, il mio padre surrogato, il primo uomo della mia vita.

Ma la sua macchina non è parcheggiata nel nostro vialetto. Salgo le scale verso la mia stanza con il cuore pesante e un velo di lacrime negli occhi. So bene che non potrei dirgli addio senza che lui cerchi di trattenermi, ma questo non allevia il dolore di non poterlo salutare. Di non rivederli un'ultima volta. Lui e Luna.

Non doveva andare così. Il mio piano era semplice: Luna doveva incontrare Kole, capire quanto è straordinario e quanto tiene a me. Volevo assicurarmi che non si preoccupassero e non venissero a cercarmi. Sono sicura che Luna sarebbe rimasta incantata da lui, e poi lo avrebbe detto a Liam, che prende per oro colato tutto quello che esce dalla sua bocca. Mi mancheranno tantissimo, ma, come dice sempre Kole: «Non puoi guarire nell'ambiente che ti ha fatto ammalare». Quindi scapperemo entrambi per trovare ciò che ci rende davvero felici. Lontano da questi luoghi tossici.

Faccio una doccia per liberarmi delle tracce di questa giornata straziante. Una volta finito, mi metto dei jeans, una maglietta bianca e delle Converse arancioni. Pesco dall'armadio la borsa più grande che ho e la riempio con le cose essenziali per una settimana.

«Che stai facendo?»

Sussulto, con il cuore in gola. Mia madre è appoggiata allo stipite della porta, con le braccia incrociate sul petto. Si accorge del mio labbro spaccato e cammina verso me, rigida, prendendomi il mento fra le mani per avvicinare il mio viso al suo.

«Cos'è successo? Non dovresti essere a pranzo con Luna o in classe, a seconda dell'ora?»

«E tu al lavoro» penso, ma non dico niente, e sposto il viso con uno strattone. Strano che mi faccia questa domanda. In genere il suo motto è «non importa». Non importa se hai degli incubi che ti terrorizzano, prendi una tisana per dormire e passa tutto. Non importa se le ragazze si prendono gioco del tuo seno, sono soltanto gelose. *Non importa, non importa.* Due parole che mi lasciano sempre a bocca aperta.

«È stata Luna a farti questo?»

Non riesco a trattenere una risata. Sarah Davis è veramente cieca. Mentre continuo a preparare la borsa, sbotto: «Hai mai parlato con lei per più di dieci minuti?».

Il suo silenzio imbarazzato è una risposta sufficiente. Pensare che Lu possa alzare una mano su di me è completamente fuori luogo.

«Di cosa la incolpi esattamente?» insisto a chiedere.

«Di niente» sussurra, con evidente fastidio. «Penso soltanto che tuo fratello sia ossessionato da lei. Tutta la sua vita ruota attorno a quella ragazza. E quel tipo di storia non finisce mai bene. Sono troppo dipendenti l'uno dall'altra.»

«Sono innamorati, hai presente?»

Mi giro verso di lei per valutare la sua reazione. La bocca contorta in una smorfia mi dice che Liam non le ha detto che stanno insieme da cinque mesi. E lei, come al solito, non si è accorta di nulla.

«Fra poco tuo fratello partirà per il college a New York. Pensavo che fosse più intelligente. Una relazione a distanza alla loro età… che sciocchezza.»

«A meno che non decida di restare qui ad aspettarla.»

«Non lo permetterò» afferma dura mia madre.

«Cosa cambierebbe? L'università qui è ottima. E sono solo due anni.»

Raddrizza le spalle, si chiude la vestaglia e fa esattamente quello che mi aspetto da lei.

Morde.

«Che ne sai tu della vita? Hai solo quattordici anni. Liam andrà a New York, a costo di trascinarlo lì personalmente. Ora dimmi perché sei in queste condizioni.»

Sento una goccia di sangue che mi cola dalla narice e me la asciugo con l'avambraccio.

«Me ne vado, mamma.»

Un'altra parte del mio piano che non era stata pianificata. Dirle la verità in faccia.

«Come, scusa?»

«Sono venuta a prendere delle cose» dico, indicando con il mento la borsa sul letto. «Sono stufa di questa città, di queste ragazze che pensano di potermi fare qualsiasi cosa, di tutte queste bugie tra di noi. Mi tratti come una bambina. Ti rifiuti di ascoltarmi. Non ne posso più, sono esausta.»

«Di cosa stai parlando?» si sta già arrabbiando. «Charlie, ho avuto una mattinata pessima al lavoro e vorrei riposarmi prima di tornare lì. Non importa cosa...»

«Non importa cos'è successo» continuo per lei. «Ne parleremo più tardi, vero? È questo che volevi dire?»

Il suo sospiro esasperato riaccende la mia rabbia. Mia madre fa per girare i tacchi, ma si volta a dirmi: «Non avrò tempo di preparare la cena prima di uscire, quindi ordina una pizza. E manda un messaggio a tuo fratello per sapere se mangia qui o se starà con la sua *ragazza.*».

Non credo alle mie orecchie. La sua ostinazione nel non prendermi sul serio fa più male dei calci di Talullah. I miei sentimenti e le mie emozioni non hanno alcuna importanza. Non ho il diritto di essere triste o arrabbiata. Sono invisibile. Alla fine, esplodo. Sono stanca di sopportare e di stringere i denti.

«Mi ricordo tutto!» le urlo alle spalle.

Si blocca sulla soglia, ma non si gira.

«Sono stata io... ho ucciso io Mike, giusto?»

Ricordo il sangue. L'odore disgustoso che mi faceva stringere il cuore, il rosso che mi macchiava le mani tremanti. E gocciolava sulle piastrelle nere della cucina. Ero paralizzata dalla paura. Mia madre odiava avere il pavimento sporco. Andava orgogliosa della pulizia della casa, se ne vantava di continuo con tutti. A ripensarci, ciò che avrebbe dovuto preoccuparmi era la paura nei suoi occhi e i lividi sul suo viso. Ma nella mia mente di bambina, temevo di essere rimproverata. Ricordo anche Liam, la sua faccia rossa e gonfia. La postura rigida del suo corpo mentre torreggiava su quello di Mike, inerte, disteso in una pozza di sangue. I suoi occhi spenti rivolti verso di me, come per assicurarmi che sarebbe tornato a perseguitarmi per il resto della mia vita.

«Per una volta, sii sincera con me» la imploro.

Quando si volta intravedo un barlume di compassione, subito sostituito dalla sua maschera di freddezza.

«Mike è morto, principessa. Non tornerà più, è inutile parlarne.»

Cerca di allontanarsi, ma io le stringo le dita attorno al polso per trattenerla.

«Tenevo il coltello, mamma. Le mie mani erano sporche di sangue. Dimmi la verità, per favore. Giuro che non lo dirò a nessuno.»

Gli occhi mi si riempiono di lacrime.

«Stai facendo confusione» mi assicura, posandomi le mani sulle guance. «Sono stata io. Mike ti ha dato uno schiaffo, poi ha provato a strangolare Liam e… l'ho pugnalato.»

«Giuralo.»

Deglutisce, fa un respiro profondo.

«Lo giuro, principessa. Quando è crollato, sono corsa a vedere se Liam stava bene. Non mi sono accorta che avevi raccolto il coltello da terra. Non hai ucciso Mike. Te lo giuro. I tuoi ricordi sono confusi.»

Mi allontano bruscamente da lei.

«E di chi è la colpa? Ti sei divertita a lasciarmi vivere in un incubo? Sai da quanto tempo volevo farla finita per mettere a tacere queste immagini disgustose, queste urla che mi facevano male ai timpani? Se solo mi avessi detto la verità…»

Tra di noi aleggia un silenzio pesante. Mia madre spalanca gli occhi, apre e chiude più volte la bocca. Sento il battito furioso del mio cuore contro il mio petto. Allo stremo dei nervi, mi asciugo la faccia e le volto le spalle. Le sue rivelazioni non hanno fatto altro che confermare che ho ragione a volermene andare via da qui. Mia madre non mi ha voluto abbastanza bene da dirmi la verità. Quindi, nonostante il suo fiato sul collo, riprendo a fare i bagagli. Metto un mucchio di cose nella borsa. Vestiti, scarpe, i miei quaderni, i miei libri preferiti e una foto di me, Liam e Luna in spiaggia.

«Non te ne andrai» dichiara, mettendosi davanti a me per bloccarmi l'uscita. «Ho commesso degli errori, sì, e ho molto da imparare. Non tutti i bambini nascono con un manuale d'uso. Ho fatto quello che ritenevo giusto per proteggere la tua innocenza.»

Ci guardiamo negli occhi senza battere ciglio. È una gara a chi cede per prima. Per una volta, non sarò io. La Charlotte arrendevole non esiste più.

«Resti qui, Charlie.»

«Niente di quello che dirai mi farà cambiare idea,

mamma. Devo stare lontana, capisci? Non riesco più a vivere qui.»

Lei incrocia le braccia sul petto.

«Non lascerai questa casa.»

«E come pensi di fermarmi?»

«E va bene» sbotta, con disprezzo. «Visto che pensi di essere abbastanza grande per badare a te stessa, ti proibisco di prendere le cose che ho pagato con i miei soldi. Cellulare, computer, la tua bella borsa e i vestiti che ci hai messo dentro. Vediamo quanti giorni riesci a resistere senza.»

Senza saperlo, per la seconda volta, mia madre mi conferma che ho preso la decisione giusta. Sottrarsi alle relazioni tossiche è vitale. La parte peggiore di questa storia è che non posso biasimarla, perché so che ha sofferto le pene dell'inferno. Vorrei soltanto che non ci avesse trascinati con lei. O che ci avesse voluto abbastanza bene da risparmiarci un minimo di dolore.

La partenza di mio padre l'ha cambiata. E ci ha distrutti.

Sconvolta dalla sua cattiveria, sento la tracolla scivolarmi dalla spalla e un attimo dopo la borsa si schianta sul pavimento con un tonfo sordo, insieme agli ultimi residui di rispetto che avevo per lei.

«Tipo questa maglietta?» dico, prendendone una dalla borsa. «Un pezzo di stoffa che mi è valso una marea di insulti per una settimana perché mi si vedeva troppo il seno?»

Gliela sbatto in faccia.

«O di questi jeans che erano un invito per certi ragazzi a venire a toccarmi il sedere?»

Li lascio cadere a terra, accanto alla borsa.

«O ancora di questo maledetto cellulare» aggiungo, urlando, «che contiene solo prese in giro sul mio fisico e sulla mia personalità?»

In un impeto di pura disperazione, lo scaglio contro il muro nel corridoio dietro di lei e lo guardo andare in frantumi.

Mia madre mi fissa spaventata. Attendo una reazione da parte sua. Qualcosa, qualsiasi cosa. Ma non arriva niente.

Allora mi arrendo. Sospiro di delusione e decido di portare con me soltanto i miei quaderni e la foto.

«Spiegherai tutto a mio fratello. Sono sicura che sarà felice di sapere come mi hai trattata.»

La supero per raggiungere la stanza di Liam. Prendo carta e penna dalla sua scrivania e scrivo:

Liam, vado in un posto dove non farò più brutti sogni. Ti ricontatterò presto. Ti prometto che andrà tutto bene. Per favore, non preoccuparti. La mamma ti spiegherà tutto. Se vedete circolare il video, giuro che è meno grave di quello che sembra. Ti voglio bene, fratello mio.

Ps: Luna non è venuta al nostro appuntamento e aveva la segreteria telefonica. Controlla se è tutto a posto. Vi amo entrambi.

Infilo il biglietto sotto il suo libro di fisica. Prima di lasciare la stanza, inalo un'ultima volta il suo profumo e assorbo i mille ricordi che abbiamo condiviso qui. Lasciarlo mi fa venire le lacrime agli occhi. Ma so che starà meglio senza di me e i miei attacchi di ansia.

Mi chiudo la porta alle spalle e incontro mia madre in corridoio.

«Piantala di cercare di attirare l'attenzione, Charlie» sussurra, con irritazione.

La supero. Con il piede sul primo gradino delle scale, mi fermo quando sento di nuovo la sua voce.

«Se varchi la porta di questa casa, non tornare» mi avverte. «Ti ho dato tutto. Hai un tetto sopra la testa, hai da mangiare, eppure ti comporti da bambina. Perché non cresci? Non gira sempre tutto intorno a te. Abbiamo sofferto tutti in questa storia, ma ce l'abbiamo fatta e la vita che avete oggi è più che confortevole. Siete al sicuro qui.»

Le sue parole mi strappano un pezzo di cuore. Secondo lei amare un figlio significa riempirlo di cose materiali? E che fine fanno l'ascolto, l'apertura mentale e il tempo trascorso insieme? Per tutta la vita ho fatto di tutto per meritare la sua attenzione.

In mezzo alle scale, con la voce rotta dal pianto, rispondo: «Sono morta il giorno in cui hai fatto entrare quell'uomo nelle nostre vite, ma non te ne sei accorta. E se mi avessi detto la verità fin dall'inizio, se mi avessi aiutata quando ti supplicavo, la mia vita sarebbe stata diversa. Ma ora» concludo, con una mano sul petto «non riesco più a respirare fra le pareti di questa casa».

Esco sbattendo la porta. Sul vialetto non riesco a

trattenermi dal controllare se mi sta seguendo. Ma no. Alzo la testa per cercare il minimo movimento vicino a una finestra. Niente. Me lo aspettavo, ma la conferma mi porta alle lacrime.

Individuo subito l'auto descritta da Kole, parcheggiata lì vicino, come previsto. Me ne vado da qui come sono arrivata. Nella totale indifferenza.

Lui parte e io chiudo gli occhi. Inspira...espira... uno...due...tre...

«Tutto bene?» mi chiede, dopo diversi minuti di silenzio.

Con le palpebre ancora chiuse, ingoio il nodo che ho in gola e gli racconto quello che è successo.

La conversazione con mia madre, le sue parole offensive, il biglietto lasciato per Liam.

«Potresti darmi il tuo cellulare per chiamarlo?»

«Certo, ma più tardi» mi rassicura, stringendomi il ginocchio. «Dobbiamo fermarci a casa mia prima di partire.»

«Cosa farai con tua madre quando saremo lontani?»

«Non preoccuparti, Charlotte. Ora penso a tutto io. Non ti mancherà nulla, te lo prometto.»

Guardo fuori dal finestrino e fisso per l'ultima volta il paesaggio variopinto del nostro quartiere. Oltrepassiamo la casa di Luna, poi quella di Camille e Travis, e infine imbocchiamo la statale. Ho il cuore spezzato, ma non mi pento di nulla. Voglio soltanto essere felice. Andare via per tornare migliore.

«Pensi che ti abbia detto la verità su questo Mike?»

Alzo le spalle, troppo esausta per parlare.

«Non ti ha detto cosa ha fatto con il corpo?»

«No» sussurro. «Possiamo smettere di parlarne, per favore?»

«Certo, mi dispiace. Sono sicuro che sarebbe triste se tu sparissi, non pensava davvero quello che ha detto.»

«È... lucida? Può sentirci?»

Kole segue il mio sguardo fino a sua madre, seduta sul divano di fronte alla televisione. I suoi occhi sono vacui.

«Alcuni medici dicono di sì, altri non sanno rispondere» dice lui in tono distaccato. «È come se, di punto in bianco, il suo cervello fosse stato messo in pausa.»

Sua madre non parla, non reagisce ai rumori. L'unica cosa che si muove sono le palpebre. Al mattino lui la sposta in soggiorno e le dà da mangiare; di sera la riporta nella sua stanza. La casetta è modesta, ma confortevole.

«Mi dispiace che tu debba affrontare tutto questo da solo.»

I rari momenti in cui mi permetto di immaginare una vita senza Liam al mio fianco sono insopportabili. Per questo negli ultimi giorni la distanza da lui inizia a pesarmi sempre di più. Le mie uniche uscite sono le passeggiate nei boschi dietro casa mentre Kole va a cercarci del cibo. Sono tagliata fuori dal mondo esterno, non posso nemmeno cambiare canale in televisione, perché non voglio litigare di nuovo. Ho odiato il modo in cui Kole mi ha urlato contro l'ultima volta che l'ho fatto, non l'ho riconosciuto, ma si è scusato e l'ho perdonato. La situazione comincia a farsi pesante. Sono tre giorni che aspettiamo che gli infermieri della casa di riposo dove andrà a stare la madre vengano a prenderla. Lo sento parlare con loro al telefono, discutere del ritardo. Tre giorni e non è venuto nessuno. Non so cosa fare in questa situazione, quindi cerco di essere paziente, mi sforzo di non essere egoista, ma ho un costante nodo in gola che mi rovina l'appetito. A questo punto avremmo dovuto già essere lontani, avremmo dovuto girare alla ricerca di una città che ci piacesse abbastanza per iniziare da zero. Più passa il tempo, più mi pento della mia decisione.

«Kole, pensi che potrei chiamare mio fratello oggi?»

Ogni volta che affronto l'argomento, lui si allontana. Anche stamattina. Ma stavolta, invece di dirmi il solito «più tardi» oppure «finisco quello che sto facendo al cellulare e te lo passo», aggrotta le sopracciglia e mi ignora. Odio quando lo fa. Si mette in bocca una cucchiaiata di cereali e non dice nulla.

«Deve essere molto preoccupato. Nel biglietto gli dicevo che l'avrei contattato. E poi vorrei sapere cos'è successo a Luna.»

«Lei ti ha tradito e ti ha dato buca» dice, con calma. «E lui ti chiederebbe dove sei, e non riusciresti a mentirgli. Immagina se raccontasse tutto a tua madre e lei ti costringesse a tornare a casa. Peggio ancora, immagina se chiamasse la polizia.»

Una parte di me morirebbe dalla voglia. Smetterebbe di amarmi se gli dicessi che mi pento delle mie scelte? Che vorrei tornare a casa? Mi manca mio fratello. Anche Luna. Il mio letto, la mia casa, la mia televisione. Temo che mi lascerà se confesso tutto. Quindi taccio e resto conciliante, perché mi piace essere amata da lui.

«Se gli chiedo di non dire nulla, manterrà il segreto.»

«Non so se possiamo fidarci di lui.»

«È mio fratello, Kole. Ha il diritto di sapere che sto bene.»

I suoi occhi si stringono.

«Vuoi tornare a casa?»

Sì. Ho sbagliato. Non è questo che volevo, vorrei dire. Forse si è accorto che non sono felice come pensavo? Dovrei cedere e ammetterlo?

Ma non faccio in tempo a rispondere che bussano alla porta. È la polizia. Ci siamo preparati a questa eventualità. Luna sa che ho un ragazzo di nome Kole, con una madre malata, che vive a trenta minuti da Carolina Beach. Sapevamo che non ci sarebbero voluti mesi per trovare il suo indirizzo. Sapevamo che, se non fossi tornata, mia madre avrebbe chiamato la polizia, anche se penso che sia più merito di Liam. Abbiamo fatto le prove. Devo nascondermi sotto il suo letto mentre lui parla con gli agenti. Eppure, rimango paralizzata. I miei piedi si rifiutano di muoversi. Poi i miei occhi incontrano quelli del mio ragazzo e lui si rende conto del dilemma che mi dilania. Kole si alza, mi afferra per il braccio e quasi mi trascina per costringermi a infilarmi sotto il letto. Ma io resisto.

«Non lì» sussurro, con voce febbrile. «Non voglio nascondermi lì sotto, ti prego.»

Lui sbuffa irritato, mi avvolge le dita attorno al bicipite e cambia programma. Mi costringe ad andare nell'armadio.

«Charlotte, se ti trovano qui, finisco nei guai e mia madre resterà da sola. Hai capito?»

Con il cuore a mille, triste di averlo deluso, annuisco. Lui mi fa cenno di stare zitta e poi se ne va.

«Buongiorno, giovanotto» sento dire da qualcuno in lontananza. «Siamo agenti di polizia di Carolina Beach. Stiamo cercando un'adolescente di nome Charlotte Davis. A quanto sappiamo sei il suo ragazzo. Kole Kaplan, giusto?»

Kaplan? Perché non Moore?

Kaplan.

Mike Kaplan. Signore, fa che sia solo una crudele coincidenza.

Ma capisco subito che non è così. Il mio corpo inizia a tremare in modo incontrollabile, mi metto una mano sulla bocca per non vomitare. Sotto choc, faccio un passo indietro nello spazio angusto. Il mio tallone colpisce qualcosa di duro. I suoni intorno a me, che già sembravano ovattati, scompaiono del tutto. Mi cedono le gambe e finisco con le ginocchia sul fondo dell'armadio.

Respira Charlie. Kole non è imparentato con Mike.

Mi ripeto questa frase più e più volte, ma l'istinto mi dice di sollevare il vecchio lenzuolo che nasconde l'oggetto duro che ho appena colpito. E lo faccio, con mani tremanti.

Sono vecchie foto di lui e sua madre. Le guardo una per una, finché non mi imbatto in un piccolo scatto ingiallito incastrato tra altri due. E mi si gela il sangue. I miei ricordi mi colpiscono come un boomerang. L'ho riconosciuto subito. Il suo sorriso malvagio. I suoi occhi scuri. Così simili a quelli del ragazzo di cui mi sono innamorata. E che sta mentendo alla polizia sulla mia presenza qui.

«È tua madre?»

La voce di uno dei poliziotti mi colpisce come una scossa elettrica. Devo muovermi. Devo uscire di qui, ma i miei muscoli si rifiutano di obbedire. Sono pietrificata.

«Sì, è malata da anni. Sono l'unico a prendersi cura di lei.»

Segue un silenzio. Nessuno sa mai cosa rispondere a questa frase.

«Se hai sue notizie, faccelo sapere il prima possibile. La piccola non sembra molto stabile.»

Se ne vanno perché ha detto loro quello che abbiamo provato. Che non era il mio ragazzo, ma un amico conosciuto online, che gli avevo confidato di avere un rapporto difficile con mia madre, che a scuola ero vittima di bullismo e volevo scappare, che non ha più mie notizie da qualche giorno. Santo cielo, cos'ho fatto?

Sono qui! Vorrei urlare. Ma non esce fuori nulla. Le parole sono troppo pesanti, la mia gola troppo stretta dalla paura. Una volta chiusa la porta, i suoi passi si avvicinano a tutta velocità. Nascondo la scatola sotto alcuni vestiti e mi asciugo le lacrime.

L'anta dell'armadio si apre.

«È andato tutto liscio» dice, con un sorriso rassicurante.

Allunga la mano per aiutarmi ad alzarmi, ma la fisso senza reagire.

«Va tutto bene, fragolina?»

Mia Charlotte, parlami. Dimmi tutti i tuoi segreti, puoi fidarti di me.

Sto per sentirmi male. Devo uscire di qui. E invece resto a terra, incapace di muovermi. Il suo sorriso vacilla, la temperatura nella stanza scende di una decina di gradi.

«Charlie?»

È la prima volta che mi chiama con il mio soprannome.

«Stai bene?»

La sua voce si fa più bassa, più seria.

«Sì, ho avuto paura che mi trovassero e mi costringessero a tornare a casa con loro.»

I suoi lineamenti si rilassano e lo imito, per dargli sicurezza. Stavolta sono io che lo invito a prendermi la mano per aiutarmi. Il tocco del suo palmo sudato contro il mio mi disgusta.

«Per farli andare via ho finto di dover fare il bagno a mia madre.»

E sorride, orgoglioso di aver usato la sua povera madre.

«Buona idea.»

Mi metto in movimento. In soggiorno, il mio cervello corre a tutta velocità. Devo tendere tutti i muscoli quando la sua mano si posa sulla mia spalla.

Rifletti, Charlie.

«E se tornassero? Fammi chiamare mio fratello, è l'unico modo per impedirgli di curiosare da queste parti.»

Per favore.

«Non lo so...»

Cazzo!

«Almeno un messaggio vocale. Lo conosco, starà pensando ai peggiori scenari possibili. Gli dirò che sono a Raleigh da un amico che ho conosciuto su Internet. Sono tre ore di autobus da Carolina Beach, mi crederà.»

Mi sforzo di sorridere. Kole si avvicina a me e abbassa lo sguardo sulle mie mani che mi pendono lungo i fianchi. Fatico a deglutire.

«Sicura di stare bene? Stai tremando.»

«Non voglio rischiare di metterti nei guai. Sono minorenne.»

«Ti fidi di lui?» mi chiede, sistemandomi una ciocca di capelli dietro l'orecchio. «Se ti portasse via non potrei sopportarlo, Charlotte.»

Si china per baciarmi. Il cuore mi batte forte contro il petto. Chiudo gli occhi, in attesa.

Un secondo. Due secondi.

Non sentendo il suo bacio, li riapro all'improvviso. Kole mi fissa con le labbra increspate.

«Lo sai.»

Quelle due parole mi spezzano qualcosa dentro. Reagisco d'istinto. Spingo i palmi contro il suo petto con tutte le mie forze e mi precipito verso l'uscita. Ma non sono abbastanza veloce. La sua mano forte mi afferra i capelli e mi tira indietro. Ne approfitta per mettersi davanti alla porta.

«Stai calma, Charlotte» mi ordina, alzando le mani in segno di resa. «Ti spiegherò tutto.»

«Lasciami andare» sbotto.

«Sediamoci e...»

«Sei davvero il figlio di quel mostro? Mi hai cercata per raccogliere informazioni?»

«Non parlare di mio padre in quel modo» mi avverte, incombendo con aria minacciosa. «Volevo scoprire cosa gli è successo. Non capisci? Guarda in che stato è mia madre per colpa di questa storia!»

Punta il dito contro la madre malata, ma non riesco a provare empatia per nessuno di loro. Faccio un passo indietro per mettere un minimo di distanza tra noi. Ora ci separa soltanto il grande tavolo rotondo della sala da pranzo.

«Certo» dico con voce calma, per allentare la tensione. «Anch'io mi chiedo ogni giorno dove sia finito mio padre. Sono sicura che, se torniamo a Carolina Beach, mia mamma ti dirà tutto quello che vuoi sapere.»

La mia risposta gli strappa una risata che mi fa sobbalzare.

«Mi hai preso per un idiota?»

«No! Meriti di sapere la verità, ma io non posso aiutarti. Ero troppo piccola, i miei ricordi sono confusi. Mio fratello...»

«Smettila di nominare tuo fratello in continuazione» ruggisce. «Non è l'eroe che pensi che sia.»

«Almeno non è un cazzo di psicopatico.»

La frase mi è sfuggita di bocca. Nessuno può insultare mio fratello di fronte a me.

«Hai ferito i miei sentimenti, Charlotte. Non ti ho mai insultata. Ti amo, lo sai?»

«Se mi ami, per favore, lasciami andare.»

La calma che ha mostrato qualche minuto fa si sta dissipando, quindi mi muovo intorno al tavolo. A poco a poco, mi ritrovo davanti alla porta della cucina.

«No, seguiremo il nostro piano. Scapperemo e staremo insieme.»

«Vai a farti fottere!»

Con la paura che mi si insinua nelle ossa, prendo un soprammobile dal tavolo e glielo lancio contro.

L'oggetto lo colpisce in faccia, spaccandogli un sopracciglio. Approfitto del diversivo per correre in cucina. Lo sento grugnire di dolore. La mia mano sfiora la maniglia, ma mi sento tirare all'indietro così forte che cado distesa sulla schiena. Mi si blocca il respiro. Poi Kole, il ragazzo che credevo fosse il mio salvatore e i cui occhi ora sono neri come la sua anima, mi sbatte più volte l'oggetto a forma di elefante sul cranio.

Non so per quanto tempo sono rimasta stordita. Quando apro gli occhi, sono nello stesso posto. La realtà mi colpisce.

«Morirò?»

Sangue caldo e viscoso mi gocciola dalla fronte all'angolo delle labbra. Sento il sapore del ferro in bocca e il debole battito del mio cuore nelle tempie. Sono pietrificata. Con la guancia premuta sul pavimento appiccicoso e le palpebre che sbattono, alzo lo sguardo sull'ombra minacciosa che incombe su di me.

Non avrei mai dovuto fidarmi di lui.

«Chiama un'ambulanza» lo supplico, con voce febbrile.

Ma lui si accuccia accanto al mio corpo indebolito, mi fissa con sguardo gelido, privo di umanità, e mi scosta una ciocca di capelli insanguinati dalla fronte.

«Non posso» sussurra. «Sai troppe cose.»

Provo a muovermi. Per allontanarmi da lui, per fuggire, ma i miei muscoli si rifiutano di obbedire.

«Non dirò niente» singhiozzo, senza fiato.

Gli sfugge un sospiro. Per un secondo, mentre i miei occhi lo implorano in silenzio, mi sembra di rivedere il mio ragazzo. Quello che ha giurato di non farmi mai del male. Chi mi ha sussurrato che eravamo uguali. Anime incomprese che volevano spiegare le loro ali. Questo è quello che mi ha promesso. Libertà. Ma, come per tutti gli altri, le sue parole erano fragili come le ali di una farfalla.

«Se solo mi avessi lasciato raccontarti la mia versione della storia.»

Come uno tsunami, questa semplice frase sussurrata a bassa voce spazza via il barlume di speranza che era germogliato di me.

Mi lascerà morire dissanguata. Sto per morire.

Questo volto freddo e impassibile non è quello del ragazzo che mi ha consolata fino a ieri.

«Ti amavo davvero. È solo che questo mondo non è fatto per noi.»

«Per… perché?»

Perché lo stai facendo? Perché proprio io? Pensavo di essere importante per te, che mi capissi. Era tutto falso? Perché tutte le persone che entrano nella mia vita finiscono per tradirmi?

«Non sono riuscito a sopportare la paura nei tuoi occhi quando hai capito chi ero.»

La sua risposta si spegne nel ronzio delle mie orecchie mentre si china sul mio viso, posandomi un bacio fra i capelli e macchiandosi le labbra con il mio sangue.

E lì capisco.

È un arrivederci.

Un addio.

Mi sta salutando.

La sua mano mi copre la bocca, l'altra il naso.

Il mio respiro rallenta.

È quasi finita.

Il suo è calmo, regolare.

Sto per morire.

Ancora qualche secondo.

La speranza che qualcuno venga a salvarmi si rifiuta di lasciarmi, eppure mi uccide più delle mani che mi stanno soffocando.

Le mie palpebre sbattono più volte, fino a chiudersi del tutto. Il mio corpo è impantanato nell'oscurità, ma la mia mente rifiuta di arrendersi. Le immagini vibranti che mi appaiono mi fanno restare senza fiato. *Respira. Combatti.* Un futuro che non avrei mai pensato di vedere. Una spiaggia, i miei genitori, risate, palloncini, amore. E Liam con un sorriso smagliante. Un sorriso che cambia tutto.

Che ridà speranza.

Poi la vedo. Una biondina aggrappata al suo collo. La mia immagine sputata. Si accovaccia e la appoggia sulla sabbia. E lei va via più veloce che può con le sue gambette corte.

Potrebbe essere la mia vita. La vedo con pura e angelica chiarezza. L'aria del mare mi solletica le narici, il sole mi accarezza la pelle. Lo sento. È a portata di mano. Anch'io ho diritto alla felicità. *Non sono pronta per andarmene.* Quindi mi dimeno. Grido al mio cervello di aiutarmi a muovermi. Riesco ad affondargli le unghie nel polso. Lo graffio e provo a colpirlo, ma le forze mi stanno abbandonando. Mi contorco sotto di lui.

Kole schiaccia più forte.

E poi più forte ancora.

«Non... resp...»

Lacrime calde mi sgorgano dagli angoli degli occhi. Sto soffocando. Ti prego. Lo prego di risparmiarmi.

«Per... favore.»

Le parole mi restano in gola, ovattate, dolorose. Guardo la morte in faccia. La imploro di non accogliermi. Di lasciarmi ancora godere la vita. I due abissi neri che mi rispondono sono lontani anni luce dagli occhi gentili del ragazzo che amavo. So che questo mostro sarà l'ultima immagine che vedrò prima di morire.

Mi arrendo.

Le braccia mi ricadono mollemente lungo il corpo.

Mi dispiace, mamma, papà. Ci ho provato.

Il mondo scompare intorno a me.

Giuro che ci ho provato. Non volevo morire.

Liam.

L'oscurità mi avvolge. Il mio cuore smette di battere.

È da quando siamo nati che la vita si prende gioco di me e di mio fratello. Il nostro libro è stato strappato e manipolato. Ma sarò in pace solo quando Liam potrà finalmente riscrivere tutti i capitoli della sua nuova storia.

7
Liam

♪ *A Hidden Life* – James Newton Howard

♪ Ricordo ancora l'esplosione di felicità di quando ho scoperto che mia madre era incinta. Mi basta chiudere gli occhi per rivivere la scena, sentire le mie urla entusiaste e le centinaia di domande che le ho fatto, tutte d'un fiato. A tre anni e mezzo non capivo molte cose, ovviamente, ma sentivo già il bisogno di proteggerla. Provai a condividere la mia gioia con il mio amico Scotty. Aveva due anni più di me e mi avvertì subito. Avere una sorellina fa schifo. Lui si lamentava sempre quando la sua voleva giocare con noi. Non capivo le sue reazioni. Io non vedevo l'ora di conoscere la mia. Ero ancora troppo piccolo, non avevo il senso del tempo. Per me nove mesi potevano essere due minuti. Sarei diventato un fratello maggiore. Giurai a me stesso che mi sarei preso cura di lei. Che l'avrei trattata da principessa…

…chc l'avrei protetta. E ho fallito.

Mia sorella è stata uccisa.

Kole mi ha portato via Charlie una seconda volta. E il mio cuore non può sopportarlo.

«Liam!»

Ho fallito nella mia prima missione da fratello maggiore. Due volte.

Se potessi, rinuncerei al mio attico, ai milioni sul conto in banca, persino alla mia vita, per avere l'opportunità di cambiare il corso di quel fatidico giorno.

«Liam!»

La voce angosciata di Luna mi strappa dai miei pensieri.

«Respira» mi ordina, in lacrime. «Non arrenderti ora, per favore.»

Mia sorella è stata assassinata.

«Guardami. Mi dispiace... mi dispiace. So che sei ferito. So che vuoi arrenderti e sprofondare nel dolore, ma non permetterò che succeda. Dobbiamo uscire di qui. Liam, per favore. Guardami.»

Cerco di obbedire. Penso che mi aggrapperò al suono della sua voce. Il mio sguardo trova il suo, spaventato, ma determinato. Siamo ancora nello stesso posto, la morte incombe su di noi. Avrei quasi voglia di andare a trovarle. La morte. Mia sorella.

«Dobbiamo vendicarla» sibila Luna. «Dobbiamo fargliela pagare. Ho bisogno che tu dia fuoco al mondo per vendicare il suo nome. LIAM!» Luna insiste per attirare la mia attenzione, che continua a vagare fuori da queste mura. «Non possiamo morire qui. Ho bisogno di te per uscire. Dobbiamo iniziare la nostra vita. Non posso farcela da sola, ok? Non arrenderti ora. Raccontami di nuovo cosa ti ha detto Charlie nel sogno.»

Non dico nulla, sono troppo debole, troppo perso per articolare un pensiero coerente. Ma lei insiste.

«Liam, cosa ti ha detto Charlie nel sogno?»

«Che aspettava questo momento da tanto tempo» mormoro fra me.

Non so se mi ha sentito, ma annuisce più volte.

«Quindi usciremo da qui e vivremo la nostra vita al massimo. È quello che voleva. Dobbiamo dire tutta la verità, per entrambi. Dobbiamo farla pagare a questo bastardo.»

Non so se lo pensa davvero. Se davvero ha intenzione di trovare la forza di perdonarmi per non essere riuscito a proteggere nemmeno lei, per essermi voltato dall'altra parte, ma funziona. Mi aggrappo con tutte le mie forze alla speranza di noi due. Mi asciugo con la spalla le lacrime che mi rigano le guance.

Soltanto ora mi rendo conto che siamo soli.

«Dove sono?»

«È andato via con Sarah. Vuole registrare la sua confessione dell'omicidio di suo padre.»

I nostri occhi gridano in silenzio tutte le atrocità che si riversano nelle nostre teste. E la fatidica domanda che rifiuta di oltrepassare la barriera delle mie labbra. Ma la mia migliore amica se ne accorge. E capisce.

«Non ho sentito niente. Né piangere né urlare.»

Un sospiro mi svuota i polmoni.

«Liam, cosa facciamo?»

«Sta arrivando Morgan a prenderci. Deve essere già in viaggio.»

«Ti fidi di lui?»

Deglutisco.

«La fiducia è tutto ciò che mi resta, Piccola Luna. Mi ha chiesto trenta minuti.»

«Da quanto tempo sei qui?»

«Non lo so» brontolo. «Non riesco a vedere l'orologio.»

Cazzo.

«Dobbiamo guadagnare tempo» aggiungo. «Farlo parlare. Spingerlo a confessare il suo crimine.»

«Liam, se qualcosa dovesse...»

«NO!» la interrompo. «No, Luna, non osare nemmeno finire la frase. Non osare dirmi addio quando siamo legati a un palo e non posso abbracciarti. Usciremo di qui.»

«Sì... ne usciremo entrambi» ripete lei.

«Entrambi, Piccola Luna. E passerò il resto della vita a dimostrarti quanto mi dispiace di aver commesso un errore.»

La porta si apre di botto, rivelando Kole con una mano stretta saldamente alla nuca di mia madre per costringerla a muoversi. Esausta, lei crolla in ginocchio. Kole la prende per i capelli e la trascina per legarla al palo. Nell'oscurità cerco segni sul suo corpo, ma non trovo nulla. La sua espressione devastata mi turba, ma non mi soffermo a lungo.

«Dov'è il corpo di mia sorella?»

La domanda mi lacera le viscere. Per un lungo istante, Kole si limita a fissarmi. Questo tizio è un codardo. Uno stronzo che riversa sugli altri la sua sofferenza per non affrontarla da solo.

«Avresti potuto lasciarla andare» si infervora Luna, sperando di farlo reagire. «Aveva solo quattordici anni.»

«Charlotte era tutto ciò che mi restava... e voleva abbandonarmi come tutti gli altri. Se non potevo averla io, non doveva averla nessuno. E poi così ho preso due piccioni con una fava. Tenerla per me e farvi soffrire per tutti questi anni.»

«Sei un pezzo di merda» ruggisce mia madre.

«Dov'è il suo corpo?» chiedo, di nuovo.

«Al calduccio nel giardino dietro casa mia. E pensare che per tutto questo tempo è stata a mezz'ora da casa vostra.»

L'immagine dei resti di mia sorella mi spezza il cuore. Sento che prova a pompare, si ferma e poi riparte. Mi dimeno.

«Slegami, cazzo» mi arrabbio. «Se vuoi uccidermi, vieni pure. Te la sei presa con una quattordicenne indifesa. Slegami, Kole, e vediamo di batterci, disarmati.»

La mia invettiva risveglia qualcosa in lui. Forse la parte che amava Charlie, anche se nel suo modo folle.

«Perché, voi avete dato a mio padre la possibilità di difendersi quando lo avete aggredito accoltellandolo alla schiena?»

«Tuo padre aveva maltrattato due bambini e una donna. Doveva ingenti somme di denaro a gente pericolosa. Vendeva droga a minorenni per coprire i suoi debiti e chissà cos'altro.»

«Mio padre era il mio eroe» grida forte, fino quasi a lacerarsi le corde vocali. «È stata tutta colpa di questa stronza.»

Il suo piede sbatte contro una sedia, che si ribalta all'indietro.

«Va bene, ne ho abbastanza» dice, senza fiato.

Il sudore gli cola dalla fronte, il petto si alza e si abbassa con movimenti irregolari. Stiamo assistendo a una crisi di nervi, sta perdendo l'equilibrio. L'adrenalina mi scorre nelle vene, mi fa aumentare il battito, e aspetto che la furia che vedo nei suoi occhi esploda. Non ha più nulla da perdere, e le persone che amo di più al mondo sono alla sua mercé.

«Ora che ho ottenuto la mia confessione, è ora di decidere cosa fare con voi.»

Cammina in tondo, toccandosi i capelli, ma so che ha già deciso. Sono certo che ancora prima di portarci qui sapeva che il destino che aveva in serbo per noi sarebbe stato terribile.

Il dettaglio che mi sfugge è il ruolo di Luna in questa storia.

«Perché Luna?»

I suoi passi si fermano di colpo, sollevando una nuvola di polvere.

«Avresti potuto prendere noi senza coinvolgere lei. Avresti potuto rapire mia madre, costringerla a confessare e poi ucciderci. Cosa c'entra Luna nella tua ricerca di vendetta?»

Ridacchia piano, come se la mia fosse una domanda stupida.

«Non ero sicuro che avresti rischiato la vita per venire a riprenderti tua madre, mentre per lei… e a essere sincero, ero curioso di vedere l'espressione sul tuo viso quando avrei ucciso la persona che ami di più su questa Terra.»

Luna mi lancia uno sguardo straziante e odio quello che leggo nei suoi occhi. Il suo addio.

«Hai avuto la confessione, ora lasciaci andare» supplica mia madre.

«Sì, uscirete di qui… ma non da vivi. Liam, ti lascerò decidere chi ucciderò per prima.»

Il mio cuore smette di battere quando sento il pianto di mia madre aumentare di intensità. Luna mi tiene gli occhi incollati addosso. Il suo grigio lunare è calmo, come se volesse dirmi che, qualunque cosa sceglierò, non me ne vorrà.

«Tic, tac.»

Tiene la mia pistola stretta tra le dita e la punta a volte contro Luna, altre contro mia madre.

«Uccidi lei per prima.»

Luna ha appena pronunciato questa frase con una sicurezza che mi ha fatto venire i brividi lungo la schiena. Tanto che nella stanza cala un macabro silenzio.

«Come, scusa?» anche il nostro carceriere è sorpreso.

«Uccidi prima Sarah. È colpa sua se siamo qui. Ha ucciso tuo padre, ha modificato la lettera di addio di Charlie affinché suo figlio mi lasciasse. È un'egoista. Se avesse consegnato il cellulare di Charlie alla polizia, avremmo potuto salvarla.»

«Ah, questa è una svolta che non avevo previsto. Adoro regolare i conti» ridacchia Kole, a pochi metri da noi.

«Ho pensato che se si fosse ritrovata senza niente

sarebbe tornata. Quando ho scoperto il video ho chiesto subito a Liam di chiamare la polizia» dice mia madre, senza fiato.

«E la lettera? Perché ne hai scritta un'altra?»

«Sapevo che Liam mi avrebbe odiata per averla buttata fuori. Non lo avrei sopportato. Ho agito in base alle informazioni che avevo. Pensavo che fosse tutta colpa di Luna. L'appuntamento mancato. Il tradimento. Non volevo che mio figlio rinunciasse alla New York University e restasse ad aspettare lei. Volevo una vita migliore per lui. Mi dispiace» sussurra, nella mia direzione.

«Le scuse non riporteranno indietro Charlie. L'ha vista soffrire e l'ha cacciata via. E non ci restituiranno nemmeno gli anni che io e Liam abbiamo perso. Sono stati i suoi segreti e le sue bugie a portarci qui oggi» sibila freddamente Luna.

Kole inizia a saltellare, eccitato come un bambino in un negozio di caramelle.

«Mi sei sempre piaciuta, Luna» dice, fregandosi le mani. «Ma voglio essere chiaro, morirai comunque.»

«Sempre meglio morta che in questa famiglia di pazzi.»

Come in un brutto film, lo guardo camminare verso mia madre e puntarle contro la pistola.

«Non dici niente, Liam?» chiede Luna, rivolta a me. «Sta per uccidere tua madre e non reagisci? Proprio come il giorno in cui hai lasciato che quel pezzo di merda mi violentasse.»

«Oh, oh, dritto alla giugulare!» esulta Kole.

«Luna, ma... io...»

Le parole mi formano un nodo in gola.

«Ti dispiace, eh? Le tue scuse non mi restituiranno la dignità che mi ha rubato. Sai una cosa? Mi pento di averti rivolto la parola quel giorno. Avrei dovuto mandarti via da quell'albero.»

Che cosa? Non è andata così. È stata lei a venire da me e a cambiare il corso della mia vita quel pomeriggio.

E allora capisco.

È il suo modo di guadagnare tempo. *Il mio piccolo demone*. Eppure, le sue parole mi feriscono. La paura che stiano nascondendo una verità che lei rifiuta di ammettere mi paralizza.

«E se alla fine uccidessi prima Liam?» decide Kole.

Luna si immobilizza.

«Andiamo, Luna» dice, con impazienza. «A meno che tu non voglia che sia Sarah a scegliere. E sappiamo tutti chi salverà tra voi due. Tic, tac.»

«Sarah! Scelgo Sarah» dice, con voce tremante.

Ma Kole si dirige verso Luna e pianta la canna della pistola sulla fronte della ragazza che amo.

«Ha detto Sarah!» grido forte, quasi spaccandomi la gola.

Maledizione, Morgan, dove sei?

«E invece io voglio che la guardi morire. Non è niente di personale, Luna. Il tuo destino era segnato da tempo. Hai qualcosa da dire, prima di andartene?»

Il mio cuore si ferma.

I nostri sguardi si incrociano.

«Fino alla luna» articola lei, in silenzio.

No.

No.

Risuona un clic.

«Chiudi gli occhi, Liam» mi ordina il mio amore d'infanzia.

«Ora fai la nanna» canticchia Kole.

Un singhiozzo lacerato mi sale in gola. Chiudo gli occhi, le grida di mia madre svaniscono. Poi segue un silenzio assordante. Quando li riapro Kole non è più vicino a Luna. Il suo viso è paonazzo, i suoi occhi sono fuori dalle orbite. Lo guardo cadere in ginocchio, con le mani attorno al collo, come se stesse annaspando. Si gratta, il suo petto si solleva a singhiozzo. Le lacrime gli rigano le guance. Alla fine, crolla a faccia in giù sul terreno polveroso.

«Liam, che sta succedendo?» chiede Luna, nel panico.

Poi accade tutto molto in fretta. La porta viene sfondata. Degli uomini in divisa fanno irruzione nella stanza, con le pistole puntate. Le luci delle torce ci accecano.

«Fbi!» gridano diversi agenti.

Circondano Kole, gli tolgono l'arma. Mi sembra che respiri ancora. Tutto avviene al rallentatore, o forse troppo velocemente. Penso che ci libereranno. In tutto questo caos di persone e voci, cerco di raggiungere Luna. Spingo via l'agente che mi trattiene, qualcuno grida che una ragazza sta perdendo molto sangue.

Luna è a terra, priva di sensi.

«Luna!»

Due braccia forti mi bloccano.

«Si prenderanno cura di lei» mi informa un uomo, con un tono che non ammette obiezioni.

Mi paralizzo.

Mi si gela il sangue.

Conosco questa voce.

Riconosco il suo sguardo.

Si toglie il cappuccio nero.

Stringo gli occhi.

E gli colpisco la mascella con il pugno.

8
Liam

Cammino avanti e indietro in questa stanza dalle pareti fredde e grigie, lottando contro la voglia di rannicchiarmi in un angolo.

Quella voce. Quegli occhi verdi come i miei.

Apro e chiudo il pugno per calmare il dolore che si diffonde fino al gomito. Con l'unica certezza che lo rifarei. Sì, colpirei ancora la persona che è comparsa di fronte a me dopo tutti questi anni. Come ha osato avere le palle di guardarmi negli occhi e rintronarmi con le sue stupide frasi in «legalese»?

«Ma chi voglio prendere in giro?» esclamo, con una risata amara.

Stiamo parlando dell'uomo che ha lasciato moglie e figli con un famigerato criminale per diventare la puttana del governo americano. È un pezzo di merda, si merita il mio pugno in faccia da anni. E così l'ho fatto. Gli ho dato un pugno in faccia. Il sollievo è durato soltanto pochi secondi, purtroppo, ma non rimpiango nulla.

La porta si apre e i miei passi si fermano. Una donna nera di media statura, con i capelli corti e una brutta uniforme scura, mi scruta come fa una predatrice con la sua vittima, prima di ammorbidirsi per un breve secondo. Non capisco cosa significhi quello sguardo tormentato. Smetto di guardarla quando noto lo spesso fascicolo beige che tiene in equilibrio sul tavolo di ferro che ci separa.

«Signor Davis, sono l'agente Gregoria Adams, Fbi.»

La interrompo prima che possa cominciare il suo discorso.

«Voglio notizie della mia amica.»

Capisce subito che il mio tono non invita alla discussione. Non dopo che i poliziotti mi hanno impedito di avvicinarmi a lei mentre la portavano via, inerte, sotto il mio sguardo inorridito.

Non sopporto più di stare lontano da lei.

«La signorina...» l'agente esita, non ricorda il nome esatto.

«Collins.»

«Grazie. A quanto mi hanno detto, la signorina Collins è in sala operatoria. I chirurghi sono ottimisti riguardo al suo piede.»

Grazie.

«Devo chiamare il mio avvocato? Sono in arresto? Se la risposta è no, credo che siate obbligati a lasciarmi andare.»

Di nuovo quell'espressione perplessa sul suo viso. La donna apre la bocca, ma viene interrotta dall'arrivo del suo collega.

Mio padre.

Il signor Tristan Taylor. Agente speciale dell'Fbi.

Il vortice di emozioni che si scatena dentro di me è sconcertante. Non so bene se voglio ridere, picchiarlo o piangere. Poi, quando vedo l'uomo dietro di lui, il mio cervello decide da solo. Scoppio in una risata amara e mi passo una mano tra i capelli. Sono finito in un film da due soldi?

«Gregoria, puoi lasciarci, per favore?» chiede mio padre.

«Non voglio restare da solo con loro» sibilo. «Se non sono in arresto, sono libero di andarmene.»

Il suo sguardo duro mi immobilizza.

«Va bene, allora. Liam Davis, è in arresto per aggressione a un agente federale.»

Non mi resta che riprendere la mia patetica marcia per sfuggire all'analisi soffocante del suo sguardo. Gregoria se ne va e capisco che mio padre è il suo superiore. Eppure, prima di lasciare la stanza, gli stringe il bicipite in segno di sostegno.

Il silenzio che cala nella stanza mi dà il tempo di osservarlo con più calma e soffermarmi sul suo fisico imponente. Gli anni non sembrano averlo cambiato molto. A quanto pare, mentire e scappare aiutano a non invecchiare. Deve avere sui quarantotto anni. Emana un'aura di potere, con qualche ruga che gli punteggia il viso e le basette sale e pepe che gli incorniciano le guance. Poi distolgo lo sguardo per osservare l'uomo che è entrato con lui nella stanza. Quello di cui mi fidavo. Che è al mio fianco da anni.

«Dovrebbe sedersi, signor Davis» esordisce, come se fossimo nel mio soggiorno.

«Morgan, da quando accetto ordini da te?»

È una frase di una bassezza indicibile, ne sono consapevole. Morgan mi ha salvato il culo un sacco di volte, ma funziona. Stringe la mascella, e io incrocio le braccia sul petto per tenere occupate le mani.

«Siediti, Liam» mi ordina mio padre.

Gli lancio un'occhiataccia, sperando che capisca che è del tutto fuori luogo che mi dia ordini.

«Ho avuto un'allucinazione, vero?»

Tra di noi inizia una battaglia silenziosa. Le nostre iridi identiche sparano coltelli affilati. Siamo due bombe a orologeria. La rabbia si agita dentro di me, pronta a esplodere. Ma non cedo.

Lui sì. È lui a mollare per primo. Si siede e aspetta che io mi decida, mentre Morgan sceglie un angolo della stanza. Non so come comportarmi.

Ho bisogno di Luna. Lei saprebbe cosa fare.

«Vuoi dirci come ti senti riguardo a quello che è successo stasera?» chiede mio padre.

L'adrenalina lascia il mio corpo e le mie ginocchia cedono sotto il mio peso. È troppo. Ruggisco. Il palmo della mia mano si abbatte sul tavolo di metallo.

«Hai perso il diritto di farmi domande così banali. Non sono qui per chiacchierare davanti a un caffè. Pretendo di sapere perché il mio bastardo di padre, l'uomo che ha abbandonato la sua famiglia, si ritrova anni dopo con un distintivo dell'Fbi in un magazzino dove sono tenuto prigioniero. E perché la mia *fedele* guardia del corpo lo ha accompagnato.»

«Attento alle parole che usi quando ti rivolgi a me» dice Tristan. «Capisco che questa storia ti abbia turbato, ma restiamo cortesi.»

«Altrimenti cosa? Mi confischi la chitarra? Te ne vai via senza salutare? Ti perdi la marcia dedicata a tua figlia? Ti perdi la mia laurea? Puoi già spuntare tutto dalla lista.»

Mi fermo per riprendere fiato, ma non basta. La rabbia accumulata negli anni sta venendo fuori tutta insieme.

«Cos'altro c'è?» continuo. «Hai intenzione di dirmi che Morgan è il mio fratellastro? Che potremo finalmente vivere insieme e formare una bella famiglia unita?»

Morgan risponde subito: «Sono lusingato che lei mi trovi così giovane, ma non sono suo fratello. Soltanto un buon amico ed ex collega di suo padre».

Ovviamente. Faccio un respiro lungo e doloroso, pizzicandomi il naso e fissando il terreno.

«Liam, per favore, siediti. Dobbiamo parlare.»

I miei nervi stanno cedendo. Le mie difese si stanno indebolendo, quindi mi siedo.

«Non so cosa sai della mia partenza, ma...»

«Risparmiami il tuo discorso. Andiamo avanti veloce alla parte che mi interessa. Tipo perché non sembri sorpreso di vedermi.»

I suoi occhi si serrano. Ho immaginato a lungo il nostro incontro, ma ora mio padre mi sta guardando come se ci fossimo lasciati ieri. Non è sorpreso dalla mia altezza, dalla mia corporatura. Da tutte le stupidaggini che noti quando non vedi tuo figlio da anni. Prima di rispondere, lancia a Morgan un'occhiata che immagino avrebbe voluto essere discreta.

«Seguo il tuo percorso da moltissimo tempo» mi dice. «E anche Morgan mi parla spesso di te.»

«È una coincidenza che lavori per me?» chiedo, pur immaginando già la risposta.

«No.»

«Liam, ci sono molte cose di cui dobbiamo parlare.»

Incrocia le mani sul tavolo e non posso fare a meno di notare che non porta la fede nuziale.

«Voglio che tu sappia che quando me ne sono andato, quel giorno, non ho lasciato voi. Avevo bisogno di prendermi un po' di tempo, digerire il tradimento e schiarirmi le idee. Ma non mi sono mai allontanato troppo.»

Tace, come se aspettasse che dicessi qualcosa, ma io non apro bocca, tengo lo sguardo fisso su un punto invisibile alle sue spalle, lottando contro le lacrime che cominciano a bruciarmi gli occhi.

«Ti giuro che non sapevo tutto quello che succedeva dentro le mura di casa vostra. Sarah si è sempre assicurata di nascondermi certe cose. Quando ho scoperto la verità era già troppo tardi. Ho deciso di aiutarla, e lo rifarei. Ma sappi che l'ho fatto soprattutto per voi.»

Mi guarda con aria desolata. Noto che non usa i termini esatti, rimane sul vago. Ne deduco che la telecamera sopra le nostre teste non abbia soltanto uno scopo decorativo.

«Per noi? Da quello che ho capito, quando ti sei trovato di fronte a una scelta, hai preferito la tua carriera ai tuoi figli.»

Intuisce subito a cosa mi riferisco. Mia madre lo ha minacciato e lui non ha lottato per noi.

«Non pretendo di essere un esempio, so di avere molti difetti. Io…»

Questa conversazione mi sta stancando.

«Perché sei qui?» lo interrompo, per accelerare le cose.

«Ho riaperto le indagini sulla scomparsa di Charlotte.»

«Come, scusa?»

«Sono arrivato negli Stati Uniti due anni dopo di voi per unirmi alle forze speciali. Desideravo da tempo tornare nelle vostre vite, ma la mia era instabile a causa del mio lavoro. Quando Charlie è scomparsa e Odessa mi ha informato, sono venuto a Carolina Beach. Ti ho visto durante la marcia. Nemmeno Sarah si è accorta della mia presenza. Sono andato nel commissariato che gestiva le indagini, ma il detective aveva già un'opinione forte sulla questione: un suicidio. È risaputo che i rapporti tra polizia e Fbi sono tesi, non avevo potere lì. Un mese dopo, la nostra squadra è stata chiamata per la morte sospetta di una donna. Il suo corpo giaceva sul letto. Il cadavere era così decomposto che il patologo non è stato in grado di determinare la causa o il giorno della morte. Dopo alcune ricerche siamo riusciti a risalire alla sua identità. Ed è lì che è iniziato tutto. Ricordo ancora il brivido che provai quando scoprii il cognome della donna. Il figlio non si trovava da nessuna parte, quindi emettemmo un avviso di ricerca e contattammo l'Interpol, nel caso avesse tentato di tornare in Europa. Non so come mi sia venuto in mente, ma in via ufficiosa chiesi a un collega della Scientifica di controllare se in casa ci fosse traccia di un altro Dna. Quando sono arrivati i risultati...»

Tace e si schiarisce la voce.

«Confermavano semplicemente che Charlotte era stata in quella casa, ma non che lui le avesse fatto del male. Non abbiamo trovato alcuna traccia del suo sangue.»

«E non hai pensato di dircelo?» sbotto. «Non ti è mai saltato per la testa che avremmo voluto sapere la verità?»

«Cosa sarebbe cambiato? Avreste sofferto comunque. Ancora non sapevo se la teneva prigioniera da qualche parte o se le aveva fatto del male. Volevo esserne certo prima di venire a turbare il vostro lutto. E la discrezione era fondamentale per rintracciarlo.»

«Per tutto questo tempo quel bastardo è stato proprio sotto il vostro naso, per le strade di New York, a infiltrarsi nelle vite dei miei amici e respirare la stessa aria della ragazza che amo.»

«È così che l'abbiamo trovato. Dopo anni fuori dai nostri radar, è diventato troppo sicuro di sé e ha provato ad avvicinarsi a voi.»

Sentendo una rabbia sorda pulsare dentro di me, lascio la sedia e ricomincio a camminare su e giù. Mi sento come se i muri stessero cercando di schiacciarmi.

«Mi è sembrato di riconoscerlo durante una serata

all'Arena con la signorina Luna» annuncia Morgan, impassibile come sempre.

Scuoto forte la testa, con il cuore in gola.

«Sono passati sei mesi, cazzo! Avevi dei dubbi e l'hai lasciata nelle mani di quel tizio?»

«La signorina Luna è sempre stata sotto la supervisione di un team fidato.»

Sbotto in una risata ironica.

«E dove diavolo era il team quando è andata in quel mo...»

«Liam!» esclama mio padre, alzandosi dalla sedia.

Mi zittisco subito, capendo quello che stava per sfuggirmi. Il motel, la morte di Daniel. Non so cosa mi dà più fastidio, se il fatto che lui lo sappia o che stessi per fare qualcosa di enormemente stupido che ci avrebbe rovinato la vita.

«Volevamo una confessione» continua Tristan. «Non siamo stati in grado di identificare le cause della morte della madre di Kole. Il Dna di tua sorella in quella casa non era sufficiente per accusarlo di un crimine, e di certo il pubblico ministero si sarebbe tirato indietro quando fosse venuto a conoscenza della loro relazione. Non era la prima volta che andava in quella casa. La scoperta del suo sangue vicino alla scogliera e delle sue scarpe da ginnastica ha supportato la teoria del suicidio. Kole ha fatto di tutto per indirizzarci verso quell'ipotesi. E poi c'era la lettera che Charlie ha lasciato.»

La lettera modificata da mia madre. Sarebbe stato tutto diverso se non fosse stato per quella.

«Da parte mia» continua mio padre «avevo motivo di credere in un atto criminale».

Ancora una volta la sua frase resta sospesa nell'aria, per farmi capire. Aveva motivo di sospettare un crimine perché disponeva di informazioni che la polizia non aveva. Il rapporto tra le nostre due famiglie, l'omicidio di Mike da parte di mia madre. Il possibile desiderio di vendetta di un figlio abbandonato.

«Ho lottato per anni per riaprire le indagini. Invano. Finché a Morgan non è parso di riconoscerlo.»

«Quindi ti abbiamo fatto da esca? Hai messo in pericolo la persona che conta di più per me per questo?»

Non trovano nulla da obiettare. Sanno di aver sbagliato.

Alla fine, nella storia mia e di mia sorella, i cattivi non sono quelli che pensavamo.

«Tu e Sarah non ci meritate. Finisci le indagini sulla morte di mia sorella, poi non vorrò più saperne niente di te. Quanto a te, Morgan, sei licenziato.»

9
Luna

♪ *Heal* – Tom Odell

♪ *Ascolta il tuo cuore.*

Per molto tempo ho preso questa espressione alla lettera. Mi divertivo a contare i battiti, al punto che riuscivo a distinguerli. Il mio ritmo era irregolare. Solo posandomi sul petto di Liam trovavo la pace. Poi, una volta che le endorfine iniziavano a scorrere nelle mie vene, i battiti diventavano lenti, costanti. Da quella famosa notte, il mio battito non è altro che un debole soffio. Sono uno zombie. La prima settimana è consistita in un'infinità di viaggi al commissariato di polizia, dove mi sono state poste le stesse domande mille volte. Mi sono dovuta concentrare per non sprofondare, per non lasciarmi sfuggire il fatto che il padre del nostro rapitore era Mike, il patrigno di Liam, ucciso dalla madre di lui, che è anche l'ex moglie del responsabile delle indagini che ci ha salvati. Quanto a Tristan Taylor, non so cosa pensare di lui. Quando sono uscita dall'ospedale Liam mi ha raccontato tutto. Il ritorno «miracoloso» di suo padre, ma anche il coinvolgimento di Morgan. La tossina sul calcio della pistola che ha fatto soffocare Kole, ovviamente, e il mio ruolo in tutto questo. C'è molto da digerire e da perdonare a Morgan. Mi era sempre piaciuto e, benché abbia provato a contattarmi, non ho ancora avuto la forza di ascoltarlo. Ovviamente il suo rapporto con Liam si è incrinato. Eppure, nonostante il licenziamento, continua a presentarsi al lavoro. Liam non dice niente. Lo ignora e basta.

Mi è stato spiegato anche il resto: ora dobbiamo scoprire se Kole ha detto la verità sul cadavere di Charlie. E questo ci sta devastando. Liam è chiuso nel silenzio da diversi giorni.

Vaghiamo per il suo attico, ci isoliamo dal mondo. All'inizio ci siamo imbottiti di sonniferi, poi abbiamo trovato un'alternativa meno dannosa. Anche i nostri amici si sono trasferiti nella torre di cristallo, non ci lasciano nemmeno per un attimo, si assicurano che mangiamo, che ci laviamo, e sono grata di averli nella nostra vita. Impedisco al mio cervello di pensare a quella sera, a quei diabolici occhi azzurri e a quella frase che ancora mi perseguita. «*Ciao, Luna.*» La mia testa si rifiuta di digerire le informazioni. «*È morta*» hanno continuato a ripetermi. *L'ho vista*, avrei voluto urlare tante volte, prima di cambiare idea. Sapevo che avrebbe peggiorato le cose. Quindi metto a tacere i miei dubbi. Sono rimasta zitta e basta. Tranne con mio padre. Dovevo convincerlo che poteva tornare a Carolina Beach a prendersi cura dei suoi pazienti, che avevano più bisogno di lui di quanto ne abbia io. Gli ho promesso che lo avrei chiamato tutte le sere. Ha giurato che non sarà mai troppo occupato per rispondere alle mie chiamate.

Con un sospiro stanco, chiudo le palpebre, mi giro di lato e mi scontro con due corpi caldi. Camille alla mia sinistra e Travis a destra. Metto un braccio attorno alla vita del mio amico, appoggio la fronte tra le sue scapole e sento gli occhi bruciare di lacrime, come mi succede di continuo da quando ho lasciato l'ospedale, una settimana fa. I medici mi hanno spiegato che sono riusciti a salvarmi il piede grazie al fatto che avevo tutti i vaccini aggiornati. *Grazie, papà.*

Il sonno mi sfugge, ma non è una sorpresa. Non ha senso inseguirlo. Sbuffo irritata e mi alzo su un gomito. Non ho bisogno di controllare l'ora, posso indovinarla. Le due di notte. Come al solito, esco dal letto. Il mio piede sano tocca il pavimento riscaldato, procurandomi una scarica di endorfine. Noto con amarezza le stampelle poste poco distanti. Le odio. E odio anche la benda che mi fa prudere la pelle. Stasera decido di arrangiarmi da sola, preferisco zoppicare fino all'ascensore che porta al soggiorno. So già che lo troverò lì. In pochi giorni si è stabilita una routine. A distanza. Barattolo di gelato. Divano. Fianco a fianco, mentre i nostri migliori amici dormono al piano di sopra, io e Liam ci lanciamo nella nostra danza. Il chiarore del gigantesco televisore si riflette sui nostri volti stanchi. *Friends*, come al solito. Di tanto in tanto guardiamo *Grey's Anatomy*.

Sono sempre stata orgogliosa del modo in cui riuscivamo a comunicare con gli sguardi. Ma da quella famosa notte Liam mi ha bloccato l'accesso. I suoi pensieri sono custoditi come un tesoro velenoso. E dubito che la situazione cambierà presto. Stamattina abbiamo scoperto che gli scavi nel giardino della vecchia casa di Kole non hanno prodotto risultati e che avrebbero allargato le ricerche al bosco che la circondava. La notizia ha mandato all'aria gli sforzi che aveva fatto per mettere ordine nei suoi sentimenti.

Trovo il coraggio di guardarlo mentre si infila un cucchiaio di gelato in bocca e, anche se non lo dice, capisco cosa sta cercando di nascondere. L'odio, il senso di colpa. Ma la cosa più distruttiva è il rimorso.

Ho un leggero sussulto quando sento il mio piede sano muoversi. Liam mi ha presa in braccio per portarmi fuori, sulla grande terrazza. Nonostante il poco cibo e le ore che trascorre chiuso in palestra, i suoi muscoli fremono sotto la pelle nuda. Ho paura che si affatichi troppo. Sospetto che voglia esaurirsi per chiudere gli occhi e spegnere il cervello. Ma alla fine, ogni notte, ci ritroviamo su questo divano a meditare in silenzio.

Stasera l'aria fresca di ottobre mi solletica la pelle. Adoro le mezze stagioni. Tira fuori una canna dalla tasca dei pantaloni grigi della tuta, se la porta alle labbra e la accende. Immediatamente le sue spalle si rilassano, inclina la testa all'indietro, trattiene il fumo nei polmoni, poi lo soffia nel buio della notte.

Riprendiamo la nostra danza. La canna passa di mano in mano. Abbiamo capito subito che aveva il potere di trasportarci in una dimensione più sopportabile. Non al punto da addormentarci, ma ci stiamo lavorando.

Poi Liam mi consegna un auricolare con una musica rilassante. Per la prima volta, mentre il suo sguardo accarezza il mio, sento che vuole arrendersi a me. Per la prima volta sento il sonno che mi invade, la mia testa cade sulla sua spalla, poi la sua trova la mia. Stasera Liam e io siamo di nuovo sull'amaca, lontani dalla notte che ci ha portato via un pezzo di noi.

10
Luna

«Vuoi il bacon vero e croccante o il bacon finto?» chiede Tee, che stamattina è di turno per la colazione.

«Cos'è il bacon finto?» chiede Cam, sedendosi sullo sgabello.

«Il bacon vegano che compra Matteo. Impossibile sapere se si tratti di prosciutto, erba o veleno per topi.»

Tee finge di vomitare, Cam ride e Matt alza gli occhi al cielo.

«Punto primo, fa bene al cuore. Punto secondo, se volessi sentire un parere di merda scoreggerei» replica il mio surfista biondo.

I tre scoppiano a ridere. È confermato, vivere da coinquilini li ha avvicinati. O almeno credo. A volte non capisco se si stanno prendendo in giro o se si danno davvero sui nervi. L'unica cosa certa è che sono qui per noi. Senza di loro, saremmo già affondati.

«Dov'è Liam?» chiede il nostro chef del giorno.

«Probabilmente in palestra» rispondo, mentre Hendrix viene a sdraiarsi ai miei piedi.

«Finirà in ospedale, se continua di questo passo.»

«Immagina di colpire la testa di questi poliziotti incompetenti.»

Cam e Matt, che hanno parlato in contemporanea, si scambiano uno sguardo che dura più di tre secondi. La mia migliore amica è la prima a interrompere il contatto e sono quasi certa di averla vista arrossire. Stringo gli occhi con sospetto.

«Possiamo biasimarlo di volersi sfogare?» domanda Matt.

«Charlie potrebbe essere viva se avessero fatto bene il loro lavoro. Se non fossero stati così testardi, avrebbero gestito la situazione in modo diverso.»

«Se avessero dato l'indirizzo di Kole a Liam» aggiunge Tee «avrebbe sfondato la porta e si sarebbe ripreso sua sorella».

Un silenzio addolorato aleggia nell'aria.

«Pensi che le ricerche...»

Nessuno finirà la frase. E non ho bisogno di voltarmi per scoprire il motivo. Ho sempre un brivido quando ci ritroviamo nella stessa stanza.

«Vuoi mangiare qualcosa, amico?» chiede Matt, sperando di ottenere una risposta, o anche soltanto una reazione. «Puoi scegliere tra un infarto o una evacuazione di qualità.»

Il gruppo ridacchia mentre Liam rifiuta in silenzio e si sposta di sopra. Matt si incupisce. Ma so che non ce l'ha con lui.

«Non dovete andare a lavorare?» chiedo, battendo le mani.

Saltano giù dagli sgabelli come se avessero ricevuto tutti una scossa elettrica.

«Ci vediamo stasera» dicono in coro.

In un tumulto che delizia le mie orecchie, i miei amici raccolgono le loro cose e vengono a baciarmi. Due sulle guance, uno sulla fronte, poi scompaiono nell'ascensore.

Li guardo andarsene, odiandomi per aver sentito una fitta di gelosia perché le loro vite continuano, mentre la nostra rimane congelata.

Staremo così finché il corpo di Charlie non verrà ritrovato, bloccati come una barca a vela in un mare senza vento. Il sole può splendere sopra le nostre teste, ma noi vagheremo senza meta.

Trovo Liam nel suo bagno e riprendiamo la nostra solita danza. Appoggiato al ripiano di marmo nero, mi porge lo spazzolino da denti. Inizia la nostra routine mattutina. I nostri sguardi si intrecciano nell'immenso specchio. Non li abbassiamo neanche per un attimo, giusto per essere sicuri che l'altro non se ne vada. Giorno dopo giorno, ripetiamo gli stessi gesti confortanti. Sputiamo, sciacquiamo, asciughiamo. Poi lasciamo i vestiti sul pavimento. Liam mi prende in braccio per portarmi nel box della doccia. Mi mette sulla sedia pieghevole che ha installato lì per evitare che la fasciatura sul piede si bagni. È stupido, ma questa piccola attenzione mi fa sempre battere forte il cuore. Poi chiude la cabina e preme play sullo stereo integrato. Sospetto che abbia scelto la canzone prima che lo raggiungessi, perché la dolce melodia di *Get You The Moon* di Kina ci avvolge, facendomi sorridere. Poi gira la sedia, prende il flacone di shampoo dallo scaffale e inizia a lavarmi i capelli. Le sue dita mi massaggiano, strappandomi un sospiro di benessere. Poi risciacqua e passa alla maschera idratante. Infine, si inginocchia davanti a me, e tocca a me prendermi cura della sua criniera nera. I suoi occhi verde smeraldo, ora sempre tristi, si chiudono quando le mie dita affondano nei suoi capelli, a volte con forza, a volte delicatamente.

Siamo nudi, i suoi occhi fissano i miei capezzoli, come ogni giorno, eppure nessuno di noi ha mai provato a fare nulla. Il suo corpo reagisce alla mia presenza, e anche il mio. Ma ci accontentiamo di vegliare l'uno sull'altra in silenzio. A volte le sue dita indugiano sul mio collo, le sue labbra sfiorano la pelle sottile della mia spalla, il suo naso inala il mio profumo. Le mie dita scendono lungo la sua schiena forte, scivolano sul suo collo, le mie labbra gli baciano la fronte. Ma non andiamo mai oltre. I nostri corpi si reclamano, ma quello che mi interessa sono le sue parole. Quello che nasconde sotto la massa di capelli setosi.

All'improvviso Liam apre la bocca, ma poi cambia idea e la richiude. *Parlami*, lo imploro nella mia testa. Ho imparato a controllare le mie espressioni e a nascondere la delusione. Quando alla fine sceglie di tacere, lascio che il mio sguardo vaghi sulle goccioline che gli cadono dalle lunghe ciglia e finiscono sulle guance nel momento in cui sbatte le palpebre. Tolgo la schiuma in eccesso e la getto sul pavimento, poi mi sposto per sciacquargli i capelli. Una volta finito, Liam mi dà le spalle per lasciarmi la mia privacy mentre mi lavo. Esito sempre tra il prenderlo in giro e l'amarlo ancora di più.

Quando siamo puliti, riprendo il mio posto tra le sue braccia e, quasi subito, l'accappatoio mi copre. Liam si asciuga, si lega l'asciugamano attorno ai fianchi stretti e mi asciuga. Ogni giorno mi dimostra che mi ama attraverso i gesti. È il suo linguaggio d'amore. Tutte le sue attenzioni, il modo in cui mi tocca, il modo in cui si prende cura di me. Senza dire una parola, si assicura che io stia bene. Mentalmente e fisicamente.

Come ogni mattina, preparo il mio cuore a vederlo allontanarsi e scomparire per il resto della giornata. Ma oggi non se ne va.

Non si allontana. Un brivido mi accarezza la schiena.

«Vuoi vedere una cosa?»

Il mio cuore fa un balzo. La sua voce. Il suo accento. Accidenti. Sono così felice di sentirla, mi è mancata così tanto, che sul mio viso appare un sorriso beato. Allora lo prendo in giro. Assumo una voce infantile e metto il broncio.

«È lontano? Perché mio padre non vuole che mi allontani.»

Il mio migliore amico scoppia a ridere al ricordo del nostro primo incontro. È così bello che devo lottare per non chiudere gli occhi e ubriacarmi di lui. Mi prende dai fianchi per aiutarmi a scendere, anche se potrei farlo da sola, e mi dice di andare a vestirmi.

11
Luna

♪ *Yours* – Ella Henderson

Quindici minuti dopo siamo di fronte a una porta imbottita e sorvegliata da un sistema di sicurezza che non avevo mai notato prima. In mia difesa, questo attico è enorme. I corridoi non finiscono mai. Mi limito agli ambienti più importanti, come la cucina e la sala cinema.

«Quanto sei ricco?» lo prendo in giro, ma con reale curiosità.

La domanda mi fa guadagnare uno sguardo sfacciato, seguito da un magnifico sorriso. La risposta è ovvia. Più di quanto pensi. E poi moltiplica per mille.

«Se volessi, potresti comprarmi un jet?»

Stavolta colpisco nel segno. Liam si gira a guardarmi e mi rivolge un sorriso vero.

«Piccola Luna, vuoi un jet?»

«La domanda è: chi non vorrebbe un jet?»

«Io.»

Strizzo le palpebre.

«Bugiardo.»

«No, davvero.»

«Sì.»

«Lo giuro.»

Inclino la testa per far finta di cercare la verità nei suoi occhi. È sincero, lo so, ma mi piace infastidirlo, vederlo alzare gli occhi al cielo quando gli do sui nervi.

«Va bene, ti credo, ma non mi hai risposto. Potresti comprarmi un jet oggi stesso, se lo volessi?»

L'idiota osa annuire con noncuranza, mentre io rimango a bocca aperta. Letteralmente.

«Quanti?»

«Direi una decina.»

Sono abbastanza sicura che mi sfugga un rivolo di saliva, mentre lui sghignazza. Non so quanto costa un jet, ma stiamo sicuramente parlando di diversi milioni di dollari.

«Puoi comprare dieci jet privati?»

«Aaahh, pensavo stessimo parlando di jet-ski, di moto d'acqua. Errore mio.»

Gli tiro un pugno per punirlo di essersi preso gioco di me.

«Sei insopportabile quando ti ci metti.»

Con le guance doloranti a forza di sorridere e gli occhi che brillano, per un attimo siamo di nuovo noi. *Il Fuoco della mia Terra.* I suoi occhi scivolano sulle mie labbra. Una dolce carezza che mi scalda la pelle.

Deglutisco.

Mi preparo a sentire il tocco del suo bacio, non vedo l'ora, ma Liam, senza staccare gli occhi da me, compone il codice di sicurezza per aprire la porta. Quasi dimenticavo che siamo in corridoio.

«Dopo di te.»

Ebbene… mi aspettavo tutt'altro.

È una cabina di registrazione, piena di mixer e strumenti musicali, illuminata da una luce viola che scaturisce dal pavimento.

«Hai il tuo studio di registrazione?»

È una domanda retorica, ovviamente. Non mi aspetto una risposta. Sfioro con le dita tutti i macchinari, emozionata.

Dietro di me, lo sento salire su una sedia con le rotelle.

«Allora è qui che sparisci tutto il giorno?»

«Mmh.»

Lo studio non ha nulla da invidiare a quello dell'etichetta. Strumenti all'avanguardia, attrezzature all'avanguardia. Liam può sicuramente permettersi una decina di moto d'acqua, ma quanti jet privati?

«Due.»

«Cosa?» dico, voltandomi verso di lui.

«Potrei comprarne due, di jet privati.»

Me lo dice in tono così noncurante che mi vengono le vertigini.

«Cavolo, allora devi lavorare di più.»

♪ Liam ridacchia, i suoi occhi trovano i miei, per poi scivolare di nuovo sulla mia bocca e accarezzare le mie gambe nude avvolte nei pantaloncini di jeans. Credo che sia l'ardore del suo sguardo tormentato a darmi le vertigini. Non si perde nessuno dei miei movimenti. La stanza è spaziosa, eppure mi sento soffocare. Perché il suo profumo l'ha già invasa. Perché mi sento bella quando mi guarda con i suoi occhi color smeraldo. Perché...

I miei passi si fermano quando la riconosco, appoggiata al muro.

La chitarra.

Quella che si portava dietro ovunque come un peso morto. Non sapevo che l'avesse tenuta. Mi chiedo se è questo che fa quando viene qui. Sta cercando di guarire i suoi traumi? Sta cercando di suonarla?

«No» dice, con voce profonda.

«Devi smetterla» brontolo, senza riuscire a non sorridere.

Prendo l'altra sedia per sedermi di fronte a lui. Ginocchia contro ginocchia.

«Se non suoni, che fai?»

«Un giorno mi hai detto che cantavi per evadere dalla realtà senza mai uscire dalla tua stanza. La musica è lo stesso per me. E ne avevo bisogno. Avevo bisogno di riconnettermi con la mia passione, di ricordare perché sto facendo quello che sto facendo. Mi mancava perdermi per ore negli spartiti, diventare tutt'uno con uno strumento.»

«Ha funzionato?»

Apre il computer vicino al mixer, cerca qualcosa, poi un suono ci avvolge. Un ritmo e una melodia, senza testo. Un mix di pianoforte e batteria. Mi lascio trasportare dalle note, la mia testa si muove da sola. Guidata da non so cosa, faccio scivolare la sedia fino al mobile dove sono appoggiate alcune bacchette e inizio a picchiettare a ritmo sul tavolo davanti a me. Visto che il nostro legame non si è mai indebolito nel corso degli anni, Liam mi accompagna nel mio delirio, dandosi delle pacche sulle cosce. All'inizio è una cacofonia senza senso, ma ci stiamo divertendo come bambini. Se qualcuno ci sorprendesse, non sospetterebbe mai che entrambi lavoriamo nel mondo della musica. Ma non ci interessa. Sorridere così ci fa stare bene. È un momento sincero, dolce, che ci fa volare via da queste ultime settimane infernali. Dopo un po' riusciamo ad andare a tempo, ed è bellissimo. Capisco perché si rifugia qui, in questo bozzolo ben curato, al riparo dalle cattive vibrazioni. In un attimo diventano le sei di sera. Le nostre pance sono vuote, ma i cuori sono pieni.

«Come se la stanno cavando senza il grande capo?»

È da quella sera che non mettiamo piede al lavoro, e allontanarmi mi ha fatto bene.

«Samantha va alla grande, soprattutto considerando la pressione che le starà mettendo Odie.»

Faccio una smorfia quando sento nominare la donna che mi odia profondamente. Non so cosa si siano detti, anche se l'ho intuito dal lampo ostile che ha attraversato le pupille di Liam. Odessa ha partecipato attivamente a tutte le bugie. Ora rifiuta le sue chiamate, così come quelle di sua madre, che è tornata a Chicago dopo la fine degli interrogatori con la polizia. Non voglio che chiuda per sempre la porta alla sua famiglia, anche se lo meritano.

«Che ne pensi del successo di Orchid?» continua, sistemandomi una ciocca di capelli dietro l'orecchio.

«Il suo album è stato un trionfo. Sono molto orgoglioso di te, Lu.»

Non aveva bisogno di dirlo ad alta voce. I suoi occhi verdi si illuminano di orgoglio quando mi guarda. È una sensazione inebriante. Crea dipendenza.

«È lei che ha fatto un lavoro incredibile, io ho soltanto contribuito a esaltare la sua perfezione.»

«L'umiltà non ti si addice, Piccola Luna.»

Gli pizzico i tricipiti, ma lui quasi non reagisce.

«Sono felice che tu mi abbia forzato la mano con lei.»

«L'ho fatto davvero o stavi rifiutando solo per darmi fastidio?»

«Non lo sapremo mai» sorride.

Poi si china a posarmi un leggero bacio sulle lentiggini, e ne approfitto per scostargli i capelli dalla fronte. Lo sento fremere. Sì, sono terribile.

«A proposito della canzone...» dice, abbassando distrattamente i tasti del pianoforte alla sua sinistra. «Mi accompagni?»

Ridacchio per nascondere la stretta al cuore.

«Siamo di nuovo sull'albero?»

Eccoci tornati al giorno in cui mi ha chiesto di cantare per lui. L'unica volta, in effetti. Abbiamo rispettato il nostro patto. In tutti questi anni, non mi ha più chiesto di cantare, e io non gli ho più chiesto di suonare la chitarra.

Aspetto che ricambi il sorriso, ma invano. Il suo volto resta serio.

«Vorrei tanto» sospira. «Era tutto più facile allora.

Non ci spaventava niente. Sognavamo in grande. Ci sembrava che nulla fosse impossibile. I bambini spensierati che eravamo probabilmente sarebbero delusi. Volevamo vivere insieme. I Quattro Elementi. E in un certo senso è così, eppure siamo infelici.»

«No, Liam. I bambini che eravamo sarebbero orgogliosi di vedere che, nonostante tutti i colpi che la vita ci ha inferto, non ci siamo arresi. Continuiamo a lottare. A ridere. Ad amarci da morire e odiarci da morire. Ma soprattutto, cerchiamo di lasciarci il passato alle spalle. Lottiamo per liberarci dalla sua presa. La cosa più importante è il presente, Liam. Il presente è tangibile. Plasmabile. Possiamo ancora cambiarlo. Essere chi vogliamo. Ottenere cose incredibili.»

I suoi occhi trovano i miei prima di scivolare dolcemente sulle mie labbra. Fisso anch'io le sue, senza avere il coraggio di avvicinarmi, perché i baci non risolveranno i nostri problemi. Anzi.

«Mi dispiace tanto, Luna» sussurra, il suo sguardo così ancorato al mio che lo sento in tutto il corpo. «Mi dispiace essermi intromesso nella tua vita con i miei problemi. Ho voluto amarti anche se sapevo che prima o poi i miei demoni avrebbero rovinato tutto. Quella sera, nella tua stanza, sono stato egoista. Rispondendo al tuo "ti amo" ho segnato il nostro destino, e mi dispiace tanto.»

Non rispondo a nulla. Mi prendo il tempo per scegliere le prossime parole, perché voglio che siano perfette.

«Lu, so che quando mi guardi pensi a tutto ciò che ho sbagliato, a tutta la sofferenza che ho portato nella tua vita, ma quando io guardo te vedo speranza. Vedo la mia migliore amica, che amo dalla prima volta che l'ho vista. So che è egoista da parte mia aspettarmi che mi aggiusti, ma ho bisogno di te. Ho bisogno di te per respirare, e ti prometto che non ti sentirai mai più in pericolo con me. Spero che un giorno potrai fidarti di nuovo con tutto il cuore.»

Gli asciugo con il pollice la lacrima che gli scende lungo la guancia.

«Queste ultime settimane mi hanno fatto capire che nessuno di noi ha torto in questa situazione, Liam. Egoisticamente, volevo che tu fossi sicuro del tuo amore. Ti ho messo su un piedistallo. Per me, la persona che mi accarezzava i capelli finché mi addormentavo non poteva spezzarmi il cuore. Ho creduto a lungo che il vero amore debba essere incondizionato, ma non è vero. L'amore è complesso, non lineare, disordinato.»

«Credi che un giorno potrai perdonarmi per aver dubitato di noi, per averti voltato le spalle quel giorno, per non aver capito?»

«Pensi di poter perdonare te stesso?»

Liam abbassa lo sguardo e scuote la testa.

«Mai.»

«Ti ho già perdonato, Liam. E sai come faccio a esserne sicura? Perché oggi sono abbastanza forte per farlo. Perché, quando ti guardo, non voglio ferirti. Portare rancore è estenuante. E voglio la pace. Ce la meritiamo entrambi, no?»

«Sì» ammette, con voce rotta. «Ma per favore, non lasciarmi mai.»

«Fino alla luna.»

Ho fiducia in noi. Quando penso a un'eternità al suo fianco, il mio cuore mi sussurra che non sarà abbastanza.

Liam annuisce, mi fa sedere sulle sue gambe e mi abbraccia forte. Non so per quanto restiamo incollati. Cuore contro cuore.

È il brontolio tremendo dei nostri stomaci vuoti a separarci.

«Pensi che Camille preparerà il suo gratin di patate?» chiede, con malcelata speranza.

«Pensavo che lo odiassi.»

«Se le dico che mi piace, smette di cucinarlo per darmi fastidio.»

Scoppio a ridere, perché ha ragione. Mi piace che Cam non cambi il suo comportamento nei suoi confronti.

«Pensi che se parlo con Travis mi manderà a quel paese?»

«Liam, Tee vive qui da settimane e deve fare il doppio della strada per arrivare in ufficio. Ha già fatto il primo passo, tocca a te fare il successivo.»

Le sue mani calde mi avvolgono il viso e mi bacia le guance.

«L'ultimo che arriva mangia i ravanelli di Matt» dice, a tutta velocità.

Dio santo, non quei cosi orrendi.

«Te lo giuro, ti odio.»

Liam mi fa quasi cadere dalle sue ginocchia e si precipita fuori dalla stanza. Imbroglione. Ma, sulla porta, lancio l'attacco finale.

«Ahi, il piede…»

Si gira subito verso di me, desolato. Cavolo, forse ho esagerato. Ma devo mordermi le labbra per non scoppiare a ridere.

«Scusa, Lu, che stupido, mi sono dimenticato. Tutto bene?»

«Fregato!» strillo, prima di scappare come una gazzella. Una gazzella zoppicante, ma pur sempre una gazzella.

«Me la pagherai.»

Sono già cinquanta metri più avanti quando lo sento ruggire. Trovo la mia strada in questo labirinto di casa seguendo le voci dei nostri amici che, a quanto pare, sono rientrati. Con le braccia in alto, urlo di gioia quando arrivo per prima, seguita a ruota da Liam, che mi afferra per la vita e mi lancia sopra la sua spalla.

«Satine corre più veloce di te» lo prendo in giro.

«Ti ho lasciata vincere.»

«Certo, se ti aiuta a dormire stanotte.»

Le nostre frecciatine sono interrotte da tre schiarimenti di gola.

«Dove eravate?» chiede Matt, sorridendo nel vedere il suo amico più in forma.

«Dovevamo ricordarci di alcune cose» risponde, buttandomi a terra.

«E va meglio?» chiede Cam.

«Andrà meglio» sussurra Liam, mettendomi un braccio intorno al collo. «In compenso, muoio di fame.»

«Ho fatto il mio gratin…»

«Di nuovo?» finge di lamentarsi Liam.

«Se non ti sta bene, chiama Uber Eats» replica piccata la mia migliore amica.

«Sono troppo pigro. Non morirò avvelenato, vero?»

Lei alza gli occhi al cielo e mi fa l'occhiolino quando lui si gira.

«Venite a tavola, bambini!»

Si sta godendo un po' troppo il suo nuovo ruolo di mamma. Ci sediamo tutti intorno all'isola e la conversazione sembra andare bene. Due parti della mia vita insieme, passato e presente. Mi sento leggera come qualche mese fa. Chiacchieriamo più vivacemente, le risate riecheggiano sulle pareti e rischio di farmi venire un crampo alle guance a forza di sorridere. Non voglio che finisca. Credo che questa sia la definizione di felicità. Noi, loro. Cibo, amore e le battute poco ortodosse del mio biondo preferito.

Come faccio a sapere che questa famiglia che mi sono creata è per sempre? Semplice. Perché rende la mia vita migliore.

Guardo le persone sedute in questa cucina e il mio cuore si gonfia. Anche Travis, che a volte sembra altrove, è rilassato.

Come se potesse leggermi nel pensiero, la mano calda di Liam si appoggia sul mio ginocchio e seguo il suo sguardo verso Tee. Lo incoraggio in silenzio, con un movimento del mento. Lui deglutisce, poi apre la bocca. È raro vederlo così insicuro.

«Travis» lo chiama Liam, e all'improvviso tutti si zittiscono.

Ok, questo non lo aiuterà a rilassarsi. Si schiarisce la gola e continua a parlare.

«Lu mi ha detto che hai firmato un contratto con

Dimetrio Ryan. Hai fatto un lavoro incredibile. Sarai orgoglioso di te stesso.»

Si potrebbe sentire uno spillo atterrare nell'attico vicino. Tee si raddrizza, stringe i denti, poi incrocia i bicipiti sul petto. Una battaglia di sguardi infuria tra i due ex migliori amici. Capisco la posizione di Travis, e i suoi sentimenti. Vorrei solo che potessero parlarsi e ascoltarsi. Quando il silenzio si prolunga, la mia mano trova la coscia di Liam. La stringo per incoraggiarlo.

«Amico, stavo per farmela addosso quando ha firmato.»

Un sospiro di sollievo appena udibile lascia le labbra di Liam e la conversazione riprende. Cam e Matt ridono e ci uniamo a loro.

«Un po' come quella volta che te la sei fatta addosso perché non hai fatto in tempo a chiedere alla signora Sioux il permesso di andare in bagno» ride Liam.

«Rassicurami, amico, dimmi che non è vero» sbotta Matt, mordendosi le labbra per trattenersi dal ridere.

I suoi occhi sporgenti e il suo sguardo inorridito hanno la meglio su di noi. Scoppiamo a ridere, con grande dispiacere di Tee.

«Non ti eri ancora trasferito a Carolina Beach» si lamenta.

«Sì, ma queste due parlano molto» dice, indicando me e Cam.

«Non serve indicarci, penso che sappia chi siamo» dice Camille, lanciando uno strofinaccio in faccia a Liam. «Avresti dovuto tenere il segreto.»

Lui alza le mani al cielo in segno di resa.

«Siete tutti degli stronzi. Ho la vescica piccola.»

Questo è troppo. Le risate raddoppiano di volume.

«E va bene, va bene, stavo per farti vedere il video con la dedica che ti ha fatto Dimetrio, ma puoi mettertelo in quel posto.»

«No! Va bene, la smetto» capitola Liam.

Conoscendo Tee, non resisterà a lungo. E infatti si alza per andare a prendere il cellulare in soggiorno.

Mi avvicino per sussurrare qualcosa all'orecchio di Liam.

«Ha una foto con lui come sfondo» ridacchio, sottovoce. «Potrei scommettere che la bacia prima di addormentarsi.»

Ride così forte che gli sfugge un grugnito. Non riesco a staccare gli occhi dalle sue labbra. Mi piace quel suono, per quanto sgradevole. Quando si accorge che lo fisso, mi pizzica il naso, poi mi bacia sulla guancia prima di sussurrare un «grazie» contro la mia pelle.

«Ragazzi, dovete venite a vedere.» Tee grida così forte che mi si congelano i muscoli.

Ci guardiamo tutti negli occhi, consapevoli che, quando lasceremo questa stanza, qualcosa cambierà per sempre.

Il viaggio verso il soggiorno sembra durare un'eternità.

«Alza il volume» lo esorta Matteo. Istintivamente, le mie dita si intrecciano a quelle di Liam. Fissiamo assorti le immagini sullo schermo.

Dicono che il mondo smette di girare quando tutto intorno a te crolla. Ed è vero.

12
Luna

Breaking News

L'Ncpd e l'Fbi perlustrano l'area intorno a questa casa da diversi giorni. Abbiamo appena appreso che le ricerche hanno finalmente avuto successo. Nelle foto alle nostre spalle vedete la giovane Charlotte Davis, morta all'età di quattordici anni. La ragazza abitava non lontano dal luogo delle ricerche. La polizia, che all'epoca aveva concluso rapidamente che si trattava di suicidio, ha ripreso le indagini dopo che il principale sospettato, Kole Kaplan, fidanzato della ragazza scomparsa, ha confessato di averla uccisa. Nel giardino che vedete sullo schermo questa mattina sono state riesumate delle ossa, che non sono state ancora identificate. Ma l'identità della vittima non rimarrà a lungo un mistero.

Sullo schermo appaiono i due presentatori.

«Grazie di esservi uniti a noi stasera! Sono Laura McIntyre e questo è Mitch Foley.»

«Cosa puoi dirci di ciò che sta accadendo alle tue spalle?» chiede la giornalista all'inviato sul posto.

«Siamo a pochi metri da quella che sembra essere la scena di un delitto. Un agente ci ha lasciato attraversare i nastri di sicurezza per concederci un colloquio. Nel bosco a pochi passi dalla casa è stato rinvenuto un cranio umano di medie dimensioni, a due metri di profondità. La casa un tempo apparteneva a Maria Kaplan e a suo figlio, ma al momento è abbandonata. L'atmosfera è molto tesa. Sono arrivati alcuni curiosi che hanno accusato la polizia di negligenza nei confronti della giovane vittima. All'epoca il caso aveva suscitato molto scalpore a livello locale, ma i responsabili delle indagini conclusero in fretta che si trattava di suicidio, in particolare perché la vittima aveva lasciato una lettera d'addio, ma anche perché erano state ritrovate tracce di sangue e una scarpa sul bordo di una scogliera. Oggi sappiamo che si trattava di una messinscena orchestrata da Kole Kaplan. Quest'ultimo, da anni ricercato attivamente dall'Fbi , è accusato anche dell'omicidio della madre disabile. Purtroppo, le speranze che le ossa non appartengano alla piccola Charlotte Davis sono poche. In diretta dalla Carolina del Nord, Ethan Bail, linea allo studio.»

«Grazie, Ethan» dice la giornalista. «Continueremo a informarvi sull'esito delle indagini per tutta la serata.»

Le dita fredde di Liam lasciano la mia pelle.

«Io... devo uscire di qui» farfuglia, con le lacrime agli occhi.

Con il mento tremante e il volto segnato dal dolore, fa un passo indietro verso l'ascensore, poi un altro, e si scontra con Morgan che ne sta uscendo.

«Signore...» comincia, poi si schiarisce la voce. «La stampa è già fuori dall'edificio.»

«Liam, resta qui» lo implora Tee.

«Amico, siamo qui per te, ok?» aggiunge Matteo.

«Liam» fa Camille «ascoltali. Non restare solo».

Tutte le teste si girano verso di me, in attesa che pronunci le parole che dovrebbero trattenerlo. Ma se c'è una persona al mondo che capisce di cosa ha bisogno, sono io.

«Morgan, assicurati che non gli succeda nulla, d'accordo?»

«Ovviamente, signorina Luna.»

Prima che la porta dell'ascensore si chiuda, i nostri occhi si incrociano e vedo le lacrime scendere lungo le sue guance.

Dannazione, Pumpkin.

13
Luna

Non avrei mai immaginato di tornare nella mia città natale in circostanze così tragiche. Ogni marciapiede, ogni semaforo rosso, ogni vetrina mi rimanda a un ricordo amaro.

Guardo le foto in camera mia e mi chiedo se rivedrò mai quel sorriso sereno sul volto di Liam. Le sfioro con il pollice, tracciando il contorno delle nostre facce da giovani. Il giorno in cui Cam, Tee, Liam, Charlie e io siamo andati sulla costa per trascorrere la giornata in spiaggia. Il mio migliore amico aveva fermato un passante per chiedergli di immortalare il momento. Capelli al vento, carnagioni abbronzate, sorrisi enormi, è un giorno che resterà impresso per sempre nella mia memoria. I Quattro Elementi. Fuoco, Aria, Terra e Acqua. Io in mezzo a Cam e Travis per evitare che litigassero, Charlie accovacciata davanti a me, Liam e i suoi occhi di giada fissi sul mio profilo.

Un sorriso ormai diventato troppo raro mi incurva le labbra sottolineate da un rossetto neutro. Con mano tremante, afferro la cornice e la porto con me a letto.

«Posso entrare?»

Jacob, mio padre, entra nella mia stanza. Non è cambiata di una virgola. Solo le stelle fluorescenti sbiadite attaccate al soffitto riflettono gli anni trascorsi. Parlano di un tempo che non tornerà mai più.

«Sei bellissima, Lulù» si complimenta, sedendosi accanto a me.

«Anche tu, papà.»

Abbasso lo sguardo sulla mia tuta nera, sobria, perfetta per questo tipo di evento secondo la commessa. La mia risata sarcastica mi ha attirato uno sguardo perplesso. Non mi importa di essere perfetta. Vorrei soltanto riportare indietro le lancette e cambiare le cose. Nessuno dovrebbe fare shopping per prepararsi a un momento che gli porterà via un pezzo di anima.

L'abito grigio scuro di mio padre gli calza a pennello. Gli occhiali che indossa da qualche settimana gli salgono sul naso quando mi sorride. Un altro segno che gli anni passano.

«Mi è sempre piaciuta questa foto» dice. «Ringrazio il cielo ogni giorno per aver messo degli amici così sul tuo cammino. Ti hanno dato la famiglia che io non sono riuscito a creare per te.»

«Papà, sai che amo la nostra vita così com'è. Io e te. Non ti ho mai incolpato perché lavori tanto e tu non mi hai mai fatta sentire un peso, a differenza di…»

Non voglio aggiungere benzina sul fuoco, quindi taccio.

Guardo la notifica che ho appena ricevuto. Travis dice che stanno arrivando.

«Pensi che verrà?» chiedo, tristemente.

Mio padre non risponde subito, il che aumenta la mia ansia. Liam non ha più dato sue notizie dal giorno in cui ha lasciato l'attico, due settimane fa. Due settimane vissute nell'ansia che potesse fare qualcosa di stupido. Quattordici giorni passati ad andare in giro come un fantasma per mancanza di sonno, trecentotrentasei ore a desiderare che venga qui oggi. Vorrei soltanto sapere se dorme abbastanza, se mangia abbastanza, se il suo cuore batte. Impazzirò se non capisco cosa sta succedendo dentro di lui.

«Liam ci sarà» dice, con una sicurezza che mi spinge a credergli.

«Come fai a esserne così sicuro?»

La mano di mio padre copre la mia, appoggiata sul ginocchio.

«Non si perderà la cremazione di sua sorella. Liam è un ragazzo solido, responsabile. Non permetterà che il dolore prenda il sopravvento sulla ragione. Mi è sempre piaciuto.»

«Perché allora non mi chiama? Perché non mi parla? Potremmo aiutarci a vicenda.»

«Lulù, ognuno affronta il dolore a modo suo. Alcuni lo affogano nelle sostanze, altri lo seppelliscono per non affrontare la verità. E altri ancora restano in silenzio, vivono nella loro testa, si pongono domande, rivivono il passato e, quando si sentono pronti a tornare nel mondo, quando il dolore si è un po' attutito, escono dal loro guscio. Questo non significa che non ti ama. La sua reazione a questa tragedia non ha nulla a che fare con il vostro amore. Ma è estenuante dover far finta che vada tutto bene. Perché è quello che farebbe davanti a te. Farà finta di resistere, per te. Perché pensa che uno di voi debba restare forte. E preferirebbe soffrire in silenzio piuttosto che farti del male. Quindi, lasciagli il tempo di soffrire come preferisce. Quando avrà bisogno di te, lo saprai. Non ha mai avuto paura di chiedere aiuto quando era necessario.»

Tiro su col naso, rendendomi conto che anche lui ha dovuto fingere di stare bene davanti a me, dopo che mia madre se n'è andata.

«Perché ho l'impressione che tu non mi stia dicendo tutto?»

«Ho promesso di non dire nulla.»

Eppure, il ghigno che gli arriccia le labbra mi dimostra che, se insistessi, la sua promessa andrebbe in fumo. Purtroppo per lui so esattamente quali tasti premere. Metto il broncio. Lo persuado con il mio sguardo infantile.

«Papino...»

La sua determinazione si sta sgretolando. Non resiste mai a questo nomignolo. Mio padre scuote la testa, come per dire che sono insopportabile.

«Liam è venuto a chiedermi un consiglio prima del vostro primo appuntamento.»

I miei occhi si spalancano per lo stupore.

«È venuto da te? Raccontami.»

«Promettimi che non gli dirai niente. Avevo giurato di non rivelarti mai la nostra conversazione.»

Se mai lo rivedrò. Immagino che la paura mi si legga in viso, perché mio padre mi liscia la piega tra le sopracciglia.

«Eri uscita a fare shopping con Camille. Arrivò due ore prima, tutto sudato, con un completo troppo grande che aveva comprato chissà dove. I fiori che aveva portato erano mezzi appassiti per il caldo.»

Mi sfugge un suono a metà fra un singhiozzo e una risata.

«Voleva che gli insegnassi come annodarsi la cravatta, ma era chiaro che c'era qualcos'altro che lo preoccupava.»

«Si arruffava i capelli?»

«Ogni due secondi. Gliel'ho dovuto tirare fuori con la forza. Non avevo mai notato che eravate testardi uguale. Alla fine, però, ha snocciolato tutte le sue domande. Come comportarsi da uomo al ristorante, se doveva spostarti la sedia, quanta mancia lasciare, se doveva ordinare per te. Il bacio prima o dopo la cena? Questa è la parte che mi ha fatto ridere meno. Era fuori di sé per l'ansia.»

Mi sento il cuore troppo grande per il mio petto.

«Ma non siamo andati al ristorante.»

«Ho capito che stava cercando di riprodurre quello che aveva visto nei film. Quindi gli ho detto che ti conosceva meglio di chiunque altro e sapeva cosa ti avrebbe fatto più piacere.»

«E alla fine ho trascorso la serata più bella della mia vita. Grazie papà. Per tutto.»

Nelle ultime due settimane il nostro legame si è rafforzato. Ho scelto di non nascondergli nulla. Ci siamo aperti il cuore. Abbiamo pianto, abbiamo lanciato in giro delle cose per sfogarci. Non avevo mai visto mio padre così indifeso. La rabbia e il senso di colpa che ho visto sul suo viso mi hanno fatto contorcere le viscere. Le lacrime nei suoi occhi mentre ascoltava ciò che avevo vissuto mi hanno scioccata, ma erano necessarie. Ora possiamo andare avanti senza segreti.

«Charlie non se lo meritava.»

Mi bacia la fronte, e una lacrima mi scende lungo la guancia. Non la asciuga, non mi dice che piangere non servirà a niente. Come sempre, mi lascia esprimere i miei sentimenti.

«Non so cosa potrei dirgli per consolarlo. E se peggiorassi le cose con la mia goffaggine?»

«Niente che tu possa fare riempirà il vuoto nel suo petto. Fagli soltanto capire che non andrai da nessuna parte. Sii te stessa e ascolta il tuo cuore.»

Poi bussano alla porta. Sono i miei due migliori amici d'infanzia, accompagnati da Matteo, tutti vestiti di nero. Dopo aver appreso che la cerimonia si sarebbe svolta qui, Matt, non sapendo dove fosse Liam, ci ha seguiti. Il gruppetto ha trovato rifugio dai genitori di Tee, che sono in viaggio. Avrei voluto che Matt stesse con me a casa di mio padre, ma per qualche motivo lo teme.

«Signor Collins.»

Il mio surfista tende la mano a mio padre.

«Mathis.»

La bocca di Matt si torce in una leggera smorfia, ma non osa correggerlo. Non so più quante volte gli ho ricordato il suo nome, senza alcun risultato. Dopo la serata cinema a casa nostra, l'ostilità di mio padre nei suoi confronti è diventata sempre più palese. Guardo Camille baciare mio padre e Tee stringerlo in un abbraccio e mi riprometto di approfondire l'argomento più tardi.

«Cinque minuti, ragazzi» ripete, prima di uscire.

«Perché mi odia?» Matt è imbronciato.

«Forse perché sei fastidioso, rumoroso, insopportabile e anche un po' stupido?»

Tee scoppia a ridere senza accorgersi che Matt si è accigliato per il commento della mia migliore amica. Dalla nostra convivenza si sono sempre lanciati frecciatine, ma la violenza del tono di Cam mi stupisce. Ne approfitto per sondarla in silenzio, ma ancora una volta il suo sguardo si fa sfuggente, come l'altro giorno in cucina.

«Hai notizie?» chiede Matt, tornando in sé.

«Speravo che potessi darmele tu.»

Il silenzio che segue è carico di paura, tristezza e speranza.

«Siamo pronti!» urla mio padre in fondo alle scale.

«Vado con Jacob e Tee» dice subito Camille.

Aspetto che i due ragazzi lascino la stanza, poi le stringo le dita intorno al polso e la attiro a me.

«Qual è il problema?»

«Non so di cosa stai parlando.»

«Ah, quindi ora ci diciamo le bugie?»

Lo sguardo della mia bruna si vela, le mie parole l'hanno colpita.

«Andiamo a salutare Charlie» sussurra. «I miei problemi saranno ancora qui domani.»

14
Luna

♪ *Piano In The Sky* – Winona Oak

Anche se intervallato da momenti di sole, il tempo piovoso persiste fin dal nostro arrivo in città. È come se il cielo avesse voluto prepararci a questo giorno.

Ho sempre pensato che la pioggia riflettesse le lacrime di tutte le persone che soffrivano. Ma questo pomeriggio, mentre salutiamo Charlotte, il sole non è mai stato così splendente. Nonostante la temperatura più che mite di ottobre, i raggi del sole non scaldano la pelle nuda delle mie braccia.

Sei finalmente in pace, Pumpkin?

Mi piace pensare che sia così. Ecco perché, nonostante il peso che mi opprime il petto, sono quasi riuscita a sorridere durante tutto il percorso verso il crematorio. Ma non dura a lungo. Il mio sorriso si spegne quando la macchina parcheggia lungo il marciapiede. Il posto è affollato. Sembra che tutta la città si sia riunita per salutare una ragazza morta nell'indifferenza. Tra ipocriti e curiosi, la rabbia mi pulsa nelle vene.

«Guarda qui che idioti» sibila Camille. «Tutti avvoltoi.»

E la cosa peggiore è la presenza della stampa. La mia amica mi prende la mano, mio padre mi apre la portiera e i ragazzi attraversano la strada per unirsi a noi. Dopo uno sguardo di intesa, ci avviamo all'ingresso. Ignoro i richiami isterici dei fotografi, i flash che mi bruciano le retine, le richieste di interviste morbose. Per proteggermi, mio padre mi mette un braccio intorno alle spalle e spinge via alcuni curiosi. Riprendo fiato soltanto dentro.

«Pronti?»

Non so chi abbia parlato. Non sarò mai pronta a dirle addio una seconda volta. Perché a lei? Perché la sua breve vita è stata un susseguirsi di sofferenze? Tutte queste domande senza risposta mi fanno vacillare. Una mano ferma mi sorregge.

«Respira, Lu. È quello che avrebbe detto lui, no?» sussurra Travis.

Le sue dita si posano sulla mia vita e i miei piedi si muovono. Avanziamo tutti insieme, fianco a fianco, come un branco unito.

Mio padre apre le porte di legno dell'ambiente principale.

La stanza marrone e grigia è più accogliente di quanto immaginassi. *Accogliente*, che termine cinico. Le travi in legno del soffitto si abbinano alle panche dello stesso colore ai lati della sala gremita. Non avrei mai immaginato che ci fosse tanta gente. Non riconosco nessuno.

Probabilmente sono conoscenti di Odessa Smith, visto che il clan dei Davis è molto piccolo. Per le persone care a Liam basta la panchina dell'ultima fila. Siamo la sua famiglia, i suoi pilastri, eppure ho l'impressione di essere fuori posto. Non presto attenzione agli sguardi degli altri. Charlie era la mia sorellina. Avrebbe voluto che fossi lì. Mi siedo e fisso un punto davanti a me per respingere il panico che sento crescere all'idea di dirle di nuovo addio.

In mezzo al corridoio, mi fermo di colpo. Matteo riesce a evitare la collisione per un soffio.

Liam è qui. *È venuto.*

Grazie, Signore, mormoro, guardando il soffitto.

È in prima fila, con un completo nero, e parla con il prete.

Non ho tempo di calmare il cuore mentre inizia la cerimonia.

Seduta in ultima fila, non sento le parole del celebrante, né il discorso di Sarah. Le parole formano una nebbia nel mio cervello. Rimango concentrata sulle spalle curve del ragazzo seduto a poche panche dalla mia. Cosa sto facendo? Dovrei stare con lui. Con il mio migliore amico.

A disagio, muovo su e giù la gamba. L'aria non mi arriva più ai polmoni. Mi sento inutile.

«Dovrei essere al suo fianco» sussurro a Tee.

♪ Il mio amico mi stringe la mano in segno di sostegno e, in un batter d'occhio, non mi importa più degli sguardi degli altri. Lascio che sia il cuore a guidarmi. Approfitto del canto intonato dal coro per lasciare la mia panca. Ignoro gli sguardi assassini di Odessa e Sarah, che si girano verso di me come se avessero un radar anti-Luna. Mentre passo, Morgan mi rivolge un timido sorriso. Se lui è qui, Tristan Taylor non deve essere lontano.

Mi avvicino alla mia anima gemella con l'adrenalina che mi pulsa nelle vene. Con un semplice sguardo chiedo scusa ai suoi familiari, i quali, non volendo provocare una scenata, si fanno da parte per lasciarmi passare. Immerso nei suoi pensieri e con lo sguardo fisso sull'enorme foto di Charlie, Liam non si accorge del trambusto intorno a lui. Ricordo la storia dietro questo scatto. Un concerto degli Ultraviolet, la sua band preferita. A differenza della prima volta, l'accesso non aveva limiti di età. In fila sul marciapiede, Liam l'aveva chiamata. Char aveva alzato lo sguardo dal cellulare e suo fratello aveva catturato il suo sorriso, sincero e sereno. I suoi grandi occhi azzurri scintillano al riflesso del neon che accarezzava il suo viso di bambina. Mi sembra quasi di sentire le sue urla di gioia durante le canzoni, il suo profumo di mandarino.

Non crollare adesso, Lu.

Inspiro a fondo e infilo delicatamente le mie dita nelle sue. Senza guardarmi, come se la sua mano conoscesse a memoria l'impronta della mia, le sue palpebre si chiudono per un secondo. Poi si porta la mia mano alle labbra, sussurrando un «grazie». Il cuore mi esplode nel petto. Mi uccide che pensi che avrei potuto lasciarlo solo in un momento del genere. Dovrebbe sapere che mi sento completa solo quando sono con lui. Che i vuoti nel mio cuore possono riempirsi magicamente soltanto vedendolo sorridere. E se anche quel sorriso non dovesse più tornare, accetterò di restare incompleta per tutta la vita, purché lui sia con me.

Teniamo le mani intrecciate per tutta la cerimonia. Liam mi stringe più forte mentre la bara entra nel crematorio. E ancora di più quando tutto finisce. Con le guance bagnate di lacrime e i cuori spezzati, abbiamo ascoltato gli ultimi discorsi di addio a Charlie. Abbiamo guardato le fiamme bruciare fra grida di dolore, ma non ho mai lasciato la sua mano.

Alla fine, i nostri amici ci hanno raggiunti per un abbraccio collettivo. Nessuno ha cercato di essere forte o coraggioso. Abbiamo pianto la tragica scomparsa di Charlotte. Poi mio padre ha preso da parte Liam per parlargli. I miei due uomini preferiti, faccia a faccia. Troppo lontana per sentire la conversazione, li ho osservati. I cenni di Liam, nutriti dalle parole gentili di mio padre, i loro occhi lucidi e il loro abbraccio. Poi mio padre si allontana e mi fa cenno che ci aspetta fuori.

«Andiamo tutti a casa mia, vieni con noi?» chiedo a Liam, una volta che restiamo soli.

La mia voce lo fa sussultare. I suoi occhi verdi sono straziati, contengono tutto il suo dolore.

«Non sono ancora pronto per andarmene. Penso di aver bisogno di restare da solo con lei» mi dice, la voce rauca per i singhiozzi.

Grazie alle sagge parole di mio padre, non insisto. Non gli chiedo se vuole che resti.

Non pretendo di sapere meglio di lui di cosa ha bisogno.

Lascio il mio migliore amico da solo, davanti alla foto di sua sorella.

Quando sarà pronto, io ci sarò.

Me ne vado senza sapere se le lacrime che mi bagnano il viso sono per lui o per questa giornata.

Tee, Cam e Matt sono partiti un'ora fa perché stasera è previsto brutto tempo. Fuori il vento sferza gli alberi e la pioggia cade violenta contro le finestre. Sdraiata sul letto, fisso le quarantasette stelle fosforescenti sul soffitto, inseguendo il sonno. Invano. Ci sono troppe domande che mi tormentano. È ancora lì? Il suo silenzio è la calma prima della tempesta? Finirà per scatenarsi e causare danni irreparabili? E la domanda più importante, ma anche la più ingenua: il suo cuore batte ancora bene?

«Luna!» mi chiama mio padre in fondo alle scale.

Con il cuore in gola, mi alzo subito dal letto e scendo le scale.

«Papà, che succede?»

Mi blocco.

«Entra, figliolo» lo invita mio padre.

Liam, ancora in completo scuro, è fermo sulla soglia, fradicio e tremante dal freddo.

«Lulù, portagli un asciugamano.»

La voce di mio padre mi fa uscire dalla trance.

Il ragazzo di fronte a me è senza dubbio Liam, nonostante il volto sopraffatto e devastato.

Corro all'armadio del sottoscala, prendo un asciugamano e mio padre glielo getta sulle spalle.

«Mi dispiace essere venuto senza preavviso, sto bagnando tutto.»

Seguo con lo sguardo le gocce che gli cadono dai capelli, scorrendo sul pavimento e formando una pozza intorno alle sue scarpe.

«Non importa, figliolo. Vieni, prima che ti prenda una polmonite.»

I suoi occhi mi imprigionano e non mi lasciano andare.

«Avevo bisogno di te, Lu.»

Nel mio petto, sento le schegge del mio cuore che si frantuma.

«Papà, puoi prepararci qualcosa di caldo da bere, per favore?»

Una volta in camera, lo lascio un attimo, il tempo di aprire la doccia in modo che possa riscaldarsi. Quando torno non si è mosso. I suoi occhi sono vacui. Sussulta quando la mia mano si appoggia sul suo gomito, poi si rilassa e mi lascia fare. Lo spoglio. Gli allento la cravatta, gli sfilo la giacca dalle spalle, gli sbottono la camicia bianca e gli slaccio i pantaloni per lasciarlo in boxer. Liam sta congelando, il suo respiro irregolare mi colpisce il viso. Senza pensare a togliermi il pigiama, ci sposto sotto il getto d'acqua calda della doccia. Quando finalmente i suoi occhi incontrano i miei, deglutisce. Le sue labbra tremano, sembra che vogliano dire qualcosa.

E poi crolla.

Il mio migliore amico si accascia sul pavimento della doccia. Il mio Fuoco si spegne davanti a me. Scoppia in lacrime.

Mi metto a cavalcioni sulle sue cosce e lo tengo stretto contro di me. Lo abbraccio finché il suo battito non entra in sintonia con il mio. Fronte contro fronte, piango per lei. Piangiamo per lei. Un piccolo fiore a cui la vita ha impedito di sbocciare.

«Sto così male, Lu» ammette, singhiozzando. «Mi fa male tutto. Sempre. Penso che il mio cuore esploderà.»

«Lo so… niente di quello che posso dire la riporterà indietro o riempirà il vuoto nel tuo petto, ma sono qui per te, Liam.»

«Mi sento come se l'avessi persa di nuovo.»

Le sue palpebre si chiudono.

«Mia sorella mi è stata portata via due volte senza che potessi salvarla. A che servo se non riesco a proteggere le persone che amo?»

«Sei troppo duro con te stesso» sussurro. «Sei un fratello maggiore, un amico e un capo straordinario. Charlie ti adorava. Sono sicuro che non ti incolpa di nulla. L'hai protetta da Mike. Hai assunto il ruolo di entrambi i genitori quando hanno fallito nei loro doveri. L'hai protetta dai suoi incubi… e hai salvato me.»

Gli metto due dita sotto il mento e lo guardo negli occhi, nella speranza che le mie parole raggiungano la sua anima invece che le sue orecchie.

«Mi hai salvata tutte le volte che mia madre mi ha delusa. Quando mi facevi posto nel tuo letto per non lasciarmi sola quando mio padre lavorava. Il tuo amore per la musica mi ha salvato.»

La sua testa trova il mio petto e mi abbraccia per quella che sembra un'eternità.

«Me ne sono andato, ti ho lasciata, ma l'hai persa anche tu.»

«Sto bene. Mio padre mi ha aiutata, e anche gli altri. Vorrei che mi permettessi di farlo con te. Liam, sarò sempre qui per te, capito?»

Fa un sospiro di sollievo che mi colpisce dritto al cuore.

Uscendo dal bagno, sul mio comodino ci aspettano due tazze di tè fumante e un paio di pantaloni del pigiama per Liam. Ci sdraiamo, stretti l'uno contro l'altra. Il suo corpo caldo contro il mio. Ci teniamo le mani, e con la destra gli sfioro delicatamente i riccioli umidi sulla fronte. I nostri respiri ci confortano, il silenzio ci culla, finché non decido di spezzarlo.

«Ricordi quando mi ero allontanata da te, al liceo?» comincio, in un sussurro. «Una sera ho sentito uno strano rumore alla finestra: era Charlie che mi lanciava delle pietre. Non l'avevo mai vista così furiosa. Mi incolpava di averti spezzato il cuore. Sai cosa ha osato dirmi? Che mi avrebbe tagliato i capelli nel sonno se non avessi sistemato le cose tra noi.»

Ridacchio al ricordo e la risata vibrante di Liam mi accompagna.

«Aveva tredici anni» aggiungo.

«Lo avrebbe fatto davvero» mi dice lui, sorridendo.

«Lo so! "Nessuno tocca mio fratello" ha urlato da sotto la finestra. Quella sera c'era una partita di basket, quindi l'ho fatta entrare. E il resto non ti piacerà...»

I suoi occhi si spalancano per la curiosità, e sorrido.

«Cosa avete fatto?»

«È meno grave di quanto immagini. Abbiamo visto dei film, poi, giuro che mi ha supplicato, abbiamo bevuto delle birre e abbiamo vomitato. Tanto.»

Dopo aver sganciato la bomba, chiudo un occhio e aspetto la sua reazione. L'idiota ride, ma non durerà.

«Mi ha convinta dicendomi che i suoi compagni di classe si vantavano di aver bevuto alcolici e voleva vedere cosa ci fosse di tanto bello.»

Ma era rimasta delusa. Mio padre era fuori. Abbiamo rubato due birre dal frigo e siamo andate a sederci in terrazza. Mi ha raccontato dei suoi quaderni e delle sue ambizioni, e mi ha minacciata di nuovo di farmi il caschetto. Abbiamo riso, ballato, vomitato. Oggi mi chiedo perché non abbia colto l'occasione per parlarmi dei suoi problemi a scuola. Ma è inutile rimuginare sul passato.

«Eravamo completamente ubriache. Poi siamo anche andate a casa vostra e siamo state noi a strappare tutte le pagine ventitré dei tuoi libri di scuola. Potremmo anche aver nascosto tutti i tuoi calzini destri.»

Spalanca la bocca, sconvolto, prima di scoppiare a ridere.

«Siete state voi? Pensavo di stare impazzendo. Cavolo, eravate tremende insieme.»

Ridiamo fino a farci dolere lo stomaco, poi lui mi

pizzica il naso, mozzandomi il respiro.

«Grazie, Piccola Luna» sussurra nell'incavo del mio collo.

Lascio che le mie labbra accarezzino la sua fronte, lo spazio tra i suoi occhi, la punta del suo naso.

«Promettimi di venire da me quando senti di più la sua mancanza, così potremo pensare a lei insieme.»

Con un'espressione intensa sul viso, Liam annuisce e alza la mano libera in aria. Capisco subito.

Il nostro segno speciale.

«Promesso.»

Il Fuoco della mia Terra. Il mio migliore amico.

15
Luna

Una settimana dopo

Abbiamo passato sette giorni nella nostra bolla. Ogni sera chiudevo gli occhi chiedendomi se l'avrei ritrovato accanto a me al risveglio. E stamattina non è diversa dalle altre. Faccio scorrere una mano sul suo lato del letto. Quando sento il freddo il mio cuore manca un battito. Mi poso il palmo sul petto per cercare di regolare il respiro.

Calmati. Liam non se ne sarebbe andato senza salutare.

Il che non mi impedisce di allungare il braccio verso il cellulare sul comodino. Nessuna notifica. Mi sforzo di pensare positivo mentre trascino il mio corpo dolorante fuori dal letto e sotto la doccia. A differenza del solito, l'acqua calda non mi rilassa, anzi. Appoggio la fronte contro il vetro della cabina e chiudo le palpebre. Mi torna subito in mente l'immagine del mio grande amore accasciato a terra, con gli occhi iniettati di sangue e il cuore a pezzi. Allora esco dal bagno, mi metto dei pantaloncini e una canotta e vado in cucina a mangiare qualcosa.

Di sotto, ho un sussulto. Sono entrata in un universo parallelo? Tutte le persone che amo sono sedute attorno al tavolo in terrazza. Mi viene da ridere. I sorrisi mi abbagliano. E c'è Liam.

È il primo a vedermi e si avvicina a me, con qualcosa di inaspettato e bellissimo sul viso. Il suo sorriso. *Cuore mio.* Con gli anni ho imparato a distinguere quelli veri da quelli falsi. I sorrisi tesi dai rassicuranti. E questo è vero, il più autentico da sette giorni.

«Ciao» sussurra contro la mia tempia, come per assicurarsi che sia l'unica a sentirlo.

«Pensavo che te ne fossi andato.»

«Non me ne andrei mai senza salutarti» risponde, baciandomi la punta del naso.

«Ah! Finalmente!» esclama Travis in lontananza, con la bocca piena di qualcosa di non identificato. «Nottata movimentata?»

Il corpo muscoloso di Liam si sposta, permettendomi di vedere mio padre che colpisce Tee dietro la testa con il suo enorme palmo.

«Ehi, papà J» si lamenta lui, gemendo.

«Stiamo parlando di mia figlia. Tieni a freno la lingua.»

Il gruppetto ride.

«Hai dormito bene, tesoro?»

«Sì, papà, grazie» lo rassicuro.

Liam si gira e mi fissa attraverso le sue lunghe ciglia scure. Anticipo le sue parole prima ancora che gli escano dalle labbra.

«Sicura che sia tutto a posto? Hai avuto gli incubi tutta la notte.»

All'improvviso mi si secca la gola. Di nuovo, questa conversazione è solo per noi, come un segreto ben custodito. Stanotte ho sentito le sue braccia stringermi più forte e il suo respiro caldo contro il mio collo quando quelle immagini terribili mi hanno scosso. Poi mi ha baciato le lacrime che ha visto scorrere sul mio viso nella penombra della mia stanza. Ho lasciato che mi cullasse, che mi calmasse.

Come potevo dirgli che era il viso di sua sorella chino su di me a tormentarmi? Che sento le sue mani premute contro la mia trachea in modo così vivido da svegliarmi di soprassalto, senza fiato? Come posso dirgli che, pur avendo assistito alla cremazione della sua bara, sono convinta di aver visto i suoi occhi azzurri fissarmi quella sera nel magazzino? È stupido, lo so. Quindi, per non turbarlo con le mie paranoie, tengo i miei terrori ben nascosti, in un posto in cui nessuno può accedervi.

«Vuoi dirmi cosa ti spaventava?»

«Non mi ricordo più» lo rassicuro. «Ma ti giuro che sto bene. È normale avere degli incubi dopo quello che abbiamo passato. Tu stai bene?»

I suoi occhi verdi mi sondano per un momento, in cerca della verità, ma poi annuisce e sorride.

«Magari faccio finta di avere gli incubi, così mi abbracci.»

«Come se ne avessi bisogno.»

Poi mi conduce verso il resto del gruppo e sono io che non riesco a smettere di sorridere.

«Cosa fate tutti qui?»

«Andiamo in spiaggia!» esclama Cam.

Abbraccio queste bellissime persone a una a una, per nutrirmi della loro energia positiva.

«A ottobre?»

«Vivi da troppi anni a New York, ti sei dimenticata che in altri posti esiste il sole!»

Faccio una linguaccia a Tee. Certo, qui il clima è più caldo, ma non è nemmeno quello di Miami.

Mi lascio cadere sulla sedia tra Matt e Liam. Il mio stomaco brontola alla vista dei croissant, ma niente mi fa venire l'acquolina. Almeno finché Liam non mi mette davanti la migliore colazione del mondo. Accidenti, adoro che mi conosca così bene. E ancora di più che si sia preso il tempo di prepararlo.

«Non avrai il coraggio di mangiare quella roba alle undici, vero?» Matteo fa una smorfia.

«Il tuo amico ha fatto la stessa faccia la prima volta e ora non può farne a meno. Ti giuro che è fantastico.»

«Non a colazione, Elsa.»

La sua voce è rilassata, ma il corpo lo è meno. Respira a malapena e quasi non osa muovere un muscolo.

«Che succede?» sussurro.

Con la coda dell'occhio, lo vedo guardare alla mia destra. Seguo il suo sguardo preoccupato fino a mio padre, che ci fissa con la mascella serrata.

«Tuo padre ha una pistola?» chiede, serio.

La risata che mi sfugge dalla gola è liberatoria.

«Papà, smettila di fare il prepotente con il mio amico, per favore.»

«Stai zitta, Elsa» borbotta Matt al mio orecchio. «So difendermi. E già mi ha preso per un rammollito.»

«È questo che è… un amico?» insiste stranamente mio padre.

Non capisco il suo atteggiamento ostile nei confronti di Matt. In genere è una persona tranquilla e benevola.

«Pensa che Matteo sia innamorato di te» sbotta Tee, come se avesse sentito i miei pensieri.

«Che cosa?» gridano tutti, in coro.

«Vi ha sorpresi rannicchiati nello stesso letto.»

Matt si strozza con il caffè, Tee ride dietro la forchetta, Camille abbassa lo sguardo sui pancake e mio padre lancia un'occhiata furibonda al mio amico. Ma la reazione che mi interessa di più è quella della persona accanto a me. La sua testa è inclinata verso di noi, un sopracciglio alzato, quasi in attesa di dettagli. Il diavoletto ancora appollaiato sulla mia spalla mi incoraggia ad approfittare della situazione, ma quando mi volto verso Matteo la voglia di scherzare svanisce in un lampo. Il suo volto è livido.

«Ok, ok, calmatevi tutti» dico, alzando le mani in aria. «Ci siamo addormentati nello stesso letto e basta. Papà, se me ne avessi parlato, ti avrei detto che Matt è solo un amico.»

La sera in cui siamo arrivati a Carolina Beach, dopo il film, Matt e io ci siamo addormentati ancora vestiti nel mio letto, mentre gli altri due russavano distesi sulle coperte sul pavimento.

«Non sono innamorato di Luna» chiarisce Matt, con una voce che vuole essere ferma. «E giuro che quella sera non c'è stata nessuna reazione da queste parti.»

Si indica l'inguine con la punta del naso.

«Non sei attratto da me?» chiedo, fintamente offesa. «Nemmeno un pochino?»

Il mio surfista arrossisce e farfuglia, cercando le parole, mentre io mi mordo le labbra per non ridere.

«Io… tu… perché mi fai questo, Rapunzel?»

L'ilarità si diffonde in tutto il tavolo, e stavolta ride anche mio padre. Per rimediare, gli scompiglio i capelli lunghi.

Il buonumore continua, tutti chiacchierano e mangiano, e sento il cuore che mi trabocca d'amore.

«Se non andiamo subito, ci sarà un sacco di gente» dice Cam.

Ci alziamo, lei e Tee caricano la lavastoviglie, come ogni giorno da anni. In piedi sulla soglia della terrazza, Liam chiacchiera con Matt. Li lascio e vado ad abbracciare mio padre da dietro.

«Perché non sei in ospedale oggi?»

Sento vibrare la guancia contro le sue scapole quando la sua voce profonda mi risponde.

«Ho deciso di prendermi un giorno libero.»

«Vieni con noi, allora?»

Mi stacco da lui per lasciarlo girare verso di me.

«Preferisco restare a casa tranquillo.»

«Sicuro che sia tutto a posto?»

«Sì, sono soltanto un po' stanco, troppo lavoro.»

Capisce che la risposta non basterà a rassicurarmi quando le mie sopracciglia si uniscono in un cipiglio.

«Sto bene, Lulù» insiste.

«Andiamo, sedere di burro!» canticchia Tee.

«Non mi sono ancora messa il costume!»

Faccio le scale due alla volta per andare a cambiarmi. Frugo negli armadi, facendo un gran disordine. Alla fine, trovo un bikini giallo che ho indossato l'ultima volta sette anni fa. Davanti allo specchio, ispeziono il mio corpo da tutte le angolazioni. Mi sta troppo stretto sul seno e sui glutei, ma non è male.

«Cavolo» mormora una voce rauca alle mie spalle.

Gli occhi di Liam sono così dilatati che il verde smeraldo delle sue iridi è quasi inesistente. Lo vedo deglutire e passarsi una mano tra i riccioli scuri. E io? Il suo sguardo mi fa avvampare, mi scalda le guance. Anche da lontano, lo sento in tutto il corpo. E nello stomaco si risveglia qualcosa che non sento da settimane. Desiderio.

«Me lo ricordo, quel costume» dice, con una spalla appoggiata allo stipite della porta.

Anch'io. Sedici anni e mezzo. La nostra ultima primavera insieme. L'odore del mare, la sabbia calda sulla pelle. Ci eravamo confessati i nostri sentimenti due mesi prima e non riuscivamo a tenere le mani a posto. Follemente innamorato o completamente incosciente, Liam mi aveva trascinata lontano dalla vista delle altre persone, dietro le rocce che costellavano la spiaggia. Lo stuzzicavo dall'inizio del pomeriggio, e alla fine avevo ottenuto quello che volevo. Con la schiena premuta contro il granito della roccia, ho sentito per la prima volta le sue labbra chiudersi attorno al mio capezzolo, orgogliosamente eretto per lui. Le mie dita aggrappate ai suoi capelli per dirgli di non fermarsi, le sue nel mio bikini, e il mio primo orgasmo con lui.

Come se gli stessi ricordi gli attraversassero la mente, Liam si passa una mano sulla guancia sinistra, poi sulla destra, e infine fa scrocchiare le ossa del collo. Non mi sfugge che il suo battito ha accelerato negli ultimi secondi.

«Forse questa giornata in spiaggia non è stata una buona idea.»

«È stata tua?»

Questa sì che è una sorpresa. Ci fissiamo in silenzio per quelle che sembrano ore. Vorrei che si avvicinasse, ma lui insiste a mantenere le distanze, e la cosa mi fa impazzire.

«Sei pronta?» dice alla fine.

La nostra bolla erotica scoppia. Prendo la borsa da spiaggia e la riempio in fretta con un asciugamano, la protezione solare e una maglietta lunga per dopo. Dato che sta bloccando l'uscita, mi fermo davanti a lui e alzo il collo per fissarlo.

«Resti qui?»

Schiarimento di gola.

«Sì, ho bisogno di un momento.»

Ridacchio.

«Voi uomini siete davvero troppo sensibili. Menti semplici.»

Liam replica subito.

«Sicura di non volerti cambiare il costume? Sarà bagnato.»

La sua fossetta sulla guancia destra si sta approfondendo. Uno a uno, palla al centro. Non sapendo cosa dire, lo oltrepasso ed esco dalla porta, senza dimenticare di ancheggiare. Le imprecazioni che arrivano alle mie orecchie mi strappano un sorriso.

I suoi passi risuonano alle mie spalle qualche minuto dopo.

«Che macchina prendiamo?» chiedo al gruppo in soggiorno.

«Tu e io nella mia, gli altri si arrangiano» decide Liam, salendo sull'isola della cucina.

«Via il sedere da lì» interviene mio padre, senza alzare lo sguardo dal giornale.

In meno di due secondi, i suoi piedi toccano terra.

«Scusa, è l'abitudine.»

La parola mi fa rabbrividire. Mi giro e colgo il suo sguardo nostalgico. Liam mi fa l'occhiolino e ci avviamo tutti. Approfitto della sua rinnovata energia e di questo improvviso buonumore per dimenticare per un attimo le nostre disgrazie. Liam è qui. Respira. Sorride. Domani è un altro giorno. I miei incubi non andranno via, e nemmeno la mancanza di Charlie, ma per stamattina possiamo mettere tutto da parte.

Verso l'uscita, vado a sbattere contro un muro umano. Cam, Tee, Matt e Liam, davanti a me, non si muovono più.

«Perché non andate avanti?» brontolo. «State bloccando l'ingresso.»

Infastidita, mi faccio strada fra loro per scoprire cosa succede.

E forse avrei preferito non saperlo.

Mia madre è sotto il portico, con il pancione e un sorriso tirato.

«Che ci fai qui?»

La mia voce non tradisce alcuna emozione, non so cosa provare. Gioia? Rabbia? Contro ogni previsione, opto per l'indifferenza. In fondo a lei non è importato nulla del fatto che fossi in ospedale. Non una visita. Non una telefonata. Si è limitata a un mazzo di rose con un bigliettino impersonale. Senza darle tempo di reagire, urlo in direzione del soggiorno.

«Papà! Emma è qui. Andiamo, ragazzi.»

«Luna, sono venuta a trovare te» spiega lei, come se per me la cosa dovesse avere la minima importanza.

«Come puoi vedere, ho altri impegni.»

Liam mi guarda preoccupato, i miei amici mi interrogano in silenzio e, con un movimento del mento, gli ordino di andare avanti. Siamo nel bel mezzo del vialetto che porta al marciapiede quando la voce di mio padre si alza alle mie spalle.

«Luna Eden Collins!»

Merda. Sbuffo irritata e mi giro. Forse sono stata sfacciata con lei, ma, quando Jacob Collins ti chiama, non si può fare finta di niente.

«Sì?»

«Tua madre è venuta a trovarti.»

«E allora? Non ho niente da dirle, ma se vuoi puoi invitarla a bere un caffè per spiegarle quello che non deve assolutamente fare per non rovinare la vita di questo bambino. Anzi, falle un PowerPoint con gli elementi chiave. Forse sarà più a suo agio con le immagini.»

La delusione negli occhi castani di mio padre mi colpisce come uno schiaffo in faccia. A tre anni ho graffiato la sua prima Aston Martin perché ero curiosa di vedere se le auto sanguinavano come gli esseri umani, e nemmeno allora credo di averlo deluso come oggi. La sua reazione non ha senso. Perché all'improvviso pensa che debba fare uno sforzo con lei?

Seppellisco le mie domande in un cassetto insieme a tutte le altre e giro i tacchi per unirmi ai miei amici. Non mi guardo alle spalle per non affrontare lo sguardo affranto di mio padre. Siamo sempre stati io e lui. Niente può cambiare il nostro legame, giusto?

16
Luna

♪ *Sensitive subject* – Grey Zeigler

♪ «Tutto bene, Piccola Luna?»

Sono sdraiata sul mio telo da mare e la sua mano mi accarezza la schiena. Mi giro e strizzo gli occhi contro il sole abbagliante prima di annuire. Ho perso il conto delle volte che mi ha fatto questa domanda nei dieci minuti di viaggio verso la spiaggia.

«Sto bene, te lo giuro. Non ci pensavo già più.»

È la verità. Emma è l'ultima persona a cui penso al momento. Liam sembra rassicurato dalla mia risposta. Si toglie gli occhiali da sole e me li infila sul naso.

«E tu? Come ti senti?»

Le sue iridi si soffermano su ogni angolo del mio viso, come se volesse imprimerselo per sempre nella memoria, poi si sporge e mi bacia il naso ventisette volte. Una per ciascuna delle mie lentiggini. Mi sto sciogliendo.

«Ehi, venite a giocare a beach volley» grida Tee a pochi metri da noi.

Con uno sguardo, Liam e io decidiamo di fare squadra.

«Io non gioco» decide Matt. «Mi fa ancora male il polso. Faccio l'arbitro.»

Gli mando un bacio volante e poi inizia la partita. I Quattro Elementi sono tornati e io e Liam schiacceremo gli altri due.

Matt si infila due dita sotto la lingua per dare il fischio di inizio.

Cominciamo.

Facciamo il nostro gesto speciale, poi Liam mi passa la palla. La lancio oltre la rete, Tee la prende e la passa a Camille, ma troppo forte, perché la mia migliore amica manca il bersaglio e finisce in ginocchio sulla sabbia. Un punto per noi. Loro si arrabbiano, noi esultiamo. Non sono particolarmente sportiva, ma amo la competizione.

«Brava, cuore mio.» Liam si congratula con me.

Le sue parole mi scaldano quanto la sabbia che brucia sotto i piedi. Nonostante il sole cocente, il corpo sudato e il fiato corto, diamo il massimo. Dopo quindici minuti, la 2L, chiamiamo così la nostra squadra, è ancora in vantaggio, anche se il distacco è sempre più ridotto. Tra grida di guerra, la squadra avversaria si sveglia. Tee mi spedisce la palla addosso, troppo bassa. La ricevo sui polsi prima di crollare in ginocchio. Riesco comunque a passarla a Liam, che prende slancio, salta e la schiaccia sulla sabbia tra Cam e Tee. Lo sguardo di delusione sui volti dei nostri migliori amici è esilarante. Il suono delle nostre risate si mescola a quello delle onde mentre iniziano a incolparsi a vicenda per la sconfitta.

«Rassicurami» esordisce Matt rivolto a Camille, che ansima come se fosse in fin di vita, «lo sai che devi mandare la palla dall'altra parte della rete, vero?»

La sua risposta non si fa attendere.

«Disse quello che si finge infortunato per non giocare.»

«Mi sono fatto male in palestra» sibila lui.

«Invece a me fa male la tua faccia di cazzo.»

Cosa sta succedendo? Mi sembra di assistere a un altro match, ma sono troppo stanca per capirne le regole. Infastidita, Camille si precipita verso il mare, mentre Matt va a sedersi sulla sdraio, imbronciato. Liam allunga il pugno verso di me con uno sguardo d'intesa.

«Se vinco, parlo io con Matteo.»

Ovviamente sceglie il più facile dei due.

«Ok, *shifumi*. Uno, due, tre.»

Forbice contro carta. Con un sorriso vittorioso, ma non troppo irritante, si avvia verso il suo amico. Quando raggiungo Camille, seduta di fronte al mare, non uso giri di parole.

«Vai a letto con Matteo?»

La mia domanda la sorprende così tanto che le va di traverso l'aria di mare, o forse la sua saliva.

«Stai cercando di uccidermi? Come ti viene in mente una cosa del genere?» sussurra, guardandosi alle spalle.

Matt e Liam stanno parlando e Tee negozia un'altra partita di pallavolo con altri ragazzi.

«Per quello che è appena successo» dico, riferendomi al suo strano comportamento. «Litigate di continuo, sento puzza di tensione sessuale.»

«Non andiamo a letto insieme. Non mi piace, tutto qui.»

«Cosa?» mi stupisco. «Matteo piace a tutti. È un angelo, andrebbe d'accordo anche con le pietre.»

«Beh, viviamo sotto lo stesso tetto da settimane e non ci troviamo. Punto. Mi dà sui nervi. Ogni trenta secondi si risistema lo chignon senza nemmeno rendersene conto, mi dà fastidio.»

«Sì, ma...»

«E anche il modo in cui fa scrocchiare le ossa e alza le sopracciglia prima di raccontare una storiella stupida. È insopportabile.»

«Cami...»

«Per non parlare delle battute» mi interrompe ancora, sempre più alterata «sono stupide, infantili e poco divertenti. Insomma» aggiunge, zittendosi di colpo di fronte al mio sguardo esterrefatto. «Diciamo che è perché lui è uno Scorpione e io sono un Acquario.»

Stringo gli occhi come per dirle di non prendermi in giro. Evita il mio sguardo, sposta il peso da una natica all'altra, immerge le dita nella sabbia.

«Camille-Lucia Hart...»

«Mi hanno licenziata.»

Stavolta tocca a me soffocarmi con l'aria che di colpo mi opprime.

«Quando? E perché?»

«Poco dopo che ti hanno dimessa dall'ospedale» ammette.

«Perché non mi hai detto niente?»

Si riempie d'aria il petto e alza una mano per elencare le ragioni: «Vediamo, sei stata rapita dal "fratellastro" di Liam e hai subito un intervento chirurgico d'urgenza. Charlie è morta due volte. Vivo con il mio peggior nemico. I miei problemi non sono niente in confronto a questo».

Le sistemo una ciocca di capelli castani dietro l'orecchio.

«Non sono d'accordo, Cam. Non esistono scale di sofferenza. Non sono nessuno per dirti che quello che consideri importante non lo è. Tutti hanno i loro problemi. Lo sai che ti voglio bene. Sei la maionese nel mio ketchup, e voglio che tu possa contare su di me quando le cose non vanno bene. Ora dimmi cos'è successo. E soprattutto dove vai ogni mattina.»

Davanti a noi il mare è sorprendentemente calmo. Il suo azzurro si fonde con quello del cielo.

«Due giorni dopo che sei tornata a casa, mentre Tee era ancora a lavoro, Matt e io ci siamo ubriacati. Gli ho raccontato che la mia capa mi assegnava degli argomenti che non mi interessavano. Quell'idiota mi ha convinta a parlarne con lei.» Fa una smorfia, disgustata da quello che sta per dire. «E credo di aver preso il suo consiglio un po' troppo alla lettera. Ti dico soltanto che avevamo fumato anche una canna. E sai che effetto ha su di me.»

«Vai avanti.»

«Ho chiamato la mia capa, ma ho trovato la segreteria telefonica. Avrei dovuto prenderlo come un segno, forse, e invece no. Le ho lasciato un messaggio, abbastanza volgare. Il giorno dopo, ancora ubriaca e con gli occhi gonfi, sono stata convocata nel suo ufficio e mi ha licenziata. Insomma, ho dato la colpa a Matteo e lui mi ha offerto un lavoro come receptionist nella sua palestra di Manhattan mentre aspetto di trovare qualcos'altro.»

«Immagino che Tee non lo sappia.»

«No, non ho osato dirglielo. Sai quanto è rigido su certi argomenti. Mi avrebbe dato l'elenco delle redazioni che stanno assumendo e si sarebbe messo a elaborare un piano finanziario per dirmi quanti giorni posso sopravvivere a New York senza lavoro. Non era quello di cui avevo bisogno in quel momento. Volevo solo lamentarmi.»

Annuisco, d'accordo con lei.

«Come ho fatto a non accorgermene?»

«Non ti biasimo, davvero.»

«Farò di meglio in futuro, Bubala.»

«*Ride or die*» sussurra, tendendomi il mignolo.

La sua fronte incontra la mia in un silenzio complice.

«La collaborazione con Matt non sta andando bene? È per questo che battibeccate?»

Cam si stacca da me ed emette un sospiro che sembra pesarle sul petto da secoli. So già che le sue prossime parole saranno epiche.

«Il Matteo sorridente e simpatico che vediamo ogni giorno è l'opposto del tiranno con cui ho a che fare al lavoro. Quell'idiota si comporta come se fosse il mio capo.»

«In effetti lo è» ridacchio, intuendo cosa si nasconda dietro la sua invettiva irritata.

«È prepotente, arrogante e prende un po' troppo sul serio il ruolo dell'uomo alfa. E poi...»

«Hai scoperto che ti piace più di quanto pensassi» concludo per lei. «Tu, che ami dominare e mantenere il controllo, ti bagni le mutande quando lui è nei paraggi.»

«Non l'avrei messa in termini così volgari, ma sì» ammette, con aria disgustata. «Al lavoro vorrei farmelo e lasciargli prendere le redini, ma appena entra nell'ascensore dell'attico è di nuovo da schiaffi in faccia. E poi è l'opposto di Travis e apprezzo entrambi i lati delle loro personalità. Per non parlare del fatto che è sexy. Chi l'avrebbe detto che avevo un debole per i biondi?»

Scoppiamo a ridere.

«È davvero sexy.»

«Chi è sexy?»

Liam. Non l'avevamo sentito arrivare. Si siede accanto a me e fa scivolare la mano sul mio ginocchio.

Quando nessuno risponde, ripete la domanda.

«Matteo» rispondo.

Camille alza gli occhi al cielo mentre Liam sghignazza.

«È vero che quel bastardo è sexy.»

«Chi è sexy?»

Matteo a sua volta si avvicina a Liam, causando la fuga di Camille. Scappa a tutta velocità, non senza lanciarci un'occhiataccia in cui si leggono tutte le terribili sofferenze che intende infliggerci.

«Cami e Lu pensano che tu sia sexy» dice Liam.

Gli sbatto il palmo sulla fronte.

«Non ti hanno mai detto che le conversazioni tra ragazze andrebbero tenute segrete?»

L'idiota ride, si alza di scatto e mi trascina con sé come un sacco di patate.

«Me la pagherai, Piccola Luna!»

Ho appena il tempo di urlare prima che mi butti nell'oceano. Quando riemergo, tra il divertito e il contrariato, lo vedo ridere, fiero di sé.

«Oooh» ci chiama Matt dalla spiaggia «Camille mi trova sexy?»

Il suo sguardo disperato ci provoca una risata. Approfitto della disattenzione di Liam per montargli in groppa e, ancora una volta, lui ci butta nell'acqua salata. Una volta in superficie, senza fiato, unisce i nostri corpi, e le mie gambe si avvolgono istintivamente intorno alla sua vita. Le onde, la pioggia, nemmeno l'apocalisse mi avrebbero allontanato da lui in questo momento. Presa dal divertimento, gli sputo l'acqua che ho in bocca tra gli occhi. Per rappresaglia, le sue dita pizzicano la pelle dei miei fianchi esposti. Liam ride. Le farfalle nel mio stomaco si scatenano, rimbalzano nel mio cuore e volano intorno a noi. Poi gli sposto una ciocca di capelli umidi dalla fronte e lui chiude gli occhi per un secondo. Quando li riapre un bagliore li illumina, e so che riflette la scintilla che brilla nella mia. Siamo naso contro naso. La voglia di assaporare il sale sulle sue labbra mi travolge. Non so cosa mi trattiene. Forse quello che trattiene anche lui. La paura. È troppo presto. O troppo tardi. Paura che sarà troppo bello, o non sarà abbastanza. Forse le difficoltà ci hanno davvero spezzato. I nostri corpi si amano, si desiderano, ma la testa è un casino. Eppure, voglio baciarlo fino a perdere il fiato. Il nostro abbraccio si stringe.

«Sei la mia migliore amica» sussurra, a pochi centimetri dalle mie labbra. «La mia persona preferita. Sono grato di averti nella mia vita.»

«Sei il mio migliore amico» sussurro, gli occhi velati di lacrime.

Il suo sguardo, in cui si riflettono i raggi del sole, mi accarezza ogni angolo del viso.

«Sei stupenda con le lentiggini e i capelli arruffati. Sei libera, magnifica. Muoio dalla voglia di baciarti. Posso farlo?»

Rallenta, cuore. Ho ancora bisogno di te. Non lasciarmi proprio ora.

Annuisco, forse troppo in fretta. Quando appare la sua fossetta devo fare uno sforzo per non infilarci la punta del naso.

«La parola a te, Piccola Luna.»

«Baciami.»

La terra smette di girare nel momento in cui le nostre labbra si fondono. È dolce. Delizioso. Mi sembra di tornare a respirare. Le onde non mi lambiscono più, gli uccelli non cantano più. Settimane senza sentire il suo gusto, la sua mano attorno al mio collo, la sua erezione contro di me.

Liam geme il mio nome, come se fosse doloroso. Quando apro gli occhi, il suo verde screziato di pagliuzze dorate mi porta così lontano che è quasi troppo.

«Piccola Luna, ti prometto che avremo il nostro lieto fine. Farò qualsiasi cosa per averlo.»

«Lo so.»

È tutto ciò che la mia voce rotta dai singhiozzi mi ha permesso di dire. La sua anima è il mio rifugio. E non vedo l'ora di tornarci per sempre.

17
Luna

Avrei dovuto sapere che la felicità è un concetto fugace.

Non chiedevo molto quando sono entrata nel bozzolo che era la casa della mia infanzia. Magari farmi una doccia per lavare via la salsedine che mi irrita la pelle, chiacchierare durante una cena con i miei due uomini preferiti e, perché no, addormentarmi davanti a Netflix. Invece i miei muscoli si congelano e mi ritrovo a stringere e aprire i pugni lungo i fianchi.

Percependo la mia tensione, Liam mi mette una mano rassicurante sulla schiena e mi sussurra all'orecchio.

«Respira, Lu. E sii gentile.»

Gentile? La parola è stata cancellata dal mio vocabolario nel momento in cui ho varcato la soglia e ho sentito la risata isterica di mio padre e di Emma. Completamente sradicata.

È come assistere a un brutto film. Sono seduti fianco a fianco all'isola della cucina, Emma getta indietro la testa per ridere a una battuta di mio padre. Nello slancio, la mano di quest'ultimo scivola sul suo avambraccio nudo. I loro sguardi si concentrano sul punto in cui la loro pelle si tocca, finché lui non toglie la mano, come se il contatto lo avesse bruciato.

Sì, toccare il diavolo ha questo effetto. O forse ha sentito il mio sguardo perforargli la nuca, perché all'improvviso si gira. Le risate svaniscono, i sorrisi si fanno più tesi.

«Che succede?»

I loro corpi si allontanano ulteriormente, come se fossero stati colti nell'atto di fare qualcosa di proibito.

«Non vi ho sentiti arrivare» esordisce mio padre. «Allora, vi siete divertiti?»

La sua voce è falsamente allegra e lo detesto.

«Tantissimo» risponde Liam, spingendomi verso di loro. «È bello tornare dove tutto ha avuto inizio e creare nuovi ricordi positivi.»

Il suo sguardo tenero si posa su di me alla fine della frase, ma la presenza di Emma impedisce alla parte del mio cervello che dovrebbe provare emozioni di funzionare correttamente. Mi siedo sullo sgabello.

«Sono d'accordo» dice lei con un sorriso.

Scommetto che non ha riconosciuto l'uomo che le ha impedito l'accesso al suo edificio. Se così fosse, l'avrebbe già azzannato alla giugulare. Sì, a volte immagino Emma come una creatura assetata di sangue, soprattutto per via della sua mancanza di umanità.

Per tenere occupate le mani, prendo la bottiglia di vino bianco che ho davanti e ne verso una generosa quantità nel bicchiere vuoto di mio padre. Almeno lei ha avuto la decenza di non bere. Forse le ha davvero tenuto una conferenza sull'educazione dei figli.

«Mi sono persa l'invito a una riunione di famiglia? Forse avreste dovuto avvisarci, avremmo chiamato anche Sarah. Eh, tesoro?» dico, mettendo la mano sul ginocchio di Liam. «Non pensi che le nostre due madri sarebbero una bella coppia di narcisiste, disoneste ed egoiste?» sghignazzo.

«Luna, basta così!» mi rimprovera mio padre, ma lo ignoro.

Ingoio l'alcol a testa alta e sento a malapena che mi brucia la gola. Liam si irrigidisce, e per un secondo un lampo di tristezza attraversa gli occhi grigi di Emma.

Nel mio petto infuria il caos. Credo di poter contare sulle dita di una mano le volte in cui mio padre mi ha urlato contro. Seppellisco il sentimento di imbarazzo rubando un raviolo dal suo piatto e infilandomelo in bocca, masticando con voluta lentezza.

«A meno che tu non sia venuta a finire il lavoro» aggiungo, rivolta a mia madre, con la bocca ancora aperta.

Tutti aspettano curiosi che spieghi di cosa sto parlando.

«Papà, ti ha detto che ha cercato di uccidermi?»

«Come?» si indigna lui.

«Che cosa?»

«Quando è venuta a New York, mi ha portato del sushi ripieno di avocado.»

Le labbra di Liam non si sono mosse, ma sento il suo rimprovero silenzioso nella mia testa.

«Avevo dimenticato la sua allergia» ammette lei tristemente, e sono quasi tentata di crederle.

La donna seduta di fronte a me, vestita in modo semplice, jeans e maglietta, con i capelli raccolti in uno chignon, non sembra la persona altezzosa che devo sopportare di solito.

«Per dimenticarlo avresti dovuto saperlo» alzo la voce.

«E se ci calmassimo?» suggerisce il mio amore d'infanzia, dandomi un bacio sulla tempia.

Mio padre lo ringrazia con un cenno, Emma gli sorride. Ipocrita.

«Se sapessi chi è sorrideresti di meno» dico, amareggiata. «Non riconosci Liam Davis, il capo della Mem, quello che ti ha bandito dal suo piano perché eri antipatica a tutti?»

Gli ingranaggi del suo cervello si mettono in funzione così in fretta che mi viene da esultare.

«Non avrai mai un contratto con la più grande etichetta della costa occidentale, peccato.»

Le faccio il broncio più sarcastico di cui sono capace.

«Cos'è questa storia?» chiede mio padre.

Liam sospira, irritato. Penso che il mio comportamento infantile stia mettendo a dura prova la sua pazienza. Quando parla, lo fa con voce rauca e aspra.

«Lei ha ferito Luna e la caccerei di nuovo, tutte le volte che sarà necessario. Se non le ho ancora vomitato addosso tutto il disprezzo che accumulo per lei da quando avevo dodici anni, è per rispetto nei confronti di Jacob e della sua condizione» indica con il mento la sua pancia rotonda. «Se me ne sto qui seduto con aria così tranquilla, è soltanto per controbilanciare la rabbia di Luna. Ma non scambi la mia compostezza per rispetto nei suoi confronti. Cerco di alleviare le tensioni perché so che il potere delle parole è devastante. Ma se Luna vuole farlo davvero, non le impedirò di dire la verità, perché la sta divorando da troppo tempo. La incoraggerò ad andare avanti. Non ha mai fatto lo sforzo di conoscerla, e posso giurarle, senza mancare di rispetto alla creatura che porta in grembo, che Luna è una delle cose migliori che abbia mai fatto. In tutta onestà, mi dispiace per lei, Emma... ha perso l'occasione di conoscere una donna meravigliosa.»

Con gli occhi umidi di commozione, mi trattengo dal saltargli al collo e baciarlo. E amarlo ancora di più, ammesso che sia umanamente possibile. Mia madre, per parte sua, rimane stoica e guarda mio padre come se cercasse sostegno. E lui glielo dà.

«Luna, so che hai avuto alcune delusioni, ma non ti ho educata così. Ci sono modi per dire le cose senza essere offensivi.»

«Alcune?» sbotto, infastidita da come la mia voce si incrina. «Ci ha abbandonati, papà. Come puoi invitarla in casa e ridere con lei? Ti ho sentito piangere di notte, ti ho visto voler spaccare tutto. Ero troppo piccola per assistere a certe scene. Lo sai, vero? Non la voglio nella mia vita, punto e basta.»

Vino bianco. Sorso. Bruciore.

Mio padre si alza all'improvviso, e la delusione nei suoi occhi mi trafigge. La mia pelle è corazzata e impenetrabile quando si tratta di Emma, ma con lui è diverso.

«Va tutto bene, Jake» lo tranquillizza mia madre, strappandomi una risata amara.

Jake. Jake. Devo essere entrata in un'altra dimensione.

«Preferisce Jacob» intervengo.

«L'ho sempre chiamato così.»

«Quando? Quando te ne sei andata così in fretta da lasciare il segno fra le lenzuola? E cos'è questa storia? Stiamo litigando per chi lo conosce meglio? Non ho intenzione di stare ai tuoi giochi, *mamma*.»

Liam prende il bicchiere di vino che mi stavo portando alle labbra.

«Luna, non sono venuta qui per litigare» dice, accarezzandosi la pancia con una mano. «Voglio solo parlarti.»

Con una mano sulla bocca, fingo di essere scioccata.

«Pensavo fosse per vedere come sto» rispondo, con un tono ipocrita quanto la sua espressione.

«Lu» sussurra Liam per cercare di calmarmi.

Il suo sguardo mi implora, mi prega di essere più disponibile alla discussione. In questo momento, lo amo e lo odio per aver cercato di sistemare le cose. A che gioco sta giocando? Perché non lotta con me? Dovremmo affrontare il diavolo insieme. Chi meglio di lui può capire cosa si prova nei confronti di un genitore che ci delude? Il vuoto di essere cresciuti come se non avessimo importanza, come se ci fosse sempre qualcosa di meglio di noi altrove. Essere trascurati dalla persona che dovrebbe amarci incondizionatamente.

Poi penso al rapporto che ha con i suoi genitori, distrutto dalle loro bugie. E capisco che non vuole la stessa cosa per me.

«Liam, puoi lasciarci, per favore?» chiede mio padre.

«No, gli dirò tutto comunque. E poi non mi interessa quello che ha da dire. È in ritardo di anni.»

Stanca di questa farsa, balzo in piedi per uscire dalla stanza. L'aria è diventata irrespirabile.

«Ragazzina» ringhia dietro di me la voce severa di mio padre.

Mi immobilizzo. Il mio battito accelera. Sento quasi rizzarsi i peli sulla nuca per la vergogna.

«No» replico con foga, voltandomi. «Non capisci cosa stai facendo? Quando ci sei tu, mi comporto da ragazzina immatura, cattiva e senza cuore. Tiri fuori il peggio di me, Emma, e non starò a guardare mentre fingi di essere una persona che non sei. Non c'è più posto per te in questa famiglia. Sai una cosa? A volte vorrei che non avessi mai incontrato mio padre, così avrebbe potuto avere la felicità e l'amore che meritava, anche se ciò significherebbe che non sarei mai esistita.»

Con il dorso della mano, mi asciugo le lacrime che mi bagnano le guance e scappo via senza più guardare nessuno. Ma un gemito di dolore risuona alle mie spalle e mi gela il sangue nelle vene. Mi giro. Emma è piegata in due, i lineamenti distorti. Il suo grido è così potente che lo sento vibrare nel profondo dello stomaco. Tutto mi colpisce al rallentatore: il panico negli occhi di mio padre, Liam che non sa come comportarsi.

Ferma ai piedi delle scale, conto i battiti del mio cuore.

«Sto sanguinando.» Mi sembra di sentire la frase attraverso il ronzio infernale che ho nelle orecchie. «È troppo presto, io... dovrei partorire fra almeno un mese.»

Del sangue misto a un liquido viscoso e trasparente macchia il pavimento bianco della cucina. Mi sembra che mio padre urli degli ordini a Liam e trascini Emma verso il divano. Il mio migliore amico tira fuori il cellulare, se lo porta all'orecchio e cammina dritto verso di me. Mi sento come se fossi in un tunnel pieno di nebbia, intorno a me non esiste più nulla, neanche lo sguardo preoccupato di Liam che cerca di riportarmi da lui. Ha il cellulare incastrato tra la spalla e l'orecchio, mi prende il viso tra le mani, le sue labbra si muovono, ma non sento nulla. È un urlo di pura agonia che mi riscuote, attraversandomi come una violenta scossa elettrica.

«Quindici minuti» annuncia Liam.

«È troppo» brontola mio padre, passando un panno umido sulla fronte della donna che lo ha abbandonato anni fa. La donna che ha iniziato una nuova vita con un altro, che porta in grembo il figlio di un altro. Eppure, i suoi occhi castani riflettono un amore intatto, anche a distanza di anni.

«Respira, respira.»

Lei ubbidisce, nonostante la palese sofferenza incisa sul suo volto.

«Non credo di poter aspettare quindici minuti, AAAAHHHH!»

«Se guido io, possiamo essere lì in cinque» interviene Liam.

Mia madre annuisce vigorosamente. Mio padre corre di sopra e torna con le sue cose. Perché sono qui? Le mette un braccio attorno alle spalle, l'altro attorno alla vita, e si avvia verso la porta.

Non mi muovo. I miei muscoli sono paralizzati dagli eventi confusi che si svolgono davanti a me.

«Volete che avverta il padre del bambino?» chiede Liam.

Una coltellata. È questa la sensazione che provo quando vedo gli occhi dei miei genitori incontrarsi per un secondo. Un secondo di troppo. Soffoco un singhiozzo dietro la mano, ricordandogli all'improvviso la mia presenza.

«No... non è possibile» farfuglio, scuotendo la testa.

«Luna, non abbiamo tempo per questa conversazione, dobbiamo andare in ospedale.»

«Rispondetemi» mi arrabbio, con la gola in fiamme.

Gli occhi colpevoli e desolati di mio padre mi spezzano.

Liam, che sta aiutando mia madre, la lascia, consegna le chiavi della macchina a noleggio a mio padre e si precipita verso di me. Le sue mani si posano sulla pelle ghiacciata delle mie guance.

«Cuore mio, guardami.»

Obbedisco. Mi aggrappo alla sua voce per rimanere con i piedi per terra, ancorata alla realtà.

«So che ti senti tradita e non ti dirò mai che i tuoi sentimenti non sono validi. Ma dobbiamo andare, è urgente.»

Scuoto la testa. Ciò che mi chiede sembra impossibile.

«Te ne pentirai se non sarai presente alla nascita di questo bambino. Fallo per lui, non per Emma. Avrà bisogno di te. Ti prometto che è il miglior regalo che i tuoi genitori possano farti. Poi ti troverò il tetto di un edificio e ti lascerò urlare a squarciagola e piangere finché il tuo cuore non ti implora di fermarti. Sarò con te per tutto il tempo, ma ora dobbiamo andare.»

18

Luna

♪ *Walked Through Hell* – Anson Seabra

♪ Il turbinio di emozioni che mi travolge mi strazia il cuore. Come ha potuto nascondermi un'informazione così importante? Da quanto va avanti la loro relazione? Il mio cervello mi implora di smettere di pensarci. Come se Liam avesse indovinato la tempesta che si sta scatenando dentro di me, le sue dita mi sistemano una ciocca di capelli dietro l'orecchio. Poi, con il polpastrello del pollice, mi accarezza delicatamente lo zigomo. Il mio corpo reagisce subito. Le endorfine scorrono nelle mie vene. Chiudo le palpebre, sospiro di gioia.

Ho la guancia sinistra appoggiata sulle sue cosce e le gambe distese sulla sedia accanto a lui. Il mio sguardo esausto vaga verso la fila di poltrone davanti a me, dove Cam e Tee sono accoccolati in una posizione che sembra scomoda. Quando siamo arrivati qui in preda al panico, mio padre, che aveva avvisato i colleghi del nostro arrivo, ha preso subito in mano le redini della situazione. Nessuno voleva far aspettare il primario di neurologia di questo ospedale. Vederlo nel suo elemento, forte e fiero, mi ha fatto dimenticare per un breve istante che mi aveva mentito. Il primario di ostetricia ha voluto subito rassicurarci che partorire a otto mesi è una cosa comune. Ma l'età avanzata di Emma potrebbe far sorgere complicazioni.

Questo è successo due ore fa. Mio padre è al suo fianco, mentre io sono preoccupata da morire. A ogni infermiera che spinge le porte girevoli saltiamo su, speriamo, ma poi l'adrenalina si calma. Sta nascendo un piccolo essere che condivide il mio stesso Dna e ancora non so cosa provare. Felicità? Tristezza? Ansia?

Quando il mio cuscino personale si allontana per rispondere al telefono, Matteo prende il suo posto.

«Grazie di essere venuto» gli dico, grata per la sua presenza.

«Non è che avessi scelta» risponde.

«Hai notato che scherzi sempre su tutto?»

«Un po' come te. Per questo andiamo così d'accordo.»

L'idiota con lo chignon allunga il braccio in aria per mimare un *mic drop*, e io sghignazzo.

«Sei insopportabile.»

Alza le spalle, poi la sua mano dalle nocche tatuate mi accarezza i capelli. Un gesto che a uno sguardo esterno potrebbe sembrare ambiguo, ma tra noi non lo è. Il surfista è riuscito a crearsi un posto nel mio cuore in questi mesi.

«Mi sembra ieri che io e Liam correvamo come matti alla ricerca del piano giusto quando è nata Satine. Cazzo. Non avevo mai avuto tanta paura in vita mia.

Avevo appena compiuto vent'anni, spacciavo, e all'improvviso ero responsabile di un'altra persona.»

Fa una pausa e si passa una mano sul viso.

«Non ti nascondo che se non fosse stato per lui» dice con voce piena di emozione, indicando il suo migliore amico «avrei avuto un terribile attacco d'ansia. Non sai quante volte avrei voluto chiudere gli occhi e far finta che non esistesse.»

«Matt...»

«Lo so, Rapunzel, è orribile. Ma Liam mi ha dato due sberle. In senso letterale. Sai cosa mi ha detto? "Non sono amico dei codardi. Non sei mio padre, quindi non comportarti come lui." Allora mi sono dato una regolata e mi sono assunto le mie responsabilità, nonostante la paura di mandare tutto all'aria.»

«E hai fatto un lavoro incredibile con Satine» gli assicuro.

«È merito suo, perché era lì per ricordarmi che non sono una merda. Si è preso cura di lei come se fosse sua. Ha fatto da babysitter, mi ha prestato dei soldi quando ero in difficoltà, l'ha portata agli appuntamenti dal pediatra. Sono orgoglioso dell'uomo che è diventato.»

Entrambi, con lo stesso movimento, spostiamo gli occhi su Liam, ancora al telefono.

«Non parli mai di sua madre» osservo, dopo essermi costretta a distogliere lo sguardo da lui.

«È complicato. Ha cinque anni più di me, pensavo di essere perdutamente innamorato, ma oggi so che non era così.»

Lancia una breve occhiata a qualcosa dietro di me.

«L'ho tradita dopo la nascita di Satine e lei mi ha lasciato. Per mesi mi ha impedito di vedere mia figlia, costringendo Liam a chiedere aiuto a Odie. È grazie al suo avvocato che ho l'affido congiunto.»

Faccio una smorfia, mio malgrado. Matt se ne accorge e mi rivolge un sorriso complice.

«Rapunzel, non ho abbandonato la mia bambina, ma avrei potuto. Ci ho pensato ogni giorno. Non per mancanza di amore, ma perché la amavo già alla follia e sapevo che quando è nata non ero la versione migliore di me.»

«E per lei sei migliorato» rispondo, intuendo dove vuole andare a parare.

Un altro sorriso.

«Il risentimento ti divora dall'interno, bionda. Non dimenticare» mi consiglia, battendosi l'indice sulla tempia, «ma perdona. Il tuo cuore ti ringrazierà».

«La carenza di sonno ti rende filosofico.»

«Che nervi» si lamenta. «Liam mi avrebbe detto la stessa cosa. E no, in realtà è la carenza di nicotina.»

Matt appoggia la testa al muro dietro di lui e fa scrocchiare le nocche, facendomi sorridere al pensiero della mia conversazione con Camille.

«Dimmi, Rapunzel, pensi che sia strano che io ti consideri la mia migliore amica?» chiede, senza osare guardarmi.

«Sarebbe strano se non fosse così. Sono la tua unica amica.»

Il suo sguardo ambrato finalmente si posa su di me.

«Sai che non è l'unico motivo...»

Fin dalla nostra prima serata da soli in quel bar, ho avvertito un legame con lui. Se credo nelle anime gemelle in amore, questo vale anche per l'amicizia.

«Lo so» sussurro. «Ti voglio bene, mio adorato surfista.»

«Anch'io ti voglio bene, Elsa.»

Di colpo un'ombra muscolosa nasconde la luce al neon proveniente dal corridoio, facendoci sobbalzare. Liam torreggia su di noi, con le mani infilate nelle tasche dei pantaloni. Ci guarda. Guardo Matteo. Matteo mi guarda. Tutti si guardano, con le sopracciglia aggrottate. Mi preparo a essere bombardata di domande imbarazzanti. Liam schiude le labbra e dice: «Volete un altro caffè?».

Sì, è un universo parallelo.

«Pensi che sia per farmi ustionare?» sussurra Matt, mentre il suo amico si avvia verso il distributore automatico.

Lo spero!

Non l'ho detto ad alta voce. Ma è la seconda volta in un giorno che viene messa in luce l'ambiguità della relazione fra me e Matt, eppure Liam non ha fatto una piega. E la cosa mi irrita.

Vado da lui, decisa a chiedere spiegazioni. Lo vedo inserire nella fessura una banconota da cento dollari e osare imprecare sottovoce quando la macchina la sputa fuori.

«Non siamo a Manhattan, Liam» sbotto, seccata.

Prendo un dollaro dalla tasca posteriore e lo infilo

un po' troppo bruscamente nel distributore. Il mio fastidio non gli sfugge.

«Sei stressata? Vuoi fare una passeggiata per sgranchirci le gambe?»

Perché deve essere così adorabile quando voglio arrabbiarmi?

«Non hai intenzione di dire niente?»

«Dovrai essere un po' più specifica» dice, prendendo il caffè.

Incrocio le braccia sotto il seno.

«Non ti importa che potrei andare a letto con Matteo?»

Si blocca con il bicchiere a mezz'aria.

«Aspetta» mi interrompe, inclinando la testa, «sei arrabbiata perché non ti sto facendo una scenata di gelosia? Sei completamente pazza, te lo giuro, ma ti adoro».

«Io… smettila di ridere!» ordino, reprimendo il mio sorriso.

Tracanna il caffè in due sorsi e lancia il bicchiere vuoto nel cestino alle mie spalle.

«In altri tempi avresti avuto da ridire.»

Certo, non stiamo insieme, ma questo non gli ha mai impedito di essere possessivo. E la cosa mi manca.

Con un movimento rapido, Liam mi fa girare con la schiena contro il suo petto. Le dita ghiacciate dall'aria condizionata mi scostano i capelli dalle spalle, il suo alito di caffè mi colpisce all'orecchio e sussurra, con voce rauca: «Vedi il tizio alla reception? Da quando abbiamo messo piede in questa sala d'attesa, si è alzato cinque volte per andare al distributore, senza mai prendere nemmeno un caffè. Soltanto per poterti guardare».

Il pollice e l'indice mi intrappolano il mento, che ruota verso destra.

«Il cinese seduto di fronte a noi ha trascorso un'ora con il giornale capovolto senza rendersene conto. Appena l'ho fissato, ha finto di leggere. Per non parlare delle decine di altri che a cui per poco non veniva il torcicollo per fissarti. Piccola Luna, ho i pugni stretti da quando siamo entrati qui dentro. Hai solo una parola da dire se vuoi che ti ricordi a chi appartieni.»

«Quale?»

Ho il respiro corto. Con la bocca contro il mio orecchio, Liam sussurra la parola che vorrei dire da ieri.

«Scopami.»

Cazzo.

Mi gira verso di lui, poi la sua mano scivola alla base del mio collo.

«Piccola Luna, tu e Matteo siete le due persone di cui mi fido di più al mondo, quindi no, non gli darò un pugno perché le tue orecchie gli hanno sfiorato il cazzo.»

«Ok, l'ultima parte non era necessaria» sghignazzo. «So che siete amici e lui ti vuole molto bene.»

Liam mi bacia sulla fronte.

«Ho le emozioni in subbuglio» spiego. «Inoltre, ammetto che mi piace quando giochi al maschio alfa con me.»

Le sue fossette si approfondiscono quando sorride.

«Non sto scherzando, Luna, e lo sapevo già» dice, mordendomi la mascella. «Ok, vuoi che lo picchi?»

«Magari ustionarlo leggermente.»

«Matteo!» esclama Liam.

Lui si avvicina a noi, con le mani già alzate in segno di resa.

«Luna mi ha chiesto di ustionarti.»

Matt finge di essere ferito. Sono stufa di questi due idioti.

«Va bene, me lo merito, ma ti prego, non in faccia, dammi almeno l'opportunità di essere abbastanza carino da scoparmi qualcuna.»

«Ti odio» dico, scoppiando a ridere.

«No, non è vero» replicano all'unisono, prima di ridere a loro volta.

Accidenti, è bello ridere con loro. Poi le porte a battenti si aprono all'improvviso.

E appare mio padre.

Noto prima di tutto i suoi occhi arrossati.

Poi i suoi lineamenti cadenti.

Il mio cuore manca un battito.

Mi precipito verso di lui.

«Va tutto bene? Il bambino sta bene?»

Mio padre mi abbraccia così forte che mi si mozza il respiro. Il suo cuore batte contro il mio petto, facendomi temere le prossime parole. Mi accorgo che tutti i miei amici sono intorno a noi quando la mano di Cam e quella di Tee si posano sulla mia spalla.

«È un maschio» dice, con voce tremante di emozione. «Sei una sorella maggiore, Lulù.»

«Sono una sorella maggiore» ripeto, scioccata.

«Sei una sorella maggiore!» esclamano tutti in coro, prima di venire a stringermi in un abbraccio traboccante d'amore. In tutto questo caos, il mio sguardo cerca disperatamente quello di Liam, che non è più un fratello maggiore. Ma lui sorride, con gli occhi luminosi nel mezzo di un abbraccio con mio padre. Quando si gira verso di me, mi sussurra: «Ti amo, congratulazioni» e il mio cuore si scioglie.

Sono una sorella maggiore.

Mio fratello è minuscolo. È il primo pensiero che mi viene in mente quando mi avvicino all'incubatrice che lo mantiene alla giusta temperatura. Sempre che abbia capito bene quello che mi ha spiegato mio padre tra il momento in cui abbiamo lasciato gli altri e quello in cui abbiamo indossato il camice. Guardo i tre elettrodi bianchi sul petto, il filo trasparente che lo aiuta a respirare meglio. Nox è sotto osservazione, ma sta bene. Sono le solite precauzioni per un bambino nato prematuro.

«Qual è il prossimo passo?» chiedo.

«Cosa intendi?»

«Lo crescerai tu? Il suo compagno sa che non è il padre?»

«Mi dispiace che tu l'abbia scoperto così, Lulù» dice. «Ci siamo trovati a Denver nello stesso momento. Un ricordo tira l'altro e le cose ci sono sfuggite di mano. Ma posso giurarti che si erano già lasciati. E sai che non ho mai smesso di amarla.»

«Nonostante tutto quello che ti ha fatto.»

Negli anni successivi alla separazione, mio padre si è dedicato al lavoro. Non ho mai sorpreso una donna che si alzava dal suo letto la mattina presto, né ho origliato conversazioni ambigue. Forse non voleva turbarmi. Io e il lavoro eravamo le sue priorità. Dopo essere partita per il college, ho pregato a lungo che ritrovasse l'amore.

«Mi ha fatto il regalo più grande: tu. E ora lui.»

Mi appoggia la mano sulla spalla.

«Che senso ha se torna a Philadelphia?»

«Resterà con me a Carolina Beach.»

«Papà» sibilo fra i denti, ma abbasso la voce quando un'infermiera mi guarda male. «Quanto può durare? Fino al prossimo contratto? Non vedi che è la storia che si ripete? Questo bambino soffrirà. L'ho vista a New York, non è cambiata. Non lasciarti ingannare da questa versione ammorbidita e imbottita di ormoni della gravidanza.»

«Luna, non sto chiedendo la tua opinione, ti sto solo informando su cosa succederà. Io e tua madre ci riproveremo, e spero che tu possa trovare il modo di mettere le cose a posto. Non spetta a me spiegarti le scelte che ha fatto anni fa. Ti chiedo solo di ascoltarla e, qualunque sia la tua decisione, la accetterò. Tutti hanno diritto a una seconda possibilità. È quello che stai cercando di fare con la tua relazione con Liam, giusto?»

Il mio cuore rallenta. Lascio che il mio sguardo si sposti sul mio fratellino, così fragile, così innocente. Se gli volto le spalle, non me lo perdonerò mai. Chi gli insegnerà quale gradino delle scale scricchiola e a che ora va a dormire papà? Chi gli insegnerà che quando papà annuisce più volte è perché sta pensando a una punizione ed è meglio scappare? Chi gli insegnerà a non affidarsi ai video su Internet per rimorchiare le ragazze? Che «no» significa «no» e anche «forse» significa «no»? E se anche dice di sì, ripetere la domanda non fa mai male. Che piangere e urlare non lo renderà un debole. Chi gli dirà di non lasciare che Emma intacchi la sua autostima e che, qualunque cosa succederà, Jacob Collins sarà sempre lì per lui? E per noi. E anch'io.

«Ci penserò.»

Mio padre mi bacia sulla tempia e sento tutta la sua gratitudine, senza bisogno di parole.

«Puoi andare a chiamare Liam, per favore?» gli chiedo, quando sta per tornare da mia madre.

Cinque minuti dopo mi raggiunge, vestito in modo ridicolo quanto me. Al di sopra della mascherina si vedono soltanto i suoi occhi, verdi come un lago ghiacciato. Intreccia le dita alle mie e per alcuni secondi ci immergiamo nella contemplazione del bambino.

«Sono una sorella maggiore» sussurro, ancora sotto choc.

«E sarai bravissima.»

L'incrinatura della sua voce attira la mia attenzione.

«Guardami.»

Esita, ma finisce per obbedire. Notando le lacrime che si sono raccolte sulle sue ciglia, gli prendo il viso tra le mani.

«È perché ho imparato dal miglior fratello maggiore che ci sia.»

Liam scuote la testa, rifiutando le mie parole.

«Non lo so...»

«Vorrei che potessi vederti attraverso i miei occhi.»

«Cosa vedrei? Un uomo consumato dal senso di colpa. Non ho saputo proteggerla, Lu. Fai l'esatto contrario di me.»

«Liam... farò proprio come te.» Il mio pollice afferra la lacrima che gli sfugge quando sbatte le palpebre. «Lo proteggerò dalle persone cattive, dormirò con lui se ha gli incubi, ballerò con lui finché non mi faranno male le gambe, ascolteremo la musica mentre ci addormentiamo. Sarò suo padre, sua madre, la sua migliore amica. E spero che anche tu sarai presente nella sua vita. Avrà bisogno anche di te.»

Liam annuisce, appoggiando la fronte alla mia.

«Grazie di essere come sei, Piccola Luna.»

«Ci sarò sempre per te.»

«Anch'io.»

19
Liam

♪ *Hail Mary* – Skott

Bam! Bam!
Metto via lo spazzolino, sicuro di aver capito cosa sta producendo il rumore dall'altro lato della porta. Esco dal bagno e trovo Charlie che salta sul mio letto, le trecce bionde che volteggiano a ogni salto, un gigantesco sorriso che le occupa metà del viso.
«Char, lo sai che non puoi saltare sui letti, soprattutto sul mio.»
«Chi» salta «era» salta «la» salta «ragazza?»
Mi avvicino al letto per farla salire sulla mia schiena. La piccola donnola non resiste mai. Le sue braccia si chiudono attorno al mio collo. Ci spostiamo nella sua stanza e le chiedo di chi sta parlando.
«La ragazza che ti ha portato qui in bici stasera.»
Ah, lei…
«Luna Eden Collins.»
Perché dico il suo nome completo? È stupido. Ma sono entusiasta di poter finalmente parlare con lei. Da quando ci siamo trasferiti qui una settimana fa, non

riesco a smettere di fissarla. Deve pensare che sono pazzo. Ero così nervoso quando l'ho vista avvicinarsi con la sua bicicletta che non ho osato guardarla negli occhi. I suoi occhi. I più bizzarri e belli che abbia mai visto.

«È bella.»

La più bella. La butto sul letto, e Charlie rimbalza, ride e urla.

«Andiamo, è ora di dormire. Spostati»

Sistemo il piumone e i cuscini per farmi spazio, cosa che mi vale un naso arricciato.

«Ho otto anni» si lamenta. «Posso addormentarmi da sola.»

Le rimbocco le coperte da quando aveva un anno, non vedo perché oggi dovrebbe essere diverso.

«Lo farò anche quando avrai quarant'anni. Avanti, muoviti!»

Alzando gli occhi al cielo, Char si infila sotto il piumone. Spengo la luce lasciando accesa quella sul comodino e mi sistemo accanto a lei, sulla schiena, con un braccio piegato dietro la testa.

«Sono tantissimi quarant'anni» dice, con uno sguardo di disgusto che mi fa ridere. «Avremo le rughe. Non voglio invecchiare. E se viviamo ancora insieme a quell'età, la mamma impazzirà.»

«Non avrai scelta, nonna Charlotte.»

Ne approfitto per farle il solletico. Non so perché insisto, visto che è insensibile ai miei attacchi.

«Abbraccio?»

«Vieni.»

Alzo un braccio e lei si rannicchia contro il mio corpo. Le mie palpebre sono sempre più pesanti, sono esausto, tra la fatica del trasloco, della nuova casa e del letto che odio.

«Pensi che saremo felici qui?»

Non so perché questa domanda mi strappa un sorriso. Forse perché nella mia mente è apparsa l'immagine di Luna.

«Felicissimi. Io e te. E poi il quartiere è fantastico.»

«Mmh, lo dici per quella ragazza.»

«Luna Eden Collins.»

«Farai sesso con lei?»

«Come, scusa?»

Mi sollevo un po' per guardarla.

«D'accordo, basta serie per te.»

La sua risata riempie la stanza.

«Allora?»

«Dormi, Charlotte.»

«Farai sesso con Luna Eden Collins!» canticchia mia sorella, usando la melodia di una filastrocca per bambini.

«Stai zitta, la mamma ti sentirà!»

Ma lei non si ferma, quindi le premo la mano sulla bocca. Dopo cinque secondi si arrende.

«Chiudi gli occhi e smetti di usare la parola sesso. No, non farò sesso con lei, sono troppo giovane. Saremo solo amici.»

«Pensi che vorrà essere anche mia amica?»

«Certo, ti vorrà bene anche più di me.»

«Ah sì?» si meraviglia, come se non mi credesse.

«Sì, perché è impossibile non volerti bene.» La ricopro di baci e ci addormentiamo così.

Quella notte sognai Luna Eden Collins, il sorriso di mia sorella, e mi dissi che non saremmo stati così infelici a Carolina Beach.

♪ È passato tanto tempo dall'ultima volta che mia sorella mi ha fatto visita in sogno. Apro lentamente le palpebre. Non ricordavo di essermi addormentato, tanto meno sulla sedia scomoda nella stanza della madre di Luna.

«Quando te ne vai?»

Chiudo di nuovo gli occhi al tono tagliente di Luna. La sua voce gronda veleno, eppure riesco a distinguere un leggero tremito. Solo chi la conosce, chi conosce le sue paure e le sue insicurezze, può rendersene conto.

Emma si schiarisce la gola, sembra sedersi sul letto. Non oso muovermi per paura di interromperle.

«Resto.»

Ho sentito affermazioni più convincenti. Luna deve essere d'accordo con me, perché scoppia in una risatina sarcastica.

«Dico sul serio, Luna. Non vado da nessuna parte. Resto a Carolina Beach con tuo padre.»

Questa donna mi scatena un odio viscerale. A quanto pare, non riesce a immaginare quanto possano essere dolorose le sue parole per la bambina che ha abbandonato. Dentro di sé, Luna starà urlando. Deve sentirsi rifiutata di nuovo. Indegna d'amore. E chi oserebbe biasimarla?

«Perché lui?»

Oh, cuore mio. Stringo un po' di più le palpebre per non afferrarla e stringerla contro il mio petto. Vorrei dirle che non è mai stata lei il problema, che il suo valore non sta negli occhi di sua madre, come il mio non sta in quelli di un padre che mi sforzo di evitare.

«Siediti vicino a me» dice la voce di Emma.

Lu esita. Anche con gli occhi chiusi, sento il suo sguardo d'argento scrutare il mio viso, cercando il mio incoraggiamento, perché sa che il momento tanto atteso è arrivato. Aspetta questa conversazione da anni. Le mando le mie vibrazioni positive. *Puoi farcela, cuore mio.*

Sospiro fra me quando sento il rumore del materasso che cigola sotto il suo peso, poi un lungo silenzio, rotto dalla voce febbrile di Emma.

«Sono sempre stata attratta dall'arte in generale: ballare, cantare, disegnare. I tuoi nonni, che riposino in pace, mi hanno incoraggiata in tutto quello che facevo. Mi hanno cresciuta con il motto: "Decidi chi vuoi essere e fai di tutto per diventarlo". Ed è quello che ho fatto. Ho vissuto al duecento per cento. Ho vissuto i miei sogni, Luna. E quando ho sposato tuo padre a ventun anni, avevamo molte aspirazioni. Mettere su famiglia faceva parte dei nostri piani da lì a cinque anni, ma è bastato un contraccettivo dimenticato...» Sospira. «E una notte di festeggiamenti per il mio primo ruolo in un musical. Quando ho visto le due linee rosa, qualcosa dentro di me si è spezzato. Era una specie di dissociazione. Penso che la mia mente si rifiutasse di accettare che stavi crescendo nella mia pancia. Non ero pronta. Non doveva andare così. Ero a un passo dal realizzare i miei sogni.»

«Perché non hai abortito?»

Non c'è amarezza o giudizio nella sua voce.

«Con tuo padre abbiamo fatto i calcoli e il parto era previsto per due mesi prima dell'inizio della tournée. Pensavo che vedendoti i miei dubbi sulla maternità si sarebbero dissipati. Che il mio istinto materno si sarebbe risvegliato. Purtroppo, non è successo.»

Pausa.

«Non sto cercando di farti del male, Luna. Penso che tu sia abbastanza matura per capire quello che sto cercando di spiegarti. Il mondo non è tutto bianco o tutto nero. Mi sentivo in colpa per non aver sentito un legame con te. Quando ti ho portata a casa, mi sono comportata in modo automatico, come si vede nei film. Ho fatto quello che la società si aspettava da me. Lavarti, nutrirti, vestirti come una bambola. Ero un robot. E sono sicura che avvertivi il mio disagio, perché piangevi tutto il tempo. Poi, da un giorno all'altro, ti sei rifiutata di farti allattare. Penso che sia stato allora che il filo che ci univa si è spezzato del tutto. Solo tuo padre riusciva a calmarti e darti da mangiare con il biberon. E poi, dopo qualche tempo, anche il nostro rapporto ha iniziato ad arrancare. Lui mi criticava perché non facevo uno sforzo. Non capiva che essere madre non mi veniva naturale. Non potevo esprimere ciò che mi faceva soffrire. La situazione è diventata insopportabile per tutti.»

Sento un singhiozzo e capisco che è Luna.

«Voglio che tu sappia che tutto questo non ha nulla a che fare con l'amore che provavo per te. Ti amavo, ma non volevo essere tua madre. E proprio perché ti amavo sapevo che saresti stata meglio senza di me. Entrambi meritavate qualcuno che volesse restare. Poi i mesi sono diventati anni e hai iniziato a odiarmi. Me lo merito. È solo che non sapevo come parlarti. Tendo ad allontanare le persone prima che siano loro a farlo. Nel corso degli anni, con l'aiuto degli psicologi, ho cominciato a vedere le cose in modo diverso. Ho fatto tanti errori e vorrei rimediare. Voglio riprovare con tuo padre e spero che col tempo il nostro rapporto possa evolversi. Vorrei che tu fossi parte della vita di tuo fratello.»

«Senti... un legame con lui?»

«Non ancora, ma stavolta non mi arrenderò. Te lo prometto. Resto. Voglio imparare a conoscerti. Spero che mi darai una possibilità.»

Non so cosa sia successo, ma sento Luna alzarsi dal letto. Il silenzio che segue è doloroso.

«Non mi sento a mio agio con questa nuova versione di te» dice poi, in tono amaro. «Questo lato mieloso e dolce. Non sei la Emma che ho conosciuto. Quella che critica le mie scelte, che è fredda, che mi scrive una lettera all'anno e mi manda delle palle di neve da ogni suo viaggio per alleggerirsi la coscienza. Non basta schioccare le dita perché andiamo d'accordo. Farò parte della vita di questo bambino, ma se scappi al prossimo lavoro e lui mi chiama piangendo nel cuore della notte o spezzi di nuovo il cuore di mio padre, giuro che la tua lista di nemici si allungherà. Conosco persone che ti renderanno la vita un inferno.»

«Che c'è?» chiede Lu scocciata, dopo aver finito la sua tirata.

«Le palle di neve?» Emma è sorpresa.

«Come?»

«Ne ho inviata solo una. La Statua della Libertà.»

Santo cielo. Stavolta lo sguardo che sento scaldarmi la pelle non è più triste, ma furioso. Tendo tutti i muscoli per non far saltare la mia copertura.

Poi il suo profumo fruttato mi penetra nelle narici, il suo alito caldo mi colpisce l'orecchio. China su di me, Luna sussurra: «Lo so che non dormi, nodocefalo che non sei altro. Conosco a memoria ogni movimento del tuo petto quando dormi davvero».

La sua confessione è dolce e un po' inquietante. Colto in fallo, apro gli occhi. Mi aspetto di ricevere un'occhiataccia, ma la parte migliore di me sorride. Non troppo, d'accordo.

«Hai qualcosa da dirmi?»

Annuisco. Luna esce dalla stanza e io la seguo, ma prima di uscire dico a Emma, che non capisce nulla di quanto sta accadendo: «È stata brava a... spingere. Ha spinto bene».

Mi prenderei a pugni. Per fortuna Emma si limita a sorridere imbarazzata. Fuori Lu mi aspetta con le mani sui fianchi.

«Per favore, non prendertela con me.»

«Dipenderà dai dettagli e dagli sforzi che farai per scusarti. Hai finto finta di essere mia madre per tutti questi anni mandandomi le palle di neve? Anche le lettere sono tue?»

«No, le lettere sono vere. Ti ricordi il 31 dicembre, quando eri molto triste perché erano passati sei mesi dall'ultima volta che ti aveva mandato qualcosa?»

Lei annuisce, con gli occhi lucidi di lacrime. Dannazione, mi ucciderà.

«Mi hai detto di esprimere un desiderio a mezzanotte, e tre giorni dopo ho ricevuto una palla di neve da Los Angeles. Merda, sono veramente stupida. Come hai fatto?»

«Mi ha aiutato tuo padre.»

«Ma certo.»

«Non arrabbiarti, Lu. Gli ho detto che eri triste e abbiamo cercato una soluzione. Immagino che abbia continuato anche dopo che me ne sono andato.»

Scuote forte la testa, si asciuga l'unica lacrima che le sfugge dagli occhi e mi getta le braccia al collo. Luna mi stringe, si scioglie in me, affonda la testa nel mio collo e respiro. Svuoto i polmoni.

«Grazie di amarmi così tanto» sussurra contro le mie labbra, prima di baciarmi.

«Farei qualsiasi cosa per te, dovresti saperlo.»

La bacio a mia volta, e bacio le sue lacrime, assaporo ancora le sue labbra e le lascio parlare per i nostri cuori, che battono all'unisono.

20
Liam

♪ *Holding On To You* – Adam French

La cosa che mi farebbe stare più male sarebbe se Lu non vivesse pienamente la sua gioia a causa mia. Per questo le stringo le dita intorno al polso e la faccio sedere sul divano. All'inizio è sorpresa, ma poi si abbandona. Abbiamo lasciato l'ospedale e i nostri amici quindici minuti fa e, per tutto il percorso, ho sentito che lei si tratteneva dall'essere troppo emozionata, troppo euforica.

«Sei una sorella maggiore, Luna. Puoi sorridere, dimmi cosa provi.»

Subito il suo labbro inferiore comincia a tremare.

«Non voglio ferirti.»

«Non succederà» la rassicuro, e sono sincero. «Stai per vivere un'avventura straordinaria e sono felice che tu possa provare questa gioia. So che l'hai sempre sognata.»

Le sue dita dai poteri magici mi accarezzano la guancia e affondano sulla nuca, dove si aggrovigliano tra i miei capelli. Rabbrividisco, sono dipendente dal suo tocco. Il contatto con lei fa sempre reagire la mia pelle in modo assurdo.

«È normale che senta già il bisogno di proteggerlo dal mondo?»

Annuisco dolcemente e, per i minuti successivi, mi inebrio delle sue parole. Ascolto la mia persona preferita raccontarmi del fratellino, delle sue paure per il futuro, di cosa vorrebbe insegnargli. La lascio lanciarsi nei suoi piani da qui a dieci anni.

«Vado a farmi una doccia, poi vorrei tornare lì per vedere se è tutto a posto.»

Si alza dal divano e mi lancia uno sguardo perplesso quando non rispondo.

«Che c'è?»

Scuoto la testa, divertito.

«Tra qualche anno il piccoletto mi chiamerà per lamentarsi della sua sorella maggiore appiccicosa» sghignazzo.

I suoi occhi si riempiono di lacrime.

«Significa che farai parte della sua vita?» chiede, in un sussurro.

«Certo, dove vuoi che vada?»

Dopo un attimo di silenzio carico di emozione, dico: «Sicura di voler tornare? È stata una lunga giornata, e c'è tuo padre lì».

«Lo so, ma...»

Luna cerca le parole, si morde le labbra. E io capisco. La sensazione indescrivibile di voler essere presente. Anche se in caso di problemi non potrà fare nulla, almeno sarà al suo fianco.

Non le lascio finire la frase.

«Va bene. Ti preparo un panino con formaggio e patatine.»

«Sei il migliore! Ah, e non lesinare sul formaggio.»

«Cuore mio» la chiamo, «puoi mettermi in carica il cellulare, per favore? Sta per spegnersi».

Ritorna la naturalezza. Mi oriento in fretta. I miei movimenti sono fluidi. Ogni angolo di questa casa e di questa cucina contiene un ricordo della mia adolescenza con Luna. Le mie prime emozioni. Le nostre merende al bancone, da soli o in compagnia dei Quattro Elementi. Fanno parte di me, della mia vita, della persona che sono diventato. Ero felice qui. E tendo a dimenticarlo.

♪ Una volta preparato il panino, rimetto il coltello da burro sul bancone e impacchetto il tutto in modo che possa portarlo con sé.

Nella sua stanza, la trovo già in tuta, impegnata a infilare le cose in un borsone. I capelli che non ha avuto tempo di asciugare le fanno scorrere l'acqua sulla schiena, inzuppando il top Nike. Le mie mani si stringono sullo stipite della porta. Cavolo. Mi perdo nella contemplazione del suo corpo, un capolavoro che vorrei adorare per ore e sentire sotto di me, vorrei sentire le sue unghie affondare nella mia pelle mentre entro dentro di lei.

Ma i miei pensieri deliranti si interrompono quando noto che si è irrigidita. Spalle tese, respiro affannoso. Vado nel panico. Mi avvicino lentamente a lei.

«Luna...»

Nessuna risposta.

«Piccola Luna?»

Non capisco se è l'incrinatura nella mia voce a convincerla, ma lei si gira e mi passa il cellulare. Le sue labbra tremano, lo sguardo è cupo, lotta per non piangere o urlarmi contro. Credo di sapere cosa l'ha messa in questo stato. Sento tutte le sue emozioni negative. In fondo condividiamo lo stesso cuore. Ogni battito. Ma ancora una volta ho commesso un errore.

«Quindi era tutto falso?» chiede, senza battere ciglio.

«Come?»

«Il tuo buonumore, i tuoi sorrisi, le tue scuse? Avevi pianificato tutto, compresa la nostra giornata in spiaggia insieme.»

Ingoio il nodo che ho in gola. L'ultima cosa che volevo era che lo scoprisse in questo modo. Avevo intenzione di dirglielo con calma domani, faccia a faccia.

«Mi avevi detto che saresti rimasto con noi» sibila. «Liam, dieci minuti fa hai detto che avresti fatto parte della vita del mio fratellino. Della mia vita.»

«So cosa ho detto, Luna. Pensi che sia un ipocrita? Sei la persona che mi conosce meglio. Osi dirmi che stavo fingendo? Che gli ultimi giorni erano una commedia per addolcirti la pillola?»

Mi odio per aver alzato la voce.

«Allora perché te ne vai?»

Ecco qui, l'ha detto. E le sue parole fanno male.

«Abbiamo appena trascorso dei giorni incredibili. New York ci aspetta, Liam. L'etichetta. La nostra vita.

Possiamo andare avanti insieme. Mi rifiuto di lasciarli vincere, di lasciare che il passato ci divori. Pensavo che avremmo provato a stare insieme, finalmente.»

Stringo le palpebre, passandomi una mano stanca sul viso.

«E sono orgoglioso della tua forza di carattere e del tuo coraggio, Lu, ma… non ce la faccio più. Il mio cuore è…»

«Basta!» si arrabbia, alzando una mano tra di noi. «Ti ho detto che sarei stata al tuo fianco, non importa quanto tempo ci sarebbe voluto… e tu mi hai voltato di nuovo le spalle. Prendi decisioni per me, decidi cosa sia bene per me, per noi. Ti odio.»

«E io ti amo da impazzire. Lo sto facendo per noi. Ho bisogno che tu mi capisca, per favore, Lu.»

È proprio quello che volevo evitare, ma sapevo che la discussione avrebbe preso questa piega. La delusione nei suoi occhi. La rabbia nella sua voce. E la cosa peggiore, l'incomprensione.

Luna mi spinge con forza il telefono sul petto, poi si allontana da me. Mi aspetto che si precipiti fuori dalla stanza, costringendomi a rincorrerla, a implorarla di ascoltarmi, invece mi dà le spalle e non fa un altro passo. Le sue spalle si alzano, seguendo ogni movimento a scatti del suo respiro. Quando si gira, la rabbia ha lasciato il posto alla tristezza.

«Resta, per favore. Perché non mi permetti di aiutarti? Possiamo superare tutto insieme. Io e te. Lascia che mi prenda cura di te.»

Il cuore mi fa così male che vorrei inginocchiarmi

davanti a lei e piangere tutte le lacrime che ho in corpo. Mi devasta vedere i suoi bellissimi occhi, di solito luminosi, così tristi.

«Cuore mio, non ti lascio. Ho bisogno di partire per tornare migliore. Non ce la faccio più, sto impazzendo.»

«Dammi la possibilità di provare.»

La tengo stretta a me. Il mio naso affonda nel suo collo, le sue mani mi frugano tra i capelli e sento il suo corpo rilassarsi contro il mio.

«Se resto» le sussurro all'orecchio, «mi farai stare bene, Luna, e temo che me ne dimenticherò. Non voglio dimenticare. Se resto, affonderemo. Faremo finta di stare bene, rideremo e ci ameremo, finché tutto non esploderà. È grazie a te che mi alzo la mattina, e… non voglio più aver bisogno di te per stare bene. Meriti di meglio di un peso che ti butta giù. Non posso essere egoista con te.»

I suoi muscoli si paralizzano, poi sento l'amara carezza delle sue lacrime bagnarmi il collo, chiamando le mie. Ora ha capito che la mia decisione è presa. Che non tornerò sui miei passi, che lo faccio per me, non contro di lei. Per noi.

«Ho perso mia sorella una seconda volta e non sarebbe giusto nei tuoi confronti aspettarmi che sia tu a guarirmi, Lu. Mi sento come se stessi soffocando, come se stessi annegando, e non posso correre da te ogni volta che ho bisogno d'aria. Ti trascinerei nei miei problemi, e mi rifiuto di farlo. Dimmi che hai capito, per favore.»

La sento annuire, poi il suo calore mi lascia. I suoi occhi grigi mi fissano, colpendomi dritti allo stomaco.

«E io?» sussurra. «Anch'io sto soffrendo. Anch'io ho perso una sorella. Anch'io sono stata protagonista di questa storia. Ci siamo dentro insieme, Liam. Ho bisogno di te.»

«Hai una nuova vita in casa. La tua famiglia, tuo fratello. E puoi chiamarmi, ci sarò sempre per te.»

Luna tira su col naso contro il mio petto.

«Nello studio hai detto che avevi bisogno di me per respirare.»

«Ed è vero. Ma non vedi quanto è malsano, Lu?»

Consapevole della fitta di dolore che le ho appena causato, chiudo gli occhi.

Si potrebbe pensare che sia abituato a farla soffrire, a deludere le persone che amo di più, eppure, quando si stacca da me e mi spinge via per asciugarsi le guance con il dorso della mano, mi sento il cuore a pezzi. E sento che è la fine di quello che sognavo fin da quando ero bambino.

«Dammi le tue chiavi.»

«Che cosa?»

«Le chiavi della tua macchina, Liam» ordina.

La sua voce si spezza, la mia mi muore in gola. Sconcertato dalla richiesta, le tiro fuori dalla tasca e la guardo uscire dalla stanza. Quindi la seguo per le scale, fino alla porta d'ingresso. Penso che mi butterà fuori, me lo merito, ma lei chiude la porta a chiave e va a mettersi al volante della macchina. Aspetta finché non mi allaccio la cintura di sicurezza e parte.

Sono le tre del mattino. Le strade della nostra città dormono. Lu guida in silenzio, lo sguardo fisso sulla strada, mentre il mio accarezza il suo profilo, ancora umido delle lacrime che ho causato. Al semaforo rosso, i suoi penetranti occhi grigi scrutano ogni angolo del mio viso. Quindi la imito. Mi imprimo nella mente le labbra che non assaporerò più, la sua risata incantevole, la voce che diventa stridula quando cerca di farmi impazzire. Le sue lentiggini che mi chino a baciare. Poi le afferro le dita e le porto alle labbra, baciandole una per una, e lei riparte. So che ci amiamo da morire. Che sarà lei e nessun'altra, fino al mio ultimo respiro. Ma, ancora una volta, il tempismo gioca contro di noi. La tristezza mi attanaglia, mentre la sua le scorre lungo le guance e finisce nella sua scollatura, senza che lei cerchi di nasconderla. Dieci minuti dopo non so più dove siamo, ma non mi interessa. Lascio che sia lei a guidarmi. Andrò dove lei vorrà.

«Dimmi cosa provi.»

La mia voce la fa sussultare. Gira la testa verso di me per un attimo, poi si concentra nuovamente sulla strada.

«Sento che il mio cuore sta per fermarsi, che sto perdendo una parte di me, ma capisco la tua scelta.»

La sua risposta mi dà così tanto conforto che mi sento girare la testa. Di colpo lasciamo la strada per parcheggiare. Luna scende e io la seguo. Siamo sull'orlo di un precipizio. In lontananza, le luci della nostra città illuminano la notte. All'improvviso, un grido squarcia il silenzio. Luna dà sfogo a tutta la sua frustrazione. Urla, si sgola.

«Prova, vedrai.»

Intreccia le dita alle mie, conta fino a tre, e tiriamo

fuori tutto. Ho la gola e il cuore in fiamme. Non avevo mai emesso un suono così crudo, acuto e straziante. Viene dal profondo del mio stomaco, e sembra durare per sempre. Quel bastardo di Kole mi ha portato via una parte di me che non riavrò mai più. Devo accettarlo. Lotto ogni giorno per non affondare, per non ripercorrere ancora i dettagli della sua morte, il modo in cui tutti, me compreso, l'hanno delusa.

Il bruciore al petto mi fa venire la nausea a ogni respiro. Ma so di dover attraversare tutte queste fasi per guarire. Urlo per mia sorella, che non rivedrò mai più. Piango per il tradimento di mia madre e le bugie di mio padre. Grido il mio amore per questa ragazza che merita la migliore versione di me. Alla fine, restiamo senza fiato. Luna mi costringe a guardarla in faccia. Il vento mi colpisce le guance rigate di lacrime. Le asciugo con la spalla mentre lei lascia scorrere le sue.

«Per quanto?» mi chiede.

Quanto tempo ci vorrà perché il mio cuore riprenda a battere? Quanto tempo ci vorrà per mettere ordine nei miei pensieri? Per riuscire a perdonarmi di essere stato un pessimo fratello maggiore, un pessimo fidanzato, un amico disastroso?

«Non lo so...»

Le sue dita fredde mi accarezzano le sopracciglia, poi le guance. Alla fine, appoggia la fronte contro la mia.

«Promettimi che tornerai.»

«Te lo prometto. Ora che ho sperimentato il privilegio di essere amato da te, non potrò più farne a meno.»

Luna sorride fra le lacrime, e le bacio.

«Fino alla luna, vero?»

È questa frase che mi dà il colpo di grazia. Ci abbracciamo forte per esprimere il dolore che ci strazia.

Quella sera, sotto la luna piena, ho fatto l'amore con la mia migliore amica. Occhi negli occhi. Le mani piene di desiderio, le bocche avide, i nostri gemiti quasi dolorosi.

Siamo diventati una cosa sola. Un cuore in due corpi. Luna e io. La nostra ultima volta insieme avrebbe dovuto avere il sapore del paradiso, eppure mi è sembrato di essere all'inferno quando ho dovuto salutarla.

21
Luna

Piccola Luna,

vorrei essere abbastanza coraggioso da svegliarti e dirti addio di nuovo. Ma non lo sono. Quindi ti scrivo questo biglietto.
Sei la cosa migliore che mi sia mai capitata e, se voglio che tu possa dire lo stesso di me, devo andare via e affrontare i miei problemi.
Perdonami se non sono stato abbastanza forte per affrontare tutto. Perdonami se sono scappato di nuovo. Ma ti prometto che ci lavorerò. Sono tuo.
Aspettami. Ci siamo quasi, cuore mio. Finalmente avremo il nostro lieto fine.
Quando torni a New York, non arrabbiarti. Ho fiducia in te, ce la farai.
Smettila di accigliarti e togli le dita dalla bocca, capirai tutto presto. E asciugati le lacrime. Occhi così belli non sono fatti per essere tristi.
Ricorda: la migliore versione di te merita la migliore versione di me.

PS: È Morgan che si prende cura di Hendrix. Vai a trovarlo, sarà felice.
PPS: Per te sono a portata di telefono, ma ti prego di non rispondere quando ti chiamo.
Abbi cura di te.

L.D.

Si è scoperto che le promesse sono granelli di sabbia portati via dal vento. Volano via e scompaiono nel cielo in un vortice di delusione.

Liam non è tornato.

Almeno, non prima che sia troppo tardi.

22
Luna

♪ *Locksmith* – Sadie Jean

20 ottobre 2021

Caro diario,

♪ non ti sembra patetico che debba mordermi l'interno della guancia per evitare di mettermi a piangere mentre scrivo queste righe? Avevo dimenticato di averti infilato in una scatola di scarpe nel mio armadio, quindi immagina l'emozione che ho provato quando ho letto di come io e Liam ci siamo confessati i nostri sentimenti! Era quasi troppo. Troppo bello. Troppo triste. Troppo tutto. L'amore che ci unisce è puro, folle, doloroso, a volte tossico. Ma è quello che ho sempre desiderato, vero? Un amore così potente, così devastante da squassarmi il petto.

«Voglio che la mia assenza ti impedisca di respirare» mi aveva detto qualche mese prima. Ebbene, da quando se n'è andato, cinque giorni fa, ogni respiro è diventato insopportabile. Vado avanti senza bussola, sento di star perdendo l'equilibrio. A differenza dell'ultima volta che ho scritto sulle tue pagine, non sono ubriaca. Mi piacerebbe. No, è solo il mio cuore che sanguina. Ed è una sensazione che non auguro a nessuno.

D'accordo, basta lamentele, torniamo alle notizie importanti. La sua lettera. Perché temeva la mia rabbia? Sei pronto a scoprirlo?

Prima di entrare nei dettagli, però, devo parlare di Emma. Mentre scrivo queste righe, non ha ancora disertato. Anche se abituarsi alla sua presenza sarà un processo lungo e mi costerà qualche lacrima amara, spero davvero che tratterà gli uomini della mia vita con amore e rispetto. La nostra relazione è... tesa, imbarazzante e, detto tra noi, probabilmente durerà tutta la vita. Per quanto riguarda Nox, è incredibile. Appena ho un attimo di tempo lo chiamo su FaceTime. Spoiler: non sono sicura che mi riconosca, ma spero che si abitui al suono della mia voce.

Come avrai intuito, sono tornata a New York con la banda. Tee va alla grande al lavoro e Cam fa ancora la receptionist per Matteo, nonostante a tratti voglia sventrarlo. Anche lui soffre l'assenza di Liam, in silenzio. Cerchiamo di comprendere e rispettare la sua scelta. Manca a tutti noi. Almeno finché non sono tornata al lavoro e l'impulso di schiaffeggiarlo ha messo in discussione la mia sanità mentale. I miei colleghi mi sono saltati tra le braccia, felici di vedermi sana e salva, poi l'avvocato dell'etichetta mi ha convocata nel suo ufficio. Sono quasi caduta dalla sedia. Letteralmente. Mi tremano ancora le mani mentre scrivo: Liam mi ha lasciato in eredità tutte le sue azioni, rendendomi azionista di maggioranza. E mi aspettava anche un'altra sorpresa: direttrice dell'etichetta. Il mio cuore ha smesso di battere, ne sono sicura. Rabbia. Perplessità. Ero in confusione. Stava a me scegliere se accettare o meno. Incoraggiata dai miei amici, ho accettato. Poi ho capito che era il suo modo di proteggermi ed evitare che Odie mi licenziasse in sua assenza. E ora mi ritrovo a capo di qualcosa che è più grande di me. Imparo ogni giorno. Samantha mi aiuta. Sorrido, ma nessuno sospetta che piango ogni notte nel mio letto.

Il suo silenzio mi sta uccidendo.

Ma capisco.

L.E.C.

12 novembre 2021

Caro diario,

ieri sera ho festeggiato il mio ventiquattresimo compleanno a casa del surfista, con i miei migliori amici e, per la prima volta in un mese, il mio sorriso non era falso. Ero davvero felice e grata di essere amata da persone così straordinarie. Se ti scrivo oggi non è per parlarti dei danni che può fare l'alcol. La dimostrazione è che i miei ricordi di quella sera sono molto vaghi. Ho dei flashback di me, Tee e Cam che incolliamo Matteo al muro (un'esperienza sicuramente da non ripetere). Ero così ubriaca che sono andata a sbattere contro qualcuno e mi sono scusata, per poi scoprire che era il mio riflesso. I miei amici mi prenderanno in giro per i prossimi novanta anni. A mia discolpa, lo specchio nel corridoio di Matteo è enorme e molto realistico. Per non parlare di come mi sono svegliata stamattina. Tee e io abbiamo trovato i nostri cellulari nel microonde, ricoperti di formaggio e patatine piccanti. Nota per me: comprare il pane e un nuovo telefono. Ho riso fino a farmi dolere lo stomaco. E poi ho vomitato.

Ma ora sto piangendo perché, quando sono tornata a casa ho trovato una scatola davanti alla porta di casa. Mi sono chiusa nella mia stanza e l'ho aperta con mani tremanti. Conteneva delle caramelle alla frutta, un mazzo di rose rosse, alcuni quaderni e un'altra strana scatolina che mi ha fatto battere forte il cuore: Liam mi ha comprato una stella e l'ha chiamata Luna. Non potevo crederci. Posso inserire le coordinate sul cellulare e trovarla. *Buon compleanno, Piccola Luna. Mi manchi. Ai miei occhi brilli come la stella più luminosa. P.S.: Sto bene. Respiro.*

Una parte di me sperava che la seguisse e tornasse da me.

L.E.C.

21 dicembre 2021

Caro diario,

ho un nodo allo stomaco perché si avvicina il Natale. Quando ero piccola mio padre cercava sempre di tenersi libero, ma non sempre poteva decidere. Sapevi che il tasso di suicidi supera i record durante le vacanze? La solitudine e la depressione spingono le persone a commettere atti di disperazione. E così spesso papà veniva chiamato in ospedale. Sapevo che si sentiva terribilmente in colpa quando mi lasciava da Camille e dalla sua famiglia.

Ovviamente ero triste, ma mai per molto, perché avevo loro. I Quattro Elementi. Prima che Tee prendesse la patente, una volta che i genitori erano soddisfatti della cena e andavano a letto, ci incontravamo tutti al parco. Parlavamo dei regali che speravamo di ricevere, delle scuole medie, poi delle superiori. Ridevamo fino a farci venire i crampi allo stomaco. Sognavamo il nostro futuro, avevamo gli occhi luminosi. Il mio cuore era pieno d'amore. Erano la mia famiglia. Le persone che avevo scelto e che mi amavano per quello che ero. Con i miei alti e bassi, le mie paure e le mie debolezze.

Quando Tee ha preso la macchina, poi, il rituale è cambiato. Ciao parco, benvenuta spiaggia. Falò, nuotate di mezzanotte. E la parte migliore: Charlie era finalmente abbastanza grande da unirsi a noi.

Oggi temo questa ricorrenza e il peso sul petto che senza dubbio la accompagnerà. In più, da una settimana sono tornati gli incubi. Sempre gli stessi. Quei capelli biondi e gli occhi color oceano che mi guardano. I miei muscoli si congelano e non importa quanto grido, provo a lottare, Charlie non si muove. Non parla. I suoi occhi, privi di espressione, riflettono tutto l'odio che prova per me. Dopo quelle che sembrano ore di totale angoscia, il mio corpo si arrende e mi sveglio di soprassalto, sudata, pronta a comporre il suo numero per lasciarmi cullare dalla sua voce. Conosco il potere rassicurante che Liam ha su di me. So anche che mi basterebbe premere un pulsante perché lui risponda, ma non lo faccio. Imparo a non aver più bisogno di lui, a guarire senza di lui, anche se il mio cuore batte più piano. Stanca di tutti questi incubi, mi sono organizzata per non dormire mai da sola.

PS: Il mio nuovo cellulare è ancora mortalmente silenzioso.

L.E.C.

25 dicembre 2021

Caro diario,

faccio ancora fatica a scrivere perché il cuore mi batte forte.

Liam ha chiamato.

Dopo aver trascorso la Vigilia di Natale con gli altri nel loft di Matt, sono tornata a Carolina Beach. Mi sono dovuta trattenere per non mordicchiare le guance paffute di Nox. Lì ero abbastanza tesa. Ho passato la serata a cercare segni di tristezza sul volto di mio padre. Il che mi ha portato a chiedermi perché ho sempre la tendenza a pensare che succederà qualcosa di brutto. È estenuante, e ho rovinato le feste a tutti. Un piccolo litigio con Emma (che è ancora lì), una discussione cuore a cuore con mio padre e baci infiniti a Nox. Ho capito quello che Liam voleva che capissi. Il legame tra fratello e sorella è sensazionale. Ed era sempre stato qualcosa di inspiegabile e astratto per la figlia unica che ero. Anche se fa parte della mia vita soltanto da due mesi, ho provato a immaginare di perderlo in modo doloroso e brutale. Mi è venuta la nausea alla sola idea. E Liam ha provato questo dolore due volte. Due volte di troppo per un cuore già spezzato.

Più tardi mi sono addormentata piangendo. E mi sono svegliata di soprassalto, con il cuore che minacciava di esplodere. Le dita mi imploravano di schiacciare il pulsante verde. «Non rispondere quando ti chiamo.» Lottare contro il mio istinto è stata una tortura. Da me erano le quattro del mattino. Chissà se era giorno dov'è lui, da solo. Non potevo farmi altre domande senza risposta, mi facevano male. Poi un messaggio vocale quasi mi ha fermato il battito. Ho dovuto mordermi l'interno della guancia per trattenermi dal piangere di gioia. Un'emozione di breve durata. Per diversi secondi, nelle mie orecchie è risuonato soltanto il suo respiro affannoso. Nessun rumore di sottofondo rivelava dove si trovasse. Mi si è stretto lo stomaco, perché ho capito. Liam era solo.

«So che odi il Natale» ha sussurrato alla fine la sua voce stanca. Pausa. «Ricordi quando abbiamo provato a fare la neve finta con bicarbonato e l'acqua seguendo un tutorial su YouTube? Sognavamo un bianco Natale, ma abbiamo sbagliato le quantità e ci siamo ritrovati con un'orrenda poltiglia bianca. Non so perché ci sto pensando. Forse perché darei qualsiasi cosa per sentire il modo in cui tu e Char avete riso, così tanto che avete dovuto cambiarvi le mutande.» Pausa. «Piccola Luna, spero che stasera tu abbia riso fino alle lacrime e che tu abbia avuto un bianco Natale. Da parte mia, io...» Tira su col naso. «Sto bene. Respiro ancora. Mi manchi.»

Liam ha riattaccato e si è portato dietro una parte di me.

Ho riascoltato il messaggio in loop fino alle otto del mattino.

L.E.C.

22 gennaio 2022

Caro diario,
Ho ricevuto un messaggio con il titolo di una canzone: *Get You the Moon* di Kina.

'Cause you are, you are
The reason why I'm still hanging on
'Cause you are, you are
The reason why my head is still above water
And if I could I'd get you the moon
And give it to you
And if death was coming for you
I'd give my life for you.

Non avevo mai prestato attenzione al testo. Ascoltandola, quella sera, non ho pianto. Anzi, mi ha dato speranza. Liam stava lottando per migliorare e ho capito che era giunto il momento per me di fare lo stesso. Ho preso appuntamento con una psicologa. Parlare del dolore e del senso di colpa che provo per la scomparsa di Charlie, del rapporto con mia madre e di tutto ciò che mi pesa mi ha fatto molto bene. La strada è ancora lunga. Sto ancora camminando sulle uova, ma, come dice Liam: respiro ancora.

L.E.C.

28 febbraio 2022

Caro diario,

ho messo sotto contratto una band promettente: Beauty in Death. Lo stile è principalmente hip hop alternativo/R'n'B con alcuni toni rock. Insomma, un mix esplosivo e incredibile. Come per Orchid, è stato amore a prima vista, il mio istinto mi ha urlato che erano perfetti. Almeno finché il cantante non ha aperto bocca e ha rotto l'incantesimo. Detto fra noi, lo odio. Ma almeno, grazie a lui, ho sviluppato il mio autocontrollo di fronte a un essere spregevole. Per il bene dell'etichetta, stringo i denti.

A livello personale, Matt e Camille si accapigliano, probabilmente per evitare di saltarsi addosso. Non so perché si ostinano a resistere. Travis è cambiato da quando ha ingaggiato quel giocatore di basket di cui dimentico il nome. Passa le serate con lui e sta con noi soltanto una volta su due. Sono felice che se la cavi bene al lavoro, ma ho l'impressione che nasconda qualcosa. In ogni caso, non insisto. Quando i miei migliori amici saranno pronti a raccontarmi i loro segreti, sarò lì per loro.

La notizia del giorno è che ho ricevuto un altro messaggio vocale. Era mezzanotte e, a differenza dell'ultima volta, il rumore alle spalle di Liam era assordante. Musica, urla. Per un attimo ho pensato che mi avesse chiamata per sbaglio, perché non ha detto niente, ma poi, con poche parole, mi ha fermato il cuore.

«Mi manchi. È difficile. Spero che tu stia bene.» Alle sue spalle sono scoppiate delle grida concitate e ha riattaccato.

L.E.C.

12 aprile 2022

Caro diario,

qualche giorno fa sono crollata e ho mandato un messaggio a Liam per il suo compleanno. Non sapere dov'è mi sta facendo impazzire. Volevo fargli un regalo, ma mi sono accontentata di un banale messaggio.

Io
Buon compleanno, Limee

Avrei voluto sbattere la testa contro una superficie dura. Che messaggio era? Anche la sua risposta, comunque, è stata ben poco sentimentale. «Grazie.» Con il punto alla fine. Chi scrive una cosa del genere?

Ieri, al lavoro, mi è sembrato di avere un'allucinazione. Dell'orrore. Quella strega di Odie e sua figlia Sophy ci hanno fatto una simpatica visita. Non bastava rendermi la vita difficile a distanza, chiedendomi di continuo i numeri dell'etichetta. No, dovevano tornare a sputare fuoco di persona. Il disprezzo nei miei confronti non è diminuito, tanto più che ora sono la donna più potente in questo edificio. Almeno sulla carta. Dal punto di vista finanziario, valgo meno di zero. Comunque, sto divagando.

Ora Sophy lavora qui, ha seguito il consiglio del suo

psicologo. Sono stata a un passo dal mandargli un'e-mail di insulti per chiedergli dove abbia preso la laurea. Tanto per fare qualcosa. Ma la domanda che mi tormenta davvero è: perché proprio qui e non in una delle succursali dell'azienda di sua madre? Probabilmente per tenermi d'occhio. È una cosa che detesto, ma non ho avuto voce in capitolo. A quanto pare, è guarita ed è una persona nuova. Parole loro. Quindi ora lavora alla reception per sostituire Daphne e, ogni giorno, quando esco dall'ascensore per andare in ufficio, mi lancia uno sguardo blu che mi fa accapponare la pelle.

L.E.C.

♪ *Wrong Direction* – Hailee Steinfeld

15 maggio 2022

Caro diario,

♪ Se c'era un mese che temevo, era questo. Anche se finalmente è arrivata la primavera dopo un inverno terribile, il tragico anniversario del mio stupro e della scomparsa di Charlotte mi ha addolorato. Ho trascorso la giornata con il cuore pesante, e la sessione in studio di registrazione è stata a dir poco faticosa. Per tutto il giorno mi sono trattenuta dal correre in bagno. Charlie è stata uccisa da Calvin. Scrivere questa frase mi sembra surreale. Per evitare di passare la serata a deprimersi, Tee ha avuto l'idea di organizzare qualcosa insieme, per ricordare i nostri momenti più belli con lei. Matt, che non ha avuto la possibilità di conoscerla, l'ha fatta rivivere attraverso gli aneddoti che Liam gli ha raccontato.

Abbiamo concluso la serata tra risate e lacrime, perché Charlotte Davis era una ragazza mozzafiato, che meritava tutto l'amore del mondo, e mi dà la nausea sapere che non la sentirò più abbracciarmi in cucina appena sveglia. I suoi occhi azzurri si spalancano, il suo nasino si alza. Mi… mi squilla il telefono.

Con il cuore che batte forte, metto giù la penna e spingo via il diario quando vedo apparire il suo nome. Il mio sguardo incontra quello di Camille, sdraiata di fianco a me sul divano, con un libro in mano. In silenzio, la prego di dirmi cosa fare.

«Ti ha chiesto di non rispondere se avesse chiamato.»

La mia mano rimane sospesa a tre centimetri dal cellulare.

«È il giorno in cui è scomparsa, Cam. Il giorno che ha cambiato il corso della nostra storia.»

«Lo so, ma devi mantenere la promessa. È quello che voleva.»

Ha ragione, lo so, ma questo non ferma il bruciore che ho allo stomaco. Mi mordo il labbro per ingoiare le lacrime.

«Hendrix, che ne pensi? Devo rispondere a tuo padre?»

Il nostro cane scodinzola e viene a leccarmi la faccia.

«Preferisci ascoltare una palla di pelo e non me?» si lagna Cam.

Detto tra noi, non so cosa fare. Da quando se n'è andato, sette mesi fa, e nonostante ignorare le sue chiamate mi richieda uno sforzo immane, ho rispettato la sua scelta. Perché oggi il mio istinto mi dice che è diverso? Perché ho la sensazione di deluderlo? Ogni battito del mio cuore mi grida di rispondere.

Quindi mi arrendo.

«Pronto?» L'ho detto così piano che non so se l'ho detto davvero.

«Non hai mantenuto la promessa.»

La sua voce è rauca, come se non parlasse da giorni. Cerco una traccia di rimprovero che non troverò, perché il lieve sospiro di sollievo che sento mi fa subito rilassare.

«Sono una persona piuttosto testarda.»

Liam ridacchia. Un suono semplice e delizioso che mi fa venire la pelle d'oca.

«Ci contavo, stasera.»

Il mio cuore smette di battere, poi ricomincia. Davanti a me, Hendrix si agita e Camille sventola le braccia, curiosa di sapere cosa sta succedendo. Muovo la mano per dirle che glielo spiegherò più tardi, poi mi dirigo verso il nostro terrazzino. Sono le undici di sera e l'aria è ancora pesante. L'umidità mi accarezza il viso mentre mi siedo sulla piccola sdraio.

«Perché stasera?» chiede lui.

Da lui il silenzio è assoluto. La sua voce rimbomba sulle pareti.

«Sentivo che avevi bisogno di me.»

Non dice nulla. Immagino che stia annuendo. O forse le sue labbra si stanno allungando in un sorriso.

«Come va?»

«Respiro» dico, ripetendo le sue parole di qualche mese fa.

La risposta mi fa guadagnare una risatina calorosa. Rassicurante.

«Tu…» Si schiarisce la gola. «Mi avevi detto che, se mai mi fosse mancata, avremmo potuto pensare a lei insieme.»

Cuore mio.

«Vuoi parlarmi di lei?»

«Non lo so.»

«Possiamo parlare del tuo regalo, se vuoi.»

«Quale? La stella o l'etichetta?»

«L'etichetta.»

Penso che stia ridendo, o forse è un grugnito.

«Sono sicuro che stai andando alla grande. Ho piena fiducia in te. E poi ti devo tutto. Non avrei mai avuto questa vita se non fosse stato per te.»

Il silenzio tranquillo che segue è come una boccata d'aria fresca. Poi la conversazione si sposta su Charlie e sul mio fratellino. Non gli ho chiesto dov'è, con chi, quando tornerà o cosa sta succedendo nella sua vita. Ho ascoltato il suo respiro per tutta la notte, finché non mi sono svegliata nello stesso posto, con il telefono spento incastrato tra la guancia e la sdraio, una coperta calda addosso e Hen addormentato ai miei piedi.

Dopo aver caricato il cellulare, cinque parole mi hanno scaldato il cuore: «Grazie di essere come sei».

1° giugno 2022

Messaggio in segreteria:

«Ehi, congratulazioni per il Grammy come *Breakthrough of the Year*. Sono orgoglioso di Orchid e di te.» Pausa. «Eri stupenda davanti alle telecamere. Mi mancava il tuo sorriso.» Pausa. «Spero che vada tutto bene. Da parte mia, respiro ancora. Baci, Piccola Luna.»

10 luglio 2022

Caro diario,

Ho fatto qualcosa che la mia psicologa mi aveva sconsigliato di fare, ma, a quanto pare, non conosce ancora il mio livello di testardaggine. Dal suo ultimo messaggio vocale non ho più sentito nulla, quindi ho chiesto notizie a Sophy. Lo so! Cosa mi è passato per la testa? Forse mi è venuto un ictus, non saprei. Contro ogni aspettativa, comunque, lei non mi ha respinta e non si è nemmeno vantata. A quanto pare, nessuno ha più sue notizie da quando ha lasciato casa mia. Liam è da qualche parte, da solo con i suoi demoni. Mi ha chiesto del tempo per riprendersi, per guarire, e più il tempo passa più ho l'impressione che si stia ritirando. Sono consapevole che il dolore non ha data di scadenza, ma egoisticamente temo che mi dimenticherà, che vorrà andare avanti. Che incontri una ragazza. Che pensi che, quando lo guardo, io veda soltanto i brutti ricordi, e ho il terrore che per lui possa essere lo stesso.

Quella sera, nel mio ufficio, Sophy si è aperta con me. Non sapevo niente della sua vita. Non sapevo se avesse amici o persone su cui poteva contare, quindi l'ho ascoltata raccontarmi del suo passato, delle sue dipendenze e del suo recupero, che secondo lei sta andando bene. Si è scusata per la sua ostilità nei miei confronti, del tutto ingiustificata. Tutti meritano una seconda possibilità, quindi è quello che ho fatto. L'ho invitata a casa. Quando Cam ci ha viste arrivare mi ha chiesto se Sophy mi teneva una pistola puntata alla schiena. Il tutto davanti a lei, che per fortuna è scoppiata a ridere.

Durante la serata io e Camille siamo state un po' in imbarazzo a bere, visto che lei doveva accontentarsi di un succo di frutta, ma Sophy mi ha rassicurato che non si aspetta che la gente smetta di divertirsi per colpa della sua dipendenza. Non ce lo siamo fatte ripetere due volte. Abbiamo ballato tutta la notte, abbiamo riso, e io e Camille abbiamo un po' esagerato con la vodka. Mi vergogno a dirlo, ma temo che Sophy abbia dovuto farci da babysitter. Ma non mi pento di nulla. È stata una serata fantastica.

L.E.C.

15 luglio 2022

Caro diario,

per la prima volta dopo tanto tempo, succede una cosa nuova. Sento gli occhi degli uomini addosso, soprattutto quelli di Isaac. Lavoriamo nello stesso edificio. Di solito ci limitiamo a sorriderci in ascensore, ma credo di piacergli. E penso che mi faccia piacere.

L.E.C.

22 luglio 2022

Caro diario,

non ho notizie di Liam da un mese, quindi ieri sera ho ceduto. L'ho chiamato.

E tutti i miei progressi sono stati cancellati.

Numero inesistente.

Liam ha cambiato numero senza dirmelo.

Pensavo di morire.

Mi è venuta la nausea.

Nessuno aveva il suo nuovo numero.

Liam mi ha chiesto di aspettarlo.

Mi ha chiesto del tempo.

Nove mesi dopo, per lui non esisto più.

E oggi, sento che il pezzo mancante nel mio cuore rimarrà vuoto per sempre.

L.E.C.

2 agosto 2022

Caro diario,

sono appena uscita da un negozio di tatuaggi. Ne ho fatti due. Il primo, sull'avambraccio, con la scritta in corsivo *here now,* un riferimento all'album preferito di mio padre degli Oasis. La frase riflette anche il mio stato d'animo al momento. Ho bisogno di ricordare a me stessa che devo rimanere con i piedi per terra, nel presente. Che non ho il potere di cambiare il passato. Devo accettare di lasciarmelo alle spalle e aprirmi alle cose belle del futuro. Il secondo, sul fianco, dice AD MA-

IORA, una frase latina che significa: «Verso cose migliori».

Sono pronta.

Per questo ti scrivo per dirti che questa è l'ultima volta che riempirò d'inchiostro le tue pagine.

Sto bene.

Respiro, vado avanti. Nonostante il posto che Liam occupa nel mio cuore, ho deciso di pensare a me stessa.

P.S. Ho accettato un incontro con Isaac. Dopodomani ho il mio primo appuntamento da quando Liam se n'è andato. E non vedo l'ora.

L.E.C.

23
Luna

«Rapunzel.»

Una mano sudata mi sfiora la spalla.

«Mmh?»

«Stai russando...»

Il respiro caldo di Matteo mi sfiora il collo, poi il suo braccio mi cinge la vita. Un brontolio unisce i nostri due corpi, il suo petto brucia contro la mia schiena.

«Sei tu che russi» mormoro, con gli occhi ancora chiusi.

Sono sorpresa di essere riuscita a formulare una frase così coerente, perché il dolore che sento alle tempie è l'indicatore perfetto della nostra serata di ieri sera. Ci siamo visti tutti all'appartamento per festeggiare il primo articolo da freelance che Camille è riuscita a vendere a un giornale prestigioso, un approfondimento sul sessismo nel mondo del giornalismo. Ci stava lavorando da mesi. Sono davvero orgogliosa di lei. Sta diventando una donna ambiziosa, impegnata, che finalmente scrive di argomenti che la affascinano. Sorrido nel dormiveglia. Almeno finché non sento un'erezione puntata sul sedere. Mi dimeno e lui grugnisce.

«Non montarti la testa, bionda. È fisiologico.»

«Ahi» replico, fingendomi ferita dal suo rifiuto.

Matt allontana il suo bacino dal mio, ma non abbastanza... oppure troppo. Merda, è colpa dei litri di tequila in circolo nel mio sangue. Matt e io abbiamo dormito insieme un sacco di volte. Ubriachi o sobri. Tristi o felici. Ho abbastanza fiducia nella nostra amicizia da non essere disturbata da una semplice erezione. Solo che il calore che comincia a diffondersi tra le mie cosce è una novità che mi fa paura. Non ha senso. Il diavoletto sulla mia spalla mi spinge a inarcare la schiena per andare alla ricerca di una sensazione che mi manca. L'angioletto, dal canto suo, mi fissa severo, come per dire che ho fatto abbastanza stupidaggini per una serata. Ed è quest'ultimo pensiero che mi fa aprire le palpebre all'improvviso. Ha ragione lui. *È un gioco pericoloso, Luna.* Un gioco che non vuoi iniziare. Come Matt, mi convinco che sia fisiologico anche per me. Mi manca il sesso, è un dato di fatto. Questi mesi senza contatto fisico stanno iniziando a mettere a dura prova la mia vagina. Letteralmente. Ma questo non significa che nutra un desiderio nascosto per Matteo, giusto? Lo considero uno dei miei migliori amici. La mia famiglia. Mi ha sostenuta dopo che Liam se n'è andato. Si è fatto in quattro nel tentativo di farmi ridere. «*Biondina, non me ne andrò di qui finché non ti avrò sentita grugnire come un maiale.*» Non comprometterò mai la nostra amicizia. Per non tentare il diavolo, mi muovo ancora, per fargli capire di lasciarmi andare.

«Stai cercando di schiacciarmi le palle?»

Sospira forte e si gira dall'altra parte. Finalmente liberata dal suo profumo maschile, spingo via il piumone e mi appoggio su un gomito per guardarmi attorno. La stanza è immersa in una piacevole penombra, eppure vedo bene lo spettacolo davanti ai miei occhi. Cam e Tee sono sdraiati di traverso sul mio letto. La gamba di Camille poggia direttamente sulle mie e la testa di Tee pende per metà dal materasso. Matt è il più comodo. Sorrido soddisfatta. Sì, la serata è stata fenomenale.

Esausta, appoggio la schiena sul materasso, sospirando, poi mi premo i palmi delle mani sugli occhi.

«Ragazzi, che ore sono?» chiedo, con voce rauca.

«Shh, Luna, torna a dormire» geme Cam. «Non saranno nemmeno le sette.»

«Va be...»

Un fracasso mi interrompe, scatenando una pioggia di grugniti scontenti. Quando un cuscino lanciato da un traditore di nome Travis mi colpisce in faccia, mi lascio scivolare a terra. Striscio a quattro zampe verso il cellulare, che strilla come impazzito. Rispondo senza nemmeno controllare chi sta chiamando.

«Che c'è?» brontolo, seccata.

«Ciao Luna, sono Kim!»

Merda. Mi raddrizzo e adotto subito un tono più professionale, sistemandomi i capelli come se potesse vedermi.

«Sì, ciao Kim, scusa, ho letto male il nome sullo schermo.»

«Nessun problema. Ti chiamo per dirti che Odie è

qui» sussurra, «ed è sorpresa di non vederti in ufficio a quest'ora».

«Cosa? Che ore sono?»

«Le nove e un quarto.»

«Porca miseria! Grazie Kim. Arrivo.»

«Le ho detto che probabilmente eri bloccata nel traffico.»

Riaggancio ed esplodo in una raffica di parolacce. Se arrivo tardi sono morta, cotta, finita. Odie mi scatenerà contro l'inferno.

«Sono le sette, eh?» sbotto, imitando la voce assonnata di Camille.

Le lancio il cuscino in faccia, cosa che mi vale una serie di graziosi insulti.

L'incontro inizia tra un'ora e mezza, esattamente il tempo che mi occorre per prepararmi e raggiungere l'ufficio.

Puoi farcela, Lu.

Un nuovo messaggio in arrivo attira la mia attenzione. Prego che Odie si sia slogata la caviglia vagando per i corridoi dell'etichetta per tenere d'occhio le sue api operaie. E poi, cosa ci fa lì oggi?

Il sangue mi ribolle nelle vene. La mia pelle formicola di rabbia, ma mi calmo subito quando leggo il messaggio.

Isaac
Ciao Luna, hai passato una bella serata? Posso rinunciare all'aura di mistero che abbiamo provato a mantenere e dirti che ho voglia di vederti domani sera?

È stupido, ma il cuore mi batte forte e le mani cominciano a sudare. Sono rimasta fedele a me stessa. Avevo detto che mi sarei lasciata il passato alle spalle e così è stato. Fa paura. Ma è anche eccitante. Fra noi non è successo niente di concreto. Solo sguardi interessati. E qualche risata. Ieri, quando mi ha riaccompagnata a casa, e mentre ero sicura di sentire i sussurri curiosi dei miei amici dietro la porta, avrei voluto che mi baciasse. Volevo sentire le sue labbra sulle mie. Ovviamente non l'ha fatto, perché abbiamo deciso di andarci piano. Ma ero felice, perché nemmeno una volta durante la nostra passeggiata ho pensato a…

Basta. Muovi il culo.

Il mio angelo custode mi ha permesso di arrivare giusto in tempo. Ovviamente essere puntuali significa già essere in ritardo, almeno secondo il teorema della vecchia strega bionda che mi ha lanciato delle occhiatacce furiose per tutto l'incontro. Se all'inizio ho faticato ad assumere il mio nuovo ruolo, oggi ne sono fiera. Ho talento e sono capace. Quindi ho alzato il mento, ho ignorato la sua presenza e ho condotto la riunione brillantemente. Sto facendo un lavoro in cui sono brava. Splendo. E nessuno mi farà scendere dal piedistallo.

Il resto della giornata prosegue bene. Quando arrivo alla fine, con i piedi a pezzi, sprofondo sulla sedia e chiudo gli occhi.

«Ciao, Luna.»

Sussulto. Un brivido che mi corre lungo la schiena mi riporta improvvisamente alla realtà.

«Luna?»

Sophy entra nel mio ufficio, sorridente, senza il mio invito. Si toglie le décolleté e si siede sul divano color crema vicino alla grande finestra, mentre il cuore mi si stringe nel petto.

«Sicura di stare bene? Sei sudata e sembra che tu voglia fare a pezzi il foglio che hai in mano.»

Guardo il contratto che sto stringendo. Un contratto importante, che ora è accartocciato.

«Tutto bene?»

«Sì, ma ho bevuto troppo e dormito troppo poco. Come stai?»

«Sono esausta» sospira. «Non hai idea di quante volte al giorno devo ripetere "certo, riferirò" e sorridere.»

Lascio che si lamenti, lottando contro la pressione al petto.

Il nostro rapporto è strano, non so come altro definirlo. Negli ultimi mesi abbiamo imparato a tollerarci. Non saremo mai amiche, ma colleghe di lavoro. A parte il fatto che era innamorata di Liam, non ho mai avuto niente di negativo da dire su questa ragazza. Vedo che sta cercando di migliorarsi e di rimettere in carreggiata la sua vita. Lavora sodo, non si sottrae a nessun compito e ha persino fatto amicizia in azienda. Credo che sia la migliore versione possibile di se stessa. La prova è che fino a tre mesi fa era tutta concentrata su di lei, mentre stasera sembra davvero preoccupata vedendomi strana.

E anch'io.

Un cattivo odore mi fa arricciare il naso. Poi tutto diventa buio. Fisso con orrore le pareti bianche intorno a me. La muffa si diffonde come il veleno. Ho i polsi legati dietro la schiena. Le corde mi affondano nella pelle. Il mio cuore batte così forte che riesco a vederlo attraverso la camicia di seta.

«Luna» mi chiama di nuovo Sophy, stavolta con una voce più forte. «Devo chiamare qualcuno?»

«Che cosa?»

«Mi stai spaventando.»

La ruga tra le sue sopracciglia si approfondisce e mi fissa con gli occhi azzurri pieni di paura.

«Non lo so. Credo di star avendo un flashback di quella sera.»

La gola si stringe, faccio fatica a respirare. Prendo la bottiglia d'acqua che mi porge, chiudo gli occhi e mi canticchio una canzone in testa.

«Ne vuoi parlare?»

Respingo la proposta. Abbiamo passato qualche serata insieme, ma non mi fido completamente di lei. Non al punto da confidarle certe cose della mia vita.

A quanto dice, l'alcol e la droga sono acqua passata. E le credo, la vedo tutti i giorni in ufficio. Ma la dipendenza è pericolosa. Lo so bene. Sono stata dipendente da Liam per molto tempo. La sua pelle, il suo odore, le sue parole. Mi sono inebriata di lui, dei sentimenti euforici che provavo in sua presenza. So quanto sia difficile lasciare andare.

Chiudo di nuovo gli occhi e la incoraggio a parlarmi. Forse mi aiuterà a rilassarmi. Mi pento subito della mia decisione.

«Penso di essere pronta a vivere per conto mio.»

Apro gli occhi. Pensavo che mi avrebbe parlato dei pettegolezzi dell'ufficio.

«Non guardarmi così» risponde, raccogliendo i capelli in una coda di cavallo, ma senza legarli.

«Il tuo psicologo è d'accordo?»

«Sì, ho fatto progressi, quindi credo di poter vivere senza le dozzine di accompagnatori di mia madre.»

«Credi o sei sicura?»

Il fatto che si prenda del tempo per pensare sembra un buon segno. O no? Sophy si interroga, soppesa i pro e i contro. Non si butta a capofitto in una decisione che merita riflessione.

«Sono pronta» dice, sorridendo.

A volte la nostra somiglianza mi spaventa. Ed è in questi momenti che la sua storia con Liam mi torna in mente come un boomerang. Come al solito, mi sforzo di ignorare questi confronti. Li respingo, mi rifiuto di lasciarmi sopraffare.

«Ora mi resta soltanto da convincere mia madre.»

Come sempre, alla menzione di Odie rabbrividisco. Apro il computer per rispondere alle e-mail mentre lei continua. Parla di case, immagino, dalle poche parole che le mie orecchie riescono ad afferrare. Posti in cui vorrebbe acquistare un attico o un loft. Tra una onomatopea e l'altra, leggo un messaggio di Isaac che mi informa dell'annullamento del suo appuntamento di lavoro. Il tono del messaggio è chiaro. Spera di potermi invitare a casa sua. Vorrei. Inizio a digitare la risposta quando ricevo un'e-mail relativa ai miei avvisi Google sulla Mem.

Clicco sul messaggio.

Le mani mi tremano forte intorno al mouse. La foto davanti ai miei occhi mi brucia la retina. Sono convinta che il suono del mio cuore spezzato si senta fino dall'altra parte di Manhattan. Quindi, con le lacrime agli occhi, mi alzo, prendo le mie cose, mi lascio alle spalle Sophy e corro fuori, prima di soffocare.

«Penso che possa bastare.»

Il bicchiere di vodka mi viene strappato dalle mani. Non sopporto chi ha l'audacia di pensare di essere mio padre. Sandro, centoventi chili di muscoli, eppure docile come un agnellino. Non ora, però. Stasera è un vero guastafeste. Mi fissa con sguardo preoccupato da quando ho messo piede nel bar in cui veniamo sempre con il gruppo. Che vuole? Ho il diritto di essere infelice, come tutti.

«Dove sono gli altri? Vuoi che chiami mister Chignon?»

Di solito questo soprannome mi diverte, ma stasera rimango impassibile.

Approfitto del fatto che è di spalle per afferrare il mio bicchiere e mandar giù l'ultimo sorso. Accolgo l'alcol con euforia. Ma voglio di più. Voglio dimenticare e ridurre le pulsazioni del mio cuore e, allo stesso tempo, sentirlo battere più forte. Quindi metto una banconota da venti sul bancone e sguscio fuori alla meglio. Oh, che bello! Penso che i miei tacchi vogliano che mi metta in mostra davanti a tutti. Per fortuna una mano mi afferra il gomito.

«Non ti lascio andare via in questo stato» dice la voce profonda di Sandro. «Ti ho chiamato un taxi.»

«Smettila di muoverti» ridacchio, aggrappandomi alle sue spalle massicce.

Quasi mi spezzo il collo per guardarlo negli occhi.

«Sei tu che ti muovi, Luna. Il che significa che avrei dovuto fermarti al secondo bicchiere.»

«Oooohh. Non sei divertente, Sandie. Digli che non è divertente.»

Sandro si volta.

«Con chi stai parlando?»

«Eh? Merda» rido. «Pensavo che foste in due.»

Le sue mani forti mi tengono ferma.

«Che ti succede?»

Il mio sorriso svanisce. Con una domanda ha rovinato tutto.

«Mi ha dimenticata.»

Il caos di un gruppo di studenti che entra nel bar in quel momento inghiotte la mia risposta.

Di colpo il mio sedere si ritrova sul retro di un taxi. Wow, questo ragazzo è un mago.

«Sei un *magista*» grido, sghignazzando come una scrofa. «Mago e barista, hai capito?»

Mi sembra di sentirlo mormorare che se una battuta

ha bisogno di una spiegazione, significa che è brutta. Poi la sua grande testa calva spunta dal finestrino e, con voce calma ma spaventosa, sussurra: «Vedi di riportarla a casa tutta intera. Ho il tuo nome e il numero del taxi. Se le succede qualcosa, anche un graffio, me la paghi, capito?»

Il povero tassista impallidisce. In preda al panico, scuote più volte la testolina, e quando la grande mano di Sandro colpisce il tettuccio del taxi lancia un grido acuto.

«Vai a letto, Luna. E dimentica chiunque ti renda triste invece di farti sorridere.»

L'alcol nel mio sangue si congela, evaporando come per magia. Sì, il *magista* colpisce ancora. Il taxi parte e scoppio in lacrime mentre gli do un altro indirizzo di Manhattan.

24
Luna

♪ *If You Want Love* – NF

♪ La porta si apre dopo un solo squillo.

«Rapunzel? Perché hai suonato? Hai perso il duplicato delle chiavi che ti ho dato? E perché non mi sorprende?»

Non rispondo, mi precipito tra le sue braccia e basta. Mi aggrappo a lui come a un'ancora di salvezza, perché è la cosa più vicina a Liam che ho. Anche se il pensiero mi fa impazzire, Matteo è la persona di cui ho bisogno in questo momento. Chiudo la porta con il tallone, la testa ancora affondata sul suo petto.

«Qualcosa non va? Parlami.»

Non dico niente perché non posso. Non va bene niente. Mi sento impazzire e stasera voglio fare qualcosa di stupido.

«Satine è qui?»

«Dorme. Se avessi saputo che passavi, l'avrei lasciata sve...»

Premo le mie labbra disperate sulle sue. Stringo nel pugno la sua maglietta per perdermi in lui e cerco la sua lingua con la mia.

«Bionda, aspetta.»

Con le mani sulle mie spalle, mi spinge via dolcemente e si passa il pollice sulle labbra gonfie.

«Per favore, Matt» ansimo. «Ne ho bisogno.»

Il petto forte e ricoperto di tatuaggi mi risveglia delle sensazioni. Lascio una scia di baci dal collo alla mascella, poi la mia bocca viaggia sulla sua pelle calda, profumata e mascolina.

«Fammi sentire bene.»

Sento le miliardi di domande che infuriano dentro di lui. I miliardi di motivi per cui continuare sarebbe l'idea più disastrosa del secolo, eppure Matteo mi prende fra le braccia, mi avvolge le gambe attorno ai suoi fianchi e si impossessa della mia bocca.

«Matteo» gemo. «Portami nella tua stanza.»

I suoi muscoli si paralizzano. Me ne pento subito, perché quando lascia le mie labbra vedo l'orrore sul suo volto.

«Che stiamo facendo? No, no, no.»

I miei piedi tornano a terra, lui inizia a passeggiare nel suo loft, facendo scorrere le mani tra i lunghi capelli biondi. Per colpa mia.

«Mi dispiace, Luna. Non so cosa mi abbia preso. Sono morto, mi ucciderà.»

Odio la sua lealtà. Liam lo ha abbandonato.

«Non sono di sua proprietà» mi indigno. «E non insultarmi fingendo di non averne voglia.»

Il mio sguardo cade sull'erezione che il tessuto sottile dei pantaloncini sportivi fatica a nascondere. Con le guance in fiamme per la vergogna di essere stata respinta, afferro la borsa che era caduta a terra e mi giro verso la porta. Ma il mio amico mi trattiene per il gomito, mi costringe ad affrontarlo. All'improvviso le sue mani sul mio corpo mi danno fastidio. Il desiderio che provavo è scomparso per lasciare il posto a una rabbia sorda. La sento montare e crescere nel mio stomaco, pronta a esplodere. Per fortuna sono abbastanza matura da capire che non ce l'ho con lui. Matt è solo lo specchio di tutto quello che mi tengo dentro da tre mesi. L'odio, l'incomprensione per il suo silenzio e la disperazione di sapere che non è tornato da me.

E quella foto.

L'immagine sullo schermo del mio computer che è stata il colpo di grazia. La coltellata di troppo al mio cuore.

«Rapunzel, quella che hai sentito era solo una reazione...»

«Se osi dire fisiologica ti prendo a schiaffi» lo interrompo, seria.

Ma Matt non si lascia influenzare dal mio tono aspro.

«Sono debole» ammette, alzando le spalle. «Guardami negli occhi e dimmi che lo volevi davvero. Sei attratta da me, Luna?»

Non si prende nemmeno la briga di cercarmi la verità negli occhi, perché lo sa. Sì, lo trovo attraente, ma non in modo carnale.

La sua improvvisa vicinanza mi soffoca. La sua gentilezza mi irrita. Volevo fare qualcosa di stupido, non essere rifiutata. E tanto meno beccarmi una paternale.

«Sto cercando di essere un gentiluomo e un buon amico» dice, di fronte al mio silenzio ostinato. «Non possiamo fargli questo. Non possiamo avere due o tre orgasmi insieme.»

Ecco. È una frase di troppo per il mio cuore a pezzi. Esplodo.

«Liam non tornerà, Matteo.» Ho urlato così forte che le parole mi graffiano la gola. «È ora di mettertelo in testa. Ti ha abbandonato, come ha fatto con me. Non contiamo più niente per lui. Quindi, che andiamo a letto insieme oppure no, sono sicura che il suo fantasma ci perdonerà. Volevo solo che mi scopassi. Dannazione, sapevo che sarei dovuta andare da Isaac.»

Volevo ferirlo. Volevo che si sentisse infelice quanto me, e l'idea mi fa star male.

Con il viso improvvisamente serio, Matteo si avvicina a me, facendomi sbattere la schiena contro l'anta del frigorifero. I suoi occhi sono velati. La mascella si stringe. La sua mano destra si appoggia accanto al mio viso poi, tenendomi due dita sotto il mento, mi tiene lo sguardo all'altezza del suo. È allora che la nostra vicinanza mi colpisce. Il suo profumo mi inonda le narici. Lo conosco a memoria, e sono in trappola. La gola mi impedisce di deglutire sotto l'intensità del suo sguardo profumato di whisky. Mi sembra diverso, più selvaggio. Lontano dalla maschera da clown che indossa quando stiamo insieme.

«Che fai?»

La mia voce esce in un timido soffio. La mia confusione lo diverte, l'angolo delle sue labbra si piega in un ghigno fastidioso.

«Eseguo gli ordini, bionda. Mi hai chiesto di scoparti e da amico leale devo soddisfare i tuoi desideri, no? Non è quello che vuoi? Una bella scopata tra amici non avrà conseguenze, vero?»

La mano che mi teneva sotto il mento scivola sulla mia guancia, il suo respiro si mescola al mio.

«Usami per godere e ti prometto che rimarrà tra noi.»

Se le stesse parole fossero state pronunciate da quei maledetti occhi verdi, a quest'ora le mie mutande sarebbero in fiamme. Ma gli occhi nocciola del mio amico non sono quello che voglio. Matt inarca un sopracciglio, in attesa di un mio movimento.

«A meno che tu non voglia che faccia tutto io? È questo che ti piace, Rapunzel? Ti piace quando è il ragazzo a guidare?»

Stavolta la sua mano mi afferra la nuca e mi sussurra all'orecchio: «Vuoi che ti faccia venire con le dita o con...»

Gli sbatto una mano sulle labbra e l'idiota ride sotto il mio palmo prima di fare un passo indietro.

«E va bene, ho capito» cedo, coprendomi il viso con le mani per nascondere il rossore delle guance. «Non dirmi mai più cose del genere. Hai vinto, non ti volevo davvero. Volevo soltanto...»

«Vendicarti di lui» conclude.

La mia saliva quasi mi soffoca.

«Volevi ferirlo usando me. Ho visto la foto, Rapunzel. Volevo chiamarti, ma poi ho pensato di lasciare che fossi tu a venire da me, se davvero volevi parlare.»

«A quanto pare ho deciso di affrontare la rabbia ubriacandomi e facendo cose stupide» dico, indicando lo spazio tra noi.

Come se tutto l'alcol fosse evaporato dal mio corpo, mi sento esausta. Fisicamente e moralmente. Mi si stringe lo stomaco al pensiero che tutti vedano quella foto. Stanca morta, scivolo giù lungo il frigorifero finché il mio sedere non tocca il pavimento. Porto le ginocchia al petto e guardo Matteo, appoggiato all'isola della cucina.

«La foto» esordisco, piano. «Pensi che sia vera?»

Viene a sedersi accanto a me, con le gambe distese davanti a sé. Non ha idea che i suoi secondi di riflessione mi hanno dato l'impressione che mi infilasse la mano nel petto per strapparmi il cuore. Ho contato. Matteo ha impiegato più di quaranta secondi per annuire. Quaranta secondi per avere la conferma che Liam, il mio migliore amico, quello che mi aveva chiesto di aspettarlo, mi ha dimenticata per un'altra. Che era a Londra, a braccetto con una ragazza dalla pelle nera e perfetta che di certo non gli ricordava un passato morboso. Dopo mesi senza notizie, è stata una foto a dirmi che ha infranto le sue promesse.

Liam Davis: dopo aver venduto le azioni della sua azienda ed essere scomparso dai radar, il milionario che ha attraversato l'inferno sembra aver trovato il paradiso dall'altra parte dell'Atlantico. Detto tra noi, chi non desidererebbe addentare un po' di cioccolata per dimenticare le tragedie passate?

Il gioco di parole razzista mi ha dato la nausea, quasi quanto la foto.

«La vostra storia ci ha dimostrato che bisogna sempre diffidare delle apparenze» dice infine Matteo.

«Sorrideva» dico, arrendendomi al destino. «Mi ha promesso che sarebbe tornato quando sarebbe stato meglio, e mi sembra ovvio che stia meglio. È tornato nel suo Paese, Matt. Ci ha dimenticati.»

La bile cerca di insinuarsi nella mia gola. Questa frase è stata quasi troppo dolorosa da pronunciare.

«Ehi» mi chiama dolcemente il biondo.

Esito a guardarlo. Non voglio che veda quanto quella foto ha riaperto le mie ferite, aggravando il mio trauma dell'abbandono, ma faccio un respiro profondo e ascolto le sue parole, perché sono sicura che saranno piene di saggezza.

«Mi rendo conto che è una foto molto compromettente. Quando l'ho vista, volevo spaccare tutto. Ma Liam è la persona più leale che conosca. Mantiene le sue promesse. Non farebbe mai nulla di proposito che possa ferirti. Se non avesse avuto intenzione di tornare, giuro che te lo avrebbe detto. Se ha cambiato numero senza avvisarci, forse era l'unico modo che ha trovato per concentrarsi su se stesso.»

La mia testa ricade contro il frigorifero dietro di me. I tentativi di oppormi alle lacrime falliscono.

«Sono felice che sia stato abbastanza maturo da prendere la decisione di andarsene. Sapeva che non sarebbe mai guarito qui. Ammiro il fatto che sia andato in cerca di qualcosa che lo placasse, ma sono anche arrabbiata con lui. Sono arrabbiata perché ha scelto anche per me. Volevo aiutarlo, volevo che superassimo tutto insieme. Ce lo eravamo meritato, no? Potevamo stare insieme. E ora che sta meglio, io non sono abbastanza per condividere la sua felicità.»

Matt sospira.

«È questo che pensi? Di non essere abbastanza per lui?»

«Non so più cosa pensare. Vedo soltanto che alla fine tutte le persone che amo finiscono per perdere l'interesse che avevano per me. Questi sono i fatti.»

«I fatti sono una merda, Elsa» risponde. «Travis, Cam e io non andremo da nessuna parte, e posso dirti per certo che questa tizia è irrilevante e ci sarà sicuramente una spiegazione.»

«Non ce l'hai con lui?»

«Certo, ma i miei sentimenti sono diversi dai tuoi. Liam non tiene il mio cuore tra le mani.»

«Ah, sì? Ho sempre pensato che fossi segretamente innamorato di lui» lo prendo in giro.

«È un bene per te che non lo sia, bionda, perché credimi, non vuoi avermi come rivale. Nessuno mi resiste.»

Ridacchio.

«Comunque lo lascio a te. Mi ritiro dalla gara.»

«E non provare a dirmi che sei andata avanti perché hai lasciato che un avvocato ti tenesse la mano. Liam tornerà, e il signor Completo Stirato se ne andrà con la coda tra le gambe.»

«Mi piace davvero. Con lui è facile. Volevo che mi baciasse.»

Pronuncio le parole a bassa voce, come se temessi la sua reazione.

È così che si sente Liam con quella ragazza? Avverte una facilità che, diciamocelo, non era la parola chiave del nostro rapporto?

«Ma che strano.»

Non mi trattengo dal ridere sulla sua spalla.

«Non sto dicendo che prenderà il posto di Liam, ma per una volta, non so… sono pronta a fare spazio a qualcun altro.»

Matt non dice nulla, confermando in silenzio che mi capisce. Rimaniamo in questa posizione, la mia testa sulla sua spalla e la sua testa appoggiata sulla mia. Il mio respiro rallenta, i muscoli si rilassano. Nonostante la posizione scomoda, non mi muoverei per nulla al mondo.

«Prima che il pensiero di baciarmi ti attraversi di nuovo la mente, dovresti sapere che vado a letto con Camille.»

Ok, ho parlato troppo presto.

Devo vomitare. Salto su e corro al bagno più vicino. Con una mano premuta sulla bocca per evitare di svuotarmi le viscere sul pavimento, mi precipito in avanti, scivolo leggermente, mi trattengo fino all'ultimo, e poi, senza badare al biondo che mi segue, mi tuffo a testa in giù nel water. Vomito un fiotto acido, e sento le lacrime scorrermi sulle guance.

«Non so come prenderla» osserva Matt. «Non mi aspettavo una reazione così violenta.»

Scoppio a ridere, producendo un'altra raffica di vomito. Non so se sto ridendo mentre vomito o il contrario. In ogni caso, fa schifo, fa male e non è divertente.

Matt mi accarezza la schiena, poi mi tiene indietro i capelli per evitare che si sporchino. Alla fine, mi passa un panno umido sulla fronte e sulle labbra.

«Per fortuna non siamo andati a letto insieme, ti immagini se mi avessi vomitato in bocca mentre mi montavi?»

«Non farmi ridere» sbotto, divertita. «No, aspetta... mi avresti lasciato fare tutto il lavoro?»

«Eri tu quella che voleva un pezzo di questo» si vanta, indicando il suo corpo.

Stavolta scoppio a ridere forte. È incorreggibile.

«Matteo, perché me l'hai lasciato fare? Camille mi sventrerà e userà i miei occhi come crostini per la zuppa.»

Matt ulula dalle risate.

«È possibile.»

«Sarebbe il tuo modo di rassicurarmi?»

Mi scosta una ciocca selvaggia di capelli dalla fronte.

«Sai cosa mi piace di te?» continua. «Riusciamo sempre a ridere di tutto. Hai sempre sorriso, quindi, se questo tizio ti fa sorridere, cogli l'occasione. E non preoccuparti per Camille, so come trattarla. Non ti farà niente. Sono più io quello in pericolo di morte.»

Ovviamente so che non ce l'avrà mai con me. Perché è una donna incredibile. Ma sentirlo parlare di lei in quel modo mi fa sentire strana. In modo bello.

Matt non si accorge delle lacrime patetiche che si sono raccolte lungo le mie ciglia. Mi tende la mano per aiutarmi ad alzarmi. La prendo, ma non mi tiro ancora su, perché la nostra discussione non è finita. Anzi, mi correggo, non è nemmeno iniziata. Sentendo la marea cambiare, il surfista alza gli occhi al cielo.

«Allora, tu e Cam. È una cosa seria?»

«Non sei nemmeno un po' sorpresa?»

«Mi sorprende che lo abbia tenuto segreto per così tanto tempo.»

«All'inizio era solo sesso, ma penso che ora stiamo iniziando a muoverci verso una relazione più seria. Ci conosciamo, litighiamo come pazzi, ci odiamo, ma cavolo, è bellissimo riconciliarsi. È esilarante.»

«Wow, non ti ho mai sentito usare un vocabolario così ricco.»

All'improvviso si riprende la mano e finisco lunga distesa sulle natiche. Ahia.

«Ti odio, te lo giuro» ruggisce.

Le nostre risate riecheggiano tra le pareti e mi fanno sentire bene.

«Alzati da sola. E non baci nemmeno bene.»

L'insulto che gli ho urlato contro non sarà trascritto per il bene universale. Ridiamo l'uno dell'altra per diversi minuti prima che l'ilarità svanisca.

«Sono felice per voi» gli confesso. «Non dubito che la storia vada alla grande, ma dovrete dirlo a Travis.»

«Cam sta pensando a come fare, non vuole ferirlo. E io la seguo. Quando sarà pronta, affronteremo la cosa insieme.»

«Allora vi baciate con la lingua e vi dite "ti amo"?»

Il mio surfista scoppia a ridere, senza rendersi conto che la mia domanda era seria.

25
Luna

Ho la sensazione di puzzare di alcol a chilometri di distanza. Con la bocca ancora impastata, faccio scorrere la porta di uno dei bagni di Matt. Solo una volta dentro mi rendo conto che è occupato. Da una persona che non ha motivo di trovarsi qui a quest'ora del mattino. Per essere sicura di non averlo immaginato, sbatto le palpebre più volte. Sto sognando? Sono sonnambula?

Quando mi vede, le labbra del mio amico si curvano in un sorriso. Sì, è Travis, nudo, che si insapona il petto. Per fortuna è in piedi e non si sporge in avanti.

«Luna Park!» esclama, troppo forte.

I decibel della sua voce sono come una lama nel mio cervello già fragile. Trascinando i piedi, entro nella stanza piena di vapore per spruzzarmi dell'acqua ghiacciata sul viso, nella speranza di svegliarmi. Niente, Tee è ancora lì.

Penso di avere le allucinazioni per la mancanza di sonno.

Ieri notte, dopo essermi addormentata, tre chiamate

anonime mi hanno svegliata da un sonno che avrebbe dovuto essere profondo, vista la quantità di alcol che avevo ingerito. Non mi è nemmeno passato per la testa di rispondere. Ho scacciato le paranoie pronte a riemergere in superficie e ho lasciato entrare la segreteria telefonica. Chiunque stesse cercando di contattarmi, se fosse stato importante, avrebbe lasciato un messaggio.

«Hai dormito qui?» chiede Tee, lavandosi i capelli corti e crespi.

«Sì, ho bevuto un po' troppo ieri sera.»

«Benvenuta nel club» dice, con un sorriso da un orecchio all'altro. Si risciacqua.

«Questo non spiega perché sei qui all'alba. O vuoi dirmi che anche tu vai a letto con Matteo?» Sogghigno.

Avete presente i momenti in cui vi rendete conto di aver appena commesso un grosso errore? Ecco, ci sono in pieno. Gli occhi neri del mio migliore amico diventano più scuri. La mano che gli stava togliendo la schiuma dal petto si blocca.

«*Anche*? Perché, tu vai a letto con Matteo?»

Cazzo!

«Sì» mento, senza pensarci un secondo. «Ma tu no, immagino, altrimenti lo saprei. Dato che io ci vado a letto.»

Il vapore nella stanza copre a malapena il mio imbarazzo. Un attimo dopo Matteo entra in bagno in tenuta sportiva, fresco come una rosa. Ci lancia uno sguardo interrogativo e poi si sofferma sul corpo nudo di Tee. Mi sembra di vederlo arrossire, ma è durato così poco che non ci giurerei.

Alle mie spalle, Matt sbotta: «Posso sapere perché il tuo aggeggio è lì che penzola davanti a Luna e perché nessuno di voi due sembra imbarazzato?»

«Pensi di poterlo fare soltanto tu?» ribatte Tee.

Mi sforzo di trovare l'ironia nel suo tono, ma non ci riesco. Per allentare la tensione, gli porgo un asciugamano.

«Siamo cresciuti insieme» ricordo a Matt. «L'ho visto nudo centinaia di volte dai tempi dell'asilo.»

«Ok, ma nel frattempo penso che ci sia stato qualche sviluppo lì.»

Il biondo indica con la mano, tracciando dei piccoli cerchi.

«Uno sviluppo enorme» dico, per ribadire il punto. Tee continua a non rilassarsi.

«Non preoccuparti, non toccherò mai Luna. Per alcuni il concetto di amicizia ha ancora valore.»

Che sta succedendo?

«Uhm...ok, amico» dice Matt, sconcertato dall'atteggiamento ostile di Tee. «Comunque, penso che dovrebbero andarti bene.»

Mette sul ripiano del lavandino dei vestiti che gli ho visto indossare un paio di volte, poi gira sui tacchi, mormorando sottovoce che siamo davvero *locos.*

«Penso di aver bisogno di qualche spiegazione» dice Tee.

«Anch'io, ma comincia tu.»

Tee indossa i boxer e dei pantaloni neri.

«Ieri sera ero a una festa un po' troppo alcolica non lontano da qui. Ho un incontro importante stamattina.

Non avevo tempo per andare a casa a prepararmi. Quindi eccomi qui.»

«Perché ho la sensazione che non sia la prima volta?»

La mia osservazione mi fa guadagnare un piccolo sorriso. In un altro momento non avrei insistito, ma il suo strano comportamento mi impensierisce da mesi.

«Tee, sicuro che sia tutto a posto? Sai che sono qui, se hai bisogno.»

Non vorrei che la sua presa di distanza sia un risultato del senso di colpa. Mi ha detto che gli dispiaceva aver fatto entrare Calvin nella mia vita. Gli ho ripetuto un migliaio di volte che non lo biasimo e che quello stronzo avrebbe trovato un altro modo per avvicinarsi a me, ma lui continua ad autoflagellarsi. Secondo lui Calvin l'ha scelto perché è l'anello debole del gruppo. Odio che si veda così.

Mi rilasso quando il mio amico mi bacia la fronte, prima di abbottonarsi la camicia bianca.

«Ti prometto che va tutto bene, Luna Park. Le serate mondane fanno parte del lavoro di un agente sportivo. Non posso tornare a casa ogni sera alle otto e uscire con voi.»

Wow. Ok.

«La frecciatina non era necessaria» lo rimprovero. «Anch'io lavoro tanto. Lo facciamo tutti. Ma questo non significa che tralascio i miei amici. E quando mi degno di dar loro importanza, sono presente e non rispondo a monosillabi.»

Il mio amico non dice niente, perché sa che ho ragione.

«Prendi delle droghe?»

«Eh?»

«Mi hai sentito bene, Travis.»

«Mi conosci abbastanza da sapere che non toccherei mai quella merda. Sto bene, Luna. Mi diverto, mi pia...»

Resta in silenzio e continua ad allacciarsi la cravatta blu scuro.

«Mi manchi, tutto qui» confesso.

La giacca si adatta perfettamente alle sue spalle. Tee ha messo su molti muscoli negli ultimi mesi, è diventato grosso quasi quanto Matteo.

«Vuoi andare a bere qualcosa insieme stasera?» propone.

Accetterei con piacere, ma devo rifiutare.

«Non posso» sospiro, triste. «Devo lavorare con l'essere umano più esecrabile che l'industria musicale abbia mai prodotto.»

«Paxton» sibila, disgustato.

«Shh, non dire il suo nome. Sono convinta che divori l'anima di chi ha il coraggio di pronunciarlo.»

Il mio migliore amico ride e si spruzza il profumo, poi mi osserva a occhi stretti.

«Vai davvero a letto con Diaz?»

Non fidandomi della mia voce, annuisco timidamente.

«Non ti darò la mia opinione, visto che non me l'hai chiesta, ma ti faccio solo una domanda.»

«Spara.»

«Sei sicura di quello che stai facendo? È il suo migliore amico. Creerà problemi.»

Ingoio la mia rabbia.

«Digita il suo nome su Google, capirai» mi limito a rispondere.

«Stai attenta a non spezzarti il cuore, ok?» dice, prima di andarsene.

Sola davanti allo specchio, i ricordi della foto di Liam mi colpiscono di nuovo. Nonostante le parole rassicuranti di Matt, devo affrontare i fatti: l'articolo riflette la verità. Liam ha ricostruito la sua vita lontano dai suoi demoni, e quindi da me.

Dieci minuti dopo vengo accolta da Camille e Matteo in cucina. Lui è seduto all'isola, con il naso sepolto davanti al computer, mentre la mia migliore amica è in piedi, come se mi stesse aspettando.

«Bene, bene» canticchio, «eccoli qui: Menzogna e Segreti».

Già vestita per il lavoro, Camille resta impermeabile alla mia battuta. Ovviamente mi conosce troppo bene per reagire. Si limita a mettere le mani sui fianchi e mi lancia un'occhiataccia.

«Spero di non essere Menzogna» brontola Matt, «perché io volevo dirti la verità».

Le nostre teste si girano verso di lui.

«Non l'hai detto davvero?» esclamiamo, all'unisono.

Avvertendo il pericolo imminente, il biondo alza gli occhi, come per paura che una di noi glieli cavi.

«Ripeti un po'» sibila Camille.

Consapevole di rischiare la vita, finge di chiudersi la bocca con una chiave e la getta via.

Bene. Non è poi tanto stupido, alla fine.

Poi Cam riporta la sua attenzione su di me.

«Sei arrabbiata? Mi perdoni per aver tenuto il segreto, quando ci diciamo tutto da quando abbiamo imparato a parlare?»

Apro la bocca per rispondere, ma lei mi interrompe.

«Prima preparo le mie argomentazioni difensive.»

Si passa una mano sul caschetto liscio e fa scrocchiare il collo. Odio quando fa così. Il rumore mi procura dei brividi di disgusto. Poi gira intorno all'isola e recupera due borsoni che non avevo notato.

Me li tende uno per mano. Ho la sensazione che il seguito sarà divertente.

«So che tra un'ora e mezza hai una sessione mattutina in studio di registrazione con il peggior stronzo che sia mai stato partorito. E so che non avrai tempo di tornare all'appartamento. Adoriamo New York e il suo traffico, vero? Ma ovviamente da grande migliore amica quale sono ho pianificato tutto non appena l'idiota che è lì mi ha avvertita della vostra discussione e di tutto il resto. A proposito, ti perdono per il tuo errore. Ma sto divagando dall'argomento principale. Ho preparato due borse contenenti un cambio di vestiti.»

Smette di parlare. Conoscendola, è per sganciare meglio la sua bomba. Una vera attrice. Mi mordo il labbro per reprimere il sorriso. Mi rifiuto di farle vedere quanto le voglio bene.

«Se la smetti di avercela con me in modo che possiamo ricominciare ad amarci per tutta la vita, puoi prendere la borsa numero uno, che contiene i tuoi jeans a vita alta preferiti, il tuo blazer beige e le tue Dr. Martens.»

«E se rifiuto?»

La stronza alza le sopracciglia.

«Pantaloni da jogging, felpa e ciabatte Adidas grigie. A meno che tu non voglia indossare i tacchi di ieri. Sembra che sarà lo stile della nuova collezione invernale di Balenciaga. Hai sempre desiderato essere all'avanguardia, no?»

Matt sbuffa dalle risate mentre la sua ragazza esulta.

«Ti credi sveglia, eh?»

Alzata di spalle.

«Allora? Tic-tac, il tempo passa, Lulù.»

«Sei una stronza.»

«Sono la tua stronza.»

Geniale e machiavellica. Ecco come descriverei la mia migliore amica.

«Perché non mi hai detto niente?»

Il suo sorriso svanisce.

«Volevo solo tenerlo un po' per me.»

La conosco troppo bene per non capire il significato profondo delle sue parole. Parla di lui, di Matteo. Non del segreto sulla loro relazione. E la cosa mi commuove. La fragilità nel suo sguardo. Il fatto che si mostri vulnerabile. Vuol dire che deve amarlo moltissimo. A differenza mia, Camille tende a nascondere le sue emozioni dietro una maschera di sarcasmo tagliente. Ma deve aver capito che nessun sarcasmo potrà coprire i sentimenti che sta iniziando a provare.

Lancio un'occhiata a Matt, che ha il naso così affondato nello schermo da non essersi accorto che la ragazza che gli piace ha appena sganciato una bomba.

Santo cielo, i maschi sono senza speranza.

Spalanco le braccia per abbracciarla.

«Sono così felice per te.»

«Non ho de...»

«Stai zitta» la interrompo. Sapevo che avrebbe rovinato il momento fingendo indifferenza. «Mi dispiace di essergli saltata addosso. Matt» aggiungo, rivolta a lui, «mi dispiace di non averti chiesto il permesso di baciarti».

«Ti perdono, bionda.»

«Mi dispiace che tu abbia visto quella foto» aggiunge Camille.

«Mi dispiace che il tuo cuore abbia scelto un idiota come Matteo.»

«Stronza!»

Quando la lascio andare, il suo sorriso mi scalda il cuore.

«Ecco, vi preferisco così» esulta Matt.

«Silenzio!» esclamiamo all'unisono.

«E poi, Cam, dovresti insegnargli a gestire la saliva» dico, ironica.

La mia migliore amica scoppia a ridere, ma Matt no. Prende un'arancia dal portafrutta e cerca di uccidermi con quella, ma la schivo per un pelo.

«Disse la ragazza con la lingua da lumaca.»

Tira fuori la lingua e la muove in tutte le direzioni. Che schifo. La risposta che avrebbe deliziato le sue orecchie viene interrotta da Satine, che irrompe in cucina come una furia. Ha lo sguardo irrequieto, le guance rosse. In un secondo, Matt si precipita verso sua figlia e si accovaccia davanti a lei.

«Che succede, *princesa*?»

«La mamma arriverà presto e ho perso il braccialetto.»

La pulce scoppia a piangere, visibilmente disperata.

«Che braccialetto, tesoro?» chiedo, accarezzandole i capelli dorati.

«Quello che mi ha regalato il mio padrino per il compleanno. Gli avevo promesso di non toglierlo mai.»

Le accarezzo la testa. Io e i miei due amici ci scambiamo sguardi dubbiosi. Il compleanno di Satine è stato due mesi fa.

«Liam? Sei sicura, piccolina?» chiede Camille.

La principessa annuisce, poi si asciuga le guance.

«Com'era?»

«Era giallo con sopra il mio nome. Con la luna e il sole.»

Per giallo intende d'oro. Abbiamo tutti presente di cosa parla, soltanto che, e credo di parlare a nome di tutti, pensavamo fosse un regalo della mamma o dei nonni.

«L'hai visto, tesoro? Zio Liam?» chiede suo padre.

«No, me l'ha portato il fattorino.»

Non so se quello che provo è qualcosa di simile al sollievo, ma espiro l'aria che mi stava comprimendo i polmoni. Liam non era in città due mesi fa. Liam non mi ha evitata deliberatamente mentre ero depressa per lui.

«Poi mi ha chiamata a casa.»

«E cosa ti ha detto?»

«Mi ha… augurato buon compleanno.»

«E poi?»

«Che gli manco, che sarebbe voluto venire alla festa ma non poteva perché era un po' malato, ma ha promesso che sarebbe tornato presto. E poi gli ho recitato la poesia che ci aveva insegnato la signora Pius.»

«Perché non mi hai detto niente, *princesa*?»

Satine alza le spalle, poi si precipita sul divano alla ricerca del braccialetto, chiedendo a suo padre di aiutarla. Io gli do le spalle, con il cuore pesante. Combatto una battaglia interiore per scacciare l'amarezza che mi riempie la bocca.

Liam non ha dimenticato la sua figlioccia. È in buona salute, lucido. Ha semplicemente scelto di mettermi da parte.

Era me che voleva dimenticare.

26
Luna

All'arrivo in ufficio, due buone notizie mi hanno risollevato il morale: la prima, il braccialetto di Satine è stato ritrovato, incastrato tra due cuscini del divano, e la seconda, Isaac mi ha mandato un messaggio per confermare il nostro appuntamento di stasera. La *vibe* positiva che mi dà quel ragazzo è come una boccata d'aria fresca. E così sono entrata al lavoro piena di entusiasmo, certa che nulla avrebbe scalfito il mio umore.

E va bene, era una misera illusione. A meno di cinque minuti dall'inizio della sessione, Paxton, leader incompreso, mi rompe già le ovaie. Chissà cosa lo turba oggi. L'ascensore è salito troppo in fretta? C'è il sole invece della pioggia prevista? Si è svegliato e ha scoperto che respirava? Sarei nei guai se tirasse le cuoia prima di finire di registrare il singolo, ma una parte di me muore dalla voglia di ucciderlo con le mie stesse mani. Com'è possibile che una persona così piena di talento, capace di scrivere musica e cantare con una dolcezza commovente, possa essere così esecrabile?

Marley, l'ingegnere del suono, e il produttore Tommy si scambiano uno sguardo esasperato quando Paxton fatica a beccare la nota per la settima volta di fila. Ha gli occhi gonfi per le canne e la voce rauca per l'alcol che probabilmente ha bevuto prima di presentarsi qui, *in ritardo*, per giunta, e questo suo comportamento ci sta costando un mucchio di soldi. Fin troppi per una band che abbiamo appena messo sotto contratto. Nell'aria c'è nervosismo. Almeno, i miei nervi pulsano sottopelle, implorandomi di lasciarli esplodere.

Schiaccio con decisione il bottone del microfono. Ovviamente il signorino borbotta qualcosa sottovoce, come se la mia presenza gli desse fastidio.

«Allora, così non funziona. L'effetto finale è troppo monotono e ripetitivo. Max» dico, rivolta al tastierista, l'unico bravo ragazzo del gruppo, «prova a suonarla in mi minore».

«No» obietta Paxton, dilatando le narici. «La mia versione è già perfetta così. Non hai ancora capito che detesto quando la gente mi dice cosa devo fare?»

Lascio andare il microfono e prendo un lungo respiro dal naso. Ancora lui e il suo ego da pallone gonfiato. Al mio fianco, il loro produttore è inutile come un posacenere su una moto. Si sente a chilometri di distanza che è terrorizzato da *Paxton il Terrore*. E nemmeno il mio sguardo furibondo lo scuote. Soltanto Marley mi guarda comprensivo.

Premo di nuovo il pulsante.

«Paxton, non metto in discussione il tuo talento. Ma

il mio compito è guidarti e aiutarti a trovare il miglior sound per la tua musica.»

Sono stata calma e professionale, e questo dovrebbe allentare la tensione. Il ghigno sdegnoso che ricevo mi fa rabbrividire.

«Guardami bene in faccia» sibila, «ti sembro uno a cui interessa ascoltare i consigli di una ragazzina? Mia cara, sei stata tu a volerci nella tua etichetta. Ora stai zitta, così possiamo lavorare.»

Oh sì, la vedo benissimo la tua faccia di… stop. Respira.

Calma e professionale, Lu. Calma e professionale.

Gli altri due membri del gruppo sorridono come idioti, tutti tranne Max. Quando fa per aprire bocca, probabilmente per difendermi, alzo l'indice per farlo tacere. Ho a che fare con misogini come il suo amico ogni giorno da quando sono a capo di questa etichetta. Il fatto di essere una donna sembra un invito alle mani sul culo e alle battute oscene. A volte ho l'impressione di avere sulla schiena un cartello con scritto SERVITEVI. E non importa che tecnicamente sia una loro superiore. Agli occhi di alcuni sono comunque il sesso debole, dominato dagli ormoni. Purtroppo per Paxton, ha scelto il giorno sbagliato per provocarmi. Al momento i miei maledetti ormoni sono davvero fuori controllo.

«Prima di tutto, non chiamarmi mai più ragazzina» lo avverto in tono gelido, ma sempre controllato. «Secondo, hai firmato un contratto in cui dichiari che posso fare quello che voglio con voi. Se ti ordino di inginocchiarti davanti a me, di imitare un cagnolino, di abbaiare le parole come un cucciolo, tu devi annuire e obbedire. Comando io, perché venderesti la tua anima per mettere la tua faccia su un cartellone pubblicitario di Times Square. Quindi, se ti dico di provare a cantare questo passaggio su una nota leggermente più bassa, tu devi rispondere: "Nessun problema, signora Collins. Proviamo subito". E se non ti piace il mio modo di lavorare, sei libero di andartene. Faremo delle audizioni per sostituirti. Sappi che mi basta scendere alla reception e schioccare le dita per trovare un altro come te.»

Non è vero. Questo ragazzo è brillante e purtroppo unico nel suo modo di fare musica, ma se devo bluffare preferisco andare fino in fondo. Odio che si auto sabotì con la sua personalità insopportabile e non sopporto che le sue dipendenze abbiano la precedenza sul suo talento.

Il silenzio che segue la mia tirata è eccezionale. Marley ridacchia senza nemmeno provare a nascondersi, Max si morde il labbro e il produttore… insomma, sta lì.

Le fiamme negli occhi di Paxton, per quanto minacciose, mi lasciano indifferente. I suoi pugni che si aprono e si chiudono non mi impressionano.

«Mi stai minacciando?»

Scoppia in una risata isterica. Lo guardo, con le sopracciglia aggrottate, incredula per il suo comportamento infantile.

«Ti ho riportato i fatti. Così sei avvisato. Allora, vuoi ascoltare il mio consiglio?» chiedo, senza mascherare il fastidio nella mia voce.

Santo cielo, non ne posso più di queste stronzate.

Mi sembra quasi di sentire scorrere le centinaia di dollari che questa conversazione ci sta costando, per non parlare dei neuroni che sto perdendo.

«Perché dovrei ascoltare il consiglio di una tizia che ha ottenuto un incarico così importante scopandosi il capo?»

Intorno a me diventa tutto nero.

«Amico» lo avverte Max.

«Ripeti quello che hai appena detto» lo sfido.

La rabbia mi infiamma la pelle, ancora di più quando un sorriso insolente gli increspa le labbra screpolate. Ma proprio mentre si sta preparando a sputare il suo veleno, il suo sguardo si fissa un punto dietro la mia spalla. La sua aria sicura di sé si scioglie di colpo, come neve al sole.

«L'hai sentita» sibila una voce mortalmente calma dietro di me. «Su, ripeti quello che hai detto.»

Il mio dito sul pulsante del microfono si paralizza. Quell'accento. Quella voce. L'autorità che emana senza doverla nemmeno alzare. Paxton impallidisce, gli altri membri della band si agitano sulle sedie, a disagio. Non mi muovo. Non mi giro. Non scappo. Non svengo. Fisso il disco di platino nella cabina finché il nome dell'artista non diventa incomprensibile.

Per un attimo ho pensato di avere le allucinazioni per colpa dell'alcol, ma l'odore inebriante del suo profumo speziato che si insinua nelle mie narici cancella ogni dubbio. Liam è qui. Pochi metri dietro di me. E quel traditore del mio corpo reagisce, mio malgrado. L'adrenalina mi pulsa nelle vene, mi viene la pelle d'oca. Ma perché i miei muscoli si rilassano? Perché l'afflusso di sangue al mio cuore sembra riempire finalmente le parti che aveva lasciato vuote andandosene via?

«Sto aspettando. Ripeti quello che hai detto» insiste.

«Io… no… non volevo dire…» farfuglia Paxton senza guardarmi.

E so che non mi sta guardando perché ho smesso di contemplare il muro e sto fissando il suo viso paonazzo.

«Me ne frego delle tue scuse. Non sono io il capo, è lei. Ma questo lo sapevi già.»

Il cantante deglutisce, si arruffa i capelli viola e parla a denti stretti.

«Luna, ho parlato senza pensare. Non succederà più.»

Stronzo misogino.

«Sarebbe signora Collins» lo correggo. «E la prossima volta che ti presenti qui ubriaco, verrai cacciato dal gruppo.»

Accolgo la vittoria con un retrogusto amaro. Detesto che rispetti la mia autorità solo in presenza di Liam.

«Dovremmo prenderci cinque minuti» suggerisce il produttore.

Oh, avevo quasi dimenticato il suono della sua voce. Non so se ho risposto, ma si attivano tutti. La mano rassicurante di Max si appoggia sul mio avambraccio in segno di incoraggiamento. Alle mie spalle, mi sembra di sentire stralci di conversazione tra Marley e Liam, saluti, chiacchiere.

Dopo un attimo, senza nemmeno dovermi girare, capisco che siamo soli. Non perché il silenzio sia assordante, ma perché l'aria è irrespirabile. Siamo su un campo minato pronto a esplodere. Una parola di troppo e potrebbe scoppiare il caos. Chi di noi uscirà vivo da questo confronto?

La sua presenza amplifica i miei sensi. Vorrei girarmi e annusargli la pelle, o schiaffeggiarlo. Oppure affondare i denti nella sua carne.

«Ehi, Piccola Luna.»

Il suo sussurro mi accarezza la pelle.

Mi giro e per poco non mi cedono le ginocchia. Non so perché, ma pensavo di trovarlo fisicamente cambiato. E invece è sempre uguale, e questo rafforza la mia rabbia. Se n'è andato per guarire, ma è tornato identico a prima. Gli stessi meravigliosi occhi verde smeraldo. La stessa bocca imbronciata che mi ha sussurrato false promesse.

Ci fissiamo. Ci riscopriamo. Il suo verde brilla quando si posa su di me, mentre il mio grigio si appanna. Sono sicura che senta il suono del cuore che mi martella nel petto, perché io sento il suo. Irregolare. Doloroso. *Impaziente.*

«Posso abbracciarti?»

Il mio corpo reagisce prima del mio cervello. Arretro di un passo.

«Ti senti meglio?»

La mia domanda lo sorprende. Continuo prima che risponda.

«Hai trovato quello che cercavi nove mesi fa?» chiarisco.

«Sì.»

La sua risposta è chiara, la voce è forte, sicura, e mi fa piacere.

Liam sta meglio. Per questo dico: «Devo continuare la sessione se voglio evitare ritardi nel programma. Come hai potuto vedere, è già piuttosto difficile».

Sappiamo entrambi che è una scusa stupida. Un'esplosione di dolore compare nei suoi occhi per un breve istante, prima di scomparire. La sua mano affonda fra i capelli scuri. È nervoso. Nemmeno i capelli sono cambiati. Né la lunghezza né la consistenza setosa che sembra implorare le mie dita. Senza rendermene conto, infilo le mani nelle tasche posteriori dei jeans per non fare niente di stupido.

«Posso invitarti a cena? Finirai tardi, immagino, ma vorrei davvero parlare. Posso venirti a prendere, se vuoi.»

«Non posso, ho un appuntamento stasera.»

Le parole lasciano la mia bocca, fluttuano tra noi, e so che vorrebbe poterle stringere nel pugno e schiacciarle a terra.

Ciò che ho sempre amato del mio rapporto con Liam è quanto sia facile per noi leggere il viso dell'altro. La facilità con cui avverto ciascuna delle sue emozioni. Non c'è bisogno di parole inutili o frasi lunghe. Basta uno sguardo. E lì, quando il suo cuore avverte il peso delle parole che ho appena pronunciato, sento ogni crepa, ogni bruciatura che gli ho causato. Come se la mia mano gli avesse attraversato il petto per ridurre in cenere il suo cuore. Sapevo di averlo fra le mani, sapevo di avere il potere di farlo a pezzi o di rimetterlo insieme.

«Come, scusa?»

Quanta pena, quanto rancore in queste due parole.

Chiedo altri due secondi a Marley, che stava per entrare in studio, e mi avvicino di un passo alla persona che mi è mancata come l'aria.

«Liam, sono felice che tu stia meglio, davvero. Ma per una volta scelgo me. Se resti in città, non ho dubbi che avremo l'opportunità di vederci. Ti farò sapere quando mi andrà di fare una chiacchierata con te.»

Non gli do la possibilità di rispondere e mi dirigo verso la porta per invitare i ragazzi a entrare. Ho appena sfiorato la maniglia quando sento la pressione sulla coda di cavallo. Così forte da costringermi a girarmi per affrontarlo. Come in una danza che abbiamo sempre eseguito, Liam mi spinge contro la porta imbottita e le sue dita mi avvolgono la gola. Accidenti, mi era mancato. La possessività. La passione. Il fuoco. I movimenti fluidi tra di noi.

Il suo gesto mi infiamma la pelle. Le scintille esplodono come fuochi d'artificio. I suoi occhi incandescenti si fermano sulle mie labbra socchiuse, mettono alla prova il suo autocontrollo. Si sta sforzando di non cedere, di non baciarmi. Quanto a me, voglio cancellare il mezzo sorriso insolente che gli arriccia le labbra. Sa cosa provoca in me questo gesto. Sa anche cosa mi aspetto da lui, quindi aumenta la pressione e mi strappa un gemito di piacere. Poi la sua bocca si avvicina al mio orecchio e sibila a bassa voce:

«Se questo tizio ti tocca, lo faccio a pezzi.»

«Spero che tu abbia un buon avvocato.»

27
Liam

La solitudine è un circolo vizioso. Più la cerchiamo, più finisce per soffocarci. Prima di partire, la mia angoscia era tale che ero convinto di dovermi allontanare dalle persone che amavo. Pensavo di aver bisogno di isolarmi per sopravvivere, per non affondare. Volevo anestetizzare la mia sofferenza, ma mi sono ritrovato da solo.

Fisso il bicchiere che ho tra le dita, sperando che l'alcol riempia il buco nel mio petto. Non sento nemmeno il sapore legnoso e floreale del bourbon invecchiato sette mesi. La tristezza e l'alcol non sono mai andati d'accordo, motivo per cui il mio psicologo mi ha incoraggiato a ridurne il consumo. Peccato che il dottor Cohen non sia qui stasera a ricordarmi il suo vecchio mantra: «Devi trovare dei modi sani per affrontare il tuo dolore». Le sue stupide frasette mi facevano impazzire. In compenso, il signor Bourbon mi parla, mi tenta con il suo aroma. Sento quasi la sua voce che mi prende in giro: *Luna è con un ragazzo stasera. Sei arrivato troppo tardi.*

«Come se potessi dimenticarlo.»

Lo stato catastrofico del mio cuore mi confonde, mi spinge a credere di volermi bagnare le labbra. Ma non posso più farlo. Devo restare lucido e pensare a un piano per riconquistarla. Quindi mi limito a rigirarmi il bicchiere di cristallo tra le dita, lo fisso finché non mi pizzicano gli occhi, lo stringo finché le nocche non si sbiancano. Immagino il collo del ragazzo che ha il privilegio di stare con Luna stasera. I miei occhi non abbandonano il cellulare. Anche se mi sento stupido a sperare di veder apparire il suo nome, visto che sono due mesi che ho cambiato numero e non l'ha mai usato. Mi strofino il viso per schiarirmi le idee, ma l'unica immagine che continuo a visualizzare è insopportabile.

Sono arrivato troppo tardi.

Sono quasi caduto in ginocchio quando ho capito che non stava mentendo. Che non lo aveva detto soltanto per ferirmi. Ho letto la verità nei suoi occhi grigi. Luna vuole voltare pagina.

Faccio un sospiro stanco, mi appoggio allo schienale della sedia e chiudo gli occhi. Il suono dei bassi dal piano di sotto fa tremare le pareti. Mi sono nascosto all'Arena per evitare di affrontare Matteo e gli altri. O forse nutrivo la folle speranza che il rumore e la folla potessero aiutarmi a cancellare le immagini di Luna con un altro uomo. Come può stare con lui, se lui non sa che si morde le pellicine del pollice quando è nervosa? Che il silenzio la angoscia, che grugnisce come un maiale quando ride forte? Che le piace recitare le battute della sua serie preferita? Che adora il panino con il formaggio grigliato a colazione, che fa la doccia a temperature infernali e che mette sempre gli altri prima di se stessa?

Mi è venuta voglia di fermarla, di proibirle di vedere quel tizio. Ma Luna non è di mia proprietà. E quindi stasera, nella penombra del mio ufficio, con una piccola lampada accesa, prometto a me stesso di fare qualunque cosa per il nostro amore.

Tendo la mano per prendere il cellulare e mi rovescio il bourbon sui pantaloni; mi alzo di scatto, imprecando sottovoce. *Cazzo.* Impreco di nuovo quando scopro che dal rubinetto del mio bagno non esce un filo d'acqua. Premo il pulsante numero quattro sul telefono fisso per contattare la manutenzione, ma in ufficio entra Marco, il co-direttore.

«È bello vederla, capo» esclama, tendendomi la mano. «Quando mi ha chiesto i dati del trimestre, non pensavo che sarebbe venuto a ritirarli di persona» aggiunge, prima di abbassare lo sguardo sui miei pantaloni fradici. «Abbiamo avuto un piccolo incidente?»

Vorrei prenderlo a schiaffi.

«Ti ho già detto di smetterla di chiamarmi capo.»

«Sì, capo.»

Lo fa apposta, è ovvio.

«I dati possono aspettare domani. Invece perché non c'è acqua?»

«È un problema del suo ufficio, capo, l'idraulico viene a dare un'occhiata domani. I bagni dei clienti funzionano alla perfezione.»

Come se avessi voglia di vedere gente.

Due porte separano il corridoio dai bagni degli uomini. La prima conduce a una lussuosa anticamera con le pareti marroni dove chi non ha la necessità di liberarsi la vescica può fermarsi a chiacchierare o farsi bello davanti ai numerosi specchi. La seconda, a battente, dà accesso alla toilette vera e propria. E quando la spingo mi ritrovo davanti una scena a cui niente sulla faccia della Terra avrebbe potuto prepararmi.

«Oh, cazzo! Scusate.»

Mi allontano subito per lasciargli un minimo di privacy. Anche se a dire il vero, se l'avessero voluta, il bagno non sarebbe stata la loro prima scelta. La porta rimasta socchiusa mi permette di sentire sussurri rabbiosi, imprecazioni poco carine, fibbie di cinture che vengono allacciate. Appoggiato con nonchalance al muro, aspetto.

Passano due, tre, forse cinque minuti prima che osino finalmente farsi vedere. Immagino che sia il tempo che ci vuole ad accordare i violini. Qualcosa mi dice che la melodia non sarà molto armoniosa.

Riconosco senza difficoltà il primo che si arrischia a uscire allo scoperto. Come potrei non farlo, del resto, visti i suoi due metri e quindici? Dimetrio Ryan, famoso giocatore di basket della Nba , seguito da Travis, i cui occhi si rifiutano di incontrare i miei. Dimetrio mi sorprende avvicinandosi a me con l'evidente desiderio di fare a botte. Siamo quasi fronte contro fronte, e mi raddrizzo per affrontarlo.

«Sai chi sono?» sibila, allargando le narici.

«Perché? Hai perso la memoria?»

Che problemi ha questo idiota?

Travis si sveglia e posa una mano sul petto del suo cliente per calmarlo, ma Dimetrio la allontana bruscamente, provocando un lampo di vergogna negli occhi del mio amico.

«Calmati, Ryan. È il proprietario dell'Arena ed è un mio amico. Non dirà niente, vero?»

Se non alzo gli occhi al cielo è soltanto per paura di slogarmi un nervo ottico. Come se non avessi niente di meglio da fare che divulgare le preferenze sessuali delle celebrità.

Per placare Travis, comunque, alzo le mani in segno di resa, anche se vorrei proprio tirare un pugno sullo zigomo del suo compagno.

«Non ho visto niente. Puoi chiamarmi Ray Charles.»

Il giocatore di basket mi fissa severo, per nulla smosso dalla mia battuta, poi se ne va.

«Sistema questa cosa» ordina a Travis alle sue spalle.

Quest'ultimo, a cui leggo l'imbarazzo in faccia, si limita ad annuire. Poi mi prende per il gomito e mi trascina nel bagno. A quel punto inizia la danza dei cento passi. Sinistra, destra, stop… e ricomincia. È così agitato che il sudore gli imperla le tempie. Per alleggerire l'atmosfera, dico: «Amico, credo che tu abbia appena ricevuto un pompino da almeno duecentocinquanta milioni di dollari».

Nessuna reazione. Accidenti, ho perso il senso dell'umorismo?

«È tutto quello che hai da dire?» risponde Tee.

«Cosa dovrei dire?»

«Non lo so, potresti chiedermi se sono gay, per esempio!» esclama, allargando le braccia in un gesto teatrale.

«Non è che non lo sapessi. Già al liceo mi avevi raccontato i tuoi dubbi e mi avevi fatto giurare di non dire niente alle ragazze.»

«Ma io voglio che tu me lo chieda!» insiste, riprendendo a girare intorno al water.

«Ok, ok, sei gay?»

Silenzio. *Sul serio*?

«Bisessuale, magari?»

Sempre niente.

«Non lo so» sussurra infine, e la tristezza nella sua voce mi fa stringere il cuore. «Mi piacciono le donne, davvero, e anche tanto, ma lui… la chimica è stata immediata. È la prima volta dal liceo che provo qualcosa per un uomo. Sono cotto, amico.»

Tee si strofina il viso, come se volesse mandar giù le sue confidenze. Allora faccio un passo avanti e lo prendo per le spalle.

«Al diavolo le etichette. Vivi la tua vita e basta.»

«Promettimi che non lo dirai a nessuno. Soprattutto alle ragazze.»

Ancora? Come se mi avesse letto nel pensiero, aggiunge: «Non sono ancora pronto per domande a cui non ho risposta».

«Capisco, ma spero che tu sappia che non ti volterebbero mai le spalle… e nemmeno io.»

Immagino già Luna che gli infila i preservativi nel portafoglio.

«Lo so.»

Purtroppo non sapevo se la sua certezza includesse anche me.

Un'ora dopo abbiamo trovato rifugio nel mio ufficio e lo guardo attaccare il secondo drink. La conversazione è a volte leggera, altre più pesante, soprattutto quando prende la direzione del passato e della nostra infanzia. Mi è mancato, e non soltanto quest'anno. È stato una parte importante della mia vita, come Luna.

«Spero che un giorno riusciremo a ricostruire la nostra amicizia.»

Il suo sorriso mi rassicura.

«Sai, prima non capivo il bisogno di isolarti e di allontanare le persone che contano quando le cose andavano male, ma da quando ho questo segreto ho cercato in tutti i modi di prendere le distanze dalle ragazze, anche se so che ne soffrono.»

«Questo tizio ti rende felice?»

«Sì.»

«Ed è questo che conta. Ma sul serio, i bagni? È come se steste chiedendo di essere scoperti.»

Lui ride.

«Ci eccitano i luoghi pubblici.»

«Non parlarmene.»

Ridiamo di nuovo, poi la mia malsana curiosità mi sfugge di mano.

«Hai qualche informazione sul ragazzo che frequenta Luna?»

La mano con cui si stava portando il bicchiere alle labbra si blocca, il suo sguardo si allontana.

«Travis?»

«Mmh?»

«Chi è il tizio con cui sta uscendo Luna?»

Il suo silenzio mi stringe ancora di più la gola.

«Io... forse dovresti parlare con loro...»

Loro?

«Che significa?»

Boom.

Sospiro.

Silenzio.

«Tee...»

Boom.

«Amico, preferisco non mettermi in mezzo.»

«Hai già detto molto.»

Abbassa lo sguardo sul bicchiere, inclina la testa all'indietro e se lo scola tutto.

«Ricordati che hai insistito per saperlo» comincia, prima di fermarsi. «Luna e Matteo vanno a letto insieme.»

È lui a bere, eppure è nella mia gola che sale una bile acida. Chiudo gli occhi, faccio un lungo respiro.

«No» dico.

«Cosa no?»

«Non mi farebbero mai una cosa del genere.»

La sua reazione mi ha fatto venire qualche dubbio, ma resto fedele alle mie posizioni. I miei due migliori amici non agirebbero mai alle mie spalle. Non importa quanto sono arrabbiati con me. Lo so. E mi rifiuto di ripetere gli errori del passato. Di distruggere tutto prima di dare la possibilità di spiegare. Crederò a questa storia quando entrambi mi guarderanno negli occhi e mi spiegheranno i fatti.

«Liam, ti ricordi quanto erano legati prima che te ne andassi? Oggi è anche peggio. Dormono insieme a volte, si chiamano di continuo. Luna sta anche con Satine quando lui non può.»

Il mio cervello digerisce le informazioni, cerca di seminare dubbi, ma il mio cuore è sicuro. Luna e Matteo insieme. Impossibile.

«Si sono mai baciati davanti a te?»

«No, non ne sapevo niente fino a stamattina. È stata lei a dirmelo. Ha dormito a casa sua la notte scorsa. Senti, non te lo dico per farti stare male. Ti sto solo avvisando, così lo choc non ti uccide. Sono meno felice di te, credimi, ma lei sembra serena. E poi, hai davvero sbagliato con quella foto.»

«Lo so» dico, facendo eco alle sue parole.

Lo so, cazzo.

28
Luna

La prima cosa che mi ha attratto di Isaac West è stato il suo sorriso. Un sorriso sincero e premuroso, che ti fa venire voglia di stargli vicino. Ogni mattina, per mesi, ci siamo incrociati nel bar accanto all'edificio della casa discografica. Ai sorrisi educati è seguita qualche chiacchiera, e poi ci siamo accorti che lavoravamo nello stesso posto, anche se su piani diversi. Da lì in poi ho capito in fretta che gli piacevo. Non è un tipo che tiene per sé quello che pensa. E ho fatto altrettanto, per non dargli false speranze. Sì, sono single. No, il mio cuore non è libero. Non del tutto. Ma il cambio di numero di Liam, e il suo silenzio, hanno modificato la situazione.

Se all'inizio la nostra relazione era platonica, con il passare delle settimane i nostri corpi si sono avvicinati, le nostre mani si sono sfiorate in ascensore, abbiamo iniziato ad abbracciarci per salutarci. Siamo andati piano. I giorni sono diventati settimane, poi mesi; ci siamo scambiati i numeri, c'è stato qualche messaggio a tarda notte, e un giorno mi sono svegliata e ho capito che volevo qualcosa di più dei messaggi e delle pause pranzo di venti minuti. Ma non è stato facile. Il suo lavoro di avvocato non ci permette di organizzarci con grande anticipo e le mie nuove responsabilità hanno assorbito molto del mio tempo. Fino a stasera.

Metto da parte il ritorno di Liam e cerco di placare le capriole che ha fatto il mio cuore nel rivederlo. È tardi, ma fa ancora caldo. Indosso un vestito a portafoglio bianco di media lunghezza. Mi asciugo i palmi sudati sulla stoffa e busso alla porta, che si apre dopo meno di un secondo, come se mi stesse aspettando sulla soglia. I pochi dubbi che avevo avuto durante il viaggio svaniscono quando le braccia di Isaac mi stringono. Ho appena il tempo di notare la camicia bianca che gli avvolge perfettamente i muscoli, e i suoi jeans attillati.

Il loft nei toni tenui del legno riflette la sua personalità rilassata. Ci dirigiamo verso la cucina a vista dove ha già cominciato a preparare la nostra cena. Osservo le verdure, le patate e le spezie sul bancone, oltre al profumo della bistecca che mi fa venire l'acquolina in bocca.

«Spero che tu abbia fame.»

La pelle nera, ereditata dai genitori delle Barbados, risplende alla luce soffusa della cucina.

«Muoio di fame!» esclamo, sedendomi sullo sgabello alto di fronte a lui per osservare la magia.

E proprio in quel momento il mio stomaco conferma le mie parole con un ruggito, facendoci scoppiare a ridere. Non tocco nulla dalla colazione di stamattina da Matt.

«Vino o whisky?»

Isaac si asciuga le mani su uno strofinaccio prima di prendere il vino e versarlo nel mio bicchiere.

«Non stavi scherzando quando mi hai detto che sapevi cucinare. Mi aspettavo di trovare delle confezioni di cibo da asporto nascoste nella spazzatura.»

Smette di tagliare i broccoli e alza lo sguardo su di me, con un sorrisetto divertito sulle labbra carnose.

«Mia madre mi avrebbe diseredato» ride. «E stasera, per mettermi in mostra ed essere sicuro di non sbagliare niente, ti ho preparato il mio piatto preferito. Platano.»

«Lo adoro!» esclamo, con un po' troppo entusiasmo.

«Lo hai già assaggiato?»

«Il mio migliore amico è giamaicano, sono cresciuta con la cucina di sua madre.»

«Dannazione» borbotta, con finto fastidio. «E io che pensavo di impressionarti.»

Il suo sorriso è contagioso.

«Se vuoi posso fingere di mangiarlo per la prima volta» rido.

«Tu sì che sai come curare l'ego di un uomo» dice, immergendo il platano nell'olio bollente.

È soltanto la quantità a farmi accigliare.

«So che dovrei fingere di non averlo mai toccato, ma non mentivo quando ho detto che lo adoro. Hai intenzione di farne altro? Perché ti giuro che non avrai tempo di respirare finché non avrò fatto fuori tutto.»

Di nuovo quel sorriso contagioso.

«Ti racconterò una storia, ma non prendermi in giro. Un giorno, durante una festa di famiglia, ne ho mangiato così tanto che di notte ho sognato un platano gigante che mi correva dietro per divorarmi. Da allora non lo mangio più, quindi è tutto per te.»

La risata che mi sfugge dalla gola è stranamente liberatoria.

«Sono traumatizzato, Luna. Sono dovuto andare da uno psicologo infantile per due anni, non riuscivo a mettere piede in una cucina senza vedere un platano armato di coltello pronto ad aggredirmi. Mi sto sacrificando per te.»

Mi zittisco di colpo. La sua faccia è così seria che mi sento stupida a prenderlo in giro. Poi Isaac esplode in una risata così forte che la sua testa scatta all'indietro.

«Sei davvero poco simpatico.»

Gli lancio lo strofinaccio in faccia. Ecco, è per questi momenti che mi trovo bene con lui. Per questa leggerezza. Per questo accenno di farfalle nello stomaco che non avevo mai provato con nessun altro a parte Liam.

«Com'è andata la tua udienza?» chiedo, ritrovando la calma.

«Diciamo solo che sono felice che tu sia qui stasera, altrimenti avrei passato la serata a deprimermi. Abbiamo perso. Il giudice ha deciso che, date le risorse limitate della madre, il bambino sarebbe andato a vivere con il padre.»

«Ma il padre è un violento.»

Isaac scuote la testa, irritato.

«Faremo appello per trasferirlo in una famiglia affidataria. Se avessi visto lo sguardo disperato della madre… è in casi come questo che il mio lavoro mi disgusta.»

Nonostante tutta la mia buona volontà, non posso fare a meno di pensare alla storia di Liam e Charlie. Nel corso delle nostre ultime conversazioni Isaac mi ha raccontato alcuni dettagli del caso, anche se in realtà non dovrebbe. Joseph, un bambino di cinque anni, viene picchiato dal padre. La madre lascia il marito per proteggere se stessa e il bambino, ma l'uomo, ferito nel suo ego, chiede l'affido esclusivo. E visto che gestisce un'azienda tessile, mentre la madre ha un contratto part-time come segretaria, il sistema giudiziario americano ha preferito il denaro alla sicurezza del bambino.

Il vino mi risale in gola, ogni respiro mi brucia i polmoni.

«Stai bene, Luna?»

La sua mano si posa sulla mia e mi strappa ai miei ricordi. Per tornare dell'umore giusto, mi stampo un sorriso finto sulle labbra.

«E se mettessimo un po' di musica?»

Il mio improvviso cambiamento di umore lo sconcerta.

«Certo, fai come se fossi a casa tua. Puoi accedere al mio account Spotify. La musica è il tuo campo.»

Mi piace il modo in cui mi guarda. Mi piace il fatto che flirta con me in un modo dolce e innocente. Dopo pochi secondi *Swim* dei Chase Atlantic risuona nel soggiorno, e mi lascio trasportare dalle note. I miei fianchi si muovono a ritmo della musica e lo sguardo con cui mi accarezza il corpo mi fa sentire una dea. Quindi gli tendo la mano, invitandolo a unirsi a me. Isaac spegne i fornelli e si avvicina lentamente. Il mio cuore batte più forte a ogni metro che percorre. Le sue mani mi afferrano la vita, le mie si stringono al suo collo. Ci fa girare dolcemente, il suo respiro mi sfiora le labbra.

«Raccontami la tua giornata. Paxton ti ha fatto sudare freddo?»

«Ho minacciato di licenziarlo a causa del suo comportamento, ma poi è arrivato il grande capo e ha sistemato tutto con uno schiocco delle dita.»

Mi fa fare una piroetta su me stessa prima di attirarmi di nuovo contro il suo petto.

«È il tuo ex, vero?»

Annuisco con un cenno della testa, in modo che la mia voce non tradisca alcuna emozione incontrollata.

«Voi due… mi piacerebbe sapere in cosa mi sto cacciando.»

Sono sempre stata onesta con lui, e devo continuare.

«Liam avrà sempre un posto importante nel mio cuore» gli dico, in tutta sincerità. «Era il mio migliore amico prima di diventare il mio fidanzato e spero che sarà ancora nella mia vita in futuro. Ma voglio andare avanti. Voglio essere qui stasera. Con te.»

Maledizione, il suo sorriso mi fa rabbrividire. Le mie parole devono averlo rassicurato, perché sento il suo corpo sciogliersi contro il mio. Sospira.

«Non avrei mai immaginato di avere una possibilità con te» ammette. «Eri un mistero per me, e lo sei ancora, ma quando mi hai sorriso per la prima volta, mi sono sentito come se avessi vinto alla lotteria.»

«Baciami.»

È così sorpreso dalla parola che mi è uscita di bocca che tira indietro la testa e mi guarda, per assicurarsi che lo voglia davvero. Poi annulla gli ultimi centimetri di distanza fra le nostre labbra.

Per la prima volta da molto tempo, penso a me stessa.

Per la prima volta, il mio corpo vibra per un altro uomo. Chiudo gli occhi e mi lascio guidare dalle mie sensazioni.

29
Luna

♪ *Maybe It Was Me* – Sody

«LIAM!» scandisco a pieni polmoni.

I miei tacchi che martellano sul pavimento dell'attico danno vita a una marcia furibonda. La stessa che mi tormenta da quando ho lasciato l'appartamento di Isaac. Li tolgo per non scivolare, visto che ho camminato sotto la pioggia.

«LIAM! Dove cazzo sei?»

La mia voce mi rimbomba nelle orecchie. Rauca, graffiante. Non mi era mai sembrata così cruda. Intorno a me, le stanze sono immerse in un'oscurità inquietante, accentuata dal temporale. Soltanto i lampi illuminano l'attico.

Mi fermo quando lo vedo nel soggiorno, impegnato a guardare fuori, con una mano infilata nella tasca dei pantaloni e l'altra che regge un bicchiere di liquore ambrato, ancora pieno.

♪ Ho il respiro ansimante, il petto che si alza e si abbassa con forza, l'ossigeno che mi brucia i polmoni.

L'acqua intrappolata nei miei capelli mi scorre lungo il viso senza sosta. Per quanto mi sforzi di raccoglierla con i palmi, non riesco ad asciugarla. E lui? La sua mano stringe così forte il bicchiere che ha le nocche bianche, il collo è rigido, e il suo respiro superficiale indica senza il minimo dubbio che qualcosa lo tormenta. Ma non mi interessa. Voglio litigare. Eppure, lui continua a ignorarmi, come per rimandare l'inevitabile discussione. Come se avesse indovinato il motivo della mia presenza, oltre che quello della mia rabbia. È il mio migliore amico, conosce alla perfezione ogni intonazione della mia voce, quindi sa bene che sono arrivata al limite. Che questo avanti e indietro tra noi mi sta facendo impazzire. Che tutto questo deve finire, anche se significa tirare una riga sul nostro lieto fine.

«Mi odi, per caso?» sibilo.

Questo lo fa reagire. Si gira a guardarmi. Ci separano dieci metri, eppure potrebbe benissimo essere a cinque centimetri, da quanto la sua presenza è schiacciante. I suoi occhi fissi nei miei si stringono a fessura. Il silenzio che mi impone rischia di farmi esplodere.

«Mi odi, vero?» urlo. «È per questo che sei tornato proprio il giorno in cui ho finalmente deciso di voltare pagina? Perché non puoi lasciarmi essere felice, cazzo?»

Il mio corpo vibra di rabbia. La sua erutta come un vulcano.

La calma è finita. Benvenuti nel nostro caos.

«Sì, ti odio così tanto che ho preso un cazzo aereo per tornare qui appena ho visto quelle foto. Ti odio così tanto che la tua assenza mi impedisce di respirare, di mangiare, di dormire. Ti odio così tanto che penso a te ogni minuto e ogni secondo che passa. È questo quello che vuoi sentire, Luna? Vuoi che ti dica che avevo così tanta paura che ti innamorassi di qualcun altro che non riuscivo a vivere e che quando mi hai detto del tuo appuntamento per poco non sono caduto in ginocchio per implorarti di non andare? Di scegliere me? Sì, ti odio con tutto il cuore» conclude, più calmo.

Le sue parole agiscono come una scossa elettrica. Ma mi sfugge una risata sardonica.

«Ripeti quello che hai appena detto. Perché sei tornato?»

«È su questo che vuoi concentrarti?»

«Perché sei qui, Liam?»

Si passa una mano tra i capelli poi ripete: «Ti ho chiamata ieri sera, ma non hai risposto. Sapevo che c'era la possibilità che vedessi quella foto. E sapevo cosa avresti pensato. Volevo guardarti negli occhi mentre ti spiegavo tutto».

Quelle chiamate anonime, era lui?

«Ti ringrazio per la considerazione. Veramente.»

«Non farlo, Luna.»

«Che cosa?»

«Il tuo sarcasmo… la tua stupida testa dura mentre cerco di spiegarti una cosa.»

È troppo.

«Liam, mi hai chiesto di lasciarti andare, e l'ho fatto. Ti ho sostenuto a distanza, e per cosa? Perché cambiassi numero senza avvisarmi e andassi in giro a braccetto con un'altra, tutto sorrisi, davanti al mondo intero?»

urlo. «Mi hai umiliata al lavoro. Di fronte ai miei amici. A mio padre. Tutto il cazzo di mondo ha visto quella foto, e io ho dovuto far finta che non mi toccasse, mentre in realtà stavo morendo dentro.»

Un lampo esplode alla fine della mia tirata e illumina i nostri volti. Avrei preferito restare al buio, perché odio quello che ho visto. Due persone che sono arrivate alla fine del loro viaggio.

Liam cammina verso di me con crudele lentezza, gli occhi fissi nei miei, le dita aggrappate al bicchiere di alcol.

Un passo.

Non avvicinarti.

Tre passi.

Non ti voglio.

Cinque passi.

Posa il bicchiere sul bancone.

Sei passi.

È il turno dell'orologio.

Un ultimo passo.

Si arrotola la camicia sugli avambracci.

Ora il suo corpo imponente è davanti a me. Così vicino che sento il suo profumo misto all'odore della pioggia e mi accorgo che è tutto bagnato anche lui.

Alzo la testa per guardarlo negli occhi, pronta a proteggere il mio cuore dalle parole che usciranno dalla sua bocca. Ma lui resta in silenzio. I suoi occhi sembrano cercare qualcosa dentro di me. Non troverà nulla. Sono svuotata, stanca della nostra storia. E così provo a girarmi. Liam mi tiene per il gomito, ma mi libero dalla sua presa. Il dolore che leggo nei suoi occhi mi fa impazzire.

Non si aspettava questa reazione.

Siamo faccia a faccia. Grigio contro verde. Sofferenza contro disperazione. Amore contro amore.

«Ti ho mandato un messaggio per darti il mio nuovo numero.»

Scuoto forte la testa. Vorrei tapparmi le orecchie per non sentire niente che possa farmi male.

«Non ti credo» sussurro, più volte. «Smettila di mentire, smettila di cercare di salvarti la pelle manipolandomi.»

Le sue mani fredde mi accarezzano il viso. Non ho più la forza di lottare e di respingerlo, perché, se l'immagine delle sue mani su un'altra donna mi tormenta, il suo tocco funziona ancora come una medicina. Non voglio che mi lasci andare.

Odio che Liam sia il mio punto debole.

«Quando mai ti ho mentito, Luna? Ti ho sempre detto la verità, anche quando faceva male e rischiava di allontanarti da me. Non lasciare che la tua rabbia nei miei confronti mi insulti. Te lo ripeto: ti ho mandato un messaggio con il mio nuovo numero. Qualche giorno dopo, quando ho provato a chiamarti, mi sono reso conto che mi avevi bloccato.»

Mi libero dalla sua presa e arretro di un passo.

«Hai cambiato numero senza dirlo a nessuno» ribatto, infastidita dal suo comportamento.

«Ti ho inviato il mio nuovo numero» ripete lui, più forte.

Faccio un altro passo indietro per giudicare la sua espressione. E la verità che leggo nel suo sguardo mi colpisce duramente. Nel profondo so che Liam non mi mentirebbe mai guardandomi negli occhi, ma qualcosa non va in questa storia.

Determinata a metterlo di fronte alle sue bugie, dico: «Chiamami».

«Cosa?»

«Chia-ma-mi» ripeto, scandendo tutte le sillabe.

Mi aspetto che si tiri indietro e inventi qualcosa, ma mi sorprende, tirando fuori il cellulare dalla tasca. Poi viene verso di me e compone il mio numero davanti ai miei occhi. Compare il mio nome, un semplice Lei 🧩 ❤ che significa tanto. Passano due secondi, poi quattro.

Il mio cellulare non squilla. Che succede?

Contro ogni aspettativa, Liam non esulta. Mi lancia uno sguardo triste.

«È così da due mesi» spiega.

Non ha alcun senso. Non ricordo di averlo fatto. Nessuno ha accesso al mio cellulare, e i miei amici non lo avrebbero mai fatto alle mie spalle. Intanto inizio a sentire caldo. E qualcosa che mi pizzica dentro. Da quando i nostri corpi sono così vicini? Perché il suo alito di menta mi sfiora le labbra?

«Se davvero avessi voluto contattarmi» dico, maledicendo il tremito nella mia voce «l'avresti fatto. Potevi sentire Matt, Cam, Tee o anche mio padre. O mandarmi un'e-mail, Liam. Invece non hai fatto niente.»

La realizzazione mi dà la forza di allontanarmi di qualche metro.

«Stavo cercando di guarire. Mi avevi detto che capivi. Sì, avrei dovuto provare a contattarti, ma ho pensato che forse le mie chiamate stavano impedendo a te di guarire, che avevi bisogno di mettere una certa distanza tra noi. E mi sono aggrappato alla speranza che mi avresti contattato quando fossi stata pronta. Ho aspettato.»

«Ho capito la tua scelta, Liam. Ma questo non significa che non mi abbia fatto male. Hai preso tu la decisione per entrambi. Volevo aiutarti, essere presente, anche a distanza. Volevo starti vicina, ma non me l'hai lasciato fare» sbotto, puntandogli l'indice sul petto. «Non ti sei fidato di me.»

«Cosa?»

«Pensavi che non fossi abbastanza forte per starti accanto in tutto questo, vero? Pensavi che avrei finito per voltarti le spalle. Ancora una volta, non hai creduto nel nostro amore.»

Ci fissiamo, i cuori sul punto di esplodere. Gli occhi iniettati di sangue.

«Ti proibisco di dirlo» erutta lui. «Ci sono stati giorni in cui riuscivo a malapena ad alzarmi dal letto, Luna. Ero ubriaco, depresso, nervoso. Ho toccato il fondo. È questo che volevi? Se fossi rimasto, ti avrei trascinato giù con me. E tu meritavi di meglio, Piccola Luna.»

Le sue dita cercano di accarezzarmi la guancia, ma mi ritraggo.

«Allora saremmo andati a fondo insieme, Liam» mi infurio. «*Insieme*. Una volta toccato il fondo, che scelta avremmo avuto, eh? Saremmo dovuti risalire. Tornare in superficie, cazzo. *Insieme*.»

Un altro lampo balena nel cielo, spaventandoci.

«Voglio solo essere felice, Liam. Per favore, lasciami essere felice. Stasera ero con un bravo ragazzo e...»

«Non osare finire la frase» mi avverte, con la mascella serrata.

Odio il modo in cui il mio corpo mi sta tradendo. Quando Liam mi reclama, mi sembra di essere sull'orlo di un precipizio. È spaventoso. Pericoloso. Eccitante. Ed è sempre così che mi fa sentire. Viva. Speciale. Come se avesse bisogno di me per respirare. Ma ormai ho capito che questo modo di vivere è distruttivo, tossico e malsano. Senza che me ne rendessi conto, ha colmato la distanza che ci separa.

«Non è degno di te.»

Arretro. Lui avanza.

«E tu sì?»

«Ora sì. In questi nove mesi non ho mai smesso di pensare a te. Ma più mi aggrappavo ai ricordi di Charlie, ai miei rimpianti, ai problemi che ti ho causato, più avevo l'impressione di perderti, Lu. Me ne sono andato perché ne avevo bisogno. Mi dispiace che ci sia voluto così tanto tempo.»

Il mio sedere colpisce qualcosa. L'isola della cucina. Il mio cuore batte troppo forte. Non per paura, ma perché il mio corpo mi sta chiedendo quello che il mio cervello cerca di evitare. Le sue braccia mi intrappolano ai lati del bancone.

«È davvero troppo tardi per noi?»

Il mio cervello urla di sì. Vorrei dirlo ad alta voce, vorrei poterlo gridare, per porre fine a questo circolo vizioso, ma in realtà il mio cuore e la mia testa stanno conducendo una battaglia sanguinosa. Il mio cervello mi sta dicendo di fermare tutto. Il mio cuore ha capito che avevo ancora l'impronta di Liam addosso quando Isaac mi ha baciata e le sue dita si sono insinuate sotto il mio vestito e l'ho respinto violentemente. L'incomprensione sul suo volto mi ha devastata, perché, senza che ci fosse bisogno di dire una parola, aveva capito. Non avevo dimenticato quel magnifico stronzo le cui dita ora trovano la mia guancia. La accarezzano. La scaldano.

Il mio corpo è attraversato da un brivido doloroso. Liam sembra leggermi la verità negli occhi, eppure la risposta che lascia la mia bocca sorprende entrambi.

«Sì, è troppo tardi» sussurro. «Ci aggrappiamo a un passato comune perché ci ricorda un tempo in cui eravamo felici, quando tutto era più facile. Dobbiamo andare avanti, Liam.»

Fuori esplode un fulmine terribile. Il suo volto riflette la tristezza e la devastazione che condividiamo. La sua mano lascia la mia pelle come se lo avessi schiaffeggiato. Liam fa un passo indietro, mi dà l'opportunità di fuggire. Ma i miei piedi si rifiutano di muoversi.

«Dillo di nuovo» mi implora. «Dillo guardandomi negli occhi e giuro che ti lascerò andare per sempre. Ho solo bisogno di sentirlo di nuovo perché il mio cuore possa accettarlo.»

Capisco che è sincero, e vado nel panico. Se lo ripeto, tra noi sarà finita. Liam mi lascerà andare. L'idea mi fa battere forte il cuore nel petto. È come se mi implorasse di correre da lui, di approfittare della nostra occasione per essere felici. Il legame che ci unisce mi diventa ancora più chiaro quando, in due passi, mi raggiunge e posa le labbra sulle mie. Mi afferra la vita, le mie braccia si aggrappano al suo collo. Ci facciamo del bene, ci facciamo del male, ma non riusciamo a fermarci. Quello che c'è tra noi è troppo potente per rinunciarci. Le nostre bocche si riscoprono, si assaporano. Le endorfine che si liberano nel mio sangue quando sento la sua lingua accarezzare la mia hanno il sapore di una droga deliziosa. E anche pericolosa. Per questo premo i palmi delle mani sul suo petto e lo spingo via con tutte le mie forze. Sfioro con la punta delle dita la sensazione che mi ha lasciato questo bacio, e in un batter d'occhio riprendo possesso della sua bocca.

Sta succedendo tutto molto in fretta. Gli strappo i bottoni della camicia, lui mi tira il vestito sui fianchi. Poi mi gira e mi appoggia al bancone della cucina.

Con una mano tra le mie scapole, mi tiene ferma, poi si slaccia la cintura. Nel frattempo, sposta il mio perizoma.

«Sei meravigliosa» mi sussurra all'orecchio. «Mi sei mancata, cazzo.»

Sento il suo desiderio contro le mie natiche nude. Lo sento ovunque, e voglio di più, più in fretta. Mi dimeno, per fargli capire che morirò se non mi tocca subito. Con le dita aggrappate al bordo del bancone, la guancia contro il marmo freddo, non aspetto altro che di diventare una cosa sola con lui, ma la mia impazienza sembra divertirlo. Mi fa il solletico, mi provoca, gioca con i miei nervi.

«Allarga le gambe per me.»

Faccio quello che mi viene chiesto, inarcando di più la schiena. Fa scivolare la sua erezione avanti e indietro sulla mia vagina bagnata. Ogni deliziosa carezza mi sfiora il clitoride, mandandomi un'ondata di piacere nelle vene. E piace anche a lui. Sento le sue unghie che mi affondano nella vita, lo sento sussurrarmi all'orecchio, con la sua voce rauca, che sono bella, perfetta, bagnata, tutto per lui. È troppo bello. Troppo intenso. Voglio che continui, che si fermi, che mi riempia, che mi rivendichi.

«Ti ha toccata?» ringhia contro la mia pelle che brucia.

La gelosia nella sua voce mi strappa un gemito di soddisfazione.

«Rispondimi, Luna. Quel bastardo ha toccato qualcosa che mi appartiene?»

Sento un dito, poi due, e alla fine li tira fuori e distribuisce il mio desiderio su tutto il clitoride, facendomi cedere le ginocchia.

«N... no. Ci sei stato soltanto tu.»

«Anche per me, Piccola Luna.»

Liam mi tiene ferma, avvicinando le labbra al mio orecchio.

«Non durerà molto, quindi per stavolta ti scopo forte e veloce. Prometto che mi farò perdonare più tardi.»

La sua voce è peccaminosa. E mi piace esserne la causa.

«Ti prego.»

Il mio lamento fatica a uscire perché ho la gola troppo secca.

«Lo so, cuore mio. Anch'io non vedo l'ora di sentirti venire.»

Tremo al pensiero che mi prenda in questo modo. Mi piace vederlo perdere ogni controllo con me. Senza aspettare, Liam mi raccoglie i capelli in una coda e inizia a penetrarmi piano, contraddicendo la sua ultima affermazione. Sussulto per ogni centimetro che sento riempirmi. I miei occhi si chiudono per la sensazione travolgente.

«No. Guardami mentre ti scopo, ricordati a chi appartieni. Sei mia, Luna.»

La durezza del suo tono mi fa aprire gli occhi. Dopo esserci guardati, mi bacia dietro l'orecchio e all'improvviso si spinge dentro di me.

«*Mia*.»

I miei occhi ruotano all'indietro per la sensazione di piacere improvvisa. Mi sento a un passo dal limite.

Nove mesi senza sentirlo, senza sentire i suoi gemiti di piacere. Lui si perde in me, io mi ritrovo in lui. La sua mano mi intrappola il collo e devo lottare per tenere gli occhi aperti. Il mio cuore accelera, insieme ai suoi colpi. Liam mi sta punendo per essere stata con un altro uomo. Una punizione che sta per farmi venire. Mi scopa come se mi odiasse, e io prendo tutto quello che ha da offrire.

Voglio tutto.

Liam cambia angolazione e mi fa vedere il cosmo, l'universo e tutte le stelle. I miei gemiti lo incoraggiano ad andare più forte, a darmi di più. A rimettere insieme le parti di me che si è portato via. Fuori è il caos. E dentro ci sono soltanto i suoni della nostra pelle che si fonde e i nostri gemiti incontrollati che riecheggiano tra le pareti. Il sesso ci rappresenta. È intenso, crea dipendenza. Come la nostra relazione. Scopiamo come se fosse l'ultima volta. Ci amiamo come se la Terra dovesse smettere di girare. Ci odiamo finché non ci fa male il cuore.

«Sto per venire, Liam.»

«Lo so, cuore mio.»

Tiene il petto contro la mia schiena, e ognuna delle sue penetrazioni manda un'onda d'urto attraverso il mio stomaco. Colpisce, vibra. Liam mi dà tutto quello che chiedo da mesi. Lo sento reclamare il mio corpo, dimostrarmi che sarà sempre lui. Forte. Veloce. Come mi aveva promesso.

«Liam...»

«Cazzo, Lu, sei perfetta.»

I miei muscoli si tendono, lui affonda i denti nell'incavo del mio collo, e vorrei urlare la mia felicità, implorarlo di non fermarsi mai, ma non mi esce niente. Lui mi sussurra all'orecchio oscenità che sa che amo e altre che non sapevo di amare. Il mio clitoride pulsa alle sue parole che mi fanno sentire potente, desiderabile. La presa intorno al mio collo si stringe, togliendomi il respiro e, come un elastico che si spezza, un orgasmo folle mi invade lo stomaco, strappandogli un gemito gutturale che sembra provenire dal profondo della sua anima. Liam viene dentro di me, libera la tensione che lo stava divorando.

Esplodiamo insieme, i nostri corpi tremano insieme. Le nostre parti mancanti si ricompongono, ma fino a quando?

30
Liam

♪ *Half A Man* – Dean Lewis

♪ Ho dormito più di due ore. È un successo. Da quando me ne sono andato il sonno è diventato il mio peggior nemico. Era una lotta costante. Erano passati nove mesi dall'ultima volta che avevo dormito delle ore di fila senza svegliarmi. Ad alcuni potrà sembrare poco, ma ho imparato a celebrare ogni piccola vittoria. E questo lo devo alla ragazza i cui occhi faticano ad aprirsi.

Il suo calore mi ha tenuto compagnia, l'impronta del suo corpo mi ha rassicurato. Nella stanza illuminata dalle luci esterne, strizzo le palpebre per leggere l'ora sulla sveglia. Sono le quattro. Fuori piove ancora, il vento sferza le finestre. Tra le mie braccia, Luna si muove di nuovo, apre gli occhi, poi se li strofina e si allontana da me. Capisco che il suo cervello ha iniziato a funzionare a pieno regime, vedo l'istante in cui il ricordo di ciò che abbiamo fatto la assale, in cui cerca una scusa per andarsene. Si alza, nasconde il petto nudo con un lenzuolo bianco e si passa le dita fra i capelli arruffati dalle ore folli che abbiamo vissuto. Ho mantenuto la mia promessa. Mi sono fatto perdonare il fatto di non essere durato a lungo. Di non essere *riuscito* a durare a lungo. Dopo mesi di astinenza, sapevo che, nel momento in cui fossi entrato dentro di lei, sarei esploso come un adolescente arrapato. E per rimediare l'ho fatta venire contro la finestra, sul divano, sotto la doccia, sulla mia bocca. Ovunque. Il mio momento preferito: quando l'ho costretta a guardarsi allo specchio per poter vedere quanto è meravigliosa quando viene. Con le guance arrossate, lo sguardo pieno di desiderio, alla mia mercé, Luna mi ha dimostrato che anche a lei sono mancato. Ma lo sguardo che mi lancia mentre si allontana da me mi fa rivoltare lo stomaco.

«Non avremmo dovuto farlo.»

No, mi rifiuto di sentire queste stronzate. Mi alzo su un gomito e mi copro con la coperta.

«Luna, non dirmi che la notte migliore dei miei ultimi nove mesi è stata un errore.»

«Devo andare.»

La tengo per il braccio.

«Resta, voglio spiegarti cosa è successo in questi mesi. Per favore.»

Luna esita, si morde il labbro. E questo freddo, questa distanza che si è creata fra di noi, mi sta uccidendo. Mi rendo conto che non mi deve nulla, ma, prima di decidere il nostro destino, vorrei che sapesse tutto.

Espiro di sollievo quando annuisce lentamente, ma vado nel panico quando la vedo comunque alzarsi dal letto.

«Lu...»

«Vado solo a prendere i vestiti.»

Mi sento stupido. Poi mi alzo e le offro una delle mie magliette, mentre mi metto i boxer. Cerco di non guardarla mentre si veste e questo le fa alzare gli occhi al cielo. Ancora una volta, mi sento stupido di fronte a lei. Questa donna mi sta facendo impazzire.

«Vuoi mangiare o bere qualcosa?»

«No, grazie.»

«Fumare?»

Lei ridacchia. Basta questo semplice suono a rilassarmi. È disumano essere così dipendenti da una persona.

«Forse più tardi.»

«Ci sediamo sul letto?»

«Ok» concorda lei.

Appoggio la schiena alla testiera, lei si siede di fronte a me, con le gambe incrociate. Inizio subito la mia storia.

«Sentivo il bisogno di tornare a Sutton, la mia città natale. Ho affittato un appartamento a cinque minuti dalla nostra vecchia casa. Non so perché, pensavo che mi avrebbe fatto bene immergermi nei ricordi. Tornare dove io e Charlie giocavamo, visitare i posti dove sapevo che era stata felice. È stata una pessima idea.»

Tutto quello che mi ha ricordato è che mia sorella non sarebbe mai più tornata lì perché uno stronzo l'aveva uccisa. E così mi sono lasciato andare. Per un mese il bourbon ha sostituito il caffè. Visto che non sopportavo più la città e la speranza di vederla a ogni angolo di strada, mi sono rinchiuso in casa. Era diventato un circolo vizioso. Non riuscivo a dormire, ma volevo soltanto chiudere gli occhi e vederla.

«A ogni discesa agli inferi» continuo, «morivo dalla voglia di chiamarti, di supplicarti di venirmi a trovare, anche solo per un'ora. Perché il peso che avevo nel petto era insopportabile e mi sarebbe bastato tenerti tra le braccia per respirare meglio. Ma non potevo farti questo.»

Il suo mento comincia a tremare.

«Il secondo mese, dopo una serata al pub, ero così ubriaco che sono entrato nell'appartamento sbagliato. Non capivo proprio perché le mie chiavi non funzionassero, ma alla fine la porta si è aperta e ho visto Jo, la mia vicina di casa. Ovviamente l'ho accusata di aver tentato di derubarmi. Invece di chiamare la polizia, però, lei mi ha fatto entrare e mi ha lasciato dormire sul suo divano. Il giorno dopo lo ricorderò per sempre.

«Non l'avevo mai incrociata, almeno non me lo ricordavo, ma lei sì. Del resto è difficile non sentire un ubriaco che spacca i mobili nel cuore della notte. Non so cosa abbia percepito in me quella donna, ma forse ha visto che non tutto era da buttare. Mi ha dato un bello schiaffo. In senso figurato, per fortuna. Mi ha raccontato la sua vita, i suoi fallimenti, e mi ha incoraggiato a seguirla a una riunione del suo gruppo di sostegno.

«All'inizio, come puoi immaginare, l'ho mandata a quel paese.»

Un piccolo sorriso le increspa le labbra.

«Ho fatto di tutto per evitarlo. Forse nel profondo non volevo stare meglio. Ero così abituato al dolore, al peso costante sul petto, che avevo paura di sentirmi vuoto senza. Se mi fossi liberato del dolore, cosa mi sarebbe rimasto? Perché avrei dovuto avere il privilegio di stare meglio quando mia sorella non avrà mai più questa possibilità? Quando a causa mia hai sofferto le peggiori atrocità…»

«Liam» sospira lei, con gli occhi grigi annebbiati dalle lacrime, e mi posa una mano sulla caviglia.

«Poi, con l'avvicinarsi del tuo compleanno, sono crollato quando ho capito che non sarei stato qui con te. Che se avessi continuato a prendermela con me stesso non avrei fatto altro che distruggere ogni possibilità di rivederti, di essere di nuovo la tua persona preferita. E così ho bussato alla porta di Jo. La ragazza della foto.»

Il suo pollice, che stava accarezzando la pelle sottile della mia caviglia, si ferma.

«Non c'è mai stato niente tra noi» la rassicuro. «La vedo più come un'amica o una madrina.»

Lei non dice niente, così continuo.

«Mi ha trascinato in questi gruppi di sostegno psicologico, dove mi accontentavo di ascoltare. Poi mi ha messo in contatto con un terapeuta. All'inizio non aprivo bocca. Lo riempivo di soldi solo per stare lì seduto sul divano a fissare il soffitto, ma mi ha calmato. Il silenzio mi rilassava. Pensare a te, a cosa mi aspettava se fossi diventato la versione migliore di me, mi ha dato un motivo per non arrendermi. Volevo meritarti, ma soprattutto volevo smettere di odiarmi. Mi sono aperto con lui.

«"Guarire dal senso di colpa è una strada lunga e piena di insidie"» dico, imitando il forte accento inglese del mio terapeuta. «"A volte le sembrerà di aver fatto cinque passi avanti, altre volte non capirà perché all'improvviso le viene voglia di mandare tutto all'aria. Ma la cosa più importante è non arrendersi, signor Davis."»

Gli occhi di Luna si spalancano, illuminati da un bagliore divertito.

«Qual è il problema?»

«Il tuo accento. Lo stai perdendo.»

«Che cosa? Mai!» protesto, facendola ridere.

Continua, cuore mio. Mi fa bene sentirti ridere.

«Non perderò mai il mio accento. Mi rifiuto. È il vero segreto del mio fascino.»

«Non posso contraddirti.»

La piccola peste. Per rappresaglia, le pizzico la coscia nuda. Il suo grido divertito rimbalza contro le pareti e devo fare uno sforzo per non sporgermi verso di lei e lasciarmi inebriare da quel suono.

«Prova a dire "voglio un bicchiere d'acqua"» mi provoca la peste.

«No.»

«Dai.»

«No!»

«Perché sai che ho ragione. Ormai sei americano.»

Faccio finta di essere ferito dalla calunnia e la sua risata aumenta di intensità. Allora resto a fissarla, osservo lo scintillio dei suoi occhi, le vibrazioni della sua gola. Sentendo il mio sguardo innamorato sul suo viso, Luna si zittisce di colpo. Ed è il silenzio improvviso che mi riporta sulla Terra.

Dato che il suo tocco mi calma, mi rimetto la sua mano sulla caviglia e riprendo a raccontare.

«Mi ha fatto capire che anche le cose rotte si possono riparare. Mi ha dato dei piccoli esercizi da fare, come riconnettermi con la musica, anche se non per forza con la chitarra. Mi ha consigliato di scrivere delle lettere a mia sorella, a te, ai miei genitori. Di mettere su carta i miei sentimenti e le mie paure più atroci, e poi bruciarle. Mi ha chiesto di dirgli cosa mi piaceva di me, di elencare le mie qualità e, cavolo, è stato difficile.»

«Anche a tuo padre?» si stupisce, con malcelata felicità.

«Sono tornato in contatto con lui. Alla fine, l'ho chiamato ieri, lui ha parlato tanto, io ho ascoltato. Non so dove ci porterà questa cosa.»

Mio padre mi ha fatto capire chiaramente che voleva tornare nella mia vita. Da parte mia, la porta non è più del tutto sbarrata. Una cosa è certa, ed è che la nostra relazione non si costruirà dall'oggi al domani. E l'altra è che la mia guarigione viene prima dei suoi stati d'animo.

Racconto a Luna della mia amicizia con Jo. Di come lei si era ripresa dopo la morte del marito in un incidente d'auto due anni fa. Quella sera dovevano andare al concerto del gruppo preferito di lei, era così emozionata che si era cambiata più volte, tanto che alla fine erano in ritardo. Lungo la strada aveva insistito perché passasse con il rosso per arrivare più in fretta. In due secondi la sua vita era finita, a nemmeno trent'anni. Erano stati il gruppo di sostegno e lo psicologo a salvarla. E mi aveva offerto la stessa possibilità.

Con il dorso della mano, Luna si asciuga le lacrime.

«Non so come sia finita quella foto sulla stampa. L'ho invitata a pranzo per dirle che avevo intenzione di tornare a New York quanto prima, che volevo smettere di nascondermi. Mi dispiace averti ferito, Lu. Mi dispiace che ci sia voluto così tanto tempo per stare meglio.»

Lei scuote la testa.

«Ti proibisco di scusarti per il tempo che hai impiegato. Anch'io sono cresciuta, sono guarita, e ho capito che senza la nostra separazione non sarebbe stato possibile. Ti credo sulla foto, lo giuro, ma è stato il tuo silenzio a uccidermi, Liam. E ora, nonostante quello che abbiamo appena fatto, non so se voglio continuare su questa strada.»

«Vieni qui.»

La attiro a me, e lei si siede a cavalcioni delle mie cosce. È allora che noto il tatuaggio sul fianco e quello sull'avambraccio. Ne traccio i contorni con le dita, e le sue braccia si coprono di pelle d'oca.

«Cosa significa?»

«Verso cose più belle.»

Annuisco in silenzio. Capisco.

Le sollevo il mento con l'indice per guardarla.

«Pensavo che volessi un po' di tempo per te, per questo non ho cercato un altro modo per contattarti. Perché sapevo che prima o poi ci saremmo ritrovati, come sempre. Sono convinto che i colpi bassi della vita, tutto quello che ci è successo, alla fine serviranno a dimostrare che niente può separarci.»

«Ma continui a spezzarmi il cuore. E odio il fatto che tu sia l'unico che può rimettere insieme i pezzi.»

Le prendo il viso tra le mani, bacio le lacrime che stanno iniziando a rigarle le guance. Lei si lascia andare, sospira, mi circonda i polsi con le dita, ma non mi allontana. Le nostre fronti si incontrano, i nostri respiri affannosi si ribellano.

«Prometto che non vado da nessuna parte. Il mio posto è qui, con te. Ho imparato che non sono i luoghi a dirci che siamo guariti, ma le persone che ci aiutano a tenere la testa fuori dall'acqua. E per me sei tu, Lu. È per te che lotto ogni giorno.»

Lei scuote la testa, ripete più volte che teme che la lasci di nuovo. E poi la parola amicizia fa mancare un battito al mio cuore.

«Quando sarai pronta per noi, ti basterà chiamarmi, e sarò da te. Se alla fine mi chiamerai per dirmi che vuoi soltanto un'amicizia, andrà bene, perché tutto è iniziato così. Preferirei essere tuo amico che vivere in un mondo in cui non ti rivedrò più. Se fra noi è davvero finita, sarò grato di avere avuto un assaggio di ciò che avremmo potuto essere.»

La abbraccio stretta e bacio le sue labbra, che hanno il sapore dolce delle promesse.

Quando mi sveglio, Luna non c'è. Mi riprometto di battermi per lei. Sono pronto a scrivere il prossimo capitolo che ci porterà al nostro lieto fine, perché Luna Eden Collins non merita niente di meno che di avere un sorriso sulle labbra.

31
Luna

Mi sono addormentata tra le sue braccia, come se le mie lacrime, le mie paure e la sua assenza non mi avessero spezzato il cuore. Poi ho aperto gli occhi. Il panico che mi ha assalita mi ha fatto camminare in punta di piedi, come una ladra. La vicinanza del suo corpo bloccava la parte razionale del mio cervello. Dovevo riprendermi, mantenere il sangue freddo e arrivare a una decisione su di noi. Una volta per tutte. Non si può più tornare indietro, non si gioca più. Qualunque sia la mia scelta, dovrò mantenerla.

Sarebbe ipocrita da parte mia negare i miei sentimenti per Liam. Far finta di non aver notato la scintilla nei miei occhi quando mi sono guardata allo specchio nell'ascensore dell'attico. Il mio sorriso soddisfatto che faceva capolino da sotto la punta del naso. Ho trovato il mio riflesso incredibilmente sexy. E questo nonostante il nido di capelli arruffati e il mascara sciolto, le ultime vestigia della nostra serata. Avrei voluto notti come quella per sempre. Notti d'amore da mozzare il fiato, di discussioni cuore a cuore, di risate. Ho chiesto tempo. Lui ha rispettato la mia scelta. È successo un mese fa. Da allora, non c'è stato giorno in cui non sia stato presente. Prima con piccoli gesti, come farmi consegnare la colazione al lavoro, a volte la cena, quando resto in ufficio fino a tardi. Oppure mandare una macchina a prendermi quando le mie sessioni in studio finiscono dopo mezzanotte. A volte viene lui di persona. Non ci tocchiamo, anche se so che moriamo dalla voglia di farlo. Parliamo del più e del meno. E mi lascia sulla soglia di casa. Non lo invito a entrare. Lui non me lo chiede. Trovo sempre un suo messaggio quando mi sveglio e poi uno quando vado a letto, anzi, devo ammettere che ci parliamo tutto il giorno via messaggio. Di cosa? Non ne ho idea. Ma non potrei farne a meno. Viene fuori il mio lato adolescenziale, il mio cuore batte forte, le mani e altre parti del corpo che mi vergogno a nominare sudano.

Contemporaneamente, tengo informato Matt. È a Los Angeles da tre settimane per l'apertura di una nuova palestra e, anche se non ho dubbi che sia entusiasta del ritorno di Liam, so anche che è un po' arrabbiato con lui. Camille è lì con lui e ne sta approfittando per lavorare al suo documentario sul volto nascosto delle *camgirl* in California. La cosa più sorprendente è che Liam e Travis si sono riavvicinati.

Al lavoro, Liam non ha ancora ripreso le redini della situazione. Mi piace che si fidi di me. Non mi bombarda di domande, mi lascia fare. Ma ora che è tornato sto cercando di concentrarmi di più sulla parte musicale. In breve, sto bene. Lascio che sia il mio cuore a decidere il ritmo, anche se l'altro ieri, quando ho ricevuto in ufficio un immenso mazzo di rose, ho quasi ceduto. Duecentosettanta rose rosse, una per ogni giorno che siamo stati lontani. Il bigliettino diceva:

Otto anni fa non ho lottato per te. Ti ho abbandonata, e ora voglio dimostrarti che io e te siamo per sempre. La promessa che ci siamo fatti sulla mia amaca non erano parole al vento, Piccola Luna. Ad vitam æternam.

Sì, il mio cervello stava perdendo la battaglia contro il mio cuore.

Per questo ieri sera, mentre mi accompagnava a casa, ho deciso di dirgli la verità sul bacio con Matteo. Avevo intenzione di arrivarci per gradi, di preparare il terreno, ma i miei nervi hanno avuto la meglio.

«Ho baciato Matteo» ho sbottato all'improvviso, mentre lui si chinava a baciarmi la guancia.

«Come, scusa?»

«Per poco non siamo andati a letto insieme.»

Ho i nervi a pezzi. Liam rimane in silenzio per un'eternità.

«Quando?»

«Il giorno prima del tuo ritorno, dopo aver visto la foto.»

«E poi?»

«Poi niente. Ci siamo subito resi conto che non era quello che volevamo. Siamo solo amici.»

«Ok.»

«Ok?»

«Buonanotte, Piccola Luna.»

«Ehm... buonanotte.»

Mi dà un bacio sulla guancia e gira sui tacchi. Non ho ricevuto nessun messaggio mattutino, Matteo non risponde alle mie chiamate e la mia paranoia mi porta a credere che Liam abbia preso un aereo per andare a picchiare il suo amico.

Sbadiglio spalancando completamente la bocca.

Il suono di assoluta grazia che emetto mi fa guadagnare uno sguardo per metà protettivo e per metà irritato da parte di Marley, il mio tecnico del suono preferito.

«Dovresti andare a casa, Luna» dice, gli occhi fissi sullo schermo del computer. «Lo sai che non ho bisogno di te.»

Lo ignoro, allungo le gambe davanti a me e mi massaggio la nuca. Sono così stanca che sento i muscoli tendersi sotto i polpastrelli. La registrazione dell'EP della band è terminata tre ore fa, ma ho deciso di restare a tenergli compagnia. Ufficialmente per amore del mio lavoro, ufficiosamente per paura di tornare in un appartamento vuoto. Non vedo l'ora che Camille ritorni.

Al secondo sbadiglio mi becco un'occhiataccia.

«Vattene!»

«Perché, puzzo?»

Lui ride e torna a guardare il computer.

«No, ma se non torni a casa a dormire e a farti una doccia potrebbe succedere. Sai che adoro la tua compagnia, ma mi stai incollata da giorni. Se mi fai vedere un'altra foto di tuo fratello prendo le bacchette della batteria e me le ficco negli occhi.»

Sta esagerando. Ieri sono tornata a casa verso le quattro, un orario abbastanza ragionevole per una persona nella mia posizione. Quanto alle foto, potrei essermi lasciata trasportare dal visino tenero di Noxie.

«Se vuoi che me ne vada, basta dirlo.»

«È quello che sto cercando di fare da cinque minuti buoni.»

Sì, forse ho bisogno di dormire. Sospiro di stanchezza, fastidio e desolazione.

«Abbiamo fatto un ottimo lavoro stasera» mi congratulo con noi prima di alzarmi per prendere il cappotto. «Siamo addirittura in anticipo rispetto ai piani.»

Le voci sul possibile ritorno di Liam hanno calmato Paxton. Non si era mai comportato così bene.

Stringo la spalla di Marley, che mi afferra il polso.

«Due minuti e ti accompagno a prendere un taxi.»

Declino il suo gentile invito.

«Liam mi ha già prenotato una macchina.»

Alza un sopracciglio e io scappo prima che possa bombardarmi di domande.

Sospiro di gioia quando l'acqua calda mi colpisce la pelle. Come ogni volta che mi sento in pace, apro la bocca per cantare. All'inizio la mia voce trema, come se mi mancasse la fiducia. Ma al ritornello mi lascio andare, metto alla prova i suoi limiti. Per anni ho odiato questa scintilla artistica che mi ha lasciato mia madre. Assomigliarle, amare le sue stesse cose, mi terrorizzava. Avevo la folle idea che questo ci avrebbe rese uguali. Avide. Egocentriche. E quindi cantavo di nascosto, la sera o sotto la doccia. Ma sentire la nota più alta del mio repertorio formarsi senza difficoltà e uscire dalle mie labbra mi riempie di orgoglio, mi strappa un sorriso che fa quasi male alle labbra. Nonostante stia facendo carriera nella musica, non avrei mai il coraggio di considerarmi una cantante. L'idea di farne il mio lavoro non mi ha mai attirata. Stare nell'ombra, aiutare gli artisti a dare il meglio, è questo che mi rende felice.

Una volta asciutta, non avendo più sonno, metto dei pantaloni della tuta neri e un reggiseno grigio e mi lancio sul divano per abbuffarmi di cereali senza latte. Prendo il telefono per andare online, ma il mio sguardo viene attratto da un pezzo di carta sul pavimento vicino alla porta. Eppure, potrei giurare che non c'era niente quando sono arrivata. Mi alzo per raccoglierlo, chiedendomi come ho potuto lasciare della spazzatura in mezzo al corridoio, e lo apro mentre mi avvio verso il secchio dell'immondizia. Ma quando lo leggo il cellulare mi scivola dalle mani, come se mi avesse ustionato. E si schianta forte ai miei piedi. Ogni respiro mi lacera i polmoni. Il battito frenetico del mio cuore risuona così forte nelle mie orecchie che il rumore della televisione è ridotto a un sussurro lontano. Quando il sangue riprende a circolare, mi tuffo a terra a quattro zampe, prendo il cellulare e mi trascino nella stanza di Camille, al piano terra.

Deve essere uno scherzo di pessimo gusto.

Mi chiudo dentro, mi appoggio alla porta. Riprendo a leggere le parole scritte sul pezzo di carta.

Tic-tac… sono ancora qui. Tre persone possono mantenere un segreto, se due di loro sono morte.

Ma è il profumo intenso di fragole che emana la carta a far aumentare il tremito delle mie mani. Le parole si confondono, formando una cacofonia infernale. Con le palpebre serrate e il cuore che batte forte, cerco di calmare il respiro. Invano.

Quasi senza pensarci, il mio pollice cerca il suo nome tra i miei contatti. La sua voce dolce mi risponde al primo squillo.

«Luna?» ansima, sorpreso.

Le parole mi restano bloccate in gola, stretta dalla paura.

«Lu?»

La preoccupazione nella sua voce mi fa contorcere le viscere. Non riesco ad articolare un suono, ricomincio ad ansimare… Le lacrime cominciano a rigarmi le guance.

«Va bene…» sussurra lui, semplicemente.

Liam resta in silenzio per diversi secondi. Colgo l'occasione per adeguare il mio respiro al suo. Calmo. Regolare. Lenitivo. È per questo che l'ho chiamato nonostante la distanza che ho voluto imporci. È *lui*. Il mio punto di riferimento, la mia casa. I miei occhi si chiudono dolcemente, cullati da questo suono ipnotico.

«Sapevi che nel 1880 la regina della Thailandia annegò davanti ai suoi sudditi, che la guardarono morire senza intervenire perché non potevano toccarla? Riesci a immaginare la scena?»

La domanda mi fa scoppiare in una risata nervosa. Anche lui ride. Ora respiro meglio. Poi tornano le lacrime. Silenziose. Dolorose. Liam le sente. Lo immagino mentre si passa le mani tra i capelli.

«Parlami. Stai bene?»

«Io… sì.»

«Luna…» sussurra lui, sofferente.

«Liam…»

«Va bene. Dammi due minuti, non riattaccare. Torno. Non riattaccare, mi raccomando.»

Il suo tono è fermo, ma la voce è supplichevole. Senza aspettare la mia risposta, mi mette in attesa. Il vuoto ritorna. Il mio cuore riprende la sua folle corsa. Mi sento stupida per aver avuto così bisogno di lui, e sto per riattaccare, ma la sua voce ritorna.

«Luna, ascolta, un'auto verrà a prenderti tra venti minuti per…»

«Cosa?» lo interrompo, alzandomi subito a terra. «Liam, non è…»

«Luna» mi interrompe lui a sua volta. «Senti, ho capito che c'è qualcosa che non va, ma non sono a New York. Quindi ora Morgan viene a prenderti e il mio jet ti porterà da me. È tutto a posto. Ti aspetto sulla pista.»

Mi aspetto che riattacchi, ma resta in linea.

«Dimmi quando sei in macchina, aspetto con te, ok?»

«Ok.»

Il flusso delle lacrime raddoppia. Meno acido, più

dolce. Restiamo lì senza dire una parola. Mi ci vuole un attimo per avere il coraggio di alzarmi da terra. Quando mi vedo riflessa allo specchio, fatico a riconoscermi. Ho il viso gonfio, i capelli formano un nido arruffato in cima alla testa. Mi spruzzo dell'acqua in faccia, poi apro la porta della camera da letto e infilo la testa nello spiraglio. Calma piatta. Una calma che non fa altro che intensificare la mia ansia. Cammino piano verso la finestra del soggiorno, temendo di vedere qualcuno nascosto nel buio che mi osserva.

«Liam?»

«Sì, cuore mio?»

«Quando sono uscita dalla doccia ho trovato un biglietto infilato sotto la porta.»

Con la voce ancora tremante, gli racconto tutto. Lo sento alzarsi, camminare, chiudersi una porta alle spalle.

«È impossibile, vero? Lo so che è stupido, ma...»

«Hai paura, lo capisco. Non preoccuparti, Morgan arriverà presto.»

Non ho tempo di rispondere perché bussano alla porta. Mi avvicino lentamente per guardare dallo spioncino.

«È Morgan.»

Gli apro ed entra subito in modalità combattimento. Pronto a demolire tutto ciò che lo circonda. Mi saluta, mi ordina di non muovermi, poi tira fuori la pistola. Con gli occhi spalancati, lo guardo controllare attentamente ogni stanza dell'appartamento. La mia vita a volte sembra un telefilm.

«Luna, che sta succedendo?» chiede Liam.

«In realtà speravo che potessi spiegarmelo tu. Perché Morgan sta perquisendo casa mia? C'è qualcosa che devo sapere?»

Per favore, dimmi di no. È Morgan che mette fine alle mie domande, piazzandosi di fronte a me.

«Niente da segnalare, dichiara. È una procedura standard, signorina Luna.»

Il tono gentile che ha usato avrebbe dovuto rassicurarmi. Non so se ha funzionato, però, perché l'unica cosa che voglio è uscire di qui.

«Prepara una valigia, prendi il passaporto e consegna il biglietto a Morgan. Andrà tutto bene, te lo prometto.»

Dopo i saluti, la chiamata termina. Metto da parte il mio desiderio di controllare tutto e ubbidisco. Preparo una valigia, chiamo i miei amici per spiegare loro la situazione e consiglio a Camille, che tornerà tra due giorni, di restare a dormire da Matteo. Salgo in macchina cercando di ignorare lo sguardo che mi sento addosso. Charlie è morta. Anche Kole. E l'Fbi non ha trovato traccia di nessun altro in quel magazzino. I capelli biondi, gli occhi azzurri come il ghiaccio, quella voce familiare. Desideravo così tanto rivederla che il mio cervello si è inventato tutto.

Quel biglietto è soltanto uno scherzo di pessimo gusto. Con le dita aggrappate alla portiera, è questo che mi ripeto lungo il percorso verso l'aeroporto, mentre fuori il sole sta sorgendo e i primi raggi arancioni accarezzano i grattacieli all'orizzonte.

32
Luna

Sul jet vengo accolta da una hostess poco simpatica che mi fa accomodare e mi porta un calice di champagne. Mi guardo intorno incuriosita. Pelle, marmo, mini-frigo. Di colpo mi sento a disagio. Tutte queste persone – la hostess, Morgan, il pilota – sono qui all'alba per colpa mia. Perché non sono capace di gestirmi da sola i miei attacchi di ansia. E perché ho dovuto chiamarlo in lacrime.

No, no.

Mi alzo dal mio posto per dirigermi verso l'uscita, ma la hostess interviene per bloccarmi.

«Ho ricevuto l'ordine di non lasciarla scendere per nessun motivo.»

«Chiedo scusa?»

«Il signor Davis mi ha dato istruzioni molto precise» continua. «La prego, torni al suo posto. Decolliamo fra poco.»

«Ho cambiato idea. Se non voglio più andare è rapimento.»

Vedo che si sta sforzando di non alzare gli occhi al cielo.

«Il signor Davis mi aveva avvertita che avrebbe detto una cosa del genere e mi ha suggerito di risponderle che lavoro per lui, non per lei. E ora sto citando» aggiunge, con palese soddisfazione, «metta il culo su quel sedile e la smetta di fare la stronza».

Il mio cuore si è appena gonfiato d'amore? Sì. Ho comunque voglia di sventrarlo perché mi conosce così bene? Forse.

Venti minuti dopo l'aereo raggiunge la velocità di crociera. Mi tengo occupata come meglio posso, ma in realtà oscillo tra impazienza e tensione. Quindi mi rimpinzo di qualunque cosa su cui riesco a mettere le mani. Alla fine, chiamo la hostess che sta passando in corridoio. Aggrotta le sopracciglia e fissa inorridita le mie dita unte strette al suo avambraccio. Ops, mi dispiace.

«Dove stiamo andando?»

Sì, è solo quando sono sazia che realizzo che non ho idea di quale sia la destinazione. La sua smorfia dice quello che le sue labbra sigillate dallo stipendio non hanno il coraggio di esprimere. «Un'altra ragazza scarrozzata in giro da un uomo ricco.» Ma la sua opinione non mi tange. Sono abbastanza consapevole del mio valore da non sentire l'obbligo di giustificarmi di fronte al giudizio di una estranea amareggiata.

«A Washington.»

Questa è una sorpresa.

Con la pancia piena, finalmente mi addormento. Vengo svegliata dalla mia nuova amica che mi chiede di prepararmi per l'atterraggio. Quando l'aereo si ferma sulla pista, lo vedo in lontananza. Ci siamo visti ieri sera, ma mi sembra che sia passata un'eternità. E vedendolo con i jeans scuri, il maglione bianco e la giacca beige capisco che tutto questo è durato abbastanza. Liam Jude Davis è il mio lieto fine.

Si raddrizza quando mi vede in cima alla scaletta. Il vento fresco di fine settembre mi sferza la pelle. E lì noto che ha in mano un maglione. Sapeva che me lo sarei dimenticato. Sorrido. Lui sorride. I nostri sguardi si attraggono come magneti. Il tempo si ferma. I miei piedi iniziano a muoversi verso di lui, naturalmente. A ogni passo, l'eco del mio battito cardiaco diventa assordante. Poi anche lui avanza. Senza mai staccarmi gli occhi di dosso, come se temesse che potrei scomparire se sbattesse le palpebre. Quando ci separano pochi centimetri, leggo nei suoi occhi verdi tutto ciò che il suo cuore vuole dirmi. Con una mano sulla nuca e l'altra sulla vita, Liam mi tiene stretta contro di lui.

È stata una buona idea venire.

Lo abbraccio forte. E il mio cuore cede quando sento il battito regolare del suo contro il mio petto. Ho le braccia aggrappate alla sua vita, come un'ancora di salvezza senza la quale affonderei. Assorbo il suo calore, la sua forza, il suo odore, il suo amore. Non so quanto restiamo in questo abbraccio, ma lui non allenta la presa, e non sento il minimo giudizio sulla mia paranoia, non mi sento debole tra le sue braccia. Quando si stacca da me è per posarmi un bacio sulla fronte e mettermi il maglione sulle spalle nude. Mi tende la mano, saliamo in macchina, e partiamo.

Durante il viaggio, e durante la salita in ascensore, Liam non mi ha fatto nemmeno una domanda. Sa sempre rispettare i miei silenzi e sa come sostenermi a distanza. Il suo sguardo è fisso sui numeri che scorrono, la sua mano si avvicina alla mia e le nostre dita si intrecciano. È il suo modo di dimostrarmi che è lì, quindi gliela stringo più forte. Il mio modo di dimostrargli la mia gratitudine.

Una volta entrati nella camera d'albergo, mi tolgo il maglione, le scarpe e mi dirigo verso l'enorme vetrata che si affaccia sulla città. La vista è mozzafiato. Due braccia forti mi circondano la vita e mi girano verso di lui. Il mio cuore non ne può più, quindi metto fine alla nostra sofferenza. Lo abbraccio.

«Non riuscivo più a resistere» gli sussurro contro la bocca.

«Non voglio che tu ti trattenga mai più.»

Adoro sentire il battito furioso del suo cuore contro il mio.

«Vuoi farti una doccia?»

Scuoto la testa da destra a sinistra.

«Hai fame?»

«Penso di aver mangiato abbastanza per le prossime due settimane» sghignazzo. «Se prendo dieci chili, saprò a chi dare la colpa.»

«Avrò più parti di te da coccolare.»

Sempre le parole giuste. Mi stacco dal nostro abbraccio per andare in bagno e indossare qualcosa di più comodo.

Quando torno in camera lo trovo seduto sul letto e

scopro che anche lui si è messo comodo, indossa soltanto dei pantaloncini neri della Nike.

Il suo sguardo vaga sul mio corpo, poi si morde le labbra per trattenersi dal ridere.

«Bei calzini» dice, incapace di reprimere il suo ghigno per un altro secondo. «SpongeBob, sul serio?»

«Mi sono messa i primi che ho trovato. Perché, è un problema?» chiedo, incrociando le braccia sul petto.

«Persino Satine è troppo grande per quel cartone.»

«Senti chi parla. Non sei un fan di *Totally Spies*? Ebbene sì, ho visto il tuo account Netflix.»

La sua bocca si spalanca per lo choc. Poi Liam balza in piedi e mi afferra. Mi ritrovo inchiodata al materasso, con lui sopra di me. Le sue dita abili solleticano le parti più sensibili della mia pelle. Urlo come una pazza, mi si mozza il respiro. Lo odio e lui lo sa. Dalla gola mi escono dei rumori poco attraenti, grugnisco come una scrofa che viene sgozzata. Poi, vedendo che sono sul punto di arrendermi, si ferma, mi posa le braccia ai lati del viso e mi bacia le lentiggini.

«Sei troppo bella per questo mondo, Piccola Luna.»

Il mio respiro rallenta, deglutisco, sento ciascuna delle sue sillabe sfiorarmi la pelle.

«Ne vuoi parlare?» dice poi.

Io annuisco e basta. Ci ritroviamo seduti faccia a faccia sul letto king size. Prima di abbandonarmi a lui, cerco di mettere ordine nel caos dei miei pensieri.

«Forse può sembrarti assurdo» esordisco «ma vedo Charlie. Nei miei incubi, credo. Ti costringe sempre a scegliere tra me e lei. E alla fine ci uccide entrambi. Mi sveglio in preda al panico, con il cuore pronto a esplodere. Secondo la mia terapeuta è perché non riesco ad accettare la sua morte, o meglio, la violenza con cui ci è stata strappata via. Una parte di me si oppone all'idea.»

Il suo palmo trova dolcemente la mia guancia.

«Quando ho iniziato il mio percorso, mi sentivo malissimo ad avere certi pensieri...»

Lascia in sospeso la frase, prima di continuare: «Quando credevo che mia sorella si fosse suicidata, ero devastato, ovviamente, ma una parte di me provava ancora sollievo: lo aveva fatto perché non ce la faceva più, perché voleva mettere a tacere la sua sofferenza. Era stata una sua scelta. Credere che fosse in pace dava anche a me una parvenza di pace. E poi è venuta fuori la verità. Mia sorella voleva vivere. Ho dovuto fare un lavoro enorme per accettare la perdita. Tutto questo per dire che ci vorrà del tempo perché tu lo accetti. Ma puoi parlarmi di lei. Ricorda: pensiamo a lei insieme».

«Ho paura di farti soffrire, di riaprire delle cicatrici.»

«È una ferita che non guarirà mai, ma con il tempo farà meno male. L'ho capito troppo tardi, ma il lutto non significa dimenticare o smettere di piangere. Il lutto è accettare di vivere senza di lei. E l'ho fatto.»

Annuisco, la gola stretta dai singhiozzi.

«Per quanto riguarda il biglietto che hai ricevuto, capisco la tua paura, ma, cuore mio, quel bastardo è morto, Daniel è morto. È tutto finito. Sarà un qualche malato ossessionato da questa storia.»

«Tu credi?»

«Per questo ho cambiato numero» mi spiega. «Ricevevo chiamate anonime da tipi strani che fingevano di essere mia sorella, altri mi dicevano di averla vista in un certo posto. Penso che qualche fanatico sia riuscito a trovare il tuo indirizzo e voglia spaventarti.»

«Davvero ti hanno fatto questo?»

Liam annuisce. Non riesco a credere che ci siano persone tanto malate al mondo.

«Non voglio che succeda anche a te. Troverò una soluzione, ok?»

Annuisco, e Liam mi bacia le palpebre prima di infilarsi sotto la doccia. Ne approfitto per prendere il cellulare e uscire sull'ampia terrazza. Sono le otto e mezza del mattino, e le mie notifiche stanno già esplodendo. Mi siedo su una poltrona da esterno per dare un'occhiata.

Camille
Avocado o banana?

È il codice segreto che abbiamo adottato nel caso una di noi fosse in pericolo. Dato che sono allergica all'avocado, se dico *avocado* deve chiamare la Cia, l'Fbi e tutto il resto. Le forze dell'ordine, insomma.

Sorrido e digito la mia risposta. Prima che riesca a inviarla mi arriva un messaggio da Matt.

Matt
Sbrigati a rispondere, perché sta già guardando i voli, anche se non sa dove sei.

Io
Banana.

Camille
Fiuu. Tutto bene?

Matt
State scrivendo la ricetta di una torta?

Io
Cam, spiega tu. Avete avvertito Tee?

Cam
Sì, è ad Atlanta con il suo nuovo migliore amico.

La immagino alzare gli occhi al cielo esasperata.

Matt
Stavano per caderle gli occhi.

Io
Quando torno dobbiamo fare una bella chiacchierata, non può andare avanti così.

Cam
Dove sei?

Matt
Dove sei, Rapunzel?

I loro messaggi arrivano in contemporanea. Invio a tutti e due la stessa risposta.

Io
A Washington. Siete nella stessa stanza e mi state mandando gli stessi messaggi. A questo punto facciamo prima a creare un gruppo.

Cam
Oddio! Bellissima idea. Devo aggiungere Liam?

Io
Certo! Così si incazza.

Matt
Siete demoniache.

Con un sorriso maligno sulle labbra, concludo la conversazione perché ho sentito bussare alla porta.

Sulla soglia c'è una donna nera con capelli a caschetto. Il modo in cui mi squadra dall'alto in basso, come se la mia presenza la disturbasse, mi fa trasalire. È ovvio che si aspettava di trovare qualcun altro dall'altra parte della porta. E soprattutto non con così pochi vestiti addosso. Turbata dalla ruga tra le sue sopracciglia, inclino la testa, ricambiando il suo sguardo ostile.

«Buongiorno» dice lei alla fine. «Liam è qui?»

Non mi piace la sensazione spiacevole che mi risale lungo la schiena. Perché una donna sulla trentina si presenta così presto nella camera d'albergo di Liam?

«Chi è lei?»

«Gregoria Adams» si presenta, tendendo la mano. «Ieri sera se n'è andato così in fretta che ho pensato di venire a controllare se fosse tutto a posto.»

Per gentilezza, ricambio la stretta.

«Ieri sera, certo, mentre…»

«Eravamo a cena» completa lei.

Liam Davis uscirà in fretta dal nostro gruppo su WhatsApp.

«Può scusarmi un attimo?»

Senza darle la possibilità di rispondere, le sbatto la porta in faccia e mi precipito in bagno, decisa a dargli fuoco. Era a cena con un'altra donna? Alla faccia del lieto fine! Lo trovo a torso nudo davanti allo specchio, impegnato a idratarsi il viso con la mia crema.

«Tutto bene, Piccola Luna?»

«Puoi ricordarmi cosa stavi facendo quando ti ho chiamato?»

Liam si appoggia al bancone e incrocia le braccia sul

petto. Non c'è niente nel suo sguardo che tradisca il panico o la sorpresa.

«Non ricordo di averti detto niente.»

«Rinfrescami comunque la memoria.»

I suoi occhi si stringono.

«Ero a cena.»

«Con chi?»

«Gregoria.»

«Una certa Gregoria» sbotto, insieme a lui.

Lo sguardo sul suo viso è confuso quanto il mio.

«Sì, infatti. Mi spieghi il problema?»

«Il problema è che lei è qui e, da come mi fissava, si aspettava di trovarti da solo.»

Liam inarca un sopracciglio e inclina la testa.

«L'hai invitata a entrare?»

Faccio uno sbuffo incredulo.

«Ovviamente no. Hai detto a questa povera donna che c'è una Luna nella tua vita?»

Liam china la testa in avanti e la scuote. Quando la rialza, sembra sinceramente divertito dalla situazione, e la cosa mi dà fastidio. Riduce la distanza tra noi, mi stringe le dita attorno al collo con la pressione perfetta e mi sussurra all'orecchio: «Piccola Luna, più tardi me la paghi».

Il suo tono minaccioso mi fa stringere le cosce. Ancora di più quando un ghigno fastidioso gli incurva le labbra. A quel punto vengo scortata all'ingresso. La donna è ancora lì e sorride quando vede Liam.

«Liam, ero preoccupata.»

Il suo tono è una miscela armoniosa di familiarità e avvertimento.

«Come puoi vedere, va tutto bene. Luna, lei è Gregoria.»

«Ci siamo già presentate.»

«È la collega di mio padre.»

Lei sorride di nuovo, mentre io vorrei scomparire sottoterra.

«Ah.»

«Perché non le hai detto chi eri?» chiede Liam.

«Per divertirmi. Ho capito subito che voleva saltarmi alla gola. E ne ho approfittato.»

«Il tuo giochino mi ha quasi reso sterile» replica lui.

Poi, rivolta a me, la donna dice: «Agente speciale Gregoria Adams. Mi scuso per averti guardata in modo così indiscreto. È che l'ultima volta che ti ho vista eri...».

«Capisco» la interrompo.

Sanguinante. Traumatizzata.

«Tuo padre ti aspetta al *diner* all'angolo.»

«Va bene, ci vediamo tra qualche minuto.»

Ci?

Gregoria ci lascia, Liam chiude la porta, poi mi sussurra: «Ora andiamo a fare colazione con mio padre e la sua collega. E quando torniamo te la faccio pagare per non aver capito ancora che sono tuo e per me non conta nessun'altra donna al mondo. Ho detto che ti avrei aspettata, non importa quanto tempo ci sarebbe voluto. E forse stasera ti scoperò finché questo concetto non entra in quella testa di criceto».

Non so quale parte della sua frase mi abbia fatto battere il cuore più forte, ma devo restare concentrata sul resto.

«È la prima volta che lo vedi da quella notte?»

«Sì, abbiamo deciso di vederci una volta al mese per ora. Un simpatico consiglio del mio terapeuta» sbotta, pieno di sarcasmo.

Mi viene da sorridere. Gli scosto una ciocca di capelli dalla fronte, lascio che il mio palmo gli scaldi la guancia.

«Sono davvero felice che tu non gli abbia chiuso del tutto la porta. Ma preferisco lasciare che vi vediate da soli, senza di me.»

«Lu» sospira. «Ho bisogno di te. Non posso farcela altrimenti.»

«Non è vero.»

«Puoi far finta di dormire, come ho fatto io quando parlavi con tua madre.»

Scoppio a ridere.

«E vuoi che mi addormenti prima o durante la conversazione?»

«Prima» risponde il pazzo, fin troppo serio. «Posso dire che ti sei addormentata lungo la strada, e sceglieremo un posto vicino al muro in modo che tu possa appoggiare la testa.»

«Smettila di fare lo stupido. Vai da tuo padre, ascolta quello che ha da dire, non aver paura di ferirlo dicendogli quello che provi, e digli che se osa deluderti di nuovo la tua ragazza è cintura nera di karate.»

«Cosa?»

«Sì, ok, non è vero, ma non è necessario che lui lo sappia. Può comunque spaventarlo a morte.»

«No, quello che hai detto prima… la mia cosa?»

Gli occhi di Liam brillano di speranza, ma non troppo.

«La tua ragazza.»

Queste tre parole sono come una scarica di adrenalina nelle mie vene. E anche per lui, perché mi bacia come se respirasse per la prima volta da mesi. Le nostre labbra si uniscono, la sua lingua accarezza la mia, mi tormenta, mi fa perdere l'equilibrio.

«Luna Eden Collins, prometto di prendermi cura del tuo cuore» sussurra contro le mie labbra.

Per tutta la vita. Non lo dice ad alta voce, ma leggo la promessa nei suoi occhi, nei suoi baci che sanno del nostro lieto fine.

«E io prometto di prendermi cura del tuo.»

«Ti conviene, perché è tuo.»

«Non andartene di nuovo senza di me, ok?»

«Piccola Luna, da quando eravamo bambini ti ho promesso l'infinito, e il modo in cui mi hai guardato quella sera è uno dei ricordi più belli che ho. Non me ne andrò mai più senza di te.»

33
Liam

Non sono la persona più positiva del mondo. Pessimismo potrebbe essere il mio secondo nome, o potrei semplicemente tatuarmelo in maiuscolo sulla fronte. Sono sempre pronto al peggio. Ma da quando ho lasciato mio padre ieri me ne vado in giro con qualcosa che prima avrei considerato pericoloso o stupido nel cuore: la speranza. Penso che potrei cagare dei glitter quando vado in bagno.

Luna Eden Collins è la mia ragazza. Una definizione che mi fa sentire come se fossi tornato al liceo. Mi sono svegliato con un sorriso, mi sono versato il caffè con un sorriso. Il dato più eclatante? Il peso sul mio petto è scomparso, almeno finché mia madre non mi ha inviato un messaggio. Non li leggo nemmeno più. Li elimino automaticamente. Non sono ancora pronto a rivederla o a perdonarla per aver sfruttato la scomparsa di mia sorella per separarmi da Luna. Forse non succederà mai. Non lo so. So solo che mi rifiuto di lasciare che questo inquini i miei pensieri.

Ricevo un altro messaggio e, convinto che sia lei a insistere, faccio per spegnere il cellulare, ma è il nome Gael a comparire sullo schermo. Finalmente buone notizie. Mentre leggo, regolo il suono del mio iPad per non svegliare Luna, che dorme a pochi metri di distanza.

La musica della band che suona davanti ai miei occhi è un orgasmo per le mie orecchie. Ricordo ancora come mi sono sentito anni fa, vedendoli sul palco. Non riesco a credere che non siano ancora diventati famosi o almeno opzionati da un'etichetta. D'istinto alzo la testa al soffitto e giuro di sentire il suo sorrisetto insolente.

«Buongiorno!»

Lu sbadiglia, ancora mezza addormentata, quasi barcollante. Con i capelli arruffati e i segni del cuscino sulla guancia, si strofina gli occhi, sbadiglia di nuovo, poi si ferma a stiracchiarsi come un gatto. La maglietta che fungeva da pigiama si solleva, rivelando la parte superiore delle sue cosce nude, e questo dettaglio mi ricorda che, quando sono tornato a casa, non gliel'ho fatta pagare per aver dubitato di me. Sono passati anni, ma sembra non voler assimilare il fatto che il mio mondo ruota attorno a lei. Dannazione, lei è il mio mondo, e nessuna ragazza prenderà mai il suo posto. Anche quando la odiavo, la amavo da morire.

«Buongiorno, cuore mio, ti ho svegliata?»

Un timido sorriso le increspa le labbra, come se sentisse il soprannome per la prima volta. Sorrido anch'io. Sì, mi sento un adolescente quando sono con lei.

Luna mi bacia le labbra, si siede sulla poltrona di fronte a me e appoggia le gambe sulle mie cosce.

«Il letto era freddo» risponde, legandosi i capelli in una coda di cavallo, poi si paralizza. «Ehi, ma la conosco quella voce. Non è…? Possibile?»

Ridacchio alla vista della sua faccina da criceto eccitata.

«Sì, sono loro» confermo, incapace di trattenere il sorriso. «Gli Ultraviolet. Non riesco a credere che te li ricordi.»

L'iPad mi viene rapidamente strappato dalle mani. In pochi secondi sul suo viso passano decine di emozioni. Eccitazione, gioia, tristezza, nostalgia.

«È stata una delle mie migliori serate con Charlie.»

«Meglio di quella in cui avete vomitato?»

«Zitto» si lamenta per finta. «Con chi hanno il contratto?»

Il mio sorrisetto la mette subito in allerta.

«No! Vuoi portarli da noi? Oddio, sarebbe fantastico. Sono ancora a Carolina Beach?»

«Sì.»

«Dobbiamo andare lì e convincerli a firmare con la Mem. Subito!»

«*Noi* non dobbiamo fare niente, perché stamattina siamo impegnati. Se ne occuperà Gael.»

Il suo sorriso si trasforma in una smorfia. Due piccole biglie grigie mi minacciano.

«Liam» sibila, «non dirmi che hai chiesto a Gael di andarci solo per poter stare in questa stanza d'albergo tutto il giorno a goderti il mio corpo?»

«Godermi il tuo corpo? Davvero?»

Luna mi ignora, prende un chicco d'uva bianca e me

lo lancia in faccia, ma io apro la bocca giusto in tempo e lo trangugio.

«Luna» dico, con lo stesso tono aspro, «non dirmi che hai così tanta voglia di sentirmi dentro di te che è il primo pensiero che ti attraversa la mente?»

Le lancio a mia volta un chicco d'uva che lei ingoia con gusto. Nei suoi occhi è comparso un lampo di sfida. Cavolo, siamo davvero dei bambini.

«Non vedo cosa potrebbe esserci di più importante di andare a incontrare questo gruppo oggi.»

Altra uva. Me la lancia deliberatamente con più forza. Devo allungare il collo per riuscire a prendere l'acino. E il mio piccolo demone sghignazza soddisfatto.

«Gael va soltanto a parlargli» le dico. «Se accettano di firmare, ovviamente, sarai tu a lavorare con loro.»

La notizia sembra rilassarla. Le lancio due chicchi d'uva e la piccola peste li afferra entrambi. Alzo gli occhi al cielo alla vista del suo sorriso vittorioso. Me ne faccio scivolare uno tra le labbra senza morderlo. Poi mi avvicino a lei e la bacio. A entrambi sfugge un sospiro soddisfatto. Quando le nostre labbra si accarezzano, ne approfitto per infilarle l'uva in bocca.

«Gael è insopportabile, ma è bravo… sshh» la zittisco, prendendole le labbra in modo che non mi interrompa. «Gli ho affidato il compito di convincerli, e di sicuro non vuole deludermi. Ora vai a farti una doccia, perché fra due ore partiamo. Hai portato il passaporto come ti avevo chiesto?»

Lei annuisce.

«Che devo mettermi?»

Niente di niente, questo è stato il mio primo pensiero, perché una volta lì intendo indossare meno vestiti possibile, ma non voglio essere responsabile dell'infarto che rischia di avere il pilota se la vedesse salire a bordo nuda.

«Il tuo solito outfit andrà benissimo, quello che dà l'impressione che tu sia una persona sportiva.»

«Hai mai sentito dire "siamo ciò che indossiamo"?»

«No, visto che te lo sei appena inventato.»

Per protesta, mi pizzica la pelle della pancia e corre in bagno.

«Prendi una felpa per l'aereo» le grido dietro.

«La tua?»

«No, la tua!»

«Quindi la nostra.»

Cavolo, sono pazzo di lei.

Luna era così eccitata che si è preparata in meno di un'ora. Ma l'eccitazione le è passata in fretta quando ha capito che non avevo intenzione di rivelarle la nostra destinazione, nonostante i baci di cui mi ha riempito. Voglio che sia una sorpresa. Ed è per questo che ho chiesto all'equipaggio di mantenere il massimo riserbo. Quando mancherà poco all'atterraggio, i suoi occhi saranno coperti da una benda. Il volo dura soltanto due ore e mezza, e Luna ha trascorso la metà del tempo cercando di corrompere la hostess.

«Quanto tempo restiamo lì?»

«Due giorni.»

I suoi occhi si spalancano.

«Che cosa? E il lavoro? Non posso sparire così.»

«Sei tu il capo, quindi sì… ma non preoccuparti, penserà a tutto Samantha, e il gruppo ha il suo produttore.»

«Chiedermi di smettere di controllare tutto è come ordinare a un cieco di vedere» brontola lei.

«Rilassati. Goditi il momento. So che non ti piace lasciarti andare e non avere il controllo, ma ti prometto che quando saremo lì il lavoro passerà in secondo piano.»

Chiamo Iris e le chiedo di portare un cocktail per Lu.

«Laguna Blu, Margarita o Sex on the Beach?» suggerisce.

«Tutti e tre, per favore. Sono in vacanza.»

La hostess esita, mi lancia uno sguardo perplesso.

«Ha sentito. Le porti quello che vuole.»

«Molto bene, signora Davis» dice, prima di andarsene.

Il mio cuore manca un battito. Osservo la sua reazione, mi crogiolo nella sensazione di quel nome alle mie orecchie. Luna Davis. Pensavo che l'avrebbe corretta, ma non l'ha fatto. La sua mascella si è contratta, ma poi il suo sguardo giocoso ha catturato il mio. So che non siamo pronti per sposarci, ma sentirlo è stato come una scossa elettrica, però piacevole.

La conosco abbastanza da sapere che stiamo aspettando la stessa cosa: la reazione dell'altro. Ci valutiamo in silenzio, ci scrutiamo. Ci sfidiamo. Piccola Luna, *fammi vedere se questa cosa ti spaventa o se l'idea ti piace tanto quanto a me*. Ma nessuno di noi si lancia. Lei si morde il labbro per evitare di sorridere, mentre io scuoto la testa, divertito dal nostro cinema. In fondo lo sappiamo già. Luna Collins non ha bisogno del mio cognome per gridare al mondo che mi appartiene. È così da quando si è arrampicata su quell'albero otto anni fa.

«Signor Davis, stiamo per iniziare la discesa.»

Iris porta la maschera di raso nero su un vassoio per bendare Luna. Il panico sul suo volto è delizioso.

«E se fossi claustrofobica?» si lamenta.

«Odi il silenzio, sei allergica a un sacco di cose buonissime, sei testarda e noiosa, sei piuttosto brava a disegnare, ma non temi gli spazi chiusi né il buio.»

«Piuttosto brava?» si indigna. «E poi alcune patologie si sviluppano con il tempo.»

«Tipo in due ore e mezza?» replico.

«A quanto mi risulta, non ti chiami Sigmund Freud. Non conosci tutte le patologie del mondo e la loro evoluzione.»

«Certo. Non ho una doppia testa rotante per farti godere.»

L'orrore e lo choc sul suo volto mi fanno scoppiare a ridere. Ma se lo merita per essersi presa gioco di *Totally Spies*.

«Ebbene sì, Piccola Luna, so come hai chiamato il tuo vibratore. Tuo padre è specialista in neurologia, non è che hai qualche *daddy issue*?»

A giudicare dalla sua espressione, non aveva mai messo in relazione le due cose.

«Oddio, perché hai dovuto rovinare la mia relazione con Sigmund? Ti sentivi minacciato?»

Mi acciglio.

«Allacciati la cintura e taci.»

Io, sentirmi minacciato da un giocattolo? Luna obbedisce, ma mi lancia uno sguardo divertito.

34
Liam

Se l'esperienza mi ha insegnato una cosa, è che al mio piccolo demone non piace per niente essere bendata. E allora perché ho insistito per coprirle gli occhi? La risposta è chiara, mi piace torturarla. Sono solo dieci minuti di viaggio dall'aeroporto al luogo della sorpresa. E tra le sue lamentele, i grugniti e i tentativi di manipolarmi per farmi cedere, avevo la testa gonfia come un palloncino. E il peggio non era ancora arrivato. Non avevamo ancora attraversato il pontile di legno che scricchiolava sotto i nostri piedi. Cavolo, avrei dovuto filmarla per farla prendere in giro dai nostri amici una volta tornati a casa. Sembrava una bambina che imparava a camminare. Ovviamente non le ho lasciato la mano neanche per un secondo.

Una volta che il calvario è finito, il suo, naturalmente, perché io non mi ero mai divertito tanto, posso svelarle la sorpresa.

«Sei pronta?»

Le tolgo la benda. Devo essere onesto, ho il cuore a

mille. Temo la sua reazione. Temo che l'arredamento non le piacerà, che lo troverà troppo moderno o non abbastanza. Che sia troppo lontano dal mare o non abbastanza. Cavolo, sto impazzendo. Luna si strofina gli occhi per vedere meglio. E aspetto. Troppo a lungo. Si gira, si guarda intorno nell'immensa villa su due piani, piena di vetrate. La prima cosa che si nota entrando è la vista sul Mar dei Caraibi, con le acque turchesi belle da mozzare il fiato. Sempre in silenzio, Lu attraversa il soggiorno moderno, con le grandi finestre che lasciano filtrare i raggi del sole. Diversi grandi divani e, alla nostra sinistra, la cucina a vista completamente attrezzata. Volevo colori neutri, con alcune tonalità del legno, per mantenere l'atmosfera casual. Volevo sottolineare la differenza tra New York e il nostro piccolo angolo di paradiso.

La sua mancanza di reazione sta per farmi impazzire. La seguo sulla gigantesca terrazza dove lascia che le sue dita accarezzino le amache. Ora mi sembra di intravedere l'accenno di un sorriso sulle sue labbra. Più avanti, una infinity pool dà l'impressione di fondersi con la natura rigogliosa che circonda la villa. L'azzurro del mare si sposa alla perfezione con il verde degli alberi. Ma Luna continua a non dire nulla. La cosa peggiore è che sembra persa nei suoi pensieri. E una Luna silenziosa non è mai un buon segno.

Poi mi supera per continuare a esplorare ogni angolo. Al piano superiore, a cui si accede tramite una scala a chiocciola, si trovano cinque camere da letto, con relativi bagni. Scopre subito la straordinaria *ca-*

mera da letto padronale, il mio posto preferito. E anche il suo, a quanto pare, perché le sfugge un piccolo gemito. La stanza, circondata da vetrate, sembra sospesa nello spazio. Le finestre si affacciano su un bosco fitto e rigoglioso.

Turbato da quel silenzio infinito, interrompo la sua ispezione.

«Se non ti piace l'arredamento possiamo sempre cambiarlo. Lì sotto» dico, indicando il grande giardino sotto i nostri piedi, «c'era una grande altalena, ma l'uragano Dorian ha distrutto tutto e allora mi sono detto...»

«Perché dovrei voler cambiare?»

«Perché è casa tua.»

Forse le va di traverso la saliva, perché inizia a tossire e a battersi il pugno sul petto. Quando finalmente riprende fiato, non riesco a leggere l'espressione sul suo viso.

«Dove siamo?»

«A casa tua» ripeto.

«No, dove siamo? In quale parte del mondo?»

Accidenti, amico, svegliati. Era bendata.

Per torturarla ulteriormente, le rivolgo un piccolo sorriso complice. I suoi occhi si spalancano, le sue labbra si schiudono. E cavolo, è bellissima.

«No! Non l'hai fatto davvero?»

Luna si copre la bocca con le mani, mentre io metto le mie in tasca per nascondere il tremito causato dalla sua euforia.

«Te l'avevo promesso, Piccola Luna.»

Avevo immaginato di tutto. Pianti, possibili urla, anche un po' di violenza, perché adora colpirmi con quelle sue manine, ma non ero pronto a quello che stava per succedere.

«Oddio! Aspetta? Hai detto uragano Dorian?»

Oh, oh.

Luna riduce la distanza tra noi, gli occhi già colmi di lacrime.

«Liam, l'uragano Dorian è stato nel 2019.»

«Sei sicura?» chiedo, con tutta l'innocenza di cui sono capace. «Non mi tengo molto aggiornato sull'attualità.»

«Sì, me lo ricordo benissimo» dice, pensierosa. «Avevo appena ottenuto lo stage dei miei sogni in una piccola etichetta. Quando siamo tornati a casa, Cam e Tee erano incollati alla televisione a guardare i danni causati dall'uragano. Erano immagini terribili. Mi sono chiesta cosa avrebbero fatto con i maiali in una situazione del genere, e mi sono messa a piangere. A mia discolpa, va detto che ero esausta.»

«Penso che siano stati messi…»

Il suo indice si posa sulle mie labbra per farmi tacere.

«In che anno mi hai comprato questa villa?»

«Qualche mese fa.»

«Liam Jude Davis.»

Che senso ha mentirle?

«Nel 2018.»

Il suo dito lascia la mia bocca, le braccia le ricadono mollemente lungo i fianchi.

«Ma mi odiavi» sussurra, con la voce tremante per l'emozione.

Le prendo il viso tra le mani, perché penso che sia

sul punto di svenire o di vomitarmi i suoi tre cocktail sulle scarpe.

«E allora?»

«Eri ubriaco?»

Scoppio a ridere, rovesciando all'indietro la testa.

«No, Piccola Luna. Te l'avevo promesso e l'ho fatto. Non so, forse già allora sapevo che un giorno ci saremmo rivisti. Forse speravo tanto che il mio desiderio si avverasse. E chi avrebbe mai pensato che saremmo venuti qui da fidanzati?»

Il suo mento comincia a tremare.

«Ci eri mai stato?»

«No, venirci senza di te non aveva senso.» All'improvviso una sessantina di chili mi saltano tra le braccia, e le sue labbra mi assalgono di baci.

«Grazie, Limee. Mi dispiace di aver dubitato di te quando avevo dodici anni.»

Rido di nuovo. Impossibile restare seri con lei.

«Ti perdono, eri solo una povera creatura.»

Mi sono meritato il pizzico fra gli occhi. Ma poi avvicina la bocca al mio orecchio e mi sussurra: «Ti scoperò fino a spezzartelo in due».

«Cavolo» rabbrividisco. «Ho praticamente sentito il dolore. Perché? *Perché, Luna?* Non ripetere mai più una cosa del genere. Basta *dirty talk* per te, ok? Vietato.»

«Perché? Non ti sei eccitato?»

Siamo scoppiati a ridere come due idioti, ed è quello che abbiamo fatto nei nostri due giorni sull'isola. Mi sono lasciato scopare dalla mia migliore amica. Non fino a spezzarmelo in due, ma quasi.

La nostra fuga romantica, che doveva durare due giorni, si è protratta a tre, e poi a quattro. Continuavamo a rimandare la partenza. La nostra piccola bolla di felicità era troppo bella per essere infranta dal grigiore di New York. Alla fine del quarto giorno, quando mancava un'ora alla nostra partenza per l'aeroporto, ho voluto onorare quest'isola sprofondandoci dentro. Dentro Luna, non dentro l'isola. Le mie labbra hanno sfiorato la sua pelle, dorata per il sole, e lei ha emesso un gemito quando mi sono ritratto per penetrarla più a fondo.

«Non voglio andarmene» ho sussurrato. «Voglio restare qui, dentro di te, per sempre.»

Lei mi ha sorriso e ha detto sottovoce: «Restiamo».

Poi è venuta, con le unghie che mi affondavano nella schiena. Abbiamo avvisato le persone più importanti prima di spegnere i cellulari. Come nei giorni precedenti, abbiamo battezzato il divano, le docce, la jacuzzi, l'oceano, il pavimento della cucina, poi i lettini della piscina. Ci siamo svegliati alla luce del sole nascente alle cinque e mezza, al verso di un gallo che cantava osservandoci. Fino a quel punto, mi vergogno quasi a dirlo, non avevamo ancora visitato le Bahamas e nemmeno fatto quello per cui eravamo lì. Ma abbiamo recuperato il tempo perso, abbiamo parlato fino all'alba, abbiamo riso fino alle lacrime. Al punto da dimenticare che fuori da lì la vita continuava. Ecco come ci si sente a essere amati da Luna Eden Collins. Ci sentiamo invincibili e molto più divertenti di quanto non siamo davvero.

Così, il quinto giorno, ci siamo messi i costumi da bagno e siamo saliti sulla Jeep per andare a fare un brunch. I cinque giorni sono diventati sette. Siamo andati in quad nei campi, abbiamo provato le moto d'acqua e le immersioni nelle acque turchesi, abbiamo provato il peas'n rice, una zuppa di piselli accompagnata da polpette di manzo e molluschi, e l'insalata di strombi con spezie e lime.

Mi fanno male le guance a forza di sorridere da una settimana.

La particolarità di quest'isola è che si può nuotare con i maiali, che si aggirano liberamente tra i turisti.

Sulla barca che ci porta all'arcipelago delle Exumas, al riparo dei miei occhiali da sole, osservo il mio piccolo demone. È seduta tranquilla, i capelli, più dorati che mai, volteggiano nel vento, e la sua pelle color miele mi fa venir voglia di sfiorarla con le labbra. Percependo il mio sguardo su di lei, Luna si gira e mi offre un sorriso pieno d'amore, che si trasforma quasi subito in una promessa maliziosa. Cavolo, è insaziabile.

Una volta arrivati sull'isola, riesce a farmi balbettare.

«Ma che… cos…»

Le parole mi si bloccano in gola quando Luna si sfila la tunica e rivela un minuscolo bikini nero. La parte superiore abbraccia fin troppo bene il suo seno e il pezzo di sotto… il pezzo di sotto è un filo. Un. Cazzo. Di. Filo. Niente da fare, la fronte non è più la parte più calda del mio corpo. La pancia piatta, i fianchi pieni, le gambe sottili, ogni dettaglio mi fa impazzire. Mi avvicino a lei e le sfioro le labbra con le mie.

«Hai un perizoma» sussurro, come se lei non lo sapesse.

Dirlo ad alta voce mi aiuta a elaborare le informazioni.

«Mi fa piacere che la tua vista funzioni ancora bene, nonostante l'età. A meno che tu non sia geloso degli sguardi degli altri?»

Le piace prendermi in giro, quindi afferro le sue natiche carnose con entrambe le mani, senza preoccuparmi dei turisti intorno a noi.

«Possono guardare quanto vogliono, perché sarò io a goderne quando cala il sole. Questo culo è mio, non hai detto così?»

Lei sospira, ha la pelle d'oca, la temperatura è vicina a quella dell'inferno.

«Luna» sussurro. «Ripeti quello che mi hai detto quando ti ho presa da dietro sul cofano della Jeep.»

Eravamo così eccitati dopo aver passato la serata a ballare in un bar latino che non vedevamo l'ora di tornare a casa. Così l'ho fatta piegare sul cofano, le ho tirato su il vestito, le ho scostato le mutandine e sono affondato dentro di lei. Era bagnata. Calda. Perfetta.

Le mie mani lasciano le sue natiche per spostarsi delicatamente sui suoi capelli.

«Dillo, Luna.»

Fa finta di volermi baciare, ma poi, all'ultimo momento, mi lascia lì come un idiota e parte al trotto verso la spiaggia dove ci aspettano i maiali.

«Aaahhhh!»

Il suo grido, venato di panico ed eccitazione, mi fa scoppiare a ridere. Un maiale le ha sfiorato la coscia e un altro sembra voler scoprire cosa si nasconde sotto il suo costume. Eccoci, il suo sogno si è avverato e sono orgoglioso di poterne essere testimone. È tutto come avevamo progettato nella mia amaca.

«Lu, dagli quella foglia di lattuga, altrimenti non ti lascerà in pace.»

«Aspetta, fammi una foto.»

Tiro fuori il cellulare e scatto da tutti i lati. Dall'inizio del nostro soggiorno sono passato da amministratore delegato a *boyfriend* di Instagram. Lu potrebbe organizzare una mostra con tutte le foto che le ho fatto, ma le mie preferite sono quelle che mi lascia scattare mentre facciamo l'amore. Niente di pornografico, e non si vede mai la sua faccia. Sono scatti artistici, la mia mano che le stringe la coda di cavallo, o il collo. Viene sempre più forte quando lo faccio.

«Fammi vedere.»

Strizza gli occhi contro il sole.

«Sei bellissima» le sussurro tra i capelli, mentre guarda le foto.

Quando si accorge che sto fissando lei e non lo schermo, le sue guance diventano rosse. Dannazione, mi sta uccidendo.

«Grazie, angelo mio.»

Da quando ci siamo detti che stiamo insieme sono

diventato il suo angelo. Ho sempre odiato questo nomignolo, ma sentirlo dalla sua bocca mi fa impazzire. Quando vuole prendermi in giro sono Limee, mentre quando mi chiama Liam Jude Davis faccio meglio a scappare.

«Sei felice?» le chiedo.

«Felicissima» ammette, baciandomi. «Ti amo.»

«Ti amo anch'io, cuore mio.»

«Fino alla luna...»

«Andata e ritorno, e all'infinito.»

35
Luna

♪ *Like That* – Bea Miller

Affondo sul letto morbido e sospiro, apprezzando la qualità del materasso. Non esagero, ho appena passato un'ora a girare per la villa per farla vedere ai miei genitori su FaceTime. E pensare che volevo solo parlare con Nox. Ogni volta che lo incrociavo, Liam mi prendeva in giro perché a forza di tenere il telefono in aria mi stavo facendo venire un crampo al braccio. Mia madre ha approfittato della telefonata per invitarci al compleanno di mio fratello il mese prossimo. Un anno, cavolo, il tempo è volato. Per una volta, la prospettiva di rivederla non mi fa venire voglia di scappare. Ci stiamo conoscendo, un po' alla volta. Come Liam e suo padre. Il nostro percorso con i nostri genitori mi rende orgogliosa.

Fuori è calata la notte. Mi rilasso ascoltando il frinire dei grilli.

Liam è in terrazza, ufficialmente per riposarsi dopo la nostra uscita di oggi. Ma dovrebbe sapere che non può ingannarmi. Se scendo, sono sicura di trovarlo sepolto nel cellulare. Anche se ci stiamo comportando come se non esistesse più nulla, il lavoro ci aspetta. E mi piace che cerchi di sollevarmi da certi compiti per permettermi di rilassarmi. Quindi mi sdraio a pancia in giù e prendo il cellulare per leggere i commenti alla foto che ho pubblicato dieci minuti fa. Eccoci. Ormai io e Liam siamo ufficiali su Insta. Il mio sorriso non si è mai spento da quando sono arrivata a Washington, e non vacilla nemmeno quando una ragazza commenta «ah, ha già voltato pagina» o quando un'altra dice «potrebbe trovare di meglio». Ma mi sfugge una smorfia quando leggo «lo preferivo con la nera». A questa idiota rispondo che la parola nero non è un insulto. Odio il lato oscuro di Internet.

In mezzo alla marea di commenti positivi e negativi, noto quelli dei miei migliori amici. Camille, ovviamente, ha pubblicato un'emoji che vomita, probabilmente per colpa della mia didascalia mielosa. Matt ha scritto «I bimbi adorati di papà Matt». Mi fa grugnire dalle risate, come sempre. E Tee mi ha mandato un Dm: Finalmente!!!

Sì, finalmente. Ci stiamo avvicinando al nostro lieto fine.

Dopo aver letto tutto e risposto ad alcune persone, metto il telefono in carica e salto giù dal letto per raggiungere Liam. Mi blocco a metà delle scale, però, perché la scena che ho davanti è surreale. Avanzo lentamente, per non turbarlo. A torso nudo, seduto a gambe divaricate su una sdraio, Liam suona la chitarra. Come in un sogno, resto in piedi nel buio per non interromperlo. Mi ci vuole meno di un secondo per riconoscere la melodia che delizia le mie orecchie. *Get You the Moon*. Da dove viene questa chitarra? Non è la sua, altrimenti l'avrei notata subito. Ma ogni mia domanda viene spazzata via dalla bellezza di questo spettacolo. Vederlo così vulnerabile mi commuove sempre, quindi chiudo gli occhi per lasciarmi trasportare dalla perfezione della musica. Come l'ultima volta allo studio, devo mordermi l'interno della guancia per evitare di cedere alle mie emozioni.

Li riapro solo quando le note si fermano. I suoi occhi trovano i miei nell'oscurità, ma sono calmi. Sereni. Lontani dal caos che li animava mesi fa.

«Vieni qui.»

Mi fa spazio tra le sue gambe. Mi metto comoda contro il suo petto caldo, e Liam posa la chitarra sulle nostre cosce. Il battito furioso del suo cuore colpisce la pelle nuda della mia schiena, e intanto cerco di calmare il respiro. Quello che succede dopo mi fa venire i brividi. Liam intreccia le nostre dita, mette la nostra mano destra sulle corde della chitarra e fa lo stesso con l'altra. Avvicina la bocca al mio orecchio e sussurra: «Non suonavo dal mio attacco di ansia in studio. Il mio psicologo mi ha consigliato di sostituire i brutti ricordi che mi vengono quando suono con altri più piacevoli. Di considerare questo strumento una terapia e non una tortura».

«Cosa ti piaceva di più del suonare la chitarra?» gli chiedo, per incoraggiarlo a parlarmi.

Liam mi bacia sulla tempia prima di rispondere.

«All'inizio non ero molto bravo, ma ho sempre avuto la sensazione che la chitarra fosse una parte di me, un prolungamento del mio corpo e del mio cuore. E poi è diventata un modo per esprimere tutto quello che non riuscivo a dire ad alta voce, soprattutto quando lui… la picchiava. Era un modo di sfuggire alla violenza che mi circondava. Avevo creato una bolla. E mi manca ogni giorno.»

«Fammi vedere.»

Con le mani ancora giunte alle mie, mi spiega: «Prima di tutto, devi posizionare le dita a destra delle linee. Per ottenere l'accordo di mi minore, unisci il medio e l'anulare in questo modo, un po' come se fossi a un concerto heavy metal. Poi metti il dito medio sul secondo tasto, quinta corda e l'anulare sul secondo tasto, quarta corda. E lì, con il pollice, accarezzi le corde».

Liam mi accompagna e lancio un gridolino di gioia nel sentire che funziona abbastanza bene.

«Brava, cuore mio.»

Continuiamo così per qualche minuto. Mi insegna altri accordi. Alcuni riesco a suonarli, altri meno. Poi mi allontano la chitarra dalle gambe per avere spazio per sedermi davanti a lui.

«Puoi suonare di nuovo *Get You the Moon*, per favore?»

«Ai tuoi ordini, Piccola Luna.»

Liam inspira a fondo, e poi lo guardo scivolare nella sua bolla. Chiude gli occhi, posiziona le mani sulle corde, e le prime note di questa versione acustica fluttuano tra noi. Cavolo, è bellissimo. Potente. Vedere quanta strada ha fatto dal giorno in cui mi ha strappato di mano la chitarra su quell'albero mi fa gonfiare il cuore di orgoglio. E stasera il mio migliore amico mi sta offrendo uno spettacolo commovente. Allora, senza pensarci, lasciandomi guidare dall'atmosfera della serata, socchiudo le labbra e lo accompagno. Quando sente la mia voce, Liam apre gli occhi e manca un accordo. Ma io non mi fermo. Non chiudo gli occhi, anche se le note non risuonano più. Lo guardo assorbire ogni suono che esce dalla mia bocca, come per tenerli per sempre con sé, vicino al suo cuore, come io conserverò per sempre questo momento dentro di me.

Gli brillano gli occhi, sorride, poi ricomincia a suonare.

Siamo io e lui.

'Cause you are, you are the reason why I'm still
Hangin' on
'Cause you are, you are the reason why my head is still
'Bove water
And if I could I'd get you the moon and
Give it to you
And if death was coming for you
I'd give my life for you

Sull'ultima parola, Liam posa la chitarra sul pavimento, mi attira a sé e mi bacia. Sto piangendo, ma non mi interessa. È il mio cuore che sta guarendo lentamente.

Mi tiene la nuca per approfondire il nostro bacio, e le mie braccia si chiudono intorno al suo collo.

«Cavolo» ansima. «Ti amo così tanto che fa male.»

Il mio cuore batte come impazzito contro la cassa toracica, e so che lui può sentirlo, perché io sento il suo.

«Ti amo, Limee.»

Stavolta è il suo sorriso birichino quello che sento sulle mie labbra.

«Grazie» sussurra. «Grazie di aver condiviso con me un pezzo di te. La tua voce è magica. Non smettere mai di cantare.»

Poi, con le labbra, mi asciuga le lacrime.

«Solo se prometti di accompagnarmi sempre con la chitarra.»

«Te lo prometto.»

«Per sempre?»

«Vorrei prometterti l'eternità, ma non basterebbe.»

«Ehi, sei bravo» dico, prima di baciarlo.

Ridiamo così forte che è difficile tenere le labbra incollate.

«Forse possiamo aggiungere un altro ricordo piacevole» sussurro.

♪ I miei denti gli solleticano il lobo dell'orecchio. In risposta, lui emette il sospiro più erotico che abbia mai sentito. Segue con lo sguardo il movimento della mia lingua sulle sue labbra, facendo le fusa, ansimando. Adoro la sua vulnerabilità in questi momenti. I suoi occhi brillano di desiderio, le sue mani si muovono lungo le mie cosce, fino a scivolare dove ho più bisogno di lui.

«Niente mutande» commenta, inumidendosi le labbra.

«Non le tengo mai per troppo tempo, comunque.»

«Sarai la mia rovina, Piccola Luna. Ora, quando ripenseremo a questa serata, ricorderemo anche l'orgasmo folle che ti ho fatto provare.»

Ridacchio e mi sfugge un gemito quando la sua lingua segue dolcemente il mio labbro inferiore. Lo stuzzico con la mia, mentre lui mi accarezza il clitoride con una pressione appena sufficiente da farmi impazzire. Poi le sue due dita si allontanano. Con le guance in fiamme, lo guardo mentre se le mette in bocca.

«Cazzo» sussurro, vedendolo roteare gli occhi di piacere.

«Hai il sapore del paradiso.»

Una pioggia di grugniti, gemiti e imprecazioni esplode mentre mi strofino contro il rigonfiamento dei suoi pantaloncini. I miei capezzoli sfregano contro il tessuto leggero del mio prendisole, ma voglio di più. Voglio sentire le sue labbra chiudersi attorno al mio seno, voglio la sua mano intorno alla mia gola mentre mi fa venire. Voglio tutto da lui, e voglio restituirgli tutto. Non mi sorprende che Liam mi legga nel pensiero. Le sue dita mi solleticano. Mi tortura, però, prende tempo, e so cosa si aspetta da me. Le mie parole.

«Toccami.»

Il suo sorriso malizioso mi fa venir voglia di strangolarlo. Ed è quello che faccio. Gli stringo la gola mentre le sue dita affondano nella mia vagina. Il suo pollice mi accarezza il clitoride pulsante. I miei fianchi si muovono per seguire il ritmo lento del suo assalto. La sensazione è fantastica, gemo così forte che mi mordo il labbro per non gridare troppo forte. E non gli piace. Con la mano libera, mi libera le labbra. «Fagli sentire quanto ti piace.»

Poi mi abbassa la scollatura del vestito per prendermi il seno con la bocca. La casa più vicina è a dieci chilometri di distanza, ma sto al gioco, gemo più forte, apro la bocca, mi manca l'aria. Sto per impazzire.

«Brava, cuore mio. È questo che voglio sentire.»

Fronte contro fronte, i nostri respiri si fondono. Più le sue dita si insinuano dentro di me, più l'orgasmo minaccia di esplodere, più stringo la presa attorno al suo collo. Gli piace, lo so. Ma so anche che non mi permetterà di tenere il controllo su di lui per troppo tempo. Nella vita guido io, ma a letto comanda lui. Detto fatto. Con un movimento abile, Liam mi fa girare sulla schiena, senza staccare le dita da me.

«Spogliati.»

Mi alzo e mi sfilo il vestito dalla testa. Adoro il fatto che i suoi occhi mi facciano sentire desiderabile, perfetta. Il calore del suo sguardo incendia ogni centimetro della mia pelle.

Con un ginocchio a terra, Liam fa scivolare le mani sotto le mie cosce e mi trascina verso il bordo della sdraio, facendomi scoppiare a ridere. Sono pronta, ho bisogno di lui. Il mio respiro diventa ansimante, la sua bocca mi sfiora la pancia, traccia il contorno del mio ombelico, poi affonda i denti nel mio basso addome.

«Ti prego.»

Non sopporto più la tortura mentale e fisica.

«Mi piace quando ti disperi.»

Mi fissa con i suoi occhi affamati, mentre il mio corpo non riesce più a trovare una posizione comoda.

«Liam, voglio la tua bocca sul mio clitoride.»

La mia supplica lo fa gemere di piacere. Obbedisce. Affonda la testa tra le mie cosce e geme come se non avesse mai assaggiato niente di altrettanto delizioso. La sua lingua accarezza e succhia, facendomi ricadere la testa all'indietro.

«Sì...»

La sua bocca è calda. Sa cosa sta facendo. Sta maneggiando il mio corpo come se fosse uno strumento. Con dolcezza, ruvidezza e precisione. Liam conosce a memoria ogni mia reazione. E mi dà ciò di cui ho bisogno infilando due dita dentro di me, mentre la sua bocca mi avvicina sempre di più all'orgasmo. Quindi, ogni volta che i miei muscoli si stringono attorno alle sue dita, lui si ferma.

«Ti odio.»

«Non mentire, cuore mio. Mi stai bagnando anche il mento.»

Le dita dei miei piedi si arricciano a ogni movimento della sua lingua.

«Fammi venire.»

La mia voce è un respiro spezzato. Tra le mie gambe brucia un fuoco insopportabile. Il mio clitoride sembra avere un suo battito sotto le sue mani esperte.

«Fai pure, vieni sulla mia bocca.»

È come se le sue parole avessero premuto un pulsante dentro di me. L'orgasmo esplode, diffondendosi nel mio basso ventre come un'onda devastante. È un'estasi. Sconvolta, urlo al mondo il piacere che mi travolge, la mia schiena si inarca, le mie gambe si chiudono sulla sua testa, ma Liam mi ferma premendo i palmi sulle mie cosce.

Si asciuga il mento con il dorso della mano, poi preme le labbra sulle mie. Mugoliamo entrambi di piacere, perché adoro quando mi bacia dopo avermi divorata. Lui lo sa e si diverte ogni volta. Ma poi si alza e interrompe la mia ondata di benessere.

«Non ti muovere.»

L'adrenalina mi infiamma la pelle. Liam ritorna in meno di dieci secondi, nudo, con una bottiglia di champagne in mano. No, non *una* bottiglia di champagne qualsiasi. Una che vale più del mio affitto annuale. La apre e mi ordina di sedermi. Mi bagno le labbra. Forse perché non vedo l'ora di assaggiare quell'annata o forse perché il suo pene gonfio è ormai a pochi centimetri dalla mia bocca. Non vedo l'ora di accarezzarlo con la lingua. Lui comincia a toccarsi.

«Apri la bocca e tira fuori la lingua.»

Ubbidisco, sentendo il cuore battermi nelle tempie. Si avvicina per sfiorarmi le labbra con il suo sesso e grugnisce soddisfatto.

«Lo vuoi?»

«Sì.»

Inclina la testa.

Non capisco subito cosa sta succedendo, ma poi sento le bollicine dello champagne sulla lingua. Liam ne beve un sorso, si china su di me, mi bacia e mi passa il liquido in bocca. Cavolo, è eccitante.

«Mettiti comoda.»

Faccio come mi dice, impaziente di scoprire cosa succederà.

«Hai mai avuto un orgasmo ricoperta da uno champagne da diecimila dollari?»

Non mi dà il tempo di rispondere. Sento un liquido freddo sulla pelle che brucia. Non so perché questo semplice gesto mi fa quasi venire una seconda volta. Lo champagne scorre nella valle tra i miei seni, lungo il mio stomaco, e mi arriva fra le gambe. Poi il resto del liquido gli finisce in bocca. Liam si avventa su di me, si mette a cavalcioni, preso da una missione. Leccarmi e ubriacarsi di me. La sua lingua percorre ogni centimetro del mio corpo, strappandomi gemiti incontrollati. E nel frattempo, a ogni movimento dei suoi fianchi, il suo sesso colpisce il mio clitoride.

«Cazzo» geme.

Morirò se non lo sento dentro di me immediatamente. Quindi infilo una mano tra di noi, avvolgo le gambe attorno ai suoi fianchi e me lo spingo dentro. I suoi occhi si riempiono di un piacere quasi troppo intenso. E rimangono ancorati ai miei mentre scivola dentro di me con crudele lentezza. Lo sento entrare a poco a poco. Poi si ritira completamente. Si diverte a torturarmi, a farmi implorare. Finché non mi penetra in un colpo solo. Poi ci baciamo. Ci sfidiamo. Ci amiamo. I suoi fianchi si muovono. Liam mi rivendica lentamente, ma profondamente. La sua mano si aggroviglia tra i miei capelli per costringermi a guardarlo, la mia gli stringe le natiche, ma, per un istante, commetto l'errore di chiudere gli occhi.

«Guardami negli occhi mentre ti scopo.»

Sempre più bello. Più forte. La sensazione di essere spezzata in due. La sensazione più bella del mondo. I nostri corpi bagnati scivolano l'uno contro l'altro. Voglio sempre di più. Il suono dei nostri due corpi che si scontrano squarcia l'aria.

«Lo adoro.»

«Abbastanza da venirci sopra, da brava ragazza obbediente?»

Potrei, sento l'orgasmo che si gonfia nello stomaco, e lo vorrei, ma è troppo presto. Allora spingo leggermente sul suo petto per fargli capire che voglio cambiare posizione.

«Mettiti sulla schiena.»

Liam mi obbedisce. Lo accarezzo dolcemente prima di prenderlo in bocca. Bastano poche spinte per farlo impazzire. Funziona.

«Piccola Luna, mi avrai sulla coscienza.»

Invece di cavalcarlo come al solito, gli offro una visuale perfetta del mio sedere. Premo le mani sulle sue cosce e mi abbasso su di lui. Con crudele lentezza inizio a muovermi su e giù, godendomi la perfezione con cui scivola dentro di me.

«Sei perfetta. L'hai voluto, ora usalo per venire.»

Le sue grandi mani scendono lungo la mia schiena, accarezzandomi il sedere. All'improvviso, la sua mano cade sulla mia natica destra.

«Fanculo, Luna.»

Su e giù, continuo a muovermi sul suo sesso. La mia pelle è in fiamme, la testa stordita dall'ondata di piacere.

«È troppo bello essere dentro di te. Non durerò ancora molto.»

Ma ho voglia di giocare, quindi smetto di muovermi e cambio posizione per mettermi di fronte a lui.

«Cosa fai?»

«Voglio che mi supplichi di farti venire.»

Nascondo a malapena la mia gioia nel torturarlo, cosa che lo rende ancora più furioso. Avere il controllo mi fa sentire inebriata. Voglio possederlo, farlo impazzire. Voglio perseguitare i suoi pensieri, voglio che pensi a me anche quando sono lontana da lui.

«Io non supplico» sbotta, a denti stretti.

«È ora di esercitarsi» sussurro, ondeggiando lentamente i fianchi.

Lui aspira l'aria tra i denti.

«Ripeti dopo di me: Per favore, Luna, fammi venire.»

Le sue mani potenti si chiudono attorno al mio collo, mi stringe, preme sulla trachea.

«Cos'ho fatto per meritare una donna meravigliosa come te?»

«Forza, dillo» chiedo, cercando di ignorare ciò che le sue parole provocano in me.

Ricomincio a muovermi, ma così lentamente che punisco anche me stessa.

«Supplicami, Liam.»

Lui impreca sottovoce, mi lascia una mano sulla gola, e l'altra affonda nel mio fianco.

«Fanculo, fammi venire.»

«Puoi fare di meglio.»

Mi sollevo un po', approfondendo l'angolo di penetrazione. Lui rotea gli occhi all'indietro e crolla, senza fiato.

«Per favore, Luna. Fammi venire.»

«Ben fatto, angelo mio, impari in fretta.»

Mi piace quando si arrende completamente. Mi piace questo suo lato selvaggio. Mi piace vederlo vulnerabile, vedere un lato di lui che è riservato solo a me. Per tutto il mondo è freddo, impassibile. Con me, il suo cuore è pieno d'amore.

«Sto per venire, cuore mio.»

La sua voce rauca e disperata mi riempie di orgoglio. È merito mio. Sono io che gli strappo questi rumori dalla gola mentre si avvicina all'orgasmo. Gli rimbalzo addosso più volte, finché i miei muscoli non si paralizzano, i miei occhi si chiudono, mi immergo nel fuoco che mi incendia. Con un ruggito, Liam si unisce a me.

In una nuvola orgasmica, ancora dentro di me, si lascia cadere sulla sdraio, trascinandomi con sé. Non so quanto rimarremo in questa posizione, ma so che me ne andrò da quest'isola con le stelle negli occhi e i ricordi nel cuore.

«Non voglio dirti addio mai più» gli sussurro all'orecchio.

«Non voglio vivere in un mondo in cui tu non esisti.»

«Non voglio vivere in un mondo dove non esistiamo *noi*.»

Se non fosse stato per il lavoro, non avremmo mai lasciato il nostro angolo di paradiso.

36
Liam

Il mio cellulare ha già squillato cinque volte da quando ho lasciato Luna ai piedi del suo palazzo, mezz'ora fa. Anzi, ora sono sei. Alla settima chiamata devo arrendermi all'evidenza che la mia vita potrebbe essere in pericolo. Quella piccola palla di fuoco finirà per evirarmi, lo so. E la cosa mi piace.

Entro in ufficio continuando a ignorare le vibrazioni nella mia tasca. La mattinata è appena iniziata, tra un'ora i corridoi saranno affollati. Ho dovuto dare fondo a tutte le mie capacità di persuasione per convincere Lu a prendersi un giorno libero. In fondo deve riposarsi dopo la nostra vacanza. Non so per quale miracolo ha accettato. Nel frattempo, cerco di alleggerire il suo carico e di cancellare qualche punto della sua *to do list*. È il minimo che posso fare dopo il lavoro spettacolare che ha svolto in mia assenza.

Alla quindicesima chiamata e al quinto messaggio furibondo in cui la sua immaginazione in termini di minacce ha raggiunto l'apice, decido che è arrivata l'ora di avere le palle di rispondere. No, prima un sorso di caffè.

«Ti manco già?» chiedo, in un vano tentativo di prenderla in giro. «Ma certo che ti manco già, sono fantastico.»

«Cazzo, Liam, sei una versione umana dei crampi mestruali» si arrabbia, anche se la sento sorridere all'altro capo della linea.

Sorrido anch'io. È l'effetto Collins.

«Non lo voglio» dice, più seriamente.

Dietro di lei sento il trambusto che ho causato con le mie idee folli, ma necessarie. Comunque, non rispondo. La lascio parlare, so che non ha finito con me.

«Prima la villa e ora questo? Non voglio che mi riempi di soldi. Non voglio quel tipo di rapporto fra noi.»

Capisco i suoi timori, ma non le faccio notare che i miei soldi sono anche suoi, perché sono consapevole che questo non migliorerebbe la situazione. Anzi, potrebbe lanciarmi una scarpa negli occhi, anche se siamo a chilometri di distanza. E come minimo rischia di colpire nel segno e trafiggermi.

«Tecnicamente ho comprato la villa anni fa, quindi ho speso solo due mil…»

Non aprire quel capitolo, amico.

«Quanto?» annaspa lei.

«Pare che non sia bello discutere di soldi con la propria ragazza.»

«Ti odio.»

«Anche io, cuore mio.»

Ruggisce, o forse mi insulta. Difficile capirlo, con

tutto quel rumore in sottofondo. All'improvviso è tutto più calmo. Immagino che si sia chiusa nella sua stanza.

«Liam, non è così che funziona la comunicazione all'interno di una coppia» si lamenta Lu.

Mi alzo per sgranchirmi le gambe.

«Se te ne avessi parlato non sarebbe stata una sorpresa. Che vuoi? Mi hai trasformato in un ragazzo a cui piace sorprendere la sua ragazza. Povero me.»

«Se continui a chiamarmi così, te la faccio pagare.»

Scoppio a ridere, e la sua risata mi segue immediatamente. In realtà vorrei chiamarla in un altro modo. Con un titolo più permanente.

«Mi hai comprato un cazzo di attico, Liam. Un attico. È troppo.»

«Non ti ho comprato un attico per sbatterti in faccia i miei soldi o per controllarti» le spiego, appoggiando un mozzicone sulla mia scrivania. «Lu, che fosse o meno uno scherzo, qualcuno è riuscito a trovare il tuo indirizzo, e la cosa più importante per me è che tu ti senta al sicuro. Lì per accedere al tuo piano serve un badge speciale. Non può venirci nemmeno un fattorino. Ci sono le telecamere, i portieri. Voglio che tu ti senta tranquilla, cuore mio.»

Segue un lungo silenzio.

«E non volevi che andassimo a vivere insieme?»

Non può immaginare l'effetto che le sue parole hanno su di me. Eccome se lo volevo. Vorrei tutto con lei. Vivere con lei, sposarla, avere dei figli. Scambierei persino la mia macchina con un minivan per portare i bambini in giro. Ma so che lei non è pronta.

«Non sei pronta a vivere con me, o sbaglio?»

Silenzio. La immagino camminare avanti e indietro, mordendosi le pellicine del pollice.

«Non ha niente a che fare con i miei sentimenti per te» spiega. «È che ho paura.»

«Lo so, Lu.»

«Tu saresti pronto per vivere questa nuova tappa insieme a me?»

«Sì» rispondo, onestamente.

«Ti ferisce il fatto che per me non sia così?»

«Per niente. Aspetterò.»

«Non so cosa dire...»

«Che sono il miglior ragazzo del mondo? Che mi giurerai fedeltà per il resto della tua vita?»

Lei sbotta in una risata nasale.

«È importante sognare in grande, Limee. Come si dice? Il cielo è il limite?»

Soddisfatta della sua battuta, la peste ride più forte.

«Grazie» dice alla fine, quando si è calmata. «Secondo te non posso più definirmi femminista se ammetto che amo il modo in cui ti prendi cura di me? E che a volte mi ritrovo a pensare che essere la fidanzata di un milionario non è poi così male e che avere una carriera è sopravvalutato?»

«Sì, decisamente non puoi.»

Come al solito, scoppiamo a ridere. Poi dico: «Aspetta soltanto di scoprire il tuo nuovo indirizzo».

Ora mi bombarda di domande che faccio finta di non capire.

«Ti dico solo che Amazon ha delle scelte eccellenti

in fatto di binocoli. Preferisco il grigio, ma il nero si abbina meglio al mio arredamento. Cosa ne pensi?»

«Liam Jude Davis…»

Prima che i venti della Tempesta Collins si scatenino contro di me, qualcuno le strappa di mano il telefono.

«Liam» fa la voce scontrosa di Camille «sono super felice per la mia amica, ma per caso hai pensato anche a me nei tuoi piani? Non posso pagare l'affitto del nostro appartamento da sola. Dovrò trovarmi una coinquilina, e odio le persone.»

«Ammetto che non vedevo l'ora di liberarmi di te, ma in realtà l'attico è di entrambe.»

«Come, scusa?»

Devo allontanare il cellulare dalle orecchie per proteggermi i timpani. Ma so che mi ha sentito molto bene, quindi non mi prendo la briga di ripetere.

«Stai ridendo?»

«Cami, ripassami Luna.»

«Non posso, è nel bel mezzo di un litigio con i traslocatori. Avresti dovuto vedere la sua faccia quando pensava che fossero dei ladri.»

Si lancia nel racconto, ma la ascolto con un solo orecchio.

«Ok, devo riattaccare, ho una chiamata urgente.»

«Non prendermi per un'idiota.»

Vorrei davvero che fosse una scusa. Darei qualsiasi cosa perché lo fosse, ma il nome che è apparso sullo schermo non può proprio essere ignorato. Prima o poi dovrò affrontarlo. Riattacco, faccio un respiro profondo e rispondo.

«Sì?»

«Pulcino mio?»

Chi pensa che possa essere?

«Non ho molto tempo, ho un sacco di lavoro da recuperare.»

Un anno fa, rifiutarla mi avrebbe fatto sentire in colpa. Stamattina il tono implorante della sua voce non mi sfiora.

«Non si può continuare così» si lamenta Odie. «La nostra famiglia è completamente distrutta.»

«Lo era già prima di questa storia» replico a denti stretti. Tradendo mio padre ha creato un effetto a cascata, e ora eccoci qui. Mentendomi e deludendo la mia fiducia, poi, ha segnato il suo destino. «È colpa vostra.»

Un sospiro rassegnato le sfugge dalle labbra. Sotto la scrivania, la mia gamba prende a muoversi da sola.

«Avremmo dovuto trattarti da uomo, perché è quello che sei diventato, ma i segreti sono difficili da dissotterrare.»

«Odessa, devo andare.»

Le sue citazioni prese da Facebook iniziano a infastidirmi.

«Un attimo, pulcino. Ho saputo che hai rivisto tuo padre. Pensavo che sarebbe stato carino cenare insieme. Tu, io, tua madre e lui.»

«No.»

«Puoi portare anche lei, ovviamente. Ho saputo che ora siete una coppia.»

Lei. Come se il suo nome fosse una malattia impronunciabile. E non mi sorprende nemmeno l'intrusione nella mia vita privata.

La sua proposta mi strappa una risatina sarcastica. Pensa che la carta Luna possa cambiare qualcosa nella mia decisione. Ma è l'esatto contrario. Non la farò avvicinare mai più alla mia famiglia.

«Io e Luna staremo il più lontano possibile da voi. Ora smettila di chiamarmi, e ti consiglio di riferirlo anche a mia madre. Se un giorno troverò la forza di perdonarvi, sarò io a contattare voi.»

Riattacco, trattenendomi a stento dallo sbattere il telefono contro il muro. Ma il mio calvario continua. Qualcuno bussa alla mia porta e vedendo apparire un volto noto capisco che i problemi sono solo all'inizio.

Santo cielo! Riportatemi alle Bahamas.

37
Liam

Luna mi aveva detto che era cambiata, eppure ritrovarmela davanti è un'esperienza quasi surreale.

Resto in silenzio. Non la invito a entrare. Mi limito a osservarla senza parlare, un po' come quando si guardano i primi passi di un bambino o si teme che una bestia selvatica stia per squarciarci la giugulare.

Sophy Smith entra esitante nel mio ufficio. E questo è già il primo choc: esitazione e Sophy non sono parole che avrei immaginato di usare nella stessa frase. È sempre stata fuoco e ghiaccio, con un immancabile tocco di narcisismo e manipolazione. Almeno, era così nella versione che ho lasciato dieci mesi fa. Il secondo scossone è ancora più forte: i suoi capelli sono castani e le ricadono sulle spalle. Ci sono state poche volte in cui non li ho visti raccolti in una coda di cavallo.

Altri due passi. Cerco di percepire dei segni di rabbia latente, ma non c'è niente. Sophy Smith indossa un abito di media lunghezza che definirei professionale, e trasuda serenità. Mi turba il fatto di non vedere più l'accenno di follia nelle sue iridi azzurre? Forse.

Secondo Lu sono «amiche». Le virgolette le ha messe lei. Quando gliel'ho sentito dire sono quasi soffocato, perché mi sembrava impossibile. La figlia della mia madrina, famigerata ipocrita, numero uno del club «Odio Luna Collins». Anzi, direi fondatrice. E ora sarebbe sua «amica». Sì, non toglierò mai le dannate virgolette.

La cessione delle mie quote del marchio a Luna serviva ad assicurarle un posto contro i due avvoltoi della mia famiglia. Quindi l'ho messa in guardia da questa nuova amicizia. Eppure, ora che guardo la donna con cui ho condiviso una parte della mia vita, devo ammettere che c'è davvero qualcosa di diverso, anche se non riesco a metterlo bene a fuoco. Il modo in cui si muove, l'aura che emana, mi sembra tutto meno sinistro.

«Mi stai evitando?» esordisce, giocherellando con le dita dalle unghie perfettamente smaltate di rosso.

Sbatto le palpebre più volte. Da dove arriva questa voce? È morbida, quasi piacevole da ascoltare. Lontana anni luce dal tono strascicato da seduttrice di qualche tempo fa.

«Perché dici così?»

Un altro passo.

«Sei tornato un mese fa, poi te ne sei andato di nuovo e sei tornato. E non ci siamo mai incrociati, quindi ho pensato che mi stessi evitando.»

Sì e no. Semplicemente, non mi è passato nemmeno per la testa. Per un attimo penso di dirlo ad alta voce, tanto per vedere se è davvero cambiata. Se la vecchia Sophy è in agguato nell'ombra, pronta a mostrare il suo vero volto.

Poi penso a Luna. Alla ragazza che mi sta dando – che *ci* sta dando – una seconda possibilità, nonostante tutto il bagaglio che ci portiamo dietro. Sarei un ipocrita a negare a Sophy la stessa possibilità. Soprattutto perché si sta prendendo cura di sé, si presenta tutti i giorni a un lavoro che con ogni probabilità detesta, non dà fastidio a nessuno e tiene le distanze da sua madre. Forse questa è l'occasione per scoprire un altro lato di lei. Uno libero da ogni trauma.

«Avevo un sacco di lavoro e pochissimo tempo. Siediti.»

Le sue spalle sembrano rilassarsi. Avanza, ma, invece di spostare la sedia, viene verso di me e mi abbraccia. Un abbraccio normale, che non dura a lungo, mentre in altre occasioni avrebbe già provato a toccarmi sotto la cintura.

«Sembri in forma» le dico, una volta che si è seduta. «Sei splendida.»

Non è una bugia. È così. Immagino che sia quello che succede quando ti fai gli affari tuoi e smetti di bere.

«Grazie, mi sento molto meglio. Sono venuta per scusarmi di tutto quello che è successo fra noi. È da tempo che non ero me stessa, come forse puoi vedere. Volevo essere notata. In un certo senso era il mio grido di aiuto. Nel programma che sto seguendo dobbiamo chiedere perdono alle persone a cui abbiamo fatto del male, e con te non ho voluto farlo per iscritto come con gli altri. Perché penso che tu e io meritiamo di meglio...»

Annuisco, un po' confuso da quello che sta succedendo.

«Ora ho capito che non sono mai stata davvero innamorata di te. Mia madre ti aveva messo su un piedistallo e mi ero convinta che forse, se fossi stata con te, avrebbe visto anche me diversamente. Che il suo "amore" per te si sarebbe riflesso su di me, in un certo senso. Tu sei tutto quello che vorrebbe che fossi io: ambizioso, concentrato, forte. Tutte cose che non sarò mai. In fondo tu e lei vi assomigliate.»

La sua lucidità mi commuove. Ho sempre saputo che qualcosa la tormentava, ma ero troppo assorbito dalle difficoltà della mia vita per concentrarmi davvero sulla sua. Tante volte ho provato ad aiutarla, ma forse sempre nel modo sbagliato.

«In breve, tutto questo per dirti che spero che mi perdonerai per i miei scoppi d'ira e le mie manipolazioni. Sto cercando di migliorare. Un passo alla volta. E sono felice che tu sia tornato e abbia ritrovato la ragazza dei tuoi sogni.»

Cerco una sfumatura acida nel suo tono, ma non riesco a trovarla. Poi espira forte, come se si fosse liberata di un peso che le gravava sul petto, e si alza per andarsene, ma la richiamo. La raggiungo vicino alla porta.

«Soph, abbiamo sbagliato entrambi, perché entrambi soffrivamo. Anch'io ti devo delle scuse per averti usata quando stavo male. Eri consenziente e sapevi cosa stavo facendo, lo so, ma non avrei dovuto farlo. Mi dispiace molto, per tutto. Sono felice che tu stia meglio. Davvero.»

Mi fa un timido sorrisetto.

«Pensi che potremmo essere di nuovo amici un giorno?»

«Certo» la rassicuro.

«Abbiamo fatto molta strada, tu e io.»

«Sì.»

«Ho un lavoro, ti rendi conto?»

Scoppio a ridere. Non pensavo che l'avrei mai vista lavorare, in effetti.

«E ancora non hai ucciso nessuno.»

«Aspetta, Millie non è ancora arrivata. Quella ragazza mi fa venire voglia di attaccarmi a una bottiglia di whisky.»

Ah.

«Sto scherzando, Liam» si affretta a chiarire, mettendomi una mano sul braccio.

L'arrivo di un messaggio interrompe il silenzio che si era creato. Sophy ritorna al suo posto, mentre io prendo il cellulare. Il sorriso idiota che mi si stampa in faccia è un chiaro segno di chi sia il mittente.

Lei 🍀❤
Davis, sei uno psicopatico. Mi hai veramente comprato un attico di fronte al tuo?

Mi siedo e le rispondo.

Io
Perciò il binocolo.

Lei 🍀❤
Sei pazzo. Ti prego, dimmi che era libero e non hai pagato una povera coppia di pensionati per convincerli a lasciarlo.

Non riesco a smettere di sorridere, è quasi stancante. Mi conosce benissimo. Non ho fatto quello di cui mi accusa, ma il fatto che lei pensi che ne sia capace rende la situazione esilarante. Perché è ovvio che lo avrei fatto.

Io
È stato destino. Ora lasciami lavorare, Piccola Luna.
A stasera.

Lei 🍀❤
Ci rivediamo già stasera? 😑

Io
Niente mi impedirà di addormentarmi fra le tue braccia.

Lei 🍀❤
Volevi dire di sbavare tra le mie braccia?

Lei 🍀❤
Forse avrei dovuto dirti che non mi piace.

Io
Immagino che non ti piaccia nemmeno non poter camminare dritta.

Lei 🍀❤
Zoppicare è alla moda. Esci dalla caverna, Liam! 🙄

Non ne posso più. Sono pazzo di questa ragazza.

🌙 🌙 🌙

Verso le sei decido di andarmene a casa da lei. Impossibile restare un altro minuto in ufficio. Penso che si siano messi d'accordo per infastidirmi. Tra gli avvocati altezzosi, gli agenti disonesti e gli artisti capricciosi, ho la testa che mi esplode. E alla fine Gael, il mio dipendente preferito, si presenta mentre sto chiudendo l'ufficio, cosa che mi rovina ulteriormente l'umore.

«Puoi parlare e camminare contemporaneamente?» chiedo, andando verso l'ascensore che porta al parcheggio sotterraneo.

Sbuffo irritato quando lo sento seguirmi. È anche multitasking, chi l'avrebbe detto?

«Ti ascolto.»

Le porte dell'ascensore si chiudono dietro di lui. Che cavolo, è la prima volta che ne prende uno? Dovrebbe stare accanto a me, non guardarmi nelle palle degli occhi come uno psicopatico.

«Gli Ultraviolet hanno accettato di incontrarti.»

«È una buona notizia. In video?»

«Sissignore.»

«Bene. Chiedi a Flora le mie disponibilità per concordare uno slot.»

Lui annuisce zelante, per farmi sapere che ha recepito il messaggio. Poi resta lì, imbarazzato per qualcosa. Cavolo, i piani scorrono troppo lentamente.

«Parla.»

«Con altri colleghi ci stavamo chiedendo chi comanda ora che sei tornato.»

«Comanda Luna. È un problema per qualcuno?»

47… 46… Dai, più in fretta.

«No, adoriamo Luna, ha fatto un lavoro incredibile…»

Lascia la frase in sospeso. Perché sento che sta per arrivare un *ma*?

«Graham, attenzione a come finisci la frase» lo avverto.

Lui deglutisce, apre la bocca per correggermi sul nome, ma poi si ricorda di accendere il cervello e la richiude.

«Il fatto è questo: negli ultimi mesi abbiamo avuto un sacco di segnalazioni anonime, via messaggio e via e-mail, di persone che ci chiedevano di ascoltare un artista di grande talento con una *fanbase* fenomenale. Emilia si è informata e me l'ha fatto ascoltare. È stato un colpo di fulmine per tutti. E può farci guadagnare un botto.»

21…20…

Mi infilo le mani in tasca. E lui capisce che è nel suo interesse accelerare il racconto.

«Insomma» continua, «la sua musica è vivace, fresca, ma Luna l'ha rifiutata».

«Non dirmi che il tuo discorsetto ha lo scopo di chiedermi di farle cambiare idea?»

Su quale pianeta vive questo tizio, se pensa che io abbia questo potere su di lei?

«Ehm...»

«Ha ascoltato le sue canzoni?»

«Sì.»

«E si rifiuta di incontrarlo?»

«Esatto.»

«Se Luna rifiuta, c'è un motivo valido. Ho fiducia nel suo giudizio.»

Dalla sua espressione, non è la risposta in cui sperava.

«Se avessi rifiutato questo tizio, avresti chiesto a Luna di corrompermi?»

Ancora una volta, Gael si ferma a riflettere, per evitare di darmi una risposta di cui potrebbe pentirsi. Mi sorprende di più ogni giorno.

«Un consiglio» aggiungo. «Le donne hanno sempre ragione.»

«O questo è quello che gli lasciamo credere» ridacchia, lanciandomi uno sguardo di intesa.

Gli stringo la spalla con fare amichevole.

«Da quanto tempo sei single?»

Lo vedo cercare di pensare a una bugia credibile.

«Non provare a mentirmi.»

«Da tanto.»

«E non è una tua scelta, immagino.»

«Ehm...»

«Non è un difetto» lo rassicuro. «Nel tuo caso è inevitabile.»

Le porte dell'ascensore si aprono e per un motivo che mi sfugge noto che mi segue alla macchina. Questa piacevole conversazione non è ancora finita?

«Giuro che non ho niente contro Luna» dice, trotterellandomi dietro. «Ma, come ha detto durante un incontro, siamo qui per fare soldi e...»

«Ho sbagliato» lo interrompo bruscamente. «Penso che l'industria musicale dovrebbe ritornare su basi più sane e meno commerciali.»

Se continuo a spezzargli il cuore, sarò responsabile della sua depressione.

Apro la macchina e getto sul sedile i fascicoli che avevo in mano. E lui? Mi si incolla addosso come un herpes.

«Perché sei ancora qui?»

«Mi dispiace... buona serata, signore.»

Entro in macchina, emetto un sospiro di soddisfazione quando il mio sedere colpisce il sedile di pelle riscaldato, e corro dalla mia donna.

38
Liam

Mentre ero al volante ho ricevuto un messaggio da Lu che mi chiedeva di andare da lei. E per tutto il viaggio ho sentito i pantaloni stretti. La immaginavo ad aspettarmi in mutande, con una delle mie magliette annodata sulla pancia e i capelli legati in una coda di cavallo. Ma le mie fantasie vanno in fumo quando constato non solo che indossa una felpa beige sformata, ma sta giocando a Twister in mezzo al soggiorno con Matteo. Con le braccia e i piedi aggrovigliati, a testa in giù, a ridere o litigare, a seconda dei punti di vista. Faccio qualche passo in avanti e svuoto le tasche nella ciotola all'ingresso. Davanti alla mia televisione ci sono Travis e Camille, che invece sicuramente litigano e giocano a Nba 2K23. La mia presenza resta inosservata, e per tutto il tempo c'è una sola domanda che mi tormenta.

«Che cazzo succede qui?»

Al suono della mia voce, Lu e Matt sussultano, cadendo a terra. Cami si gira verso di me e Travis coglie l'occasione per segnare un canestro. Non avevo ancora notato il disordine nella stanza. Scatole della pizza, lattine di birra sul tavolino, bicchieri di vino sul pavimento. Conoscendo Luna e Matteo, probabilmente è perché hanno messo alla prova la loro capacità di bere a testa in giù.

«Ciao, angelo mio» mi saluta Lu saltandomi tra le braccia.

E va bene, ora mi sento meglio. Inspiro i nostri due profumi mescolati insieme. Il suo sulla sua pelle, il mio sulla felpa che indossa. Il *nostro*.

«Ciao, cuore mio» le sussurro nel collo. Le vibrazioni della mia voce la solleticano, facendola ridacchiare. «Sai che hai distrutto tutte le mie speranze, vero?»

«Non preoccuparti» mormora, «stanotte dormo qui, puoi fare di me quello che vuoi».

«Mmh, fai attenzione a quello che prometti.»

Mi mordicchia la mascella e mi lascia andare per dirigersi in cucina. Io, invece, vado verso il mio migliore amico, che è fermo impalato al centro della stanza. È la prima volta che ci vediamo dal mio ritorno e, a essere onesto, temevo la sua reazione tanto quanto quella di Luna. Questo ragazzo è stato la mia roccia per anni. Mi ha sostenuto, mi ha fatto ridere e mi ha rimesso a posto le idee un sacco volte. So di aver abbandonato anche lui. Mi manca, ho tante cose da dirgli. E viceversa.

«Ok, puoi andare» gli dico.

Tutti gli sguardi convergono su di noi.

«È più che meritato» risponde.

Con le braccia lungo i fianchi, il mio migliore amico apre e chiude il pugno. Ma non è niente in confronto alla contrazione della sua mascella e allo sguardo duro che mi rivolge.

«Ehm, di che state parlando?» vuole sapere Tee.

«Vuole che gli dia un pugno» risponde Matt.

«Che cosa?» grida una delle ragazze.

Sono troppo concentrato per cercare di indovinare chi ha prodotto questo grido di sorpresa.

«Matteo, non puoi farlo! Siete due ragazzini.»

Ah, è Camille. Per una frazione di secondo mi chiedo perché stia venendo in mia difesa, prima di ricordarmi che Luna mi ha detto che stanno insieme. Sì, così ha più senso.

Tendo i muscoli, mi preparo mentalmente all'impatto. Faccia a faccia. Lui e io.

«È così che siamo diventati amici» spiega lui, «e voglio abbracciare in pieno il ricordo. È l'unico modo per tornare a essere amici dopo che mi ha scaricato come uno stronzo».

«È una stupidaggine» sentenzia Luna.

«Ero in giro per un quartiere schifoso alla ricerca di qualcosa con cui spaccarmi» dico, senza staccargli gli occhi di dosso. «E ho visto un piccoletto prenderle da un gruppo di tossici. L'ho preso per uno degli aggressori, quindi l'ho colpito. Ma in tutto quel caos non avevo capito che anche lui lo stava difendendo.»

«Questo idiota mi ha spaccato la mascella.»

«Sì, sono commossa» ironizza Camille. «Ma ora non picchiatevi.»

«Non preoccuparti, Cami, non ho il diritto di vendicarmi.»

Se è preoccupata per lui, questo dovrebbe calmarla. E la bruna non ci mette molto a darmi ragione, perché dice: «Allora fate pure».

Distolgo gli occhi dal mio amico giusto il tempo necessario per guardarla. La stronzetta gongola. Riporto la mia attenzione su Matt, ma lo sorprendo a guardare Lu da dietro le mie spalle.

«Stai cercando l'approvazione della mia ragazza per menarmi?»

«Fate come volete» risponde Luna. «Me ne frego dei vostri modi di fare infantili. Ma cerca di non fargli troppo male alla faccia, non mi piace fare l'amore al buio.»

La sua risposta fa scoppiare a ridere entrambi.

«Dai ragazzi, sbrigatevi, qui ci annoiamo e ho una partita che mi aspetta» si lamenta Travis.

Matteo incrocia le braccia forti sul petto.

«Stai meglio?» mi chiede.

«Sì.»

«Hai intenzione di partire di nuovo?»

«No.»

«Ti sono mancato?»

«Sì.»

«Più di Rapunzel?»

«Ehi!» grida Luna.

Mi mordo il labbro per evitare di sorridere.

«Sì.»

Il suo pugno si schianta contro il mio zigomo. Bastardo. Me lo aspettavo, ma fa comunque un male cane. Poi mi abbraccia. E quando fa per allontanarsi sono io a trattenerlo. Stringo forte questo ragazzo che mi è mancato tanto e darebbe la vita per me. Ed è uno dei motivi per cui non gli dirò niente sul bacio con Luna. Sono le due persone più preziose della mia vita.

«Mi sei mancato, amico» sussurra, appoggiando la fronte contro la mia. «Ho tante cose da dirti.»

«Probabilmente ne so già la metà.»

«La bionda e la sua bocca grande?»

«Sì.» Mi metto a ridere.

Il resto della serata trascorre in un'allegra atmosfera studentesca. Lu sparpaglia sul pavimento dei pouf che ha trovato chissà dove. Matt rolla canne che passano di mano in mano. Parliamo di tutto e di niente. Degli ultimi mesi, di quello che mi sono perso. Camille mi racconta dell'ultimo articolo che ha scritto e quasi si strozza quando le dico che l'ho letto.

«Cosa sei, uno stalker?» esclama, nel vano tentativo di fingersi spaventata. «Devo aggiungere la pazzia alla lista dei tuoi difetti?»

Eccoci! Le ostilità possono iniziare.

«Dimmi, Cami, come ci sei arrivata lì? Qualcuno ha lasciato aperta una gabbia?»

Quando vedo i suoi occhi stretti capisco che la risposta sarà epica.

«Ti darei un ceffone, ma sarebbe maltrattamento di animali.»

Non male.

«Strano che i tuoi denti non siano marroni, con tutta la merda che ti esce dalla bocca.»

Ci fissiamo con occhi lampeggianti. Si morde il labbro per non ridere. E alla fine sono io il primo a crollare.

«Non partire mai più» mi ordina.

«Altrimenti?»

«Altrimenti vengo a prenderti per la collottola.»

«Pensi che ti darei il mio indirizzo?»

Mi colpisce la fronte con il palmo della mano. Fra noi c'è sempre stata guerra. Ci insultiamo, ci irritiamo, ma è il nostro modo di comunicare. È più facile di dirci che ci vogliamo bene. Forse siamo troppo simili. So bene che senza di lei i Quattro Elementi non sarebbero gli stessi. Quindi sì, voglio un mondo di bene a questa stupida Camille Lucia Hart.

Poi parliamo del nostro soggiorno alle Bahamas, di cosa abbiamo visto e del possibile contratto con gli Ultraviolet. Alla fine, Matt e Tee si rimettono a giocare. L'atmosfera è gioiosa, i sorrisi sono sinceri e giuro che non voglio più allontanarmi da loro. Non voglio più voltargli le spalle. Sono la mia famiglia. Quella che ci scegliamo. Chi ci sostiene e ci ama incondizionatamente. Mi sento fortunato a poterli definire i miei migliori amici.

All'improvviso nell'aria risuona un'imprecazione di Matteo.

«Questo gioco è una merda.»

«È soltanto che non sai perdere» replica Tee.

«Le mie dita sono troppo grandi per il joystick, ok?»

«*Potrebbe essere il titolo di un sextape*» canticchia Lu con un sorriso divertito sulle labbra, prima di buttare giù il resto della birra.

Nel trambusto generale la sua frase passa inosservata, ma cerco di attirare la sua attenzione. Seduta di fronte a me, se ne accorge e incrocia il mio sguardo. Alzo un sopracciglio, e inizia uno dei miei momenti preferiti con lei. Le nostre conversazioni silenziose. *Tee lo sa?* le chiedo con gli occhi. Ma deve esserci un'interferenza, perché mi sembra di capire che *non dbljk loba.* Ridacchio, cavolo, non capisco niente. *Nòn ho capito niente, sei sbronza*, le dico.

«Lo so che sono bona» replica, ad alta voce. Ci guardiamo esilarati.

«Sbronza» ripeto, lanciandole contro un'oliva che lei ingoia per il gusto di vantarsi. Poi la mia piccola alcolizzata si mette a quattro zampe e comincia a strisciare verso di me. Senza mai abbassare gli occhi grigi, che brillano di uno sguardo lascivo, Luna spinge via una scatola di pizza, una bottiglia di birra vuota e un cuscino. Non siamo soli, Satana, dico alla mia erezione che preme contro la patta.

«E stavolta senza nemmeno dovertelo chiedere» le sussurro all'orecchio quando è davanti a me.

Lei si inumidisce le labbra con la punta della lingua, poi prende la canna che ho in mano e fa un lungo tiro senza espirare. Con il pollice traccia il contorno delle mie labbra. Sfiora il mio viso con il suo ed espira lentamente il fumo nella mia bocca. Cavolo, è sexy.

«Non sono ubriaca» sussurra. «Sei tu che sei fatto.»

Possibile. Spiegherebbe molte cose.

«E no, non lo sa» aggiunge.

Poco dopo, insensibile all'effetto che ha su di me, il

piccolo demone mi pianta in asso per sfidare Matt a un videogioco. Ma Tee prende la parola, sorprendendo tutti.

«Ragazze, posso parlarvi fuori?»

Il suo tono serio fa scendere il gelo nella stanza. Indovinando il contenuto della conversazione, lo incoraggio in silenzio, mentre i tre escono in terrazza. Non sento niente, ma sono agitato per lui.

Capisco la sua paura, anche se saprà sicuramente che alle ragazze non interessa quale sia il suo orientamento sessuale.

Il mio amico gesticola. Le ragazze lo ascoltano. Vedo il momento in cui sgancia la bomba. Gli occhi di Lu si spalancano, a Cam cadono letteralmente le braccia.

«Sai cosa sta succedendo?» mi chiede Matt, sedendosi sulla poltrona a sacco accanto alla mia.

Ora Luna si asciuga la guancia con il dorso della mano. Cam non si muove più.

«Ehm, sì, ma non spetta a me dirtelo.»

«Parli del fatto che ha cambiato sponda?»

Giro la testa così di scatto che quasi mi slogo il collo.

«Te l'ha detto?»

«Diciamo che è stato parecchio al loft da me e ho visto delle cose, dei messaggi. Bisognerebbe sempre nascondere le anteprime, un errore da principiante.»

«Direi che è più memorabile aver visto Dimetrio fargli un pompino nei bagni dell'Arena.»

«Cazzo. Ha scelto bene.»

Riprendiamo la nostra sorveglianza in tempo per vedere Cam dare un pugno a Tee sulla spalla e abbracciarlo. Dopodiché si stringono in un abbraccio collettivo che dura un secolo. Si direbbe che abbia appena annunciato che sta per morire di una malattia incurabile. Qualche minuto dopo Luna torna da noi, con la faccia tutta gonfia.

«Tee vuole parlarti» dice a Matt. «Penso che sia la serata delle verità.»

«Sono nella merda?»

«Nella merda grossa» comincio.

«E molto viscosa» completa Lu.

«Fate schifo» sibila lui, prima di alzarsi.

Scoppiamo a ridere, e Luna si mette a cavalcioni sulle mie cosce.

«Quindi lo sapevi?»

«Mmh… ma non spettava a me dirtelo.»

Guardiamo i tre parlare per un attimo, poi Luna si avvicina a me e mi sussurra: «E se li lasciassimo a vedersela fra loro?».

Non me lo lascio chiedere due volte. E la sua risata quando me la carico in spalla per portarla in camera è inebriante.

39
Liam

♪ *Who Do You Want* – Ex Habit

♪ Lo spettacolo magnifico che ho davanti mi fa battere forte il cuore. La bocca della donna che amo che mi bacia il torso e si avvicina piano all'elastico della mia biancheria intima. Le sposto i capelli dal viso per guardarla negli occhi. La penombra della stanza li rende stupefacenti. Non vedo altro che il suo grigio scuro, pieno di desiderio. I suoi denti si mordono il labbro inferiore mentre la sua mano delinea la forma del mio pene. Accidenti, vorrei iniziare così tutte le mie giornate. Mi sollevo su un gomito e, con il polpastrello del pollice, traccio i contorni delle sue labbra. Vedo che vorrebbe chiedermi qualcosa. So cosa desidera, ma voglio sentirlo.

«Dillo, Luna.»

Un brivido le percorre la pelle, e mi trattengo a stento dal gettarla sul letto e sprofondare nel suo calore.

«Scopami la bocca.»

Il suo tono implorante mi strappa un gemito.

«Tiralo fuori.»

Mentre le sue mani tremano per l'eccitazione, sollevo i fianchi e i miei boxer scompaiono in un angolo della stanza. Quando vede la mia erezione si lecca le labbra, incapace di nascondere il desiderio. Inizio ad accarezzarmi lentamente, mentre i suoi occhi brillano. I suoi gemiti impazienti sono musica per le mie orecchie. Le strofino il mio glande sulle labbra, poi glielo passo dolcemente sulla guancia.

«Apri la bocca.»

Il suo sorriso sfrontato è una sinfonia.

Luna mi prende in bocca senza tirarsi indietro, afferrandomi le palle mentre la sua lingua calda mi risucchia l'anima. Mi succhia come se volesse distruggersi la gola.

«Sì, così. Sei perfetta.»

Chiudo gli occhi, l'ondata di piacere che mi attraversa è troppo potente. Il mio sesso è il suo parco giochi. La sua lingua circonda il mio glande, mi stuzzica.

Affondo le dita fra i suoi capelli e alzo i fianchi per seguire il suo ritmo infernale.

«Toccati, fammi vedere quanto ti piace sapere che ti verrò in bocca.»

Le mie parole la eccitano, fa le fusa, geme, e le sue dita scompaiono tra le sue gambe, per accarezzare il clitoride che non vuole altro che la mia attenzione.

«Sono fradicia» sussurra, quasi dolorosamente.

«Fammi sentire.»

Le sue dita scivolano sulla mia lingua, e il suo sapore esplode nella mia bocca.

«Lasciati andare, Liam. Ti stai trattenendo.»

«Cosa?»

Si tira indietro, lasciando un rivolo di saliva tra la sua bocca e il mio pene. Poi si tira su e si siede sui talloni.

«Ogni volta che facciamo l'amore mi fai un cunnilingus. Ma quando voglio ricambiare il favore me lo lasci fare per cinque minuti prima di fermarmi.»

«Non è vero.»

Lei alza gli occhi al cielo.

«Prima che scoprissi cos'è successo in quello spogliatoio, l'unico pompino che ti ho fatto è stato incredibile. Fantastico. E da allora, niente. Sembra che tu abbia paura di farmi del male.»

«Che stai cercando di dire?»

«Non dico che lo fai apposta, ma mi stai dando senza ricevere. E io voglio vederti contorcerti di piacere.»

«Infatti è così, Lu» la rassicuro, prendendo in mano la mia erezione, dura e lucida della sua saliva. «Guarda, cuore mio. Guarda che effetto mi fai.»

«Voglio farti impazzire con la mia lingua, Liam. Mi scopi come se mi odiassi, e lo sai che mi piace. Ma voglio che ti lasci andare quando ti prendo in bocca. Avevi promesso di non trattarmi in modo diverso.»

Mi passo una mano fra i capelli, poi faccio scivolare la mano sulla sua guancia.

«Giuro che non me ne ero accorto. È che quando ti vedo sotto di me, tutta tremante e con le guance rosse dopo un orgasmo, voglio soltanto essere tutt'uno con te. Avresti dovuto dirmelo prima. Sono uno stupido.»

«Sì, non sei la lampadina più brillante della plafoniera.»

La sua risata beffarda muore quando la mia mano

scivola lungo il suo collo e si chiude intorno alla sua gola. L'altra mano le stringe saldamente la coda di cavallo, costringendola a piegarsi all'indietro. Le mie labbra tracciano il contorno della sua mascella, poi le sussurro all'orecchio: «Mettiti in ginocchio. E se sei gentile, forse, ti lascerò ingoiare».

Luna non esita nemmeno per un attimo. Mi avvicino a lei, le prendo i capelli nel pugno e le ordino di aprire la bocca. Senza aspettare, faccio quello che lei si aspetta da me. Le scopo la bocca. Ma non abbastanza forte, secondo lei, perché le sue unghie mi affondano nel sedere, incoraggiandomi a lasciarmi andare ancora di più.

«Guardami» ruggisco.

Quasi supplicante, Luna fa una cosa con la lingua che mi fa battere forte il cuore. La guardo assaporarmi, farmi suo. È uno spettacolo che voglio continuare a vedere per tutta la vita. Lei, inginocchiata davanti a me. I suoi occhi nei miei.

«Mi farai venire, cuore mio.»

Cazzo, è perfetta. Il mio respiro è ansimante, il mio corpo trema. Luna firma la mia condanna a morte afferrandomi i testicoli.

«Accidenti, ricomincia, ti prego.»

Vedo la soddisfazione nei suoi occhi, e mi fa impazzire. Sento il suo sorriso mentre il mio pene le si gonfia in bocca. È un vero demone. Chiudo gli occhi, il piacere mi esplode nelle vene e vengo nella sua bocca. Pulso contro la sua lingua, mentre l'orgasmo mi fa ribollire il sangue.

«Ingoia» le ordino, staccandomi dalle sue labbra gonfie.

E la guardo farlo, mentre le tracce del mio orgasmo si dissipano. Le sue guance sono rosse, le lacrime le scendono lungo le guance.

«Bellissimo.»

«Ti è piaciuto, eh?» si vanta, asciugandosi il mento con il dorso della mano.

«Hai vinto» dico, divorandole le labbra. «Da oggi in poi ti lascerò farmi quello che vuoi. Contenta?»

Un piccolo sorriso demoniaco le increspa le labbra. Poi si alza e mi fa il nostro gesto speciale per suggellare l'accordo.

È ora di andare al lavoro. Ma non prima di averla fatta venire sulla mia faccia, per cominciare bene la giornata.

«Vogliono mantenere il diritto di master» mi informa il manager degli Ultraviolet.

Per evitare di ridergli in faccia, picchietto ritmicamente la penna sulla scrivania. Due settimane fa io e Luna abbiamo fatto una videochiamata con i membri del gruppo. Ci siamo capiti al volo. E per noi metterli sotto contratto è una grande emozione, perché ci ricordano Charlie.

«Sai che non è possibile. E l'anticipo che gli daremo dovrebbe bastare a fargli cambiare idea.»

Shawn grugnisce, sa che ho ragione, ma immagino che abbia pensato di provarci comunque. Le trattative fanno parte del lavoro. E il fatto che gli Ultraviolet non siano pronti ad accettare qualsiasi cosa non fa che rafforzare il mio rispetto per loro.

La mia attenzione viene attirata da Luna che è entrata nel mio ufficio senza bussare. Perché mi sorprendo ancora? Vedendo che sono al telefono, si scusa e si gira per andarsene. Per trattenerla, le lancio la penna che ho in mano, facendola atterrare fra le sue scapole. Mi attiro uno sguardo per metà arrabbiato e per metà divertito, poi la raccoglie e me la lancia. Ovviamente, anche se ho allungato il braccio tanto da rischiare di lussarmi la spalla, l'ho mancata. Le faccio segno con l'indice di unirsi a me e sposto indietro la sedia per farle spazio. Lei si siede sulle mie ginocchia e mi mette un braccio intorno al collo. Respiro subito meglio. Queste ultime settimane insieme sono volate. Immagino che sia la felicità. Il tempo passa più in fretta, e vorremmo poterlo rallentare. Quando finisce di lavorare dopo di me, mi raggiunge all'attico. Non dorme a casa sua da quando siamo tornati dalle Bahamas. Non mi lamento. Passiamo le serate a mangiare, guardare la televisione, baciarci, mangiare ancora, spalmarci la faccia di maschere di bellezza al miele e alla curcuma, discutere su chi di noi ha ragione riguardo a una notizia del telegiornale: è stato il ragazzo a fare fuori la ragazza o il suo patrigno? Non abbiamo mai avuto la risposta, perché le ho messo le gambe sulle mie spalle e l'ho scopata forte e veloce, come piace a lei, ma credo di avere ragione. L'ha uccisa il fidanzato (è sempre il fidanzato).

L'agente, intanto, continua a blaterare.

«Sai che è quasi impossibile per dei giovani artisti mantenere i propri diritti. Sono bravissimi, ma la mia etichetta viene prima.»

«Allora perché non aumentare la loro quota?»

Scuoto la testa. Non perché mi dà fastidio, ma perché Lu mi sta sussurrando cose indecenti all'orecchio. Mi sta mettendo alla prova, e io fallisco alla grande.

«E se invece ci fosse la possibilità di riacquistare i propri diritti dopo un certo periodo?»

La mia proposta sembra farlo riflettere, perché, dopo qualche secondo di silenzio, mi informa che mi richiamerà per farmi sapere.

Chiudo la telefonata e bacio Luna come se non lo facessi da mesi. Questa donna mi ha stregato.

«Avevo dimenticato di dirti che sabato pomeriggio siamo invitati alla festa di compleanno di Nox. Potremmo partire venerdì sera e tornare domenica.»

«Questo fine settimana?» Faccio una smorfia di rammarico. «Sabato mattina ho una riunione e la sera mio padre viene in città per il nostro incontro mensile.»

Sul suo volto appare un misto di delusione e di orgoglio per il fatto che sto continuando a cercare di costruire un rapporto con lui. E poi, quando un sorriso che conosco fin troppo bene le increspa le labbra rosso vino, mi preparo alla sua idea folle.

«Non credo che ai miei dispiacerebbe se venisse anche lui.»

Che cosa avevo detto?

«Non lo so...»

Luna alza la mano per scostarmi qualche ciocca di capelli dalla fronte, probabilmente per distrarre la mia attenzione dal sospiro triste che le è appena sfuggito.

«Cuore mio, sai che vorrei davvero essere lì per Nox, ma non sono ancora pronto per far entrare mio padre nella mia vita di tutti i giorni. Per ora mi basta una cena al mese.»

«Capisco.»

«E se gli proponessi di rimandare a domenica sera, così da poter partire subito dopo la riunione?»

«Sei sicuro?»

«Certo.»

«Temevo fosse una scusa per non mettere più piede laggiù.»

«È ora di sostituire alcuni brutti ricordi con altri migliori, no?»

«Essere circondato da bambini urlanti per due ore mentre ascolti *Baby Shark* sarà sicuramente indimenticabile.»

«*Baby* cosa?»

Giuro, a volte io e lei parliamo due lingue diverse.

«Non temere, scoprirai presto di cosa sto parlando» scherza, prima che la sua attenzione venga attirata dal cestino con i muffin sulla mia scrivania. Se non avesse avuto la bocca chiusa mi avrebbe sbavato addosso.

«Oddio, posso prenderne uno?» chiede, tutta emozionata, agitando le dita come una tenaglia. «Sono troppo buoni. Come sono questo mese?»

«Non lo so, ai mirtilli, credo. Hai una gran fame in questi giorni.»

«Sì, deve venirmi il ciclo.»

Addenta il dolce e i suoi occhi si illuminano come quando viene. Incredibile.

Ogni mese il catering ci consegna ogni genere di prelibatezze in graziosi cestini. Luna ne va matta, soprattutto perché non si sa mai in anticipo cosa ci sarà dentro.

«È vreamt bnsssm» borbotta, con la bocca piena.

Per infastidirmi, il piccolo demone inizia a masticarmi forte nelle orecchie. Sa che lo detesto. Sono quasi sul punto di torcerle il collo, ma mi trattengo, perché sappiamo che probabilmente apprezzerà il gesto. Ma un attimo dopo il suo viso diventa paonazzo.

«Stai bene Lu?»

«Cosa c'era lì dentro?»

Le sue pupille spaventate si muovono in tutte le direzioni. In preda al panico, la vedo alzarsi e tossire forte, con gli occhi fuori dalle orbite e le mani strette intorno alla gola, come per strapparsela via. Luna crolla in ginocchio sul pavimento.

«N-non... resp...»

Mi trema la terra sotto i piedi, il tempo rallenta. Capisco subito che non le è andato storto un pezzo di muffin, è una reazione allergica in piena regola. Mi getto accanto a lei.

«Chiamate un'ambulanza!» urlo.

Le mie grida allertano i colleghi. Nel frattempo, la aiuto a stendersi.

«Andrà tutto bene, cuore mio. Sono qui.»

Le lacrime le scendono dagli occhi, mentre intorno

a noi si scatena il caos. Kim spinge via alcune persone per farsi strada verso di noi, con il cellulare incollato all'orecchio. Mi dice che l'ambulanza sta arrivando, sono a cinque minuti. Trecento secondi, il lasso di tempo in cui il mio mondo potrebbe andare in frantumi se lei morisse.

Le stringo le mani. Il suo respiro è affannoso, fa fatica a respirare.

«Qualcuno ha una EpiPen?» strillo.

Luna non ha mai con sé l'epinefrina. Perché oggi? Perché ora?

Il cuore mi batte forte. Cerco di nascondere la paura, perché i suoi occhi sono incollati ai miei. Mi implorano di aiutarla, mi supplicano. Le sue unghie perforano la pelle del mio polso.

«Ce l'ho io!» esclama Syd, che arriva correndo.

«L'ho trovata, Piccola Luna» la rassicuro, accarezzandole la fronte madida di sudore.

Recupero l'iniettore, le tiro su il vestito di maglia, le strappo le calze e glielo pianto nella coscia.

Il silenzio mortale che segue mi dà la nausea. A poco a poco, la presa sulla mia mano si indebolisce. Senza preoccuparmi della folla nel mio ufficio, le accarezzo la guancia con una mano e i capelli con l'altra.

«Prova a respirare, cuore mio.»

Quando annuisce, il peso di un macigno si solleva dalle mie spalle.

«Sono arrivati!» grida una voce.

«Tutti fuori» ordina Kim «lasciategli fare il loro lavoro».

La ringrazio con uno sguardo, perché ho la voce bloccata in gola. Non lascio Luna. Mi rifiuto di staccare gli occhi da lei anche solo per un secondo. Alla fine, è il paramedico ad allontanarmi con la forza. La solleva da terra, la mette sulla sedia e comincia a misurare i suoi parametri vitali, mentre un altro le fa delle domande.

«Cosa ha mangiato?»

«Un morso di quel muffin» dice, indicandolo con il mento. «Sono allergica soltanto all'avocado e alla soia.»

«Alcune allergie possono svilupparsi tardivamente» ci informa il medico.

Non sento il resto della conversazione, perché esco dall'ufficio. E mi scontro con Sophy.

«Ho sentito cos'è successo, Luna sta bene?»

Proseguo per la mia strada senza prestarle la minima attenzione.

«Dove vai?» mi chiama quando non le rispondo.

Mi precipito nell'ufficio di Brenda, facendola sussultare.

«Santo cielo, signor Davis, mi ha fatto prendere un colpo.»

Si porta una mano al petto, ma sono troppo agitato per preoccuparmi per lei.

«Luna ha appena avuto una reazione allergica a un muffin.»

La sua bocca viola si spalanca in una O perfetta, gli occhi quasi le escono dalle orbite.

«Abbiamo cambiato catering?»

«Come? No, l'azienda fornitrice è sempre la stessa da prima del cambio di gestione. Guardi.»

Mi volta le spalle per frugare nel grande armadio dietro di lei. Cerco di calmare il respiro. *Luna sta bene.*

«In questo elenco ci sono i nomi di tutti i dipendenti con un'allergia alimentare. Ce l'ha anche il catering e non abbiamo mai avuto problemi. Sei mesi fa ci hanno consegnato gli stessi muffin; avevo chiesto soltanto di aggiungere una glassa a forma di ragnatela per Halloween.»

Brenda sprofonda nella sedia, e io mi passo una mano sul viso.

«Non capisco come sia potuto accadere. Mi dispiace davvero, signor Davis.»

Neanch'io capisco. Ed è questo che mi sconvolge. Prendo i recapiti dell'azienda di catering ed esco dal suo ufficio.

«Sta bene?» mi chiede Brenda mentre mi allontano.

Mi fermo di colpo. Nella mia mente balenano tutti i possibili scenari alternativi.

Luna sta bene. Non l'hai persa.

«Respira» rispondo, con un filo di voce.

Una volta fuori, mi fermo all'angolo di un corridoio vuoto per inspirare ed espirare. Il mio cuore rallenta, le ginocchia cedono sotto il mio peso. *Luna sta bene.* Mi ripeto questa frase un centinaio di volte, finché il mio cervello non la recepisce e si tranquillizza. Ma questo non mi impedisce di entrare in vari uffici, compreso quello di Luna, e raccogliere diversi sacchetti di muffin, alcuni già mangiati.

E poi di comporre il numero di mio padre.

40
Luna

«Non ho intenzione di perdermi il compleanno del mio fratellino perché tu sei paranoico.»

Esco dalla stanza prima che possa ribattere, doppiamente furiosa di non poter sbattere la porta, perché il *signor milionario* ha solo porte scorrevoli in questo maledetto attico. Mi sento subito in colpa per quello che ho detto, ma non mi scuso. Sono passati due giorni dalla mia crisi allergica, e Liam mi sta incollato come se avessi tre anni. Non ne posso più. Mi sento come una principessa rinchiusa in una torre di vetro.

È giovedì sera. E invece di stare con i nostri amici, litighiamo. Anzi, litigo da sola, perché la tempesta che gli ho scatenato contro per una ventina di minuti buoni si è scontrata con la sua calma olimpica.

Liam mi segue in cucina. È a piedi nudi, con i capelli arruffati e un paio di jeans con i buchi sulle ginocchia. Se prova ad abbracciarmi o a baciarmi sulla fronte, gli stacco la giugulare.

Per tenere le mani occupate, apro gli armadietti e

prendo gli ingredienti per prepararmi un panino al formaggio e patatine.

Con le braccia incrociate, un fianco appoggiato al lavandino, Liam scuote la testa irritato.

«Non è quello che ti sto chiedendo, infatti, Luna. Vorrei soltanto che prendessi in considerazione la possibilità che qualcuno voglia farti del male.»

Quando abbiamo deciso di stare insieme ci siamo ripromessi di non commettere gli stessi errori del passato. Il che significa non nasconderci più nulla, comunicare, ascoltare le paure e i desideri dell'altro. E stasera mi pento di aver fatto questa scelta matura. Liam è sicuro che stia succedendo qualcosa, mentre io non voglio fare altro che seppellire la testa sotto la sabbia. Per tre giorni.

Spalmo il burro sulle fette di pane bianco e aggiungo il cheddar.

«Lu» sospira, «hai fatto gli esami. Il tuo allergologo dice che non hai sviluppato nuove allergie».

«Lo so, ero lì» sbotto.

Di nuovo questo assurdo desiderio di saltargli alla gola, quando lui vuole soltanto aiutarmi. Mi allontano dalla sua presenza soffocante per recuperare una padella.

«Quando avremo i risultati dei test sui muffin?»

«Secondo mio padre, domani sera al massimo.»

«Va bene. Finché non abbiamo conferma che ci fosse davvero qualcosa lì dentro, mi rifiuto di allarmarmi. Voglio solo passare un fine settimana sereno con la mia famiglia e i miei amici. Passami il pacchetto di Cheetos.»

Liam sbuffa, ma obbedisce.

«Ne fai uno anche per me?»

«Secondo te? Solo perché mi dai fastidio non significa che voglio che tu muoia di fame.»

Lui non nasconde il suo sorriso. Metto le patatine piccanti nel frullatore per ridurle in briciole.

«Perché non sei più preoccupata? Prima il biglietto, ora questo.»

«Perché sì.»

«Perché, Lu?»

«Perché mi rifiuto di pensare che in un anno non è cambiato niente» esclamo, alzando la voce. «Non voglio pensare che siamo in pericolo e non avremo mai il nostro lieto fine.»

Liam mi afferra i polsi e mi fa girare verso di lui.

«Ti prometto che non c'è niente al mondo che potrà separarci. Siamo io e te, per sempre. Cuore mio, spero tanto di sbagliarmi, ma in caso contrario dobbiamo prepararci, ok?»

Visto che non rispondo, aggiunge: «Domani prendi il mio jet invece del volo commerciale, e ti raggiungo sabato pomeriggio. Promettimi soltanto di fare attenzione, va bene?».

Mi allontano da lui per continuare a preparare i panini.

«Non fare così» mi avverte. «Non punirmi con il silenzio.»

Metto giù il coltello con un po' troppa foga, facendolo cadere.

«E va bene, tre giorni di tregua» mi concede lui. «Al nostro ritorno sistemiamo tutto. Ti sembra un buon compromesso?»

«Sì.»

«Ora puoi smettere di essere così arrabbiata? Odio quando sei arrabbiata con me.»

Liam tende la mano verso di me. Non resisto. Ed è fiero di lui.

«Hai visto? Tutto merito della comunicazione.»

Alzo gli occhi al cielo, ma finisco comunque per baciarlo.

☽ ☽ ☽

«Da me!»

«No, da me, Noxie!»

«Vieni qui, piccolino! Micio micio.»

Scoppio a ridere.

«Hai preso mio fratello per un gatto?» chiedo a Travis.

«Boh, non so come parlare con loro.»

«Con loro?»

«Con i bambini» spiega Cam.

Siamo seduti tutti e tre in cerchio nella stanza di mio fratello, che è in piedi in mezzo a noi. O almeno, è in piedi per quanto può esserlo un bambino che ha appena cominciato a camminare. Abbiamo deciso di fare un esperimento: da chi andrà Nox? Lui barcolla sulle gambette paffute, emette dei gorgoglii dolcissimi, e alla fine viene verso di me.

«Sì!»

«Questo è nepotismo» si lamenta Tee.

«Non ti vogliono nemmeno a quell'età» scherza Cam.

«Stai zitta.»

«Che pensavano quei due?» cinguetto, prendendolo tra le braccia.

Chi voglio prendere in giro? Quasi lo soffoco, inspiro a fondo il profumo della sua testolina. Accidenti, l'odore dei bambini crea dipendenza. È uno dei motivi per cui non riesco a lasciarlo andare da quando siamo arrivati qui ieri sera. Ho parlato con i miei genitori? Di sicuro, ma non me lo ricordo. Nox non si allontana da me da dieci ore. Quando l'ho abbracciato ho capito che le nostre chiamate FaceTime non sono sufficienti. Quindi sto cercando di recuperare il tempo perduto. L'ho lavato, gli ho dato da mangiare, gli ho raccontato delle storie e cantato filastrocche per ore. Nonostante le proteste dei miei genitori, l'ho anche fatto dormire nel mio letto. Secondo loro rischia di sviluppare cattive abitudini. Mi dispiace aver minato i loro metodi educativi, ma niente al mondo avrebbe potuto tenermi lontana dal mio piccolo Noxie.

Le sue manine mi tastano il viso e fingo di mordicchiarle. Lui ride, rivelando i piccoli dentini in crescita. Se io sono identica a mia madre, questo piccoletto sarà bello quanto mio padre.

«Allora, come vanno le cose con Dimetrio?» chiedo a Tee.

«Benissimo, per quanto può andare bene una relazione segreta.»

Quando ci ha raccontato cosa nascondeva ho provato un misto di emozioni. Prima di tutto la delusione per il fatto che non si era confidato con me. In fondo ci dicevamo tutto da quando avevamo iniziato a parlare.

Poi, la gioia di vederlo felice, di vedergli il sorriso sulle labbra nonostante la tensione. Aveva gli occhi che brillavano quando parlava di lui. E infine il sollievo. Il suo comportamento distaccato non aveva nulla a che fare con il suo senso di colpa nei miei confronti. Avevo pensato così tanto alla distanza che aveva messo tra noi che a un certo punto avevo iniziato a sospettare che si fosse sentito messo in secondo piano dalla mia amicizia con Matteo. Ma da quella sera mi sono ripromessa di fargli capire che sarà sempre al primo posto nel mio cuore.

«Pensi che farà *coming out* a breve?»

«Non lo so» ammette, «ma non voglio mettergli pressione. Sono felice così. Me la godo. Vivo. Non ci facciamo domande. Lui è il mio primo uomo, e viceversa. Ci siamo innamorati a prima vista. E non sono affari di nessuno. Se fosse stato etero, non avrebbe fatto annunci pubblici. Perché dovrebbe essere diverso?»

La felicità nella sua voce mi fa venire le lacrime agli occhi. Negli ultimi giorni sono stata una vera altalena di emozioni. L'altro ieri ho pianto mentre guardavo *Ru Paul's Drag Race* perché ho realizzato che non potrò mai essere una drag queen. Sento il desiderio di esserlo? No. Ma vorrei comunque avere la possibilità di scegliere. Liam è rimasto completamente sbalordito dalla mia reazione.

In quel momento Nox mi tira una ciocca di capelli, interrompendo la mia sessione emotiva. *Ahia*. Il piccolo traditore lascia le mie braccia per strisciare nella sua casetta nell'angolo della stanza.

«E tu? Sei innamorata di Matteo?»

La domanda di Tee sorprende Cam. Non perché non conosca la risposta, ma perché sta cercando di non ammetterlo. Detto tra noi, ce l'ha scritto in faccia. Ma per istinto di sopravvivenza non le dirò mai che ha gli occhi a cuoricino tutte le volte che il surfista entra in una stanza.

«Pare di sì» sussurra.

Mi trattengo dal battere le mani come una scimmia con i piattini. Il mese scorso Matt mi ha confessato che moriva dalla voglia di dirle quelle due paroline, ma stava temporeggiando per non spaventarla. E visto che sono incapace di farmi gli affari miei, gli dirò che ha il via libera appena lo vedrò.

«Sono felice per voi.»

Fra tre secondi uno di loro dirà qualcosa di stupido per alleggerire l'atmosfera troppo intensa. Troppo sentimentale. Ma io vorrei che durasse per sempre. È un momento in cui sono reali, nudi. In cui non si punzecchiano a vicenda. Ma alla fine è un piccolo camion dei pompieri che si schianta contro Camille a infrangere la bolla.

«Che ca...»

Nox sghignazza soddisfatto, e allargo le braccia per accoglierlo. Contro ogni previsione, lui si getta in quelle di Tee.

«Hai ragione, piccolo» ridacchia. «Gli uomini devono sostenersi a vicenda, altrimenti ci faranno fuori.»

«Noxie, dai un bacio a Cam-Cam. Le hai fatto male.»

Lui scuote la testa, ma sorride. Un vero diavoletto.

«Non sei il mio Collins preferito» gli dice lei, tirando fuori la lingua, ma lui la imita. «E tu cosa ci racconti, Lulù e le 2L? Ti rendi conto che non dormi all'attico da un secolo?»

«Cosa? Ma no! Ci sono stata...beh...»

Cavolo, ha ragione. Passo soltanto a prendere le mie cose. Anche quando la banda si riunisce nel nostro attico, torno sempre a dormire da Liam.

«Ho pensato che forse avete deciso di convivere, ma hai sempre la bocca troppo piena per dirmelo.»

Stavolta sono io a lanciarle il peluche a forma di squalo.

«Non conviviamo.»

Almeno credo.

«Te l'avevo detto che avresti avuto il tuo lieto fine.»

Ancora queste lacrime patetiche. Argh!

«Perché sei triste, Lulubelle? Ho detto qualcosa di sbagliato? Le cose vanno male? Devo ucciderlo?»

«No, è solo che... è la prima volta che siamo tutti felici nello stesso momento. In amore e sul lavoro.»

I Quattro Elementi.

«Oh, Lulù. Ehi, a proposito di lavoro, potrei avere una grande opportunità. Aspetto conferma» mi dice Cam.

«Ma è fantastico! Hai visto? Siamo felici.»

«Se funziona, andrò in Argentina per tre mesi.»

Il mio sorriso svanisce. Forse non ha capito la definizione di felicità.

«Tre mesi?» Quasi mi soffoco.

Mi fa un sorriso triste, come per dire *lo so*. Tre mesi senza la mia migliore amica.

«Di cosa parla il documentario?» si informa Tee.

«Del movimento dei foulard verdi per il diritto all'aborto. Ma non c'è ancora niente di certo.»

«Smettila, ce la farai sicuramente, anche se ci abbandoni» dico, per incoraggiarla a modo mio. «Sei la migliore per questo lavoro.»

«Un complimento e un insulto nella stessa frase, sono onorata.»

Come me, ha scelto l'umorismo, perché nel profondo sappiamo già entrambe che ci andrà.

«L'hai detto a Matt?» si informa Tee, senza smettere di giocare con Nox.

«No, aspetto di aver firmato qualcosa.»

«Tre mesi non sono niente. Guarda me e Liam. Se le stelle sono allineate, nulla vi separerà.»

«Na... na» ci interrompe mio fratello.

«Sono io? Ha chiamato me, vero?» mi emoziono.

Striscio verso Noxie per riempirlo di baci e abbracci. La sua risata cristallina è musica per le mie orecchie.

«Calmatevi, ovaie. Nana non è ancora pronta per avere un bambino» canticchio, tra le risate beffarde dei miei amici. «Deve ancora lavorare, viaggiare e godersi il papà.»

«Non è che sei già incinta, per caso?» dice Cam con nonchalance. «Sei molto sensibile in questi giorni.»

Quasi mi soffoco con la saliva. Non so perché, ma copro le orecchie di Nox prima di rispondere: «Come ti viene in mente? Non ho mai dimenticato una pillola. Fra poco deve arrivarmi il ciclo, e in generale è improbabile, visto che ingoio quasi sempre».

Mi metto a ridere, a differenza di Travis.

«Ti prego, troppi dettagli» si lamenta, fingendo di vomitare.

«Perché ti offendi? Come se non conoscessi il gusto!» dice Cam, con un sorriso malizioso.

«Oddio! Hai osato.»

«Ebbene sì, ha osato.»

Ecco qui, li ho persi. Inizia una lotta con gli orsacchiotti. Cosa ho fatto nella mia vita passata per meritare degli amici del genere?

«Basta!»

I peluche smettono di volare in aria. Ma Nox, essendo un Collins, me ne lancia uno in faccia. E i due idioti scoppiano a ridere. Aspetto che si calmino prima di parlare.

«Seriamente, è che ho i nervi a fior di pelle. Tra il biglietto sotto la porta, la reazione allergica, Liam e la sua paranoia, è un caos.»

I miei migliori amici si lanciano uno sguardo furtivo, ma non abbastanza perché io non me ne accorga.

«Siete d'accordo con lui, vero? Pensate che qualcuno voglia farmi del male?»

«È meglio essere troppo paranoici che troppo poco.»

Libero Nox, che si dimena tra le mie braccia.

«Vorrei passare un tranquillo fine settimana con voi e con la mia famiglia. Lunedì i nostri problemi saranno ancora lì ad aspettarci. Per ora voglio solo vivere il momento.»

Ed è esattamente quello che ho intenzione di fare.

41
Luna

♪ *Ghost Of You* – 5 Seconds of Summer

Sono le due, la festa di compleanno inizia tra un'ora. Il giardino freme di eccitazione. I miei genitori hanno voluto che tutto fosse perfetto, dalle decorazioni al catering. Tutti stanno facendo del proprio meglio per rendere questo giorno indimenticabile. La star della giornata si è addormentata, e i miei amici sono a casa a prepararsi. Applico l'ultimo tocco di mascara e mi giro per controllare che i pantaloncini mi stiano bene quando ricevo un messaggio da Liam. Adoro che continui a farmi rabbrividire, anche se lo vedo ogni giorno.

Love 🏅
Raggiungimi dove sai.

Il mio battito accelera. Non perdo tempo. Vado in camera di mio padre, che ha il naso infilato nell'armadio.

«Papà, la mia bici è ancora in garage?»

«Sì, perché?»

«Mi vedo con Liam» rispondo, allontanandomi.

«Ho un déjà-vu» mormora lui, sottovoce.

«Ti ho sentito!» canticchio.

Sento la sua risata beffarda alle mie spalle.

«La festa inizia tra un'ora!»

«Lo so!»

In garage, tolgo il telo bianco che copre la mia bici. L'ultima volta che ci sono salita avevo diciassette anni. Ma il detto è vero, è come se non fosse passato nemmeno un minuto.

Liam può essere solo in due posti: sul nostro albero o davanti alla sua vecchia casa. Ma è questa seconda opzione che mi provoca una fitta al petto. Non voglio che sia triste. Perché quando lui sta male, anche io sto male. In ogni caso, mi fido del mio istinto e lascio che mi guidi.

♪ Più mi avvicino, più mi sudano le mani. Quando, in lontananza, scorgo una sagoma sul marciapiede di fronte a casa sua, non riesco a trattenere un brivido. In piedi con le mani in tasca, Liam trasuda potere e sensualità. Dalla sua espressione impassibile, nessuno sospetterebbe mai che la persona che gli manca di più al mondo vivesse qui.

Poso la bici ai suoi piedi, ma non mi guarda. Continua a fissare la facciata della casa con i lineamenti duri, il collo rigido.

«Ce ne hai messo di tempo.»

Mi rilasso alla vista di un accenno di sorriso sulle sue labbra. Quando finalmente si gira nella mia direzione, sorride sul serio.

«Allora, ci stai o no?»

«A fare cosa?»

«Venire dentro con me.» Indica la casa con il mento. «Sembra vuota. Voglio vederla più da vicino.»

Non faccio in tempo a chiedergli se ha mangiato qualcosa di avariato in aereo per avere un'idea così folle che già comincia ad attraversare la strada con passo sicuro.

«Lu» mi chiama. «Allora?»

Ha anche fretta, come se non bastasse.

Mi unisco a lui, imprecando sottovoce.

I nuovi proprietari hanno eretto un muro che arriva proprio all'altezza della mia testa. Liam, invece, con il suo metro e ottanta, lo sovrasta. E si arrampica con un'agilità sconcertante, i muscoli tesi, bicipiti gonfi, i tatuaggi che fremono. Una volta in cima, afferro la sua mano tesa e lo raggiungo.

«Cosa non farei per te, eh?»

L'idiota ride, salta dall'altra parte e tende le braccia, come se fossi una bambina da prendere al volo.

«Grazie per la fiducia.»

Alzo gli occhi al cielo, lo ignoro e atterro in piedi sotto il suo sguardo ammirato e leggermente offeso.

«Sarò anche imbranata, ma non così tanto.»

«Ti ho già vista inciampare su cose invisibili.»

«Invisibili per te» ribatto, in malafede.

Lui non risponde, perché, come sappiamo, non ha senso discutere con chi è in malafede. Ci avventuriamo nel giardino che ci ha visti crescere, che ha ascoltato i nostri sogni sussurrati, che ci ha sentiti voler cambiare il mondo.

È tutto uguale e allo stesso tempo così diverso. Un'enorme veranda occupa metà dello spazio del giardino. L'unica costante è un'amaca sospesa tra due alberi. Ci scambiamo uno sguardo pieno di complicità e nostalgia e le nostre dita si intrecciano. Sono i nostri piedi a guidarci. Liam si sdraia sulla schiena, un braccio piegato dietro la testa. Una volta che si è stabilizzato, mi rannicchio contro il suo corpo e il tempo si ferma. Entriamo nella nostra bolla. Quella che abbiamo creato da bambini per sfuggire a una realtà che spesso ci deludeva. In questo giardino che ha visto sbocciare le nostre prime emozioni, siamo di nuovo Piccola Luna e Limee.

Con il polpastrello del pollice, Liam inizia a disegnare piccoli cerchi sulla mia schiena. Chiudo gli occhi alle sue carezze, il mio corpo reagisce come quando ero adolescente. I brividi, i battiti forti del cuore. Le parole che si formano sulla punta della lingua, in attesa di essere pronunciate. Le preghiere che i nostri genitori non venissero a interrompere il nostro momento. Le notti a immaginare il nostro primo bacio, a sperare che fosse innamorato di me. Ed eccoci qui, anni dopo, a festeggiare il compleanno del mio fratellino. Vorrei poter tornare indietro e dire a quella Luna che piangeva nel suo letto che sarebbe andato tutto bene. Che un giorno avrebbe avuto l'uomo, la famiglia e il lavoro dei suoi sogni.

Non sono sicura che mi crederebbe.

Il respiro di Liam è così calmo che devo alzare il mento per vedere se si è addormentato. Quando i nostri sguardi si incrociano, fatico a trattenere un sospiro.

Grigio contro verde. Gli basta un'occhiata per accendere tutti i miei sensi. La forza del nostro legame mi lascia a bocca aperta. Con l'indice mi inclina leggermente la testa per strofinarci i nasi. E stavolta mi sfugge un gemito. Cavolo. Ha il suo sorriso da adolescente stampato in faccia, lo stesso che mi torturava anni fa.

«Devo dirti una cosa.»

La sua voce si abbassa di un'ottava, togliendomi il fiato. Eccolo lì, era troppo bello per essere vero.

«Sì?»

Sono orgogliosa di essere riuscita a padroneggiare il tremito nella mia voce. Mi alzo per guardarlo meglio.

«Avrei dovuto essere sincero con te da subito, ma avevo paura di rovinare il nostro rapporto.»

Le mie dita si aggrappano ai bordi dell'amaca. Eppure, non c'è niente nel suo viso che mi lasci pensare che voglia spezzarmi di nuovo il cuore.

«Sei la mia migliore amica, la mia persona preferita, ma ogni volta che ti vedo sento qualcosa di strano nel petto. Mi sono spaventato a morte, quindi ho cercato su Internet. E ho capito. Non mi stanco mai di guardarti, ho sempre voglia di baciarti, quando siamo lontani non vedo l'ora di rivederti e farmi raccontare tutto quello che mi sono perso. Quindi, Piccola Luna, mi chiedevo se volessi diventare la mia ragazza.»

Liam ride, probabilmente perché sembro un cerbiatto colto di sorpresa dai fari di un'auto.

«Mi hai fatto prendere un colpo, idiota» dico, dandogli uno schiaffo sulla fronte.

«È quello che morivo dalla voglia di dirti da quando

mi hai abbracciato. Scusa se ti ho fatto paura, ma dovevo chiudere il cerchio. Non hai idea di quanto sia stato difficile tenermi tutto dentro per paura di non essere abbastanza, di rovinare tutto.»

Commossa dalle sue parole, mi dimentico dove siamo e mi siedo a cavalcioni per abbracciarlo. Non imparo mai dai miei errori, a quanto pare. Il cerchio è definitivamente chiuso.

Un lampo di panico attraversa i suoi occhi verdi.

«No, Lu…»

E cadiamo nel vuoto.

Lancio uno strillo di paura e chiudo gli occhi, in attesa della morte. Sto esagerando, ovviamente. Non siamo così in alto. Per fortuna i riflessi di Liam funzionano ancora bene, quindi mi mette una mano dietro la testa per proteggermi dall'impatto. Atterriamo uno dopo l'altra sull'erba. Segue un silenzio tombale. Poi scoppiamo a ridere. Perché siamo noi. E perché abbiamo vissuto la stessa situazione tante volte. Non smetteremo mai di comportarci da bambini.

«Chiedimelo di nuovo» sussurro.

«Piccola Luna, vuoi essere la mia ragazza?»

«Per tutta la vita?»

«No.»

Il mio sorriso vacilla.

«Perché un giorno sarai mia moglie.»

Lo bacio con lentezza. Le nostre lingue si uniscono, i nostri respiri si fondono. Gli poso una mano sul petto e sento il cuore che gli batte all'impazzata.

Poi gli getto le braccia al collo per tenerlo stretto.

Ma proprio in quel momento sentiamo un tonfo, seguito dal rumore di passi e da quello di una porta scorrevole. Liam inizia a borbottare vari «merda» e «cazzo». Siamo fregati. La paura di venire scoperti mi fa scoppiare in una risata incontrollabile. Il mio migliore amico cerca come può di non unirsi a me, perché almeno uno di noi due deve mantenere la calma. Salta su come un animale selvatico e mi trascina con sé. Una volta in piedi, mi prende la mano e iniziamo a correre. Ce la diamo a gambe come bambini, ridendo e ansimando.

«Chi siete? Cosa ci fate qui?» ruggisce una voce profonda dietro di noi. «Marjy, chiama la polizia.»

Ci fermiamo di botto, i nostri occhi si incontrano. Le sue pupille brillano, i sorrisi ci arrivano alle orecchie, i suoi capelli sono scompigliati, i miei mi finiscono negli occhi. Credo di essere in uno stato di assoluta felicità. Con lui divento spensierata, ed è una sensazione che vorrei provare per tutta la vita. Ho trovato la mia anima gemella. La persona che ti fa sentire importante, capita, amata. La persona che conosce tutti i tuoi difetti, che ti ha già vista al tuo peggio, e ti trova magnifica. E quella persona per me è Liam Jude Davis. Offrire una parte della tua anima è più difficile che offrire una parte del tuo cuore. In fondo, le anime sono eterne.

«Non vedo l'ora di passare il resto della mia vita con te» dico, di punto in bianco. «Se un giorno mi chiederai di sposarti, dirò di sì senza esitazione.»

«Che cosa?»

«Ho detto...»

«Lo so cosa hai detto» ride. «Sei brava a scegliere i momenti, eh?»

Merda, avevo dimenticato dove siamo. Ci giriamo insieme nella direzione della voce.

«Scusi! Prometto che non abbiamo rotto nulla.»

Mentre aspetto che mi aiuti a scavalcare il muro, Liam punta verso la porticina del giardino e la spinge. L'ha semplicemente spinta.

«Non dirmi che era aperta fin dall'inizio» mi infervoro, per metà divertita e per metà seccata.

«Salta su, cuore mio.»

È montato sulla mia bici e aspetta che salga sul manubrio come quando eravamo piccoli.

«Sbrigati, stanno arrivando.»

Grugnisco irritata, ma finisco per appollaiarmi sulla canna. È molto più difficile di quanto ricordavo. Lui pedala a tutta velocità, mentre io mi tengo con tutte le mie forze. Il cuore mi martella nel petto, non per paura che ci prendano, ma più per quella di spaccarmi la testa sull'asfalto. Meno di tre minuti dopo, casa mia si profila in lontananza. E lì sento dei denti mordermi la parte posteriore del braccio.

«Smettila» dico, dimenandomi per fermarlo.

La ruota della bicicletta colpisce il marciapiede. Voliamo in aria, atterrando sul prato davanti a casa mia. Al mio sguardo indignato, Liam scoppia a ridere, ma mi tolgo la scarpa da ginnastica e gliela lancio in faccia. La schiva con facilità. Non riesco a mirare bene quando è così vicino. Mi farà impazzire. Ma è la mia ragione di vita.

«Sapevi che la porta era aperta, vero?»

«È stato molto più divertente vederti arrampicare.»

Gli rispondo con grande maturità, mostrandogli il dito medio.

«Che state combinando?» chiede qualcuno alle nostre spalle.

È Matt, che ci guarda come se fossimo dei casi disperati.

«La festa sta per iniziare.»

Tutte le persone che amo sono finalmente riunite.

Niente può farmi scendere dalla mia nuvola.

42
Luna

♪ *You Are a Memory* – Message to Bears

Il giardino è bellissimo. Ci sono palloncini a ogni ingresso e giochi gonfiabili per tutte le età dove i più piccoli strillano di gioia. Una macchina per le bolle di sapone cattura l'attenzione dei bambini e non solo. Sembra di essere entrati in *Alice nel Paese delle Meraviglie*.

Noto il grande tavolo in fondo al giardino traboccante di regali. Le possibilità che Nox se ne ricordi sono praticamente nulle, ed è per questo gli ospiti hanno a disposizione macchine fotografiche usa e getta con una missione precisa: immortalare tutto. Ho deciso che creerò un album per ognuno dei suoi compleanni, fino ai diciotto anni.

Mia madre ha invitato i compagni dell'asilo di mio fratello, che sono venuti con i loro genitori, fratelli e sorelle. Ci sono anche i colleghi preferiti di mio papà e i genitori di Cam e Tee. È il caos. Un caos meraviglioso che non vedo l'ora di ripetere ogni anno.

Ho il cuore pieno di gioia e le guance doloranti per i troppi sorrisi. Riesco addirittura a tollerare i piccoli mostri che mi stanno spaccando i timpani. L'unico lato negativo è l'assenza di Satine. Sono rimasta delusa quando ho visto Matt da solo. Sua madre ha rifiutato di lasciarla uscire dallo stato con lui. Ovviamente sappiamo tutti che è una scusa. Sospettiamo che sia il suo modo di punire Matt per la sua relazione con Camille. Peccato che sia la piccola a soffrirne. Per non esasperare un rapporto fino a questo momento cordiale, comunque, lui preferisce porgere l'altra guancia. Per ora.

«Siete pronti?»

Jonah, un collega dell'ospedale di mio padre, mi riporta sulla Terra. Il suo tono è eccitato. Liam sposta le ciocche di capelli disordinate che mi solleticano il viso già sudato per un gioco precedente. La mia caviglia sinistra è legata con un foulard giallo alla sua caviglia destra. L'obiettivo: tagliare per primi il traguardo segnato da due colonne di palloncini. Siamo contro Camille e Matt, due madri di cui mi sfuggono i nomi, Tee e mio padre, e Joy e Nysa, infermiere di sala operatoria. Liam mi stringe la mano per assicurarsi che sia pronta.

«Uno, due, tre... via!»

Intorno a noi, tutti urlano, tifano per la squadra che hanno scelto. Ma l'unico tifoso che mi interessa è Noxie, che ci guarda a occhi sgranati. Si agita tra le braccia di mia madre, battendo le mani come una pulce eccitata.

Accidenti, è molto più difficile di quanto sembri. A differenza dei nostri avversari, scegliamo di non saltare, ma di camminare veloci. Bingo! Le due infermiere cadono a terra, seguite da mio padre e da Tee, che si alza troppo in fretta e ricade dal ridere. Riusciamo a superare i nostri due migliori amici, esausti per i salti. E non resistiamo alla tentazione di prenderli in giro quando li sorpassiamo, altrimenti non sarebbe divertente.

Il traguardo è sempre più vicino. Spinti dalle nostre battute, i due piccioncini si appropriano del nostro metodo. Imbroglioni. Sono quasi senza fiato, soffoco dalle risate, ma Liam mi sussurra parole di incoraggiamento. E funziona!

Tagliamo il traguardo da vincitori. Come al solito, esprimiamo la nostra gioia con un po' troppo entusiasmo. Lui mi libera le caviglie.

«Chi può fermarci»? esclamo, sotto lo sguardo omicida dei perdenti.

Saltiamo petto contro petto e ci abbracciamo. In segno di rispetto per le anime innocenti che ci circondano, non lo bacio, anche se muoio dalla voglia di farlo. Invece Liam mi fa volteggiare come se avessimo appena vinto un milione di dollari. Anche se per lui non farebbe grande differenza.

«Dei veri bambini» impreca Cam.

«Anche il re della festa è più maturo di loro» aggiunge Tee.

«Bravi, ragazzi» si congratula con noi mio padre.

Tenendomi ancora tra le sue braccia, Liam mi bacia sulla guancia, e io strillo come una bambina.

«Nessuno può batterci» mi sussurra, sorridendo.

«Nessuno, angelo mio.»

♪ Le sfumature arancioni del tramonto hanno un qualcosa di poetico. Il mio sguardo incontra quello di Liam, immerso in una discussione con mio padre, e so che ci siamo capiti. Charlie è qui con noi. Lo sento. Ovunque siano i nostri cuori, ci sarà anche lei.

Stupita, li guardo uscire fuori. Strano. Dovranno fare una delle loro chiacchierate fra uomini.

Le candeline sono state spente un'ora fa. Gli invitati se ne stanno andando a poco a poco, mentre il re della festa sonnecchia nella sua stanza. Con le mani cariche di bicchieri, entro in cucina, dove trovo Matt appoggiato al lavandino, con lo sguardo fisso nel vuoto.

«Ti stai nascondendo?»

Volevo fare una battuta, ma cambio subito atteggiamento quando vedo meglio la sua espressione. Mi lavo le mani, le asciugo con uno strofinaccio e mi preparo ad ascoltare cosa lo turba.

«Ti ascolto.»

Prendo uno sgabello alto per sedermi di fronte a lui.

Prima di parlare, il mio amico lancia uno sguardo discreto attraverso la grande finestra da cui si vede il giardino.

«Camille vuole presentarmi i suoi genitori.»

Devo letteralmente chiudermi la bocca con la mano. O meglio, è lui che lo fa per me. Matteo mi mette due dita sotto il mento e lo tira su, facendomi sbattere i denti.

«Non sei una *drama queen*, sei tutta la famiglia reale.»

«Stai zitto» replico, alzando gli occhi al cielo. «È una bella notizia, perché non sei felice? Non vuoi più stare con lei? Vuoi lasciarla? Non la ami più? Guarda che so dove abiti, stai attento.»

«Wow wow, respira, Elsa. L'ultima volta che ho incontrato i genitori della ragazza che frequentavo è stato in ospedale, quando è nata la mia principessa.»

«Oh.»

«Puoi immaginare che non sia andata molto bene.»

Si passa le dita tatuate sulla barba.

«Capisco la tua riluttanza, ma è un passo importante per entrambi. Camille è allergica a qualsiasi forma di impegno. Presentarti i suoi è il suo modo di aprirti il suo cuore. Per lei è la prima volta.»

«Lo so. Ma lo sguardo di sua madre mi inquieta. Mi fissa appena muovo un dito del piede, e non prova nemmeno a nasconderlo. Chi è che fa una cosa del genere? A New York le avrebbero già cavato gli occhi.»

Non lo prendo in giro soltanto perché è tenero così spaventato.

«Probabilmente perché ha già capito tutto.»

Deglutisce, gli occhi tondi come due biglie. Se gli avessi detto che aspettavo suo figlio, la sua reazione sarebbe stata meno divertente.

«E se il fatto che ho già una figlia non le piacesse?»

Mi alzo, gli prendo il viso tra le mani e lo bacio sulla fronte. L'idiota finge di essere disgustato.

«Ti fidi di me?» chiedo.

«Ovviamente.»

La sua risposta così naturale mi dà un brivido di piacere.

«Maureen Hart è una donna straordinaria. Sii te

stesso. Sii il ragazzo gentile, premuroso e un po' stupido che adoro, e ti prometto che vi darà la sua benedizione. Non ti giudicherà in base al tuo passato. E lo stesso vale per suo padre. Anzi, sono sicura che Cam gli abbia già detto che sei un papà straordinario.»

«Grazie, bionda.»

Mi abbraccia, e appoggio la guancia contro i suoi pettorali.

«Te lo giuro, da piccola ero invidiosa del rapporto che Cam aveva con sua mamma. Maureen è la madre che vorrei avere. E mi ha sempre trattata da figlia, anche se ero bloccata.»

Un rumore alle nostre spalle interrompe il nostro abbraccio. Mia madre è a pochi metri di distanza, una ciotola piena di dolcetti tra le mani. Dopo un sorriso timido, la mette giù e gira sui tacchi.

«Pensi che abbia sentito?» dico, sentendomi un po' in colpa.

«Mmh.»

«Vuoi dire che i tuoi muscoli non hanno attutito nemmeno un po' il suono della mia voce? Mannaggia. Torno subito.»

Faccio per allontanarmi, ma mi giro per dirgli: «Non preoccuparti».

Mi avvio, ma poi torno nuovamente sui miei passi.

«Ai suoi genitori piace essere accolti con dei baci sui piedi.»

«Sparisci!»

La mia risata si spegne mentre vado in cerca di mia madre. Non la trovo né nella sua camera da letto né in bagno, ma seduta sulla poltrona di pelle nera di mio padre, in biblioteca. È calata la sera, e la stanza è immersa in una piacevole penombra.

«Tutto bene?»

La mia domanda mi sembra stupida quando noto che ha gli occhi rossi. Come se avesse pianto. Sbatte le palpebre più volte e si schiarisce la gola prima di rispondere.

«Sono stata di nuovo egoista, vero?»

Il dolore nella sua voce è ancora una novità per me.

«Fare una festa così in grande, mentre con te sono stata assente.»

È un pensiero che non mi è mai passato per la mente. Anzi, voglio ringraziarla per essere qui, per come si sta dedicando a Nox.

«Non potrei mai avercela con te perché vuoi bene a mio fratello» sussurro, sedendomi sul bracciolo della poltrona. «Sono felice che tu sia qui, che abbia scelto di restare, che abbia scelto noi. No, non sei stata una buona madre per me, ma sarei la sorella peggiore del mondo se ce l'avessi con te per il fatto che ci stai provando con lui. Vedo il modo in cui ti comporti con Nox, l'amore nei tuoi occhi. E mi piace vedervi tutti e tre insieme.»

Faccio una pausa.

«Per quello che hai sentito in cucina, invece, non posso scusarmi, perché è la verità.»

«Non voglio le tue scuse, Luna. Voglio che mi perdoni per non essere stata la madre che meriti.»

«L'ho già fatto» dico, e sono sincera. «Non possiamo

restare ancorate a un passato che non si può cambiare. Concentriamoci sul presente, sulla fantastica festa che hai organizzato e sul sorriso gigante sul volto di Noxie.»

Con la punta delle dita, Emma si asciuga le lacrime dagli occhi. Ne approfitto per allontanarmi e concederle la sua privacy.

Vicino alla porta, con un tuffo al cuore, decido di tornare sui miei passi e di abbracciarla. Sorpresa, resta immobile per un momento, ma poi si alza per stringermi a sua volta. Non abbracciavo mia madre da quando avevo quattro anni. Ho un nodo in gola, le sue lacrime mi bagnano la guancia. Con questo gesto ci confidiamo tutto ciò che forse non oseremo mai dire ad alta voce.

«Sono fiera della donna che sei diventata.»

«Grazie, mamma.»

Mi stringe più forte. Per la prima volta dopo anni, queste due sillabe non hanno un retrogusto sarcastico. Mi sento bene.

AD MAIORA. C'è qualcosa di magico nelle seconde possibilità, quando il tuo cuore è in pace.

Sono le otto quando finiamo di pulire tutto. Dopo averci aiutati, Tee è corso all'aeroporto perché doveva tornare a New York.

«È ancora presto. E se uscissimo a bere qualcosa?» propongo, lasciandomi cadere sul divano del soggiorno.

«Al Grizzly!» si entusiasma Cam.

È un bar in città che ci ha sempre negato l'accesso per via dell'età.

«Io ci sto» dice Liam.

«In effetti è ora che mi facciate vedere come ci si diverte a Carolina Beach» fa Matt, alzando le sopracciglia.

«Dobbiamo scegliere qualcuno che guidi.»

«Non possiamo prendere un taxi?» chiede il biondo.

«Non siamo a Manhattan. Gli ultimi taxi smettono di circolare a mezzanotte» dice Cam.

La sua espressione disgustata ci diverte.

«Niente di meglio di una buona morra cinese per decidere.»

«Forza.»

Matt celebra la sua vittoria, mentre Liam si arrabbia di aver perso.

«Cavolo, la fiamma tradisce.»

«Non secondo Joey Tribbiani.»

«Cerchiamo di essere gentili, in fondo non vince mai niente» lo prendo in giro.

Mentre salgo le scale per dire ai miei genitori che stiamo uscendo, vedo Liam dargli un pugno sulla spalla.

«La nostra prima serata da coppia» strillo, chiudendo la porta d'ingresso dietro di noi.

«Merda, ho dimenticato le chiavi della macchina in camera tua» fa Liam, dandosi una pacca sulle tasche dei jeans.

«Aspettate, devo fare pipì» dice Camille trottandogli dietro.

Matt e io continuiamo a camminare verso l'auto a

noleggio di Liam, parcheggiata sul marciapiede dall'altra parte della strada.

«Sei ancora vivo» scherzo. «È andata bene?»

«Come può una donna così adorabile aver dato alla luce una strega come Camille?»

La prende in giro, ma continua a guardarsi intorno per assicurarsi che sia ancora dentro. Alla fine, si sono detti ti amo. Camille era così emozionata che non è riuscita nemmeno ad aspettare che uscissi dal bagno per raccontarmi tutto.

«Te l'avevo detto» gli ricordo, con una risatina.

«Le chiederò di trasferirsi da me.»

Gli prendo il braccio per fermarlo.

«No dai, stai scherzando?»

«Pensi che accetterà?»

La sua fiducia è svanita.

«Sarebbe pazza a rifiutare uno come te. I miei due migliori amici insieme. Vuol dire che sarete nella mia vita per sempre.»

«Avevi intenzione di sbarazzarti di me, Rapunzel?» chiede, con un sorriso insolente sulle labbra. «Tu e io siamo per sempre.»

Eccolo, è tornato. Sto per rispondergli a tono quando un brivido spiacevole mi corre lungo la schiena. I nostri sguardi si incrociano. Per un secondo. E capiamo. *Io* capisco che il lieto fine che stavamo per sfiorare era soltanto un'illusione. Che basta la minima brezza a farlo svanire, per lasciare il posto a una pioggia torrenziale.

Ho il vago sentore di uno stridio di pneumatici in lontananza. Vedo un Suv scuro con i fari spenti che corre verso di me. I miei muscoli sono paralizzati. Mi sembra che Matteo mi urli di muovermi. Ho appena il tempo di capire cosa sta succedendo quando delle braccia potenti mi spingono via, facendomi atterrare sul sedere. Davanti ai miei occhi inorriditi, la macchina investe in pieno il mio amico. Colpisce il parabrezza con la testa e vola in aria per diversi metri. Il tonfo del suo corpo che si schianta al suolo mi fa uscire dallo choc, ma l'urlo che erompe dal mio petto mi perseguiterà per sempre. Tremo, le mie ginocchia stanno per cedere, eppure riesco a correre verso di lui.

Matt è sulla schiena, la gamba destra piegata in una strana angolazione. Mi getto a terra e mi inginocchio accanto a lui. Nonostante la voragine che si sta aprendo nel mio petto, non piango. Devo mantenere la calma, per lui, per noi. Anche se vedo il sangue uscirgli dal naso, dalla bocca.

«Perché lo hai fatto? Perché lo hai fatto?»

«Sei la mia migliore amica.»

Sbatte le palpebre e inizia a tossire sangue. Dio, per favore, non lui.

«PAPÀ! LIAM!»

Ma è la porta della mia vicina, la signora Trix, che si apre. Scioccata da questa scena dell'orrore, si porta entrambe le mani alla bocca.

«Luna, tesoro, balbetta. Dio mio!»

«Chiami un'ambulanza!»

Lei si volta. Matt cerca di parlare, ma il suo respiro sibilante glielo impedisce. Tossisce di nuovo, e lo aiuto per evitare che si soffochi con il sangue. Mi rifiuto di lasciarlo morire. Non perderò un'altra persona. Non lui. Non il surfista che si è intrufolato nella mia vita senza preavviso. Che è appena stato investito per salvarmi. Nonostante il dolore che gli distorce i lineamenti, mi prende la mano nella sua.

«Satine... prometti... promettimi di restare nella sua vita.»

«Non morirai, Matt. Ora arriva l'ambulanza.»

Annuisce, ma la paura nei suoi occhi è palpabile.

«Prometti.»

Deglutisco.

«Te lo prometto. Te lo prometto. PAPÀ!»

Accidenti, dove sono?

«Liam... non lasciarmi morire davanti a lui. Non si...»

Non si riprenderebbe.

«Lo so.»

La pressione della sua mano nella mia si indebolisce. Tossisce più forte, sputando sangue.

«Mi hai detto che io e te siamo per la vita. Ho bisogno di te, Matteo. Tieni duro. Pensa a Satine. A Camille, alla tua vita. A Liam. Se muori, verrà a cercarti.»

Cerca di ridere, ma dalle labbra socchiuse gli sfugge una bolla di sangue. Soffoco un singhiozzo. Il cuore mi batte così forte contro le costole che rischia di lasciare un livido.

«Arrivano» mi dice la vicina.

«Fa male...»

Le mie lacrime raddoppiano, scorrono sul suo volto insanguinato. Quando i suoi occhi sbattono e si chiudono, il mio cuore si spezza.

«Tieni gli occhi aperti, stanno arrivando. Per favore.»

All'improvviso mi sento trascinare all'indietro. Il resto della scena si svolge al rallentatore. Mio padre si precipita verso il mio amico per prestargli il soccorso, le unghie della mia migliore amica affondano nel mio palmo. Le immagini sono spezzate, sconnesse. Un po' come il dolore che mi dilania la carne. Le lacrime di Camille. Le sue urla. E quelle più dolorose, quelle di Liam, inginocchiato accanto al suo migliore amico.

«Amico, non scherzare!» grida.

La sua voce rotta mi devasta l'anima. Scosta dalla fronte i capelli insanguinati dell'amico, gli appoggia le labbra sulla tempia, mentre mio padre gli fa un massaggio cardiaco.

«Non farlo. Non andartene. Torna qui, apri gli occhi» gli sussurra.

Ma Matteo non obbedisce.

Il mio amico non apre gli occhi. Il mio dolore si gonfia.

Tre cuori sono appena stati spezzati. Stavolta non ci rialzeremo più.

Il mio raggio di sole mi è appena stato portato via. Niente più battute stupide, Rapunzel, Bionda, niente sveglia presto con meme stupidi.

Non respiro più.

Ho ucciso il mio migliore amico.

43
Liam

Matteo Diaz. Il mio pilastro. Il fratello che avrei voluto avere.

Si dice che Dio affidi le battaglie più dure ai soldati più forti. Ma un soldato senza compagni è un uomo senza fondamenta. Ed è questo che sono ora. La visione di mio fratello sul cemento freddo mi ha devastato. Stasera avrei potuto perdere le due persone che sono la mia vita. Se Matt non l'avesse spinta, se non si fosse sacrificato, a quest'ora starei piangendo per Luna.

Le do le spalle e mi asciugo con discrezione la lacrima che mi scorre lungo la guancia. Non per nascondere la mia debolezza, ma perché so di dover restare forte affinché lei possa crollare, anche per pochi secondi. Chiudo gli occhi e mi abbandono ai ricordi del nostro insolito incontro. E poi le risate, i litigi, le stupidaggini. Matt è entrato nella mia vita quando non sapevo di aver bisogno di qualcuno. Ero intrappolato in un circolo vizioso, convinto che solo la morte potesse salvarmi. E non facevo niente per evitarla. Vivevo al limite. E lui l'ha capito.

Con il suo cuore enorme, ha capito che la mia maschera di rabbia e il mio silenzio erano grida di aiuto.

Lui faceva stupidaggini per noia, io per necessità. Quindi ha deciso di smettere, e ha insistito perché gli confidassi i veri motivi della mia partenza da Carolina Beach. L'ho picchiato di nuovo. Volevo sfogarmi, smettere di pensare. Non avere una conversazione cuore a cuore. Ho provato a chiudere la nostra amicizia. L'ho respinto, insultato. E quell'idiota non mi ha mai abbandonato né voltato le spalle. Anzi, è rimasto con me. Appena mi muovevo, lui era lì, ad assicurarsi che non sprofondassi nella merda. Non aveva niente di meglio da fare. Forse aveva già capito che io e lui saremmo rimasti insieme per tutta la vita. A me ci è voluto più tempo. Ero ancora ottuso e stupido. Furioso di ritrovarmelo a ogni angolo di strada, una volta ho preso una mazza da baseball. Ricordo ancora il rumore che ha fatto quando si è schiantata contro la macchina che non aveva ancora finito di pagare. E lui cos'ha fatto? Si è presentato a casa della mia madrina in bicicletta. Quel giorno ho capito che sarebbe diventato il mio migliore amico. Gli ho confidato quello che mi stava divorando, non gli ho nascosto niente di quello che marciva dentro di me: Luna, la scomparsa di Charlie, i miei genitori. L'amore fraterno che provo per questo ragazzo è paragonabile a quello che provo per la bionda che ora intreccia le dita alle mie e appoggia la testa sulla mia spalla.

La porta si apre per rivelare il volto esausto di Jacob Collins. Cam, Lu e io pendiamo dalle sue labbra. Nessuno osa fare il minimo gesto, sussurrare la minima parola. È così da quando siamo arrivati all'ospedale, tre ore fa. Siamo riusciti ad avvisare Tee solo quando è arrivato a New York. L'ultima volta che l'ho sentito stava cercando un volo. Quanto a Satine e sua madre… abbiamo deciso di aspettare prima di chiamarle e ridurre il loro mondo in cenere.

Jacob apre la bocca, e il suo gergo da chirurgo sembra una lingua straniera. Ma una parola mi fa l'effetto di una pugnalata: coma.

«L'operazione è andata bene» ci spiega. «Sono riuscito a ridurre l'edema cerebrale. Una costola fratturata ha perforato un polmone, provocando un'emorragia interna. Ma anche quella ora è sotto controllo.»

«Si sveglierà?»

«Non ha un disturbo neurovegetativo, quindi sì, si sveglierà.»

«Ci saranno delle conseguenze?»

«Lo sapremo quando aprirà gli occhi.»

Fa un lungo respiro, si toglie il cappellino chirurgico e ci rivolge uno sguardo paterno.

«So che avete paura, ma lo abbiamo messo in coma per evitargli di soffrire troppo. La gamba avrà bisogno di una lunga riabilitazione e nelle prime settimane sarà un po' disorientato. Ma sono fiducioso. È giovane e sano. Il suo cuore si è fermato più volte, ma ha resistito.»

Luna mi stringe la mano, e io stringo quella di Camille.

«Quando sarà nella sua stanza potrete andare a trovarlo. E parlategli pure, se volete, per fargli sentire che ci siete.»

Il suo cercapersone lo interrompe. È atteso al pronto soccorso.

«Grazie papà» sussurra Luna, abbracciandolo.

Prima di lasciarci, Jacob ci fa un occhiolino rassicurante.

«Chiamo la madre di Satine» dice Camille.

«Posso farlo io, se vuoi» mi offro.

«No, non ti preoccupare. Volevo comunque sgranchirmi le gambe.»

Esce dalla stanza, il viso segnato dal dolore. Aveva appena aperto il suo cuore dopo anni di fuga dall'amore, e la vita le ha quasi portato via l'unico uomo che era riuscito ad abbattere i suoi muri.

Al mio fianco, Lu sembra sul punto di svenire, quindi la sorreggo e la accompagno a una sedia. Mi inginocchio davanti a lei, prendo tra le mani il suo viso pallido.

«Vuoi che vada a prenderti un po' d'acqua?»

Lei scuote la testa.

«È colpa mia, vero? Lo so cosa stai pensando. Che sono un'idiota irresponsabile. Ti ho dato del paranoico e ora il nostro amico soffrirà per mesi perché sono stata una stupida. Non ho voluto vedere.»

«Ascoltami» le dico, costringendola a sostenere il mio sguardo «mai e poi mai sentirai queste parole uscire dalla mia bocca, capito?»

«Deve odiarmi» singhiozza. «Ero io il bersaglio, non Matt.»

Smette di parlare. Un silenzio doloroso.

«Qualcuno vuole uccidermi.»

Ormai l'ha detto.

Il suo naso affonda nell'incavo del mio collo e la abbraccio stretta, perché pensavo di averla persa. Le accarezzo la schiena e le sussurro che Matt non la odierà mai, che farò di tutto per proteggerla, che troveremo una soluzione.

«La donna che ho confuso con Charlie, forse esiste davvero. Forse vuole vendicarsi di quello che abbiamo fatto a Kole.»

«I poliziotti non hanno trovato nessun complice. Ma d'accordo, supponiamo che si siano persi qualcosa e che questa ragazza esista davvero, perché prendersela solo con te? Perché non io?»

All'improvviso il mio cellulare squilla nella tasca posteriore dei jeans. Aggrotto la fronte e do un'occhiata allo schermo. Numero sconosciuto. Gli occhi spaventati di Luna mi chiedono di non rispondere, ma lo faccio.

«Pronto?»

«Figliolo? Sei solo?»

Mi si secca la gola. Sussurro a Luna: «È Tristan».

«Sì, cioè, sono con Luna. Siamo all'ospedale. Hanno cercato di investirla, ma... hanno preso il nostro amico» spiego, in difficoltà.

«Mi dispiace molto. Sta bene?»

Riferisco a mio padre quello che ci ha detto Jacob. Lui mi ascolta, fa qualche domanda, dopodiché dico che non potrò tornare a New York per il nostro incontro di domani.

«Capisco, non preoccuparti. Ti chiamo perché abbiamo ricevuto i risultati dei muffin. Ora ti chiedo di non farmi domande e trovare una scusa per allontanarti dalla tua ragazza o farla uscire dalla stanza.»

Il mio cuore manca diversi battiti. Ma faccio quello che mi dice.

«Cuore mio, vai a vedere se Matt è già nella sua stanza. Ti raggiungo tra qualche minuto.»

«Ok» dice lei tristemente, e si dirige verso la porta senza nemmeno protestare.

«Luna, aspetta.»

Chiedo scusa a mio padre e la trattengo per il gomito.

La paura e la preoccupazione sul suo viso mi provocano una fitta allo stomaco. Le metto le mani sulle guance. Siamo naso contro naso.

«Respira, Piccola Luna.»

Le poso la mano sul mio petto per incoraggiarla ad abbinare il suo respiro al mio.

«Il tuo cuore batte forte.»

«È perché mi stai toccando» provo a scherzare, ma non funziona. «Lu, giuro che finché vivo nessuno ti farà del male. Te lo prometto. Se un giorno qualcuno ti torcerà anche solo un capello, sarà perché prima hanno ucciso me. D'accordo?»

Annuisce.

«Parla, Piccola Luna.»

«D'accordo.»

I miei occhi non la lasciano finché la porta non si chiude dietro di lei. Riprendo la telefonata, e immagino che mio padre abbia sentito tutto, perché si schiarisce la gola.

«Ok, è andata via?»

Deglutisco a fatica.

«Sì, ti ascolto» dico, anche se non sono sicuro di essere pronto.

«Fra i vari sacchetti di muffin che abbiamo analizzato, diversi contenevano proteine della soia.»

Mi acciglio.

«Quindi significa che il fornitore ci ha mentito?»

Lui continua.

«In un sacchetto da dieci muffin, in media due contenevano soia in tutti i lotti che Morgan mi ha inviato. Secondo il laboratorio, invece, sembra che la soia sia stata inserita dopo la cottura.»

«Tristan, cosa stai cercando di dirmi?»

«Penso che Luna sia stata presa di mira, ma la persona che l'ha fatto ha provato a coprirsi le spalle, infettando la maggior parte dei lotti nel caso qualcuno avesse sollevato dei dubbi.»

Impotente di fronte a queste rivelazioni, gli racconto la serata.

«È arrivata la polizia, ma non hanno potuto fare nulla. Non ci sono telecamere nel quartiere e Lu non sa descrivere la macchina. Non so che cosa fare. Ho bisogno di aiuto. Qualcuno se la sta prendendo con la donna che amo, papà.»

La parola è come carta vetrata sulla mia lingua, eppure avevo bisogno di dirlo. Scosso quanto me, lui si prende un momento prima di rispondere.

«Ascolta» esordisce, e mi si rizzano i peli sulla nuca. «Vista la storia dei muffin, mi sono preso la libertà di far analizzare il biglietto che mi avevi dato al ristorante, ma non ho trovato nulla. Questo significa che la persona in questione non voleva essere trovata. Non c'era nessuna impronta digitale. Se fosse stato uno scherzo idiota non si sarebbero presi un simile disturbo. Anzi, ai mitomani piace essere scoperti. Il mio collega grafologo mi ha detto che sembra che la calligrafia sia stata modificata intenzionalmente.»

Ho le viscere in subbuglio, ma non dico nulla. Quando riprende a parlare, mio padre adotta il tono distaccato e freddo dell'agente dell'Fbi.

«Dopo alcune ricerche, ho scoperto che la carta utilizzata era la stessa degli uffici della Mem. E il vostro fornitore ha soltanto altri cinque clienti a Manhattan.»

Sono terrorizzato da quello che sta per dire, ma prendo il coraggio a due mani e lo anticipo.

«Quindi la persona che ha scritto quel biglietto probabilmente lavora per noi.»

«No, non probabilmente. Lavora per te. E l'abbiamo identificata. Quando ho ricevuto i risultati dei muffin, ho anticipato il viaggio a New York. Sono arrivato ieri pomeriggio. Ho ordinato al tuo responsabile della sicurezza di fornirmi gli ultimi filmati di sorveglianza.»

«Non c'è niente in quei video» dico, camminando avanti e indietro. «Li ho guardati anch'io. Si vede il fattorino che consegna il cibo alla reception e Brenda che lo distribuisce nei vari uffici, come al solito. Non si vede nessuno che lo manomette.»

«Pare che ti abbiano mostrato quello che volevano che vedessi.»

Il mio cuore rallenta prima di ripartire nella sua folle corsa.

«Quindi è Hero ad avercela con Luna, il capo della sicurezza?»

Ricordo di aver pensato che si comportava in modo strano quando gli ho chiesto di mostrarmi le immagini, ma l'ho attribuito alla sua strana personalità. Non ha motivo di prendersela con lei.

Il silenzio di due secondi di mio padre mi dice che mi sbaglio. Mi racconta che Heroclyte ha trascorso ore nei locali della polizia e, sotto la pressione degli interrogatori, ha finito per confessare tutto quello che sapeva.

Poi mio padre pronuncia quel nome. Quel maledetto nome.

Oscillo tra la rabbia devastante e quella omicida. Il senso di colpa mi colpisce come un boomerang. Ancora una volta, le disgrazie che accadono nella vita dei miei amici sono colpa mia. Non permetto alla mia mente di distrarsi dalla conversazione, perché devo ascoltare con attenzione gli ordini di mio padre. Mentre Luna e io stavamo vivendo quello che pensavamo fosse il nostro idillio, mio padre stava costruendo un esercito.

«Figliolo, abbiamo bisogno del tuo aiuto per stanarla.»

Finisco di ascoltarlo, riaggancio, prendo un bloc notes e una penna, e vado a cercare Luna.

44
Liam

Sono sollevato di trovarla al capezzale di Matt, almeno finché il mio sguardo non si posa sul mio amico. Il viso pallido, le bende intorno alla testa, la gamba ingessata e i macchinari collegati al suo corpo martoriato. Il mio unico conforto è il *bip* costante che mi dice che il suo cuore continua a battere. Non lo avevo mai visto così immobile, così silenzioso. Matteo dà sempre l'impressione di essere collegato alla corrente elettrica o sotto effetto di cocaina. Per un momento dimentico il motivo per cui sono qui, poi guardo la ragazza con la testa appoggiata alla coscia del mio amico e il bisogno di proteggerla mi travolge. Chiudo piano la porta. Percependo la mia presenza, Luna alza lo sguardo su di me. Allungo la mano verso il suo viso, gonfio di lacrime, e la bacio sulla testa. Lei si alza subito e si rifugia tra le mie braccia.

«Cosa ti ha d...»

La zittisco con un bacio. All'inizio è confusa, ma poi mi lascia fare. La mia lingua scivola tra le sue labbra, accarezzandola. Quando prova a interrompere il nostro bacio, le metto le mani sulle guance per tenerla vicina a me e sussurro, in modo quasi impercettibile: «Stai al gioco».

La guardo serio, per farle capire che non è uno dei nostri giochi. Lu deglutisce, poi fa sì con la testa. La lascio andare, mi siedo sulla poltrona nell'angolo della stanza, e inizio a scrivere sul bloc notes. Anche senza alzare lo sguardo, sento il peso della sua confusione. Le porgo il foglio, che lei afferra con mani tremanti.

È Sophy, ho scritto.

Vorrei baciarla per cancellare la paura che invade i suoi bellissimi occhi grigi. Apre la bocca per rispondere, ma mi metto subito l'indice sulle labbra e mi tocco due volte l'orecchio.

Sei sicuro? mi chiede, mimando le parole.

Io scrivo.

Di Sophy sì, di tutto il resto no. Ma non mi sorprenderebbe se ci ascoltasse. Magari il tuo cellulare? Penso che sia stata lei a bloccare il mio numero.

Osservo i suoi occhi seguire ogni parola, e spalancarsi al pensiero degli eventi recenti. All'etichetta Luna si sposta di continuo, e capita che non porti con sé il cellulare. O può essere successo durante una delle loro serate fra ragazze. Sophy è riuscita a intercettare il mio messaggio e a cancellarlo, creando un altro malinteso fra noi.

Luna tira fuori dalla tasca il cellulare, lo fissa come se fosse un mostro, cerca di spegnerlo. Ma balzo in piedi per fermarla e lo poso sul letto di Matt.

La prenderemo, mormoro.

La faccio girare e uso il suo collo come appoggio per scrivere. La sua gamba si muove nervosa, rendendo la mia scrittura instabile.

Sophy = muffin + macchina. Se la sta prendendo con te per colpa mia. Mi dispiace, cuore mio.

Lei si volta, si morde il labbro. Con il polpastrello del pollice, le accarezzo delicatamente il mento per calmarla.

Ci sono prove? articola di nuovo, in silenzio.

Faccio cenno di sì, prima di riprendere a scrivere.

Mio padre ha già avvisato il dipartimento di polizia di Carolina Beach. Abbiamo un piano.

Poi faccio un gesto con la mano per farle capire che i giochi sono iniziati.

«Sicura di non riuscire a identificare l'auto?» chiedo con voce calma.

Scuoto la testa da una parte all'altra per guidare la sua risposta.

«No, era buio e sono andata nel panico. Non scopriremo mai chi è stato, vero?»

«La polizia pensa che le probabilità siano scarse» sussurro, in tono seccato.

Mimo delle telecamere di sorveglianza.

«Mio padre deve essere molto dispiaciuto di non aver installato le telecamere» aggiunge. «Sono anni che ne parla, ma continuava a rimandare.»

La sincerità nella sua voce mi intenerisce.

«Aspetta, Lu!» esclamo, come se mi fosse appena venuto in mente. «La casa della signora Harper, la vicina, ha una telecamera, no?»

«La signora Harper?» chiede, stando al gioco. «Qual è? La grande casa blu?»

«Sì! Ti ricordi che l'ha fatta mettere perché qualcuno continuava a calpestare i suoi fiori?»

Luna sa che è una bugia, eppure sorride come se lo ricordasse.

«Pensi che funzioni ancora? L'ha messa anni fa.»

«Dare un'occhiata non costa nulla.»

Scrivo velocemente sul taccuino: *stasera no.*

«Ci andiamo domani, ok? Sono stanca, non ne posso più di questi drammi. Se ci sono dei filmati, saranno ancora lì domani mattina. E poi la signora Harper è anziana. Non credo che possa venire ad aprirci a quest'ora. Se non sbaglio, ha un'infermiera a domicilio che si prende cura di lei da quando suo marito è morto.»

Devo mordermi il labbro per trattenermi dal ridere. Troppi dettagli, Piccola Luna.

«Possiamo mandare la polizia, no?»

«Si è capito che non gli interessa niente di questa storia» sibila, con finta amarezza. «E poi, non voglio lasciarlo.»

La sua ultima frase mi fa accendere una lampadina. Luna non lo sa, ma ha appena avuto un'idea eccellente. Per spingere Sophy ad andare a distruggere la presunta telecamera a casa della vicina, la ricompensa deve essere ancora più allettante. Devo far credere a questa stronza che per me e lei c'è ancora una possibilità. Che il posto nel mio cuore potrebbe essere libero.

«Non vuoi lasciarlo?» sbotto, la voce piena di veleno. «Hai paura che si svegli e pensi che tu lo abbia abbandonato?»

«Cosa?»

Il suo bellissimo viso si sgretola davanti ai miei occhi. So che avrei dovuto avvertirla, ma volevo una reazione spontanea.

«Perché lo dici con quel tono?»

«Avete ricominciato?»

Ora è scioccata. Poi confusa. Poi triste.

Non abbiamo… **no**… articola in silenzio, con le lacrime agli occhi. **Te lo giuro. Non ti faremmo mai una cosa del genere.**

Lo so, sussurro, baciandole la fronte. **Lo so, cuore mio. Scusami.**

Faccio un passo indietro e alzo le mani in aria per farle capire che deve continuare.

«Non fare la stupida con me, Luna. Ce l'hai scritto in faccia. Vuoi rimandare cose più importanti per stare con lui.»

Con il dorso della mano, si asciuga una lacrima che aveva iniziato a scenderle lungo la guancia.

«Liam, non è il posto adatto per questa conversazione» ringhia.

«Rispondimi, cazzo. Avete ricominciato?»

«Posso spiegarti tutto» dice, quasi scusandosi.

«Non toccarmi» mi infurio, anche se lei non si è mossa.

E qui la futura signora Davis scoppia in lacrime con una naturalezza mozzafiato.

«È successo solo una volta, te lo giuro. Mi dispiace.»

«Ti dispiace? Mi fidavo di te, cazzo. Per favore, non dirmi che sei innamorata di lui.»

Si morde la lingua per non ridere. Non resisto all'impulso di darle un bacio sulle labbra birichine.

«Hai pensato a cosa ne penserà la tua migliore amica?»

«Mi dispiace» ripete, esagerando il suo singhiozzo.

«Voglio che porti via tutta la tua merda da casa mia, e se osi mettere piede all'etichetta ti renderò la vita un inferno.»

È tutto falso, ovviamente, ma quelle parole orribili mi bruciano la lingua. Quindi, di nuovo, non posso fare a meno di rassicurarla. Mi prendo il mio tempo, le metto le mani sulle guance e accarezzo delicatamente le lentiggini sul suo naso.

Ti amo, ti amo e ti proteggerò sempre. Funzionerà.

Ti amo, mi risponde lei.

Ora seguimi in corridoio e finiamo questa sceneggiata.

Mi precipito fuori dalla stanza. In corridoio, la sua voce si spezza alle mie spalle mentre mi tiene il braccio. Diverse teste si girano verso di noi, diverse conversazioni si interrompono. So che Sophy è qui da qualche parte, forse dietro l'angolo.

«Liam! Dobbiamo parlarne, per favore.»

Mi divincolo con uno strattone.

«Vai a farti fottere, Luna.»

Crolla sul pavimento e scoppia a piangere forte. Una performance degna di Angelina Jolie. Che attrice. Non so se applaudirla o alzare gli occhi al cielo. Ma devo prima lottare contro il mio istinto di consolarla e convincermi a voltarle le spalle.

Gli sguardi omicidi che ricevo mi feriscono più del previsto, perché queste persone non sanno che, se questo litigio fosse vero, non la lascerei mai a disperarsi sul pavimento in questo modo. Anche le sue finte lacrime mi spezzano il cuore. Come otto anni fa, devo farmi violenza per non correre da lei quando mi chiama.

Premo il pulsante di chiamata dell'ascensore e la vedo entrare nella stanza, con uno scintillio furbo negli occhi.

Sposerò questa ragazza, cazzo.

Una volta dentro, faccio un respiro profondo e mi rassicuro dicendomi che starà leggendo il biglietto che le ho lasciato:

Lascia il cellulare nella stanza e vai nell'ufficio di tuo padre. Ti ho lasciato il numero del mio, contattalo e segui le istruzioni. Fino alla luna?

È ora di arrestare quella pazza.

45
Liam

Sono consapevole di avere delle colpe in questa storia. I traumi che io e Sophy abbiamo condiviso hanno dato origine a comportamenti tossici. Una volta intrappolati in questa spirale malsana, tornare indietro era complicato. Io piangevo la perdita di mia sorella, di Luna. Lei era arrabbiata con sua madre per averla spostata da un collegio all'altro finché non veniva espulsa di nuovo. È così che è iniziato tutto tra noi. Due anime ferite troppo presto. Troppo sesso, alcol, droghe. A diciassette anni, con il cervello allo sbando, cerchi in tutti i modi di sentirti vivo, perché dentro stai morendo. Superi i tuoi limiti, ti poni delle sfide stupide. Oggi ho capito che usare il corpo di una ragazza come sfogo al dolore, anche con il suo consenso, provoca danni irreparabili. Non avevo tenuto conto del fatto che sotto la maschera di freddezza di Sophy c'era un cuore che batteva. Forse perché il mio aveva smesso di funzionare. Lei tirava da una parte, io dall'altra. Finché la corda non si è spezzata. Ma ho risposto tutte le volte che chiedeva aiuto. Anche quando era un *al lupo, al lupo*. Era la mia famiglia. A volte un'amica. Altre una confidente. Quando finivamo di fare sesso e nessuno dei due voleva tornare nel silenzio della nostra stanza, le parole uscivano da sole. Sì, l'ho usata, ma non le ho mai promesso il mio cuore. Ha sempre saputo che apparteneva a una sola persona. Quella che odiavo da morire eppure amavo alla follia. L'ho spinta a farsi curare perché sapevo che meritava di meglio. Che dietro alla sua facciata da ricca stronza si nascondeva una donna brillante, che aveva bisogno che qualcuno la notasse. Se solo avesse usato le sue capacità per fare del bene.

È questo il pensiero che mi attraversa la mente mentre guardo la sua ombra muoversi verso la casa della signora Harper. Dovrei essere sollevato che abbia abboccato, ma non è così. Perché questo significa che mio padre aveva ragione. Sophy ha provato due volte a uccidere Luna ed è responsabile delle condizioni di Matteo.

Sussulto quando mi sento una mano sulla spalla. Alzo lo sguardo e vedo Gregoria che dà ordini ai suoi colleghi nascosti fuori. Siamo dai Pritt, una coppia sulla sessantina che ha accettato la presenza di una decina di poliziotti e agenti dell'Fbi nel proprio soggiorno, perché la loro casa è proprio di fronte a quella che ci interessa. Due ore seduti al buio ad ascoltare i poliziotti che mi raccontavano quello che hanno scoperto su Sophy. Due ore a sperare che lei si presentasse. Due ore a desiderare di sbagliarsi. Ma ora che la vedo, mi viene voglia di saltare giù dalla sedia e strangolarla. E urlarle: «Perché?».

Reprimo la rabbia e la guardo, il cappuccio sulla testa, i lampioni che le illuminano in parte il viso. Sappiamo tutti cosa sta cercando. La possibile traccia di una telecamera esterna. Vederla così calma, così fredda, è come una pugnalata.

Le nuove telecamere di sorveglianza richiedono un codice per accedere alle immagini. Un codice di cui è in possesso solo il proprietario, quindi sappiamo tutti perché Sophy si sta aggirando qui nel cuore della notte. Se distrugge la telecamera, quando Luna e io verremo a controllare e scopriremo che è rotta, dovremo fare un passo indietro. Per questo la polizia ne ha installata una falsa. Per questo abbiamo inscenato un litigio. Per spingerla ad agire e a fare qualcosa di stupido. Se pensa che ci sia una possibilità che un giorno io e lei possiamo stare insieme, sono sicuro che la coglierà.

«Dobbiamo aspettare finché non la vedremo tentare di distruggere la telecamera per poterla fermare» mi ricorda Gregoria.

Mi limito ad annuire. Voglio soltanto che tutto questo finisca e voglio tornare nella mia bolla con Luna. L'agente che ho di fronte, con gli occhi nascosti dietro gli occhiali a infrarossi, commenta la scena. Ma non mi interessa. Quella ragazza vestita di nero da capo a piedi mi fa salire l'istinto omicida.

«Preparatevi all'arresto» dice l'agente Hint, rivolto ai poliziotti nascosti in una macchina senza contrassegni, quando Sophy raccoglie una pietra da terra.

«Su, continua» la incoraggia a bassa voce un altro agente.

La incoraggia a commettere un crimine. A quanto pare, Sophy ha difficoltà a scassinare la vecchia serratura della porta che conduce al giardino. Ma non dovrebbe volerci molto tempo. In fondo apre serrature da quando sua madre ha cominciato a tenere sottochiave le bottiglie di liquore.

«Ci siamo!» esclama con un po' troppo entusiasmo l'altro agente.

Succede tutto molto in fretta. Il silenzio della notte si rompe di colpo. Un furgone nero pieno di poliziotti arriva in una cacofonia sconcertante. Davanti ai miei occhi, la inchiodano a terra per ammanettarla. Lei si dimena, urla. Cerco una fitta di dolore o senso di colpa nel vederla in questo stato, ma non la trovo. Non vedo altro che la sfumatura di viola che avrebbe assunto il viso di Luna se non fossi riuscito a trovare una EpiPen, o il suo corpo insanguinato per strada. E basta quella visione a farmi pulsare la rabbia nelle vene. Lascio che la furia prenda il sopravvento. E agisco. Nonostante mi sia stato vietato, esco di casa e mi dirigo verso il marciapiede di fronte. Sento i suoi insulti, le sue minacce, i «non sapete chi sono». Come prevedibile, prova a usare il nome di sua madre e i suoi soldi.

Mi libero da Gregoria che mi corre dietro per trattenermi. Arrivo alla macchina prima che Sophy venga caricata a bordo. Quando mi vede attraverso i capelli aggrovigliati che le ricadono sul viso, si blocca.

«Signor Davis, un passo indietro» mi ordina l'agente, tenendola per un braccio.

Non ascolto. Voglio che mi guardi negli occhi.

«Perché?» le chiedo, con voce così calma che mi spaventa.

Le luci rosse e blu si riflettono sul suo viso.

«Non ho fatto niente, Liam, devi credermi. Sono cambiata, lo giuro. Chiama mia madre, per favore.»

«Perché?» ripeto, più duramente. «Tutta quella scena, le scuse, la sobrietà, erano tutte bugie?»

Lei insiste a tacere. Un silenzio che mi fa impazzire di rabbia.

«PERCHÈ?» urlo.

Sophy sbatte le palpebre e, fissando il vuoto, dice: «Se solo non fosse mai esistita».

Ha le pupille dilatate, fuori controllo. L'ennesima ricaduta.

«Sophy Smith, è in arresto per tentato omicidio e distruzione di proprietà privata.»

«Se solo non fosse mai esistita!» Ora sta gridando.

Sta perdendo il controllo. Lotta, scalcia. L'agente è costretto a metterla in macchina di peso.

«La odio!» urla. «Avrei dovuto ficcarle una pallottola in testa.»

Sophy sbatte più volte la fronte contro il poggiatesta, grida minacce, sputa contro il finestrino, e continua a ripetere: «Se solo non fosse mai esistita».

Se Luna Collins non fosse mai esistita, sarei già morto. È stata la possibilità di rivederla un giorno a salvarmi dall'inferno in cui stavo sprofondando. Mi ha salvato in ogni modo possibile, mi ha amato anche nei momenti più bassi.

Se Luna Collins non fosse mai esistita, il mio cuore sarebbe vuoto.

Se Luna Collins non fosse mai esistita, non avrei conosciuto il vero amore.

Se Luna Eden Collins non fosse mai esistita, non sarei l'uomo che sono oggi.

Guardo la macchina allontanarsi, ma poi sento urlare il mio nome nella notte e mi giro.

La prima cosa che vedo è la luce della luna che si riflette sui suoi capelli. Poi i suoi occhi che brillano. Luna corre verso di me, seguita da mio padre, che cerca di fermarla.

Salta fra le mie braccia.

«Cosa ci fai qui?»

Lancio un'occhiata a mio padre, che in teoria avrebbe dovuto assicurarsi che restasse in ospedale. La sua alzata di spalle è una risposta sufficiente. Luna deve avergli dato il tormento finché non ha ceduto.

«È davvero testarda» commenta.

La mia ragazza mi ricopre di baci, sotto lo sguardo curioso e beffardo dei poliziotti ancora presenti. Che guardino pure, non mi interessa. Sono follemente innamorato di lei. È ora che tutti lo sappiano.

«Stai bene?» sussurra, preoccupata.

Affondo il naso nel suo profumo rassicurante.

«Sto bene, cuore mio. È finita.»

«Promesso?»

«Promesso.»

«Allora riportami a casa.»

Tre settimane dopo

«Che puzza qui dentro!»

L'infermiera ci guarda divertita mentre spinge via il carrello con i farmaci di Matt.

«Andate mai a casa a lavarvi?»

Con il tempo si è affezionata a noi. Non ne può più di averci tra i piedi. Jing si diverte a punzecchiarci, ma vedo il suo nasino arricciarsi dietro gli enormi occhiali.

«E come sta il mio paziente preferito?» chiede, tirando fuori l'occorrente dal carrello.

Questo stronzo è capace di sedurre le donne anche quando dorme. Jing potrebbe essere nostra nonna, se sua figlia ci avesse avuti a quindici anni. E per questo si prende cura anche di noi. A modo suo, almeno. Non bisogna lasciarsi ingannare dal suo visino rugoso. Non esita a dirci di levare le tende quando la disturbiamo. Ma, nonostante il disaccordo dei medici, ci ha permesso di piazzare nella stanza due lettini supplementari e due poltrone. Sembra la camera di uno studentato.

Da quando i suoi genitori hanno chiesto il trasferimento al Mount Sinai Hospital di New York per potere andare a trovarlo più facilmente, la stanza di Matteo è sempre piena. Una rotazione organizzata da quella maniaca del controllo Luna, affinché ci sia sempre qualcuno presente. Passiamo a parlargli prima o dopo il lavoro, per tenerlo sempre stimolato. L'ultima volta, ho sorpreso Lu a cantargli uno dei suoi rap preferiti. So che non si aspettava che aprisse gli occhi, ma la delusione sul suo volto quando non ha avuto la minima reazione mi ha commosso.

La buona notizia è che il nostro amico non è più attaccato al respiratore. La cattiva notizia è che da questo piccolo progresso le sue condizioni non sono più cambiate.

Oggi è domenica. Siamo tutti al suo fianco. Come sempre quando arriva Jing, ci muriamo nel silenzio più assoluto. La guardiamo annotare la sua temperatura e la frequenza cardiaca. Esaminiamo ogni sua espressione. I sorrisi ci rassicurano, i cipigli ci angosciano. Questo pomeriggio l'attesa è troppo lunga.

«Allora?» chiede Camille, sedendosi sul letto in più accanto a Tee.

«I parametri vitali sono buoni. So che è frustrante, ma è un buon segno. Se posso darvi un consiglio, al posto vostro ne approfitterei per tornare a casa. Alcuni di voi sono qui dall'inizio del fine settimana, e comincia a vedersi. E a sentirsi.»

Seguiamo il suo sguardo verso Camille, che alza gli occhi al cielo. Sta tenendo duro, ma non è facile. Soprattutto visto che ha ricevuto la risposta dal nuovo lavoro. Continua a rimandare la partenza. Secondo Lu è l'ultima volta che può farlo. Il mese prossimo dovrà partire, altrimenti dovrà rinunciare al suo sogno. E so che non è quello che Matt avrebbe voluto per lei.

Cami si alza, scosta i capelli dalla fronte del suo ragazzo e lo bacia sulle labbra. È raro vederla così vulnerabile.

«Sono completamente nuda» sussurra, e ridiamo tutti. «Se apri gli occhi, ti prometto di farti…»

La porta si spalanca, interrompendo il ricatto di Cam. Satine entra al trotto, seguita da Andrea, la sorella di Matt.

«Abbiamo incrociato Jing» mi racconta con voce triste, prima di sedersi accanto a Lu.

Mette una mano sulla sua in segno di sostegno. La tristezza unisce le persone. Se all'inizio Réa aveva dei preconcetti su di lei, la mia Piccola Luna è riuscita a farle cambiare idea. E non è una sorpresa.

Satine si è già arrampicata sul letto del padre. Non so cosa capisca di questa situazione, ma la sua forza di carattere mi sconcerta. Nella maggior parte dei casi, è lei a tirarci su il morale.

«Papà si sveglierà» ci ha annunciato due giorni fa, con straziante convinzione. «Mi ha detto che non se ne sarebbe mai andato senza salutarmi.»

Luna è scoppiata a piangere. Anche Camille. Tee e io abbiamo fatto i duri. Ma dentro di noi non stavamo ridendo per niente.

«Secondo me non si sveglia perché si sta godendo tutta questa attenzione» dice Lu.

«È esattamente quello che ho detto a mia mamma» aggiunge Réa.

Tutti ridono.

«Lulù, e se gli disegnassimo dei baffi?»

Il mio corpo e quello di Luna reagiscono ancora a quel nomignolo. Charlie la chiamava così. Per tanto tempo è stato doloroso, ma ora sentirlo mi fa bene.

«Quando si sveglia, gli dirò che mi hai corrotto.»

Satine finge di pensare, con l'indice sul mento.

«Va bene, tanto non riesce a tenermi il muso.»

La piccola peste sorride.

Adoro vedere le mie due regine interagire. Si sono adottate con tutta la naturalezza del mondo. Sono riuscite a costruire un rapporto di fiducia in un batter d'occhio. Penso che sia perché Luna tratta Satine come una piccola adulta e non come una bambina. Satine dorme all'attico da due giorni e questo mi dà una panoramica di come sarà la mia vita tra qualche anno. Il vantaggio di essere innamorato della tua migliore amica è sapere che vuole una dozzina di figli senza mai aver dovuto fare una discussione importante al riguardo. E non credo che potrò rifiutare.

Ridono come bambine, anche se una delle due lo è davvero.

All'improvviso, uno strillo eccitato di Satine mi fa sobbalzare.

«Papà ha mosso la mano!» esclama.

Tutti si guardano negli occhi senza osare lasciare che il proprio cuore si riempia di speranza.

«L'ho visto anch'io» conferma Réa.

Il mio cuore batte come impazzito. Forza, amico. Darei tutta la mia fortuna per ascoltare una delle tue battute poco divertenti.

«Ho visto tutti gli episodi di *Grey's Anatomy*» dice Camille. «Significa che si sveglierà presto.»

«Penso che siano solo spasmi muscolari» sospira Luna. «Jing ha detto che può capitare.»

«Lulubelle, oggi ho bisogno che tu sia la mia Izzie, ok? Ottimista, positiva. Non cinica come Cristina Yang.»

La cosa più sorprendente di questa conversazione è che conosco tutti i personaggi che ha appena menzionato.

«Scusa, scusa. Sono Izzie. E tu non sei il mio Denny» dice, rivolta nella mia direzione.

«Sono il tuo Alex» mi sento dire, con orrore.

Accidenti, dobbiamo smetterla di guardare Netflix dopo il lavoro.

«No» interviene Réa. «Alex è di Jo.»

«Che cosa?» grida Cam, visibilmente indignata. «Certo che no. Liam è il suo Alex. Ha organizzato un matrimonio per Izzie e l'ha sposata sul letto di morte. Alex farebbe qualsiasi cosa per lei. Esattamente come questo qui per Luna. Jo stava solo scaldando il posto alla sua vera anima gemella.»

«Ehi, vacci piano» ridacchia Réa.

«Sapete che stiamo parlando di personaggi inventati?» le prende in giro Tee.

Scoppiamo tutti a ridere. Non mi importa niente di chi sono. So soltanto che questa ragazza è la parte migliore di me e non la lascerei mai per andare a vivere in un ranch con un'altra donna.

«Liam è Derek.»

Tutte le teste si girano verso la voce rauca. E non ero mai stato così felice di vedere quei due occhi color nocciola.

Mistero risolto: l'ha detto mio fratello. Sono il Derek di Luna. Speriamo che il nostro finale sia più felice.

46
Luna

Due mesi e mezzo dopo

Che grande idea mettermi un tacco dodici! O meglio, perché i miei due amici mi hanno dato appuntamento per pranzo in un food truck circondato dalla ghiaia? Capisco il senso dell'atmosfera bucolica, ma ho l'impressione di aver dimenticato come si cammina. Non avevo in mente di slogarmi una caviglia oggi, tanto più che stasera abbiamo l'evento di presentazione degli Ultraviolet.

Matteo e Travis alzano la testa al rumore dei miei tacchi.

«Come stanno i miei coniglietti preferiti?» dico, pizzicandogli le guance.

Accidenti, mi sono mancati. E nonostante il loro finto sguardo omicida, so che la cosa è reciproca.

«Chi è lei, signorina? La conosci, amico? Perché è seduta su questa sedia?» chiede Matt.

«Mi sembra evidente che la signorina soffre di demenza, o forse ha un attacco di stronzaggine acuta che le impedisce di contattare i suoi amici» aggiunge Tee, arricciando il naso con disgusto. «La prego, vada via. Stiamo aspettando la nostra migliore amica. Le somiglia molto, in effetti, ma in genere si fa sentire.»

«Ok, va bene, ho capito. Mi mancate anche voi, ma al lavoro è la follia. Mi volete ancora bene?» chiedo, mettendo un broncio infantile. «Sono ancora la vostra ragazza?»

«Dipende… paghi tu il pranzo?» dice Matt.

«Siete due avvoltoi» rispondo, ridendo.

Avvoltoi che esagerano leggermente. Due settimane senza vedermi e gridano all'abbandono. È davvero un periodo folle all'etichetta. Tra la fine della registrazione dell'EP di *Beauty in Death*, la preparazione del nuovo album di Orchid e lo stress di vedere decollare gli Ultraviolet, non ho quasi chiuso occhio. E anche se vorrei attribuire tutta la colpa della mia mancanza di sonno al lavoro, la verità è che anche il caso Sophy fa la sua parte.

Da quando Matt si è svegliato, per fortuna senza conseguenze gravi, è successo tutto molto in fretta. Camille è partita per l'Argentina quindici giorni dopo. Matteo l'ha letteralmente trascinata sull'aereo, nonostante le stampelle. Eravamo tutti in lacrime, nessuno escluso. A giudicare dalle nostre espressioni, si sarebbe detto che stava andando in guerra. Novantuno giorni senza la mia migliore amica sembravano interminabili. Per fortuna, grazie a Internet e ai due ragazzini che ho davanti, il vuoto della sua assenza si fa sentire meno. E poi, *bam*, è di nuovo crollato tutto. Prima ci ha lasciato il nostro cane, Hendrix, gettandoci in un nuovo lutto, e poi Sophy ha cominciato a parlare. Dopo aver confessato il tentativo di avvelenamento e l'aggressione con la macchina, ci ha dato il colpo di grazia. La voce che mi perseguitava, i capelli biondi, lo sguardo azzurro, appartenevano a Sophy.

Lei e Kole erano complici. Non aveva scelto a caso il suo compagno di stanza. Uno studente brillante e senza problemi, costretto però a spacciare per pagare le tasse universitarie. Una delle sue clienti abituali era Sophy Smith. Lei lo chiamava durante i suoi soggiorni a New York. Il piano di Kole era ben congegnato. Dopo diversi orgasmi, le aveva fatto notare che avevano dei nemici in comune. E così erano diventati complici. L'idea era semplice: lui doveva uccidermi per dare a Sophy la possibilità di riconquistare Liam. Quanto a Kole, voleva la confessione di Sarah e farle più male possibile.

Dopo queste rivelazioni non sono riuscita a mangiare nulla per giorni. Liam è rimasto al mio fianco, anche se la notizia ha toccato anche lui. E poi ci è stata tolta l'unica speranza di voltare pagina una volta per tutte. Attendevamo con impazienza il processo di Sophy, volevamo vederla pagare per le sue azioni. Ma Odessa è riuscita a intervenire per impedirlo. Con una diagnosi di disturbo borderline di personalità, un esordio di schizofrenia a causa di tutti i farmaci che assume da anni, le sue condizioni non consentono, secondo i medici, di considerarla responsabile delle sue azioni. È stato quindi patteggiato un accordo con il pubblico ministero, senza dubbio grazie alla prestigiosa reputazione di Odessa. È stato un duro colpo per il nostro morale. Liam ha perso la pazienza, ma ancora una volta siamo riusciti a sostenerci a vicenda. Siamo volati in Grecia con l'obiettivo di dimenticare tutto. Al nostro ritorno, i nostri avvocati ci hanno consigliato di non entrare in guerra, per evitarci anni di battaglie legali. Dopo ore di discussioni, abbiamo deciso di scegliere la nostra felicità. La nostra pace. E concentrarci sul presente. *Be here now*. La frase che si è fatto tatuare anche lui sotto il pettorale destro.

Quanto a Sophy, rimarrà rinchiusa in un centro psichiatrico e le sarà proibito contattarci. La nostra unica soddisfazione sta nell'idea che non potrà mai uscire.

Finalmente arrivano i nostri piatti. Ho ordinato un taco con pollo, mais, lattuga e cheddar grattugiato. È da stamattina che mi nutro solo di caffè, quindi non li aspetto per cominciare.

Sotto il loro sguardo divertito, ci raccontiamo cosa ci siamo persi in queste due settimane, ovvero non molto. Adoro le mie due *drama queen*. Matteo si è ripreso completamente e, anche se temevo che potesse avercela con me per le stampelle che ha dovuto sopportare per due mesi, in realtà il nostro rapporto ne è uscito più forte. Lui e Cam vivono una relazione a distanza, e cerchiamo di farci forza a vicenda. La prendo in giro dicendo che lo tengo d'occhio, ma nel profondo so benissimo che lui non farebbe mai nulla per ferirla. È pazzo di lei. Quanto al mio migliore amico d'infanzia, stando alle ultime notizie presto lui e Dimetrio annunceranno al mondo la loro relazione. Adoro Dimetrio, e non solo per i biglietti gratuiti che ci procura. Si è integrato alla perfezione nel nostro gruppo. Appena può si unisce a noi nell'attico. Quale, vorrete sapere. Quello di Liam. Anche se non ne abbiamo mai parlato ufficialmente, credo, e sottolineo *credo*, che viviamo insieme. Conoscendolo, aspetta che sia io a dirlo, visto che avevo sostenuto di non essere pronta. A mia discolpa, non lo ero davvero. O almeno era quello che pensavo. Sì, siamo quasi sempre al lavoro, ma ho bisogno di addormentarmi fra le sue braccia di notte, di sentire il suo calore. Voglio chiudere gli occhi e sentire il battito del suo cuore nelle orecchie per sempre. Spero che sia così anche per lui. Nelle ultime tre settimane mi è sembrato strano.

Un'altra cosa da affrontare senza la mia migliore amica.

«Sei emozionata per stasera?» chiede Tee, bevendo un sorso di coca.

«Io sì. Liam? Chissà? Ultimamente non lo capisco.»

Cavolo, non volevo suonare così amareggiata. I miei due amici si scambiano uno sguardo perplesso e tornano a guardarmi.

«C'è del gas nell'acqua?»

Provo a non ridere alla battuta stupida di Matt, ma non ci riesco.

«È più la benzina che gli getterò in faccia se i miei sospetti saranno confermati. Se lo vedete con delle ustioni, sapete perché.»

«È lo stress che ti fa delirare?» commenta Tee.

«O il fatto che il vostro amico potrebbe tradirmi.»

Mi arrivano in faccia due spruzzi di Coca-Cola. Travis si scusa a profusione e prova per un attimo ad asciugarmi con un fazzoletto prima di insultarmi perché dico stupidaggini.

«Liam non ti tradisce» mi rimprovera.

Gli racconto le prove che ho raccolto. Sono tre settimane che ogni martedì e giovedì Liam torna a casa più tardi del solito. Quando lo chiamo trovo la segreteria telefonica e mi richiama due ore dopo. Per non parlare dell'errore commesso da Flora la settimana scorsa. Liam stava fingendo di lavorare fino a tardi, ma ho seguito il mio istinto e ho chiamato la sua assistente, che mi ha detto che era uscito un'ora prima. Dico loro anche degli sguardi sfuggenti, della tensione palpabile, delle risposte evasive.

«Liam non ti tradisce» ripetono loro all'unisono.

«Perché me lo direste, se così fosse» rispondo, guardandoli.

«Prima di tutto» esordisce Matt, «non sarebbe così pazzo da dirmelo, perché immagino che voglia tenersi tutti i denti».

Ridacchio. Mi piace leggergli negli occhi la sincerità.

«D'accordo, ma se non c'è nessun'altra, allora qual è il problema?»

I miei due amici si scambiano un'occhiata.

«Fate ancora l'amore?» chiede Tee.

Matteo gli dà una pacca sulla nuca. Il sesso non è mai stato così bello come da quando viviamo insieme. Il suo desiderio per me è innegabile. La settimana scorsa mi ha fatto consegnare della biancheria in ufficio con un biglietto contenente un indirizzo che conoscevo: quello dell'attico che ha comprato per me. Mi è salito il cuore in gola per la curiosità. Camille non c'è, quindi ogni tanto organizziamo qualche serata lì con il gruppo. Quelle quattro pareti hanno visto molte risate felici, mescolate all'odore della cannabis intrappolata nelle tende.

Ma quella sera, quando sono entrata nella mia «stanza», come c'era scritto sul biglietto, ho trovato soltanto una sedia posizionata di fronte alla grande vetrata. Con il sangue che ribolliva, ho notato un sex toy nero appoggiato sulla seduta. Poi mi è squillato il cellulare. Quasi non riconoscevo la sua voce, tanto era rauca dal desiderio. Sapevo cosa voleva da me. Sapevo che era nel suo attico, a guardarmi attraverso il binocolo. E sapevo che mi sarei divertita a godere sotto lo sguardo dell'uomo che mi fa impazzire. La luce nella mia stanza era spenta. Quella dei palazzi di fronte si rifletteva sulla mia pelle nuda. Non riuscivo a vederlo, e la cosa mi ha eccitato anche di più. Mi sono seduta sulla sedia, da brava ragazza obbediente. «Apri le gambe» mi ha detto. E ha continuato a sussurrarmi ordini, uno più osceno dell'altro. «Penetrati piano, accarezzati il seno.» «Ti piace che qualcuno ti guardi, ti piace quanto ti ecciti.» «Cazzo, vorrei sentire il tuo sapore in bocca.» I suoi gemiti all'altro capo della linea hanno accelerato il mio orgasmo. Immaginarlo toccarsi a sua volta mi ha fatta venire quasi subito. Quindi no, il sesso non è un problema.

«Non dirmi che hai appena avuto un flashback sessuale?»

«No» rispondo, stringendo automaticamente le cosce.

Mi mordo il labbro, perché la mia difesa è pessima.

I miei amici alzano gli occhi al cielo, poi Matt estrae il cellulare. In due secondi risuona la voce della mia migliore amica.

«Ciao, amore mio» dice Matt, con un sorriso smagliante sulle labbra.

«Mi manchi» dice Cam contemporaneamente.

Tee e io fingiamo di essere disgustati dalle loro effusioni, ma in realtà sono felicissima di assistere all'evoluzione del loro amore. La distanza li rende più forti. Ma non fraintendetemi. Ovviamente continuano a litigare tantissimo.

«Siete ancora a pranzo?»

«Sì, è per questo che ti ho chiamata. La tua migliore amica sta perdendo il senno e dice assurdità. Credo che tu debba schiarirle le idee.»

Alzo gli occhi al cielo e prendo il cellulare che mi passa. Diamine, è un FaceTime. Verrò sgridata in video.

«Perché sei al buio? Dove sei?»

Il suo viso è illuminato soltanto dalla luce dello schermo. Se non mi sbaglio, a quest'ora dovrebbe essere in albergo con la troupe.

«Non cambiare argomento e racconta» brontola, con mio grande rammarico.

Sospiro e ripeto le prove che ho già esposto ai ragazzi. Una volta finito, Camille mi ordina di avvicinare il viso allo schermo.

«Così posso schiaffeggiarti più forte.»

I due idioti ridono. E va bene, sono tutti d'accordo sul fatto che Liam non mi tradirebbe mai. In fondo lo so anche io, ma c'è davvero qualcosa che non va. E quando gli chiedo cosa c'è mi assicura sempre che va tutto bene.

«Lulubelle, ti conosco. Tutte le volte che sei felice temi che succederà qualcosa di brutto. E quindi ti metti a raccogliere i dettagli più stupidi e li trasformi in mostri orrendi. Liam è pazzo di te e non ti lascerà mai e poi mai. Detto tra noi, fa quasi paura» ridacchia la mia amica.

«Quindi è questo che sta succedendo? Mi sto auto sabotando?»

«Stiamo parlando del ragazzo che ha accettato di indossare un perizoma per tutta una mattina per te» aggiunge.

Tutti ridono. Dato che siamo degli idioti, avevamo scommesso sulla possibilità che nevicasse ad aprile. Liam era sicuro che non sarebbe successo. Per sua sfortuna, ho vinto io.

«Ok, ammetto che abbiamo una storia pazzesca. Non c'è giorno in cui non mi addormenti con i crampi allo stomaco per le risate, ma mi sono accorta che qualcosa è cambiato. E poi tu sei lontana. Ho bisogno della mia migliore amica. Ho bisogno di una buona notizia.»

«La giornata è appena iniziata, mia Lulubelle.»

47
Liam

♪ *Love Like This* – Lauren Daigle

Il momento della presentazione ufficiale degli Ultraviolet alla stampa è finalmente arrivato. La sala intima che abbiamo voluto è gremita di giornalisti specializzati, addetti stampa e di sconosciuti che tentano la fortuna. Credo così tanto in questa band, e fra noi si è creato un rapporto di fiducia così immediato, che sono stato nominato produttore del loro primo album.

Spero che mia sorella sia orgogliosa di me.

Con il nome di Luna e il mio su un progetto comune, stiamo assistendo alla realizzazione di uno dei nostri sogni d'infanzia.

L'altro sogno, il più prezioso, quello a cui tengo di più, è nascosto contro il mio petto. Con il braccio destro attorno al collo di Luna, le sue mani che stringono il mio avambraccio, il suo sedere posizionato in modo strategico, aspettiamo che il gruppo esca sul palco.

Le do un bacio sulla tempia e le viene la pelle d'oca. Stasera è bellissima. I capelli raccolti in una coda di cavallo, l'abito di seta beige, i tacchi YSL e le labbra rosso sangue le danno l'aspetto di un'apparizione divina.

Questi ultimi mesi sono stati intensi, ci hanno messo a dura prova, ma con lei sono felice come non mai. Respiro, bevo e assaporo Luna Eden Collins. E se per alcuni lavorare insieme, vivere insieme e avere gli stessi amici può essere soffocante, io spero di non aver mai più bisogno di aria in vita mia. Perché intendo morire con lei al mio fianco. Questa ragazza è il mio ossigeno. Sono felicissimo che abbia scelto me. E che continui a scegliermi ogni giorno.

Il palco si illumina. Lo stress di Luna cresce, le sue unghie mi affondano nella pelle, e provo a liberarla dal mio abbraccio per darle un po' di spazio, ma lei mi trattiene.

«Andranno alla grande, Piccola Luna» la rassicuro. «Hai fatto un lavoro incredibile.»

«Anche tu, Limee.»

Reed, il cantante, si mette al microfono, Leo alla batteria, Ezekiel al basso. Se sono nervosi, non lo danno a vedere. Ho trascorso gli ultimi mesi con loro, quindi so che sono pronti. È arrivato il loro momento di risplendere, dopo anni di fatica e dubbi.

Lo sguardo di Reed spazia per la stanza, e quando ci vede nella penombra ci fa l'occhiolino.

«Buonasera a tutti» esordisce, con una leggera sfumatura di nervosismo nella voce. «Prima di iniziare, vorrei raccontarvi la nostra storia. Non sono mai stato uno che crede nel destino, ma devo ammettere che nell'ultimo periodo le mie certezze sono state messe alla prova. Dieci anni fa, una ragazza di undici anni di nome Charlotte Davis mi inviò un messaggio su Instagram, sostenendo di essere la nostra più grande fan. Mi fece ridere, perché pensavo che fosse impossibile. All'epoca ci esibivamo solo su YouTube e in qualche pub, e poi, be', non eravamo proprio il massimo. Ma lei era così sicura che la nostra musica avrebbe fatto il giro del mondo che ho cominciato a crederci anche io. Una cosa tira l'altra, e Charlotte mi ha raccontato di voler diventare di una scrittrice. Sono orgoglioso di essere diventato l'eroe di una sua fanfiction.»

I presenti scoppiano a ridere, e io stringo Luna un po' più forte contro il mio petto.

«Io e i miei amici suonavamo per divertimento, non abbiamo mai pensato di farne una carriera, ma questa ragazzina, be', in realtà avevamo cinque anni di differenza, ma comunque, ci disse che un giorno suo fratello e la sua ragazza ci avrebbero fatto firmare un contratto con la loro casa discografica. E cito letteralmente: "In realtà non è ancora la sua ragazza perché fanno finta di non accorgersi che sono innamorati". L'ha detto lei, non io. Insomma, non ci credevo. Charlotte ha continuato a sostenerci, ma un giorno i messaggi si sono interrotti. Purtroppo, viviamo in un mondo in cui i cuori puri sono i più facili da spezzare. Il giorno in cui abbiamo saputo che la nostra più grande fan era venuta a mancare, credo che il nostro sogno sia svanito con lei. Per onorarla, abbiamo comunque cercato il successo che lei ci aveva augurato. E lì sono cominciati i guai. Le etichette ci rifiutavano, alcune ci ridevano in faccia, altre cercavano di fregarci. Così ci siamo arresi. Finché i pianeti non si sono allineati. Abbiamo ricevuto una telefonata da un'etichetta. E non da una qualsiasi, no, proprio da quella che Charlotte Davis aveva previsto. E lì abbiamo capito perché finora non aveva funzionato. Perché il nostro destino era firmare con la Mem Records. Con Liam e Luna, che finalmente hanno deciso di confessarsi i propri sentimenti.»

Tutti ridono con lui mentre io sento una lacrima bagnarmi il dorso della mano.

«Quindi, per ringraziarvi di aver creduto in noi, abbiamo deciso di stravolgere un po' il programma. Niente panico, Luna» dice, e io sento le vibrazioni della sua risata contro il mio petto. «So che odi quando cambiamo i piani, ma vorremmo iniziare con una canzone scritta da Charlotte. Quando mi ha detto che voleva diventare una scrittrice, per sfidarla, le ho chiesto di scrivermi una canzone. E lei lo ha fatto. Questo momento è per te, Charlie» dice, guardando il cielo. «Che la tua luce possa non svanire mai e il tuo talento possa risplendere per sempre.»

Inizia una melodia dolce, la sua voce si alza. Luna si gira verso di me, mi asciuga le lacrime che mi rigano le guance e mi abbraccia. Restiamo lì, cuore a cuore, ad ascoltare le parole di mia sorella rivivere nella musica.

♪ Luna accosta la sua BMW al marciapiede di fronte al mio ristorante. Prima che esca, la precedo e le apro la portiera. Il suo sorriso sorpreso mi abbaglia ogni volta. La aiuto a scendere, come se fosse una regina. E lo è davvero, per me.

«Michel ti ha detto qual è il problema?»

«No» dico, posandole una mano sulla schiena per incoraggiarla ad andare avanti.

Michel, il mio chef, non mi ha detto proprio niente, perché non c'è nessun problema. Ma vista la velocità con cui sento battere il cuore contro il mio torace, preferisco non correre troppo. Ho finto che ci fosse un'emergenza per poter sfuggire alla festa dopo il concerto.

Per evitare di metterla in allerta, le sorrido.

«Pensi che possa cucinarci qualcosa? Sto morendo di fame.»

«Vedremo.»

«Sicuro che vada tutto bene, angelo mio? Sei un po' pallido.»

«Mmh.»

Apro la porta del ristorante. Entriamo, io ancora con la mano sulla parte bassa della sua schiena. Quando entriamo nella sala principale, ci accoglie una musica che Luna riconosce subito. Quando si accorge che il posto è deserto, si ferma di colpo.

La guardo osservare stupita la stanza vuota, senza più i tavoli e le sedie, illuminata da centinaia di candele. Esercito una minima pressione sulla sua schiena per incoraggiarla ad avvicinarsi all'unico mobile rimasto nella stanza. Un tavolo con una lunga tovaglia bianca su cui è appoggiato un quaderno nero di medie dimensioni.

«Liam, che cos'è?»

Inspiro a fondo per placare il mio battito accelerato.

«Aprilo.»

Lei ubbidisce e subito il suo mento comincia a tremare. Gira le pagine, le legge, ritrova i suoi disegni. La donna della mia vita ha fra le mani il fumetto che aveva disegnato per confessarmi i suoi sentimenti, il fumetto che ripercorreva la nostra storia a partire dall'incontro sull'albero, le nostre serate sull'amaca, le nostre uscite al luna park, al parco giochi, al campo da basket. E poi Hendrix e i Quattro Elementi. Ma non solo. Ci ho messo anche il mio zampino. È questo dettaglio che fa riempire i suoi occhi di lacrime. Ho continuato a disegnare la nostra storia. I nostri incontri, le nostre sessioni nello studio di registrazione, le nostre serate all'attico, le Bahamas, i viaggi, i nostri amici, i suoi genitori, i suoi momenti di coccole con Nox.

«L'hai fatto tu?»

Improvvisamente a disagio, mi gratto la nuca.

«Sono tre settimane che prendo lezioni di disegno» ammetto.

Luna si mette una mano sulla bocca.

«È questo che facevi? Pensavo che avessi un'altra!»

«Cosa?»

Lei ridacchia, un misto di vergogna e sollievo nello sguardo.

«Ti comportavi in modo strano» sussurra, intimidita.

Le asciugo una lacrima con il pollice.

«Mi dispiace, Piccola Luna. Volevo che fosse una sorpresa. Ma odio mentirti e, inconsciamente, credo di aver dovuto mettere una certa distanza tra noi per riuscirci.»

«L'hai fatto per me? È bellissimo, angelo mio. E i dettagli sono incredibili. Non avevo idea che l'avessi conservato. È il miglior regalo che potevi farmi.»

«Non è finita. Ti sei persa una pagina.»

Accigliata, Luna guarda gli ultimi disegni, che rappresentano la serata con gli Ultraviolet e il nostro arrivo al ristorante. Nell'ultima scena, in particolare, siamo uno di fronte all'altra, circondati da candele, con lei che stringe il fumetto, e il mio personaggio si mette in ginocchio, con una scatolina nera tra le mani.

Poi il disegno prende vita davanti ai suoi occhi.

Sconvolta, lascia cadere il fumetto.

«Sì!» esclama.

«Non ti ho ancora fatto la domanda» sghignazzo.

Luna esulta tra le lacrime, mentre il mio cuore è sul punto di esplodere. La luce della candela riflessa nei suoi grandi occhi fa brillare le lacrime sulle sue guance. Non è mai stata bella come in questo momento.

Le prendo la mano sinistra e le poso la destra sul cuore.

Faccio un respiro profondo. Non perché ho paura, ma perché mi rendo conto che ho aspettato questo momento per tutta la vita.

«Luna, sei sempre stata più coraggiosa di me, da quando ti sei avvicinata a me su quell'albero mentre io mi accontentavo di guardarti da lontano. Tendevo a nascondermi, mentre tu chiedevi solo di brillare. Per non offuscare la tua luce, sarei stato pronto a restare il tuo migliore amico per tutta la vita. Ma avevo capito fin dal primo momento. Avevo dodici anni e sapevo che sarebbe stato per tutta la vita. So di respirare soltanto per amarti, per venerare la tua presenza su questa Terra. Non hai idea di quanto mi considero fortunato a essermi innamorato di te. La persona che mi ha visto al mio peggio e non mi ha mai abbandonato. Che mi fa ridere fino alle lacrime. Che non mi giudica, che non esita a chiarirmi le idee quando sbaglio. La mia migliore amica, la parte migliore di me. Potrei vivere miliardi di vite con te e non annoiarmi mai. Se mi vuoi, prometto di amarti fino al tuo ultimo respiro, di portarti in braccio quando ti fanno male i piedi, di permetterti di testare i tuoi cosmetici su di me, e di non nasconderti la dentiera quando mi darai fastidio, di amarti fino alla morte. Sei la mia luce, senza di te non sono niente, mi muovo senza meta. Voglio che tu sia la mia destinazione. La mia Terra, il mio Fuoco, la mia Luna, il mio universo. Perché siamo io e te. Luna Eden Collins, mi vuoi sposare?»

«Sì, un milione di volte, sì.»

Con il cuore che batte a mille all'ora, le metto l'anello al dito e lei si inginocchia davanti a me per baciarmi. Presto ci dimentichiamo dove siamo. Lei mi asciuga le lacrime che mi rigano il viso e sussurra contro le mie labbra: «Se pensi che l'amore che provo per te sia già immenso, non hai ancora visto niente, angelo mio. *Ad vitam æternam*, Limee».

«Devo baciarti se lo ripeto?»

Lei scoppia a ridere, ripensando alla prima volta che ci siamo detti quelle parole nel mio giardino.

«Non lo so, forse.»

«Vuoi che ti baci, Piccola Luna?»

«Sì!» esclama, riscrivendo la storia.

«Imbrogliona.»

«Fastidioso.»

«Peste.»

«Nodocefalo.»

Ridiamo e tiriamo su col naso per le lacrime.

«Fino alla luna.»

«Andata e ritorno.»

«Per l'eternità» sussurriamo insieme.

Occhi negli occhi, affogo nel suo grigio e dimentico tutto ciò che mi circonda. Vedo soltanto lei. Gli occhi lucenti di lacrime che riflettono il nostro futuro luminoso. Poi mi tende la mano per il nostro gesto. È così che abbiamo suggellato il nostro patto eterno. A nostra immagine.

All'improvviso intorno a noi esplodono grida di gioia. Cavolo, me ne ero scordato. Matteo, Satine, Travis e Dimetrio corrono verso di noi, rompendoci i timpani con le congratulazioni, e le lacrime di Luna aumentano mentre li abbraccia.

Poi, con un solo sguardo, Matt e io facciamo un passo indietro per il momento clou dello spettacolo.

«Dov'è la futura signora Davis?» canticchia una voce stridula.

La testa di Luna gira così velocemente che giuro di

sentire il suo collo che si spezza. Poi Camille esce dalla porta della cucina, e partono le urla, le grida da topi morenti e le lacrime. Luna si precipita tra le braccia della sua migliore amica e la stringe fino a quasi romperle le costole.

«Sei qui, oddio, sei qui!» ripete in loop la mia futura moglie. «Liam, Camille è qui!» esclama, rivolta a me.

«Lo so, cuore mio.»

«Grazie, grazie di essere venuta» singhiozza. «Non potrei mai immaginare di vivere tutto questo senza di te. Grazie. Ecco perché eri al buio, stronza.»

«Ero già a Manhattan» ride Cami. «Congratulazioni, amore della mia vita. Te l'avevo detto che avresti avuto il tuo lieto fine.»

«Stai piangendo» osserva Luna, stupita.

«No, ho solo gli occhi bagnati per l'umidità» risponde Camille con la voce rotta dalle lacrime.

Le ragazze restano abbracciate, sussurrandosi chissà cosa all'orecchio per quelle che sembrano ore.

«Ehi, guarda qui!» strilla Lu.

Tende la mano per sfoggiare il suo anello in oro bianco con un diamante taglio marquise da 14,3 carati e una fascia con pavé di diamanti.

«L'ho aiutato a sceglierlo tramite FaceTime.»

«Che cosa?»

«Lo abbiamo aiutato tutti» aggiungono Tee e Matt.

«Sarebbe stato capace di prenderti la pietra più brutta» mi prende in giro la bruna.

«Siete davvero dei bastardi» impreco contro i miei amici.

«Mi piace tantissimo» dice, abbracciandoli in gruppo, interrotta dall'arrivo dei ritardatari.

«Gli ingorghi di Manhattan mi hanno fatto perdere il fidanzamento della mia unica figlia.»

«Papà!»

Altri pianti e risate mentre corre verso di lui. Quando vede suo fratello e sua madre, le sue lacrime, che credevo ormai esaurite, ricominciano. Luna bacia Nox prima di abbracciare sua madre. Mentre si abbracciano, i nostri occhi si incrociano. Leggo negli occhi della mia futura moglie un milione di ringraziamenti per aver portato qui tutte le persone a lei più care. Le mimo un «ti amo» con le labbra e lei ricambia con un sorriso smagliante. Li raggiungo qualche minuto dopo, saluto i miei futuri suoceri e Noxie.

«Avevi davvero pianificato tutto!» sorride Lu.

«Avresti dovuto vedere come sudava quando mi ha chiesto la tua mano» mi prende in giro il mio futuro suocero.

«Che cosa? E quando è successo?»

«Il giorno del compleanno di Nox.»

In questo gruppo non si può tenere un segreto.

«Congratulazioni, figliolo» mi dice suo padre, mentre Luna è ancora aggrappata al suo braccio, come se temesse che possa volare via.

«Grazie, Jacob» dico, offrendogli una stretta di mano che lui trasforma in un abbraccio.

«Ora è un problema tuo.»

Luna alza gli occhi al cielo. E io non ho mai avuto così tanta voglia di affogare nei miei problemi.

Poi arrivano due camerieri con bicchieri, bottiglie di champagne e qualcosa da mangiare.

«Abbiamo sentito di quando Liam si è innamorato di te» dice Matteo. «Ora vogliamo la tua versione.»

In piedi accanto a me, Luna mi prende la mano prima di parlare.

«Penso di averlo sempre saputo, anche senza riuscire a esprimerlo a parole. Ricordo il giorno esatto in cui ho capito che avrei amato soltanto lui per il resto della mia vita. Forse c'è un po' di sangue in questo racconto, preparatevi» ridacchia. «È stato durante il mio primo ciclo, avevo dodici anni, credo. Ne avevamo parlato in classe e con mio padre, ma non si poteva prevedere quando sarebbe successo. Ero a casa quando ho capito che era il momento, e purtroppo non avevo gli assorbenti. Mi sono messa a piangere. Camille non c'era. Così ho chiamato Liam» dice, lanciandomi uno sguardo dolce. «Ha capito subito che qualcosa non andava. È arrivato in meno di dieci minuti. Mi sono chiusa in bagno per non farmi vedere. Mi vergognavo così tanto di dirlo ad alta voce che ho preferito mandargli un sms. Mi ha ordinato di non muovermi ed è tornato con decine di assorbenti prelevati da casa sua. Poi si è seduto davanti alla porta e ha tirato fuori il cellulare per cercare le istruzioni su Internet. "Posiziona la parte adesiva dell'assorbente sul cavallo delle mutandine." Ero mortificata, ma mi sono detta che quel ragazzo sarebbe sempre stato lì per me. E anche se la vita ci ha messo a dura prova e ha messo alla prova le nostre certezze, oggi siamo più forti che mai. Ti amo, Liam Jude Davis» sussurra, soltanto per me.

Epilogo
Liam

♪ *To Build A Home* – Patrick Watson

Tre anni e mezzo dopo

♪ Affondo i piedi nella sabbia, godendomi le carezze dei riflessi arancioni del sole. Di fronte al quadro che ho davanti, la sua passione per questo colore assume tutto un altro significato. Ho sempre la sensazione di fluttuare, una specie di *boost* di creatività, quando guardo il tramonto. Ma questo ha un sapore diverso. Ha il gusto di una fine.

«Liam!»

Con il sole negli occhi, osservo la figura che corre verso di me, i capelli che ondeggiano al vento, il sorriso radioso. Il suo viso è diverso, non capisco in che modo, ma mi riprometto di scoprirlo.

Quando mi raggiunge, la abbraccio subito e restiamo in questa posizione, con i cuori che battono all'unisono. La lascio andare con una certa riluttanza. Ci sediamo sulla sabbia, guardiamo le onde dolci che si infrangono ai nostri piedi. Posa la testa sulla mia spalla, solleticandomi la guancia con i capelli biondi.

«Sono così orgogliosa di te» sussurra.

La sua voce si spegne in un singhiozzo, mentre la

mia mi resta bloccata in gola. Non le chiedo a cosa si riferisce, perché so che era lì. È sempre con me. Ho sentito la sua presenza quando ho sposato Luna su questa spiaggia, un anno fa. Ho sentito le sue dita asciugarmi le lacrime che ho versato quando ho visto la ragazza che sarebbe diventata mia moglie camminare verso di me lungo un sentiero cosparso di gigli. Ha visto il magnifico abito bianco e lo strascico sui cui era ricamata la scritta *To the Moon and Back.* Giuro di averla sentita applaudire quando ci siamo detti sì sotto lo sguardo dei nostri amici, delle nostre famiglie e di mio padre. Ho sentito la sua risata mentre la immaginavo ballare come una pazza al ritmo delle canzoni cantate da Orchid. Con la luna piena sopra le nostre teste a benedire la nostra unione. Mia sorella è sempre con noi.

«Sei felice.»

Non era una domanda, ma annuisco. Sono felice. Ogni giorno che passa è più surreale del precedente, perché ho Lu, e insieme siamo invincibili. Abbiamo attraversato l'inferno, ma, invece di fermarci, siamo andati avanti. Ora io e il mio piccolo demone gestiamo insieme l'etichetta. Due anni fa ha riunito diversi artisti in un album il cui ricavato è stato donato a diverse associazioni: contro la violenza domestica per la prevenzione del suicidio e per la lotta contro la violenza sessuale. Abbiamo anche voluto offrire degli strumenti musicali agli orfanotrofi e ai centri di accoglienza, perché la musica unisce e fa stare bene, e avere degli hobby per alcune persone è troppo costoso.

Lavoriamo tanto, ma riusciamo anche a prenderci del tempo per noi. Ho mantenuto la mia promessa: l'ho fatta godere in diverse città del mondo, da Bangkok a Santorini. Abitiamo ancora nell'attico di fronte ai nostri migliori amici, Matteo e Camille, che hanno preso residenza in quello che ho regalato a Luna. La bruna gira ancora il mondo per i suoi documentari, mentre il suo uomo ha rivoluzionato il mondo dello sport aprendo la prima palestra per sole donne a Manhattan. Travis, dal canto suo, sta vivendo la sua storia d'amore con Dimetrio e ha lasciato l'agenzia sportiva per mettersi in proprio. Satine e Nox sono inseparabili e ne combinano di tutti i colori quando stanno con noi.

«Sono felicissimo, ma mi manchi ogni giorno.»

«Mi manchi anche tu, fratellone.»

Alla fine, mi guarda, e finalmente capisco cos'è cambiato nel suo viso. È il suo sorriso. Finalmente è calmo.

«Sei in pace.»

«Sì, ma non mi hai reso la vita facile.»

Charlie ride, con le lacrime agli occhi.

«Grazie» le dico.

Rimaniamo in questa posizione, con gli occhi fissi sullo spettacolo arancione davanti a noi.

«Papà mi parla tutte le mattine» ammette con voce rauca, mentre io mi sforzo di non crollare. «Mi piace vedervi insieme. Il fatto che vi avviciniate ogni giorno.»

«Vedi proprio tutto?»

«No, per fortuna no.» Mia sorella ridacchia di sollievo e si alza.

La imito, con la gola chiusa.

«Te ne vai già?»

Ho il cuore stretto, perché ho capito che questa è l'ultima volta che la vedrò.

Mia sorella mi prende le mani.

«Devo andare, ma prima voglio che tu sappia che è un privilegio vederti diventare l'uomo che hai sempre desiderato essere. Veglio su di te. Su di voi. Andrà tutto bene. Te lo prometto.»

Non ho più la forza di trattenere le lacrime. La mia sorellina le guarda scorrere senza cercare di fermarle.

«Ti vedrò ancora?»

«Sarò sempre con te, Liam. Ovunque.»

I suoi occhi guardano verso l'oceano. Io e Luna abbiamo sparso un po' delle sue ceneri in ognuna delle città che abbiamo visitato in questi anni. La maggior parte è qui alle Bahamas. E il resto è riservato a un progetto che ci sta a cuore. Quando avremo i nostri figli, trasformeremo il resto delle ceneri in diversi pendenti di diamanti per formare un puzzle di quattro pezzi che sarà completo solo quando ci riuniremo.

«Non vedo l'ora di conoscerla» dice, con un sorriso così potente sulle labbra che lo sento vibrare dentro di me. «Ce l'hai fatta, Liam.»

«Ce l'ho fatta.»

Le sue mani lasciano le mie troppo in fretta. Charlie fa un passo indietro, si volta verso l'oceano e alza le braccia al cielo.

«Adoro questo colore!» esclama, sospirando felice.

Mia sorella rimane in questa posizione per qualche

minuto, prima di sparire nella direzione da cui è venuta. *Resta ancora con me, ho bisogno di te, mi dispiace di non essere stato all'altezza*, grida il mio cuore. Ma non dico niente. Guardo la mia sorellina allontanarsi e lasciarmi indietro. A metà strada si ferma. Quando si gira, le sue guance sono bagnate di lacrime. Corre da me e la abbraccio un'ultima volta.

«Smettila di incolparti» sussurra. «Non c'era niente che potessi fare per salvarmi.»

«Perdonami se non sono stato più presente. Se non ho smosso cielo e terra per trovarti.»

«Non ho niente da perdonarti, perché non ho mai provato rancore nei tuoi confronti. Quindi ora, quando parli con me, smettila di scusarti. Raccontami la tua giornata, le cose che ti hanno fatto ridere, quelle che ti hanno fatto arrabbiare. Sto bene, Liam. Davvero. E poi è tutto più bello dall'alto.»

Stavolta, quando mia sorella si stacca da me, mi asciuga le lacrime, e io asciugo le sue.

«Sei stato un fratello maggiore straordinario. E infatti sei il mio preferito. Fammi vivere attraverso i tuoi occhi, Liam. Vivrai una vita favolosa. Ho visto tutto. Questo è solo l'inizio.»

«Ti voglio bene, Charlotte.»

«Anch'io. Di' a Luna che le voglio tanto bene e non l'ho mai incolpata per avermi difesa. Mai. E a Travis che ho sempre avuto una cotta per lui. Ah, e Lulù nasconde sempre l'ultimo pacchetto di patatine nel suo cassetto degli assorbenti.»

Rido fra le lacrime. *La mia peste di moglie.*

A poco a poco, le sue mani scivolano via dalle mie. Cammina all'indietro, e non le stacco gli occhi di dosso. Mi imprimo nella memoria ogni suo tratto, i suoi splendidi occhi azzurri, il movimento dei capelli biondi agitati dal vento.

«Oggi inizia l'avventura più incredibile della tua vita» grida, da sopra la folata di vento.

«Di cosa stai parlando?»

Mia sorella ride, facendomi gonfiare il cuore.

«Non dimenticare di dirle che ero molto più figa di Camille. E se le vuole più bene che a me, verrò a perseguitarla. Sarai incredibile. Non vedo l'ora.»

Non faccio in tempo a rispondere, perché la mia sorellina scompare sotto i raggi del sole che mi acceca.

Apro le palpebre all'improvviso, il cuore mi batte a mille all'ora. Espiro forte, mi passo una mano sul viso madido di sudore e mi rendo conto che non sono alle Bahamas con mia sorella, ma nel mio letto a New York, con la parte migliore di me. Mi giro sul fianco, e due perle d'argento mezze addormentate mi guardano con tenerezza. La sua mano calda mi scorre tra i capelli, scivolando lungo la mia guancia. La attiro a me, perché ho bisogno di sentire il suo calore. Le sfugge una smorfia mentre cerca di trovare una posizione comoda. Fronte contro fronte, sento il suo respiro sulle mie labbra.

«Vuoi un altro cuscino, cuore mio?»

«No, grazie. Raccontami il tuo sogno» mi sussurra.

Deglutisco.

«Mi ha detto addio.»

Gli racconto la nostra conversazione. Lu sorride triste e mi prende la mano sinistra per baciarmi l'anello che porto all'anulare. È un gesto che abbiamo iniziato a fare da quando ci siamo sposati. Un modo per dire all'altro che ci saremo sempre. Che ci apparteniamo per tutta la vita. Le prendo la sua e la bacio, prima di farla scivolare sulla rotondità del suo stomaco.

«Come sta la mia principessa stasera?»

«Temo che non sarà una musicista come speravi, ma una giocatrice di football. Appena sente che inizio ad addormentarmi scalcia.»

Nonostante le occhiaie, mia moglie non è mai stata così bella come da quando porta in grembo nostra figlia. La futura giocatrice di football le ha reso la vita difficile all'inizio della gravidanza. La nausea era così forte che Lu non ha lavorato per due mesi. Nessuno dei due ha lavorato per due mesi, a dire il vero. Sono rimasto al suo fianco, prendendomi il tempo per trovare insieme al medico i farmaci adatti. Era dimagrita molto, tutto quello che mangiava finiva nel water. Ora che il parto è imminente sta molto meglio. Il mio piccolo demone è così in forma che si lamenta perché nostra figlia si calma solo quando sente la mia voce. Una futura figlia di papà che prometto di amare per tutta la vita.

Mi sporgo verso il comodino e stappo la miscela di oli preparata dall'ostetrica.

«Sdraiati.»

Mia moglie obbedisce, ma fatica a trovare una posizione comoda.

«Lo sai che ti amo tanto, ma non sono sicura di voler cominciare quest'avventura.»

Scoppio a ridere, perché sappiamo che non è vero. Fin da piccoli, mi ha sempre detto che ha sofferto troppo a essere figlia unica e non avrebbe mai voluto fare questo ai suoi bambini.

«Tutto questo affinché possa assomigliarti, è ingiusto.»

La zittisco massaggiandole la pancia.

«Mmh, continua.»

«Sapevi che il sesso può accelerare il parto?»

«È l'unica cosa che hai imparato da tutti i libri sulla gravidanza che abbiamo letto?» ride, con gli occhi ancora chiusi.

«Sono una persona altruista, Lu. Metto il benessere degli altri prima del mio. Non ne puoi più, lo faccio per te.»

«Imbecille.»

«Peste.»

«Nodocefalo.»

«La migliore decisione della mia vita.»

Il suo mento comincia a tremare.

«Non puoi dirmi queste cose» strilla. «Lo sai che ho la lacrima facile da quando sono incinta.»

E *facile* è un eufemismo. Quante volte sono tornato a casa dal lavoro e l'ho trovata piangere così forte da non riuscire a respirare? All'inizio andavo nel panico, pensavo che ci fosse qualcosa che non andava con la bambina. Ma no, la signora piangeva perché mentre mangiava una pizza (senza di me, primo affronto), le era caduta per terra una fetta e si era sentita male per la pizza. Come avrei dovuto reagire? L'ultima volta, mentre andavamo a casa di Travis e Dimetrio, è scoppiata in lacrime perché le nuvole in cielo le sembravano tristi. Per non parlare della nuova mania di non lasciare più le posate in giro in cucina, perché non si può mai sapere se il cucchiaio sta cercando disperato il cucchiaino. Ormai mi limito ad ascoltarla e ad asciugarle le lacrime con un bacio. Poi la prendo in giro. Non cambia niente.

«Ti rendi conto che presto dovremo diventare adulti responsabili?»

«Uffa» fa una smorfia. «No, mai. Insieme ci comporteremo sempre come bambini.»

«Promesso?»

«Promesso.»

Mia sorella aveva ragione. Un'avventura incredibile stava per iniziare. Quella sera Luna ha dato alla luce l'altra parte del mio cuore. Mia figlia. Charlie Moon Davis. Tre chili di amore, quarantacinque centimetri di felicità. Due grandi occhi azzurri, della stessa tonalità di quelli della zia, impreziositi da un ciuffo di capelli biondi, un mix perfetto fra le mie due persone preferite.

Mentre Charlie riposa sul mio petto, con il mignolo aggrappato al mio indice, guardo ammirato mia moglie, addormentata nel suo letto d'ospedale. Mi immergo nei nostri ricordi, nella vita che abbiamo vissuto. Penso agli ostacoli che abbiamo dovuto superare per arrivare fin qui. Capisco perché non sono mai riuscito a dimenticarla. Non perché la nostra storia era incompiuta. No, è perché Luna era parte di me. La parte migliore di me. Ora sono pronto per cominciare un nuovo capitolo delle nostre vite, una nuova storia che scriverò insieme a loro.

«Finalmente ho trovato i pezzi mancanti della mia vita» sussurro, contro la fronte calda di mia figlia. «Siete voi.»

Luna

♪ *Dancing In The Sky* – Samantha Harvey

Cinque anni dopo

«Ssshh, vuoi farti beccare?»

Mi bacia il collo, mentre io soffoco una risata. Quante volte ho sentito questa frase mentre eravamo sulla nostra amaca? Ed eccoci qui, circa dieci anni dopo, nascosti dai nostri genitori e amici che pranzano in terrazza. Nonostante gli anni trascorsi, mi batte ancora forte il cuore quando mio marito mi accarezza il sedere. I miei seni protetti dal bikini sono premuti contro la mensola di legno di fronte a me, mentre Liam sposta gli slip del mio bikini e si infila dentro di me.

«Liam» gemo, incapace di trattenermi. «Ti prego.»

«Lo so, cuore mio» sussurra, accarezzando il mio clitoride sensibile.

Vorrei dire ci siamo ridotti a nasconderci nella dispensa della nostra villa alle Bahamas perché siamo giovani genitori bisognosi di sesso, ma sarebbe una bugia. Siamo solo i soliti depravati di sempre.

A metà del pranzo gli ho mandato un messaggio ammiccante e la sua reazione non si è fatta attendere. Con uno sguardo, ho capito che dovevo fingere di avere una telefonata di lavoro.

«È questo che volevi, no? Mi cerchi da tutta la mattina.»

Inarco di più la schiena, le sue parole mi eccitano. Le sue spinte mi portano a poco a poco sull'orlo del precipizio. Soltanto i nostri gemiti soffocati riempiono questo spazio angusto.

«Più forte.»

Mi stringe i capelli nel pugno, costringendomi a girare la testa verso di lui e baciarlo.

«Ti amo, angelo mio.»

Sono una stronza. So che non resiste mai a lungo quando quelle due paroline lasciano le mie labbra mentre facciamo l'amore. I miei *ti amo* sono la sua kryptonite. Mi piace fargli perdere il controllo. Mi piace farlo impazzire. Voglio farlo impazzire.

«Cazzo, Luna» ruggisce, ansimando. «Sei un vero piccolo demone.»

Poi la porta della dispensa si apre.

Liam mi copre la bocca con la mano e si ferma dentro di me. Riconosco le voci di Tee e Dimetrio. Siamo nascosti da diversi scaffali pieni di cibo. Solo che, se decidono che hanno voglia di ketchup con le patatine, verranno direttamente da noi. Ebbene sì, stavo per venire tra due scaffali di condimenti.

La conversazione tra i miei due amici continua, evidentemente non hanno intenzione di andarsene. Incapace di resistere, avvicino la mano di mio marito al mio clitoride. Lui capisce il messaggio e inizia ad accarezzarmi. I miei denti si aggrappano al suo palmo, le mie unghie al suo braccio.

I nostri occhi carichi di desiderio si fissano nella penombra, e Liam comincia di nuovo a muoversi lentamente dentro di me. Con una lentezza così crudele che lacrime di piacere mi bruciano le ciglia. Mio marito, l'uomo della mia vita, fa l'amore con me immergendo i suoi occhi pieni di amore nel profondo dei miei. E come sempre, mi sento il diamante più prezioso del mondo. La mano che era sul mio fianco ora mi stringe la gola, i miei occhi ruotano all'indietro. L'idiota ride, stringe più forte, e non posso credere che dovrò esplodere in silenzio con i miei amici a due passi.

«Vieni per tuo marito, da brava» sussurra.

Lo odio quando usa tutte le sue tattiche contro di me. Gli basta presentarsi come mio marito perché l'effetto sia immediato. È una parola che funziona come un interruttore, il mio corpo obbedisce immediatamente.

«Brava, cuore mio. Così.»

Il rumore della porta che si chiude ci dice che finalmente se ne sono andati. Liam accelera il ritmo. Ancora e ancora. Fino a esplodere a sua volta. Una volta scesi dalla nostra nuvola, scoppiamo a ridere.

«Sono il bastardo più fortunato dell'isola.»

♪ Nel tardo pomeriggio io e Cam finiamo gli ultimi ritocchi alle decorazioni per il compleanno di mia figlia, la sua figlioccia. Sulla spiaggia privata della nostra villa, siamo circondati da tartarughe di ogni tipo. Sotto forma di palloncini, tovaglioli e piattini, una pignatta e le corone che abbiamo in testa. Trovare corone a forma di tartaruga si è rivelata un'impresa impossibile. Abbiamo dovuto farcele da soli. Mio marito e io, seduti sul pavimento del soggiorno. Io le ho disegnate, lui le ha stampate, e abbiamo passato ore a piegarle. E lo rifaremmo altre mille volte per il nostro piccolo demone, che mi ha subito rubato il soprannome. A quattro anni, ha un'incrollabile fiducia in se stessa e un bisogno di libertà che ci spaventa. Nessuno può farle qualcosa che non vuole. Una vera testa di mulo. Un tornado, una palla di fuoco piena di interessi. Ogni mattina si sveglia con un capriccio diverso. Un giorno è il cavallo, poi cambia idea, perché ha paura che possa farsi male portandola sulla schiena. Danza classica, tiro con l'arco, disegno, cacciatrice di draghi, o di fantasmi, per vedere la zia Charlie. Oggi adora le tartarughe, ma ieri mi ha fatto una lezione sul perché dovremmo avere un gatto. In realtà erano per lo più foto e disegni su un foglio di carta. Ma come faccio a dire di no a quel faccino da criceto che discute come un'avvocata in carriera? L'unica costante nel suo cuore rimane la musica.

Quando prende la chitarra di suo padre – troppo pesante per lei – significa «suonami qualcosa». È chiaro da chi dei due ha preso questa naturale autorità. Una vera figlia di papà. Per i primi anni di vita era impossibile staccarla dalle sue braccia. Avrebbe fatto prima ad allattarla lui. Ovunque andasse, lei gli si aggrappava al collo o si sedeva sulle sue ginocchia. Poi è arrivata l'età in cui è riuscita a stare seduta da sola. Mentre suo padre lavorava, a casa o in ufficio, lei era sul pavimento e lo fissava come se racchiudesse in sé tutti i misteri dell'universo. Adoro il rapporto che c'è tra loro. Adoro vedere che padre premuroso è Liam. I due amori della mia vita.

Ora stanno venendo verso di me. Appollaiata sulla schiena di suo padre, Charlie ride, eccitata per la sua festa di compleanno. Dietro di loro mio padre, mia madre e mio fratello, che nel frattempo ha quasi sette anni, parlano con Tee, Dim e Orchid. Poco più indietro, Tristan e Morgan chiudono la fila.

«Charlie!»

Sentendosi chiamare, la mia principessa si dimena, costringendo il padre a metterla giù. Con i capelli mossi dal vento in tutte le direzioni, corre verso di me alla massima velocità consentita dalle sue gambette che affondano nella sabbia bagnata. Da quando abbiamo saputo il sesso la scelta del nome è stata ovvia. E non le abbiamo nascosto che era un omaggio a sua zia, che vive con gli angeli e veglia su di noi. Si assomigliano così tanto fisicamente che per molto tempo mi sono venute le lacrime agli occhi quando la guardavo.

Anzi, giuro di sentire la sua presenza mentre mia figlia mi salta tra le braccia.

«Mamma!»

La faccio volteggiare in aria. Due ore senza di loro è il mio limite. Se i miei pilastri si allontanano per troppo tempo, è come se mi portassero via un pezzo di ciò che mi rende quella che sono.

«Ciao, cuore mio» mi sussurra Liam, baciandomi sulla bocca.

«Quando vi salutate sembra sempre che non vi vedete da anni» ci prende in giro Cam, prendendo in braccio la sua figlioccia.

«Non va bene essere amareggiati, Cami» replica Liam.

Questi due non la smettono mai di punzecchiarsi. Saluto la mia famiglia e i miei amici. Sono tutti stupiti dallo splendido lavoro che abbiamo fatto, soprattutto conoscendo il tema stravagante scelto da Char. Vederli tutti insieme mi riempie il cuore di gioia. Ci siamo promessi di venire sempre a trascorrere le estati e i compleanni qui. Perché non c'è niente di più importante della famiglia. E anche se so che mio marito è felice, circondato da tutte queste persone, non posso fare a meno di chiedermi se gli manca la sua famiglia. Sono ancora divisi. Sua madre vive a Chicago con il suo compagno. Sa di avere una nipote, ma la vede soltanto dalle foto che Liam le manda. E questo è già un passo avanti. Cerco di restare fuori dalla loro relazione. Non gli dirò mai se perdonarla o meno. Se un giorno dovesse tornare nelle nostre vite, la accoglierò, ma terrò gli occhi aperti. Perché credo nelle seconde possibilità. È grazie alle seconde possibilità che ho la vita che ho sempre sognato.

Quanto a Odessa, ha venduto le quote dell'etichetta discografica e continua a gestire il suo impero cosmetico. Una volta al mese cerca di rimettersi in contatto con lui. Invano. Sophy è ancora in istituto. E il suo destino non mi interessa.

«Satine, dov'è tuo padre?»

«Qualcuno sta cercando il ragazzo più bello dell'isola?» chiede Matt, in lontananza.

Il mio surfista, con i capelli che gli arrivano alla parte bassa della schiena, trotterella verso di noi. Qualche mese fa io e il gruppo ci siamo fatti un tatuaggio. Il simbolo dei Quattro Elementi. Solo che ora, con Matteo, siamo in cinque. Così abbiamo aggiunto un sole, che è ciò che rappresenta nella nostra vita. Brilla così intensamente che ci abbaglia con la sua presenza. Senza di lui tutto è cupo. Aria, Acqua, Fuoco, Terra. E Sole. Per la vita.

Quando si avvicina a me, però, non guardo più lui. Divoro con gli occhi i due angioletti che tiene per mano. Mi accovaccio e copro di baci le testoline brune come quelle della mamma. La scoperta della gravidanza è stata uno choc per Camille. Tanto più quando ha saputo che i battiti cardiaci erano due. Non perché non volesse diventare madre, ma il *timing* era pessimo. Doveva andare in Sud Africa per un reportage sulle tribù di una zona pericolosa. Selah e Soren sono arrivati sei mesi dopo il mio parto. Non ci è voluto molto per iniziare a fantasticare. Eravamo sicuri che sarebbero cresciuti insieme come noi, stavamo già preparando i nomi del loro trio. Ma purtroppo ci è andata male. Mia figlia e i gemelli non possono vedersi. Naturalmente tutti speriamo che la situazione cambi nel corso degli anni.

«La festa può iniziare!» esclama Matteo.

Il pomeriggio continua. Gli uomini della mia vita bevono birra vicino al barbecue. Satine, Charlie e Nox ballano, i gemelli giocano a nascondino, e la mia migliore amica mi invita a ballare e mi fa volteggiare. Afferriamo anche Dim e Tee. Ridiamo, cantiamo, ci divertiamo, e loro bevono. Io evito, perché prima di salire sul jet ho visto due linee rosa su un bastoncino. Sono incinta di quattro settimane, e non vedo l'ora di dirlo a Liam.

Per l'annuncio della mia prima gravidanza ho seguito la tradizione. L'ho disegnata nel nostro fumetto, le cui restanti pagine bianche aspettano solo di essere riempite. Nel disegno gli porgevo delle scarpine da neonato. Tra eccitazione, panico e gioia, abbiamo festeggiato la notizia provando a farne un altro.

Mia madre arriva con la torta a forma di tartaruga ordinata da mia figlia. Charlie si arrampica tra le mie braccia e il gruppo canta tanti auguri prima che lei spenga le candeline, anche loro a forma di tartaruga, poi partono gli applausi, alcuni più ritmati di altri. I sorrisi sono sincronizzati.

«Buon compleanno, principessa» le auguriamo io e suo padre.

La ricopriamo di baci, ma poi lei si dirige verso ciò che veramente le interessa: tutti i suoi regali.

Una volta che le pance sono piene e il sole si sta abbassando, tutti si mettono il costume da bagno e si dirigono verso la spiaggia. Camille infila il salvagente ai suoi bambini di tre anni e mezzo, e Matt li porta in braccio prima di gettarli nell'oceano come sacchi di patate. La mia brunetta lancia un urlo mentre i suoi bambini chiedono a gran voce altri salti. Mio padre, ispirato da Matteo, vuole fare lo stesso con mia madre, che gli volta le spalle. Ma io mi metto in mezzo per contrastare i suoi piani. Mio padre geme e mia madre mi fa l'occhiolino.

La nostra relazione è molto più sana. Ne sono felice.

Mi ritrovo addirittura a chiamarla solo per chiacchierare.

Poi tocca a mio fratello chiamare il mio nome perché lo guardi fare le capriole nella sabbia. Per la gioia dei miei genitori, probabilmente è un futuro stuntman. Forse non ha ancora capito che non ha nove vite come un gatto. I miei genitori sono scesi a un compromesso iscrivendolo ad arrampicata e ginnastica. Almeno lì è al sicuro.

In lontananza, guardo mio marito condurre nostra figlia per mano nell'oceano. Gli ormoni mi stanno giocando dei brutti tiri, perché devo asciugarmi le lacrime e giuro che Liam ha le antenne per quando sto male, perché dopo aver dato un bacio sulla fronte a Charlie, la lascia in compagnia del nonno Tristan e dello zio Morgan per venire verso di me.

Il sole del tramonto tinge il cielo di arancione e, come spesso accade di fronte a questo colore, mi torna in mente Charlotte.

«Come ci riesci? Come fai a sapere sempre quando sto piangendo?» chiedo, mettendogli le braccia al collo.

Ho già detto che gli anni lo hanno reso più sexy?

«Quando la parte migliore di me sta male, lo sento. Che succede?»

«Va tutto bene» sussurro, sorridendo. «Sono felice.»

Per dimostrarlo, gli afferro il palmo e lo appoggio sul mio stomaco. L'espressione del suo viso vale tutto l'oro del mondo.

«Siamo incinti?»

Siamo. Ancora il plurale. Lui e io. Da sempre.

Annuisco, con la gola troppo stretta per parlare.

«Diventerò di nuovo padre?»

Emozionato, Liam mi fa girare più volte in aria. La mia risata scompare sotto lo sguardo perplesso dei nostri ospiti.

«Grazie di avermi reso il più felice degli uomini.»

«Grazie di essere tornato da me.»

«Cuore mio, troverò sempre la strada per tornare da te. Grazie di amarmi. Grazie per la comprensione. Grazie di avere fiducia in me con tutto il cuore e anche con quello di Charlie.»

I miei occhi sono velati di lacrime.

«Cavolo, sei troppo bravo a farmi piangere.»

Mio marito scoppia a ridere.

«La tua faccia da criceto mi ispira» scherza dolcemente. «Andiamo a festeggiare?»

È il mio turno di ridere, prima di annuire con entusiasmo. Vorrei dirvi che poi abbiamo fatto l'amore, oppure che ci siamo tuffati nell'oceano per dare a tutti la bella notizia. E l'abbiamo fatto, in effetti, ma prima gli ho vomitato tutta la torta a forma di tartaruga sui piedi, perché far volteggiare in aria una donna incinta non è per niente una buona idea.

Liam Davis ha creduto per molto tempo di essere il cattivo della mia storia. Ma la verità è che è il mio eroe. Mio marito, il mio amante, un padre e un fratello sensazionale, la mia playlist personale, il mio fisioterapista, il mio clown.

Il Fuoco della mia Terra.

L'amore della mia vita.

Il mio migliore amico.

Ringraziamenti

All'inizio del 2021 non trovavo più niente da guardare su Netflix, quindi ho aperto il computer per scrivere la storia che mi frullava in testa da quando avevo tredici anni. E ora eccomi qui, a scrivere i miei primi ringraziamenti. È pazzesco, no? E pensare che se avessi trovato una bella serie da guardare non sarei qui.

Ringrazio prima di tutto mia sorella Maëva (solo perché mi ha minacciata). Sul serio, grazie di avermi sempre incoraggiata a non essere pigra come sono. Mamma, Daphnée, grazie di aver sopportato le mie scemenze, anche se senza di me la vostra vita sarebbe molto meno divertente (inutile negarlo).

Tessa, mia nipote, la mia migliore amica. Ho finito! Finalmente posso venire a giocare a Roblox con te (o forse no, vediamo). E poi, la mia ragazza impertinente preferita, la mia seconda nipote. Quando sarai abbastanza grande per leggere questa storia, avrò già le rughe. Ma sarò sempre pronta ad ascoltarti quando avrai voglia di lamentarti di tua madre.

Non posso continuare questi ringraziamenti senza menzionare i miei bambini. A cominciare dalla mia Regina dei Ghiacci preferita, Arielle. Il giorno in cui sei apparsa nei miei DM deve essere scritto nelle stelle. *Non avrei potuto farcela senza di te. Se non fosse stato per te, mi sarei arresa molto tempo fa.* Quindi, grazie amore (immagino già la tua reazione). *Ti voglio bene.* Tutti i nostri sogni diventeranno realtà, lo prometto. *E so che è orgogliosa di te come lo sono io.* Non dimenticarmi quando diventerai una star della scrittura.

Elodie, Chana, Nour Célia, Naïma, le lettrici che amo alla follia. Grazie di avermi sostenuta e grazie di essere apparse nei miei messaggi (per alcuni ho pianto). Spero di incontrarvi un giorno per darvi un grande abbraccio.

Grazie a Nisha e Caetera e alla mia editor Charlotte per la fiducia e i consigli. Grazie di aver sopportato gli anglicismi che mi hanno fatto molto ridere (probabilmente a voi meno). Non avrei potuto desiderare una migliore prima esperienza nel mondo dell'editoria. Sapere che la tua voce è importante ha un valore inestimabile.

E ora la parte più importante. La più preziosa. Le mie Piccole Lune. La mia comunità. Siete angeli. Grazie di aver amato così tanto i 2L. Grazie per i vostri commenti esilaranti, per i vostri TikTok, grazie per aver consigliato la mia storia a tutti, grazie di aver dato vita a *My Missing Piece*: Eva, Louisa, Esther, Jade, Imene, Lyna, Marine, Ayma, Mélina, Elif, Audrey, Lara, Ly-aïm e tutte le altre. Avete un posto al sicuro nel mio cuore.

Alla mia amica imbronciata, quando pubblicare un libro era ancora soltanto un sogno ti avevo promesso di includerti nei ringraziamenti. Spero che vedrai *My Missing Piece* nelle librerie e ti torneranno in mente dei bei ricordi.

Pensavi che ti avessi dimenticata, vero? La mia benedettina, la mia Kim. Grazie di avermi fatta ululare dalle risate con i tuoi meme. Sei la migliore. Grazie di essere la fan numero uno di Liam.

Vi sarò per sempre grata per aver creduto nella mia storia e aver illuminato gli ultimi due anni della mia vita. Spero che questo sia solo l'inizio di un'avventura incredibile.

Voi e io, fino alla luna, giusto?

Vi voglio bene.

Ci rivediamo presto su Wattpad.

To The Moon and Back

Aurélie

L'inizio della tormentata storia d'amore
di Luna e Liam
Volume 1 – Quello che mi manca

della stessa autrice

ACACIA BLACK

UNA PROMESSA NON MANTENUTA ...
Luna e Liam si incontrano a Carolina Beach ancora bambini. Da subito sono inseparabili, amici per sempre. Nel corso degli anni condividono la passione per la musica, le gioie e i primi dolori. Vivono l'uno per l'altra e niente pare poterli separare. Fino a quando Luna compie sedici anni e viene meno alle promesse fatte. Le strade dei due ragazzi sembrano dividersi per sempre. Liam non riesce in alcun modo ad accettare che, nel momento della sua grande sofferenza, la persona che più amava al mondo non sia stata al suo fianco, si sente tradito e abbandonato.

... UNA TERRIBILE VENDETTA
Sette anni più tardi, i due però si ritrovano inaspettatamente in una nuova città, New York. Liam non è più l'amico sensibile che Luna conosceva. Distante, cupo, deciso a farle pagare fino in fondo il tradimento che ha distrutto la sua famiglia. Ma quello che entrambi non sanno è che finora sono sempre rimasti all'oscuro della vera causa che ha portato alla loro separazione...

CAIRO

ACACIA BLACK
MY MISSING PIECE
Quello che mi manca
CAIRO

La tormentata storia d'amore
di Luna e Liam
Volume 2 – Il mio migliore amico. La mia parte migliore.
Noi due, fino alla luna

della stessa autrice

ACACIA BLACK

UN RIAVVICINAMENTO...

New York, la città dove Luna e Liam si sono ritrovati dopo sette anni. La città che può realizzare i loro sogni e che li impegna a rincorrere ambiziosi progetti lavorativi: per entrambi la musica è l'eterna compagna, quella che non tradisce. Nonostante le incomprensioni e il dolore che in passato si sono provocati a vicenda, non riescono a stare lontani: una forza inestinguibile li attrae l'uno all'altra. Lentamente si riavvicinano, si riaprono il cuore, riscoprono il sentimento che li lega fin da bambini. Ma gli ostacoli che il destino ha posto sul loro cammino sono ancora molti e metteranno a dura prova il loro amore.

... E NUOVI SEGRETI

Dalle ombre del passato emergono vecchie conoscenze e nuovi segreti di cui entrambi erano all'oscuro. L'infanzia torna a tormentare Liam con immagini e ricordi che lo hanno reso la persona che è oggi: incapace di aprirsi e concedersi alla persona che più lo potrebbe capire. Ma anche il presente non è privo di ostacoli e obbliga a prendere decisioni fatali: di vita e di morte. Stavolta Luna però non ha intenzione di soccombere, è pronta a lottare per il suo lieto fine con Liam. Ma non sa che, ancora una volta, è la persona che ama di più al mondo quella che può farle più male…

ACACIA BLACK
MY MISSING PIECE
Il mio migliore amico. La mia parte migliore.
Noi due, fino alla luna
CAIRO

Questo libro è stampato fabbricato da Grafica Veneta S.p.A.
con un processo di stampa e rilegatura certificato 100% carbon neutral
in accordo con PAS 2060 BSI

Finito di stampare nel mese di settembre 2024
per conto di RCS MediaGroup S.p.A.,
da Grafica Veneta S.p.A., via Malcanton 2, Trebaseleghe (Padova)

Printed in Italy